玫瑰传奇

【法】洛里斯的纪尧姆
默恩的让　著
李可

ROMAN DE LA ROSE

浙江大学出版社

译者序

《玫瑰传奇》是中世纪晚期流传最广的法语寓言长诗，也是法国中世纪市民文学的重要作品。对于它的作者，后世知之甚少，只知道洛里斯的纪尧姆（Guillaume De Lorris）写了前半部分，四十年后，默恩的让（Jean De Meun）才将后半部分续写完成。

全诗采用第一人称，描写了"情人"在梦中进入一个美丽的花园，认识了"欢娱""财富""青春"等含有寓意的角色，并且坠入爱河（邂逅"玫瑰"），在求爱过程中，他遇到了制造麻烦的"戒备""严拒""羞耻""惧怕"，以及向他提出告诫的"理智"等，主题关乎"典雅之爱"（courtly love），是最早出现的爱情寓言诗之一。本书的原文是现代散文体英文。

初译《玫瑰传奇》，就像撞进了一个古怪的世界。一开始伴随"情人"入梦，步入五月初夏，去到"欢娱"的花园，透过"情人"的眼睛目睹花园里的景色，感觉故事格调高雅，文笔优美，读来十分享受。当"情人"在那喀索斯泉边遇到"玫瑰"，猝不及防坠入爱河后，又被悬念引发了好奇。然而，随着出场"人物"增多，故事逐渐转为谈话体，就开始让人感觉摸不着头脑了。

这些人是谁？他们的名字为什么这么直白却又令人费解？他们与故事、与主人公的爱情命运有什么关系？我是在读一个冒险故事，还是在读训诲录？那一本正经又不时透出讽刺味道的谈话，是否能够当真？

对现代读者而言，这样的体裁有些古远，如果没有适合的阅读方法，也许会对本书渐渐失去耐心。在这方面，可以参考英国中世纪文学专家C.S.刘易斯的名作《爱的寓言》（*The Allegory of Love: A Study in Medieval Tradition*），里面有对《玫瑰传奇》的精彩评述。译者受益于此文良多，以下作一些简单的介绍。

首先，《玫瑰传奇》确实是个爱情冒险故事，只不过与我们熟悉的爱情故事不太一样，它上演的场景不是外部世界，而是男女主人公的内心。出于我们不了解的原因，那时人们开始把目光转向内心，发现人心里存在一些彼此竞争的力量，只能以寓言来描述。因此，寓言不只是一种文学手法和修辞风格，它"为文学提供了主观的因素，描绘出人的内心世界"。在《玫瑰传奇》里，我们可以看到一位伟大的诗人如何以更早的浪漫传奇（如著名的亚瑟王系列）为素材，以"典雅之爱"为蓝本，发展出心理小说或曰情感小说的最早范本。

我们或许会觉得，寓言描述了一个充满抽象概念的虚幻世界，但刘易斯认为，这么看是被一些陈腐的寓言故事误导了。实际上纪尧姆挺写实的，使用寓言并不代表他在谈论一些不存在的事物（non-entities），而是意味着，他在谈论自己最了解的现实（realities），也就是人的内心世界。《玫瑰传奇》里看似抽象的人物和地点，其实都是实际生活的展现，这是理解它的一个必要条件。

那么，该怎么理解里面的拟人化角色呢？刘易斯建议读者参考赫胥黎写过的一段对话，它发生在一对情人之间。作者没有直接描写谈话内容，而是给两人分配了若干陪从，让陪从来谈话。陪从们象征着这对情人的不同自我，或者说，人格的不同方面。这正是纪尧姆在《玫瑰传奇》里的写法。

在描写"陪从们"的过程中，纪尧姆实际上使男主角变成了旁白的角色，读者"透过情人的眼睛观看"，而非看他本人。女主角则被完全取消了。尽管如此，细心的读者依然能够察觉到女主角的存在，她之所以没有参与行动，是因为她的心就是行动的布景。《玫瑰传奇》里的情人不是某一位小姐，而是在面对她时的种种心绪和情态，它们轮流上阵，在他尝试赢取"玫瑰"（她的爱）时帮助或妨碍他。

而花园的场景象征当时的宫廷生活（里面有"欢娱""闲散""财富""青春"等），玫瑰花圃代表贵族小姐的内心世界。

"陪从们"可以分为三组，第一组是中立方，同时用来描述男女主人公的内心世界，主要角色是爱神和他母亲维纳斯。

属于男方的角色是"希望""喜见""遐想"等，篇幅都不多，其中最重要的是"理智"，她的职责是规劝情人，"表达含蓄的谴责"，可是她"说真话却不被听从"。

女方的角色是故事中最重要的演绎者，有"欣迎""有礼""慷慨大方""严拒"，还有"戒备""惧怕""羞耻"等。

想理解这些角色，也需要对当时的宫廷风气略知一二。譬如说，两个人初次见面，如果女士不只是出于礼貌，而是真的"很高兴见到你"，那情人其实是遇见了"欣迎"。在礼节性的寒暄中，有教养的女士可能并不"欣然欢迎"你，却依然能做到彬彬有礼。因此"有礼"又是"欣迎"的母亲。可两者并不一样，"有礼"不具备"欣迎"那种真心实意和微妙的温柔热情。

而对情人打击最大的，是遇到粗暴的"严拒"。有人说他象征女主角的丈夫，刘易斯并不同意。他认为"严拒"意味着女主角突然醒悟到自己的身份，显出了贵夫人的傲气，对情人的求爱予以直接抵制，甚至是出言喝止。唤醒"严拒"，情人就会饱尝她的"愤怒和蔑视"。

顺着这样的思路阅读，确实会感受到女主角的存在"清晰而生动"，如果能"以共鸣的方式去理解"，我们会更容易走进这一情爱世界，和"情人"一起饱尝爱情的酸甜苦辣。

不过纪尧姆写的部分不算长，默恩的让接手之后，故事发生了骤变。原本流畅的情节被打断，开始插入各种长篇对话或者说议论。谈论主题之宽泛，使人摸不清它们和故事主线的关系，尽管有些谈论十分精彩，令人赞叹或捧腹。

对此，刘易斯的看法是：让不是一位好的寓言作家。他是一名讽刺家，还称得上是哲学家、科学家和自然诗人，可是面对纪尧姆留下的精品，他实在是无能为力，因为他缺乏纪尧姆那样的构思能力和分寸感。

最突出的表现是离题。他似乎对要续写的作品与本来主题连贯一致，并不感兴趣，老是跑偏，而且写着写着就忘了哪些是隐喻，反倒将它写成了实有其事，或者说，变为某种"字面故事"（literal story）——"三流的字面故事取代了一流的寓言故事"。

因此他的漫谈是一种致命缺陷，尽管那无损他的诗艺（poetry）。对故事而言，诗艺只是一种附加的优点，这附加的优点"却在《玫瑰传奇》里比比皆是"。

漫谈出现的另一个原因是让具有百科全书式的气质，它也有一桩好处，就是能向大众普及教士才懂的学问。普及和宣教是中世纪诗人的职责之一，要求诗人具备文学家的品质：表达明确清晰，精通文学手法，能恰当运用比喻，等等。这些让全都具备。他是当时最好的普及者，远远超过了后来模仿他的人，因此造成的影响相当深远。

在《玫瑰传奇》里，让很多时候都是一位讽刺家，他的文字往往让人觉得冗长难耐，部分原因在于他有一个常见的坏习惯：漫无边际。除了讽刺的对象，他还把很多东西带到诗里，而且以同样长的篇幅去处理。不过刘易斯呼吁读者给予一些理解：让在进行讽刺写作时，几乎有取之不尽的素材，除了比他更早的作家的作品，还有小酒馆里的口传闲谈。他在这个领域里奔驰实在是太容易了，下笔便有千行。

而且他的诗才很突出，这点特别体现在有关自然之美的段落里，尤其是在对"好牧园"的描写中。"在谈到和永恒相关的概念时，他前所未有地成了一位真正的诗人。"如果我们读过其他描写天国的诗歌，就会知道有很多都是"无聊的宝石目录"（《圣经·启示录》以宝石象征天国的荣耀与美，后人写作同一题材时，往往跳不出其窠臼），也会晓得让的笔调多么细腻丰富。他描写了"那尘世间所没有的宁静，它的无穷日照、新鲜的嫩草与牧放的羊群"。

然而，当读者以为牧园的段落代表让对爱情的最终看法时（他一路抨击"典雅之爱"），最后"夺取玫瑰"的篇章，又令人大吃一惊。因为那部分的情欲描写赤裸而直接，嘲讽味十足，与"牧园"的优美隽永迥异。

对此刘易斯认为，让对爱情或别的事物，"都没有一个最终看法"，原因同样在于他缺乏一致性。他尝试从不同方面解决"典雅之爱"的问题，每方面都相当成功，唯一的问题是"它们彼此之间毫无关联"。

令人意外的是，让的特色在另一位顶尖的诗人身上也能看到，那就是但丁。两人都以"典雅之爱"为起点，都拥有非常丰富的学术知识，都决定要将其推而广之；写作内容也同样宽泛，混杂了现实与想象中的体验。可为什么让没有获得但丁那样的成功呢？因为他"欠缺把材料联结为整体，使之协调一致的能力"。

不过，比较两者不是为了简单表明《玫瑰传奇》不如《神曲》优秀，而是为了使人真正明白，《玫瑰传奇》的欠缺是什么样的欠缺。"失败的方式林林总总，可不是每一个不成功的诗人都能像让那样说：'丰富使我贫乏。'"（奥维德语）有些诗人失败，是因为他"什么都没讲出来"。如果说《玫瑰传奇》缺乏好诗所需的骨骼，那血肉的部分它一无所缺，因此它就算失败，也"是一个了不起的失败"。

在让的作品里，后世的人几乎能随手找到一切可用的材料。虽然他不像但丁那样获得了彻底的成功，可至少，他游遍了观念、社交生活和戏剧角色的世界，从每一处都搜集了战利品。对后继者而言，他就像杂货铺一样好用，我们也依然能够领略他那带有混沌味道的魅力。而且，这一切都无损于那些诗意十足的段落给人的惊喜，让经常会出其不意地从中冒出来——我几乎想说——绊跌出来。

本文参考了C.S.刘易斯《爱的寓言》（*The Allegory of Love: A Study in Medieval Tradition*, New York: Oxford University Press, 1958）中关于《玫瑰传奇》一文，并非严格对照，感兴趣的读者务请阅读原书。

目　录

第一章　欢娱的花园…………1

第二章　那喀索斯泉…………21

第三章　希望与绝望…………43

第四章　理智的劝告…………64

第五章　朋友的劝告…………121

第六章　爱的军队…………170

第七章　老妇人的劝告…………215

第八章　城堡奇袭…………253

第九章　自然与天赋…………277

第十章　自然的告解…………292

第十一章　天赋的布道…………337

第十二章　夺取玫瑰…………357

角色名中英文对照…………376

第一章　欢娱的花园

有人说，梦没什么可寻思的，梦无非是不实之境、无稽之谈。不过，人还是有可能梦得真切，没多久就亲眼看见它变成现实。为了证明这一点，我可以引用马克罗比乌斯（Macrobius）的话，这位作家就不认为梦会骗人，反而写下了西庇阿王（King Scipio）①做的异梦。梦是有可能成真的。谁觉得这是愚蠢，或者认为这么相信的人头脑糊涂，那就让他们说去吧，让他们说我疯了吧。至于我，我确信梦能预示人身上的吉凶善恶。因为许多人夜间暗暗梦见的许多事，稍后便明明白白地看见它们发生。

那一年我二十岁，正处在那样一个年纪：爱（Love）能要求年轻人俯首称臣、奉献其所有。一天夜里，我像往常那样躺下，很快就睡着了。入睡后我做了一个最美、最令人愉快的梦，只是梦里的事全都成真了，无不与梦相合。现在，我想以

---

① 这里指的应该是公元4世纪的作家马克罗比乌斯对西塞罗的《西庇阿之梦》（*Somnium Scipionis*）的具有重大影响力的评注。——译者注

诗文的方式将它一一道来，这样更能使你们称心畅快，因为爱恳请和命令我这样做。如果有人问我，这段即将启程的传奇（romance）叫什么名字，我想，我会称它为"玫瑰传奇"（*The Romance of the Rose*），关于爱的艺术整个都蕴含其中了。这件事美妙又新奇。愿天主使那一位我为之动笔的女士能欣然接受。她确是如珍如宝，配得被敬被爱，为此应当叫她作玫瑰（Rose）。

那似乎是五月，在五年前，或是更久之前。我梦见五月，充满爱和欢乐的季节。彼时万物欣悦，不管是树篱还是灌木丛，无不因为五月的缘故，用一层新叶装饰自己。树木在长冬中枯萎凋零，如今绿意重生，以露水亲自浇灌它的，恰是大地的荣美，而它也把整个冬天的饥馑忘在了身后。那是大地深感骄傲的季节，它渴望新衣，也有能力造一身百色纷呈的秀美礼服：白色、蓝色，以及许多不同颜色的草儿花儿，使大地满心夸耀。鸟儿在苦寒严冬中一声不响，如今因着五月的温和高兴起来。多少欢乐在它们胸中涌动，以至它们含忍不住，啁啾地唱着。那时节，夜莺尽力一展歌喉，鹦鹉和云雀也都大唱欢歌。那时节，年轻小伙子必然要去寻欢逐爱，因天气曼妙温柔。谁若不曾在五月去爱——纵使他明明听见了鸟儿在枝头唱着动人的情歌——那他必定是铁石心肠。我梦见的夜晚，恰在这令人欢畅的季节，万物都为爱所激发。因为在睡梦中觉得天已经大亮，我立即起身，穿上鞋，洗了手，从一个精美可爱的针盒里取出银针，穿好线。我想离城出游，去听听树丛里鸟儿们新一季的欢歌。我缝好袖子后便独自上路了。而它们大展歌喉，叫声醉人，因为园中也是百花初放。

　　我感到心里轻快，十分惬意，便掉转脚步，朝附近传来潺潺水声的地方走去，因为我知道河边最适合消遣。水从一处高地流下，水量很大，流速又快，像井水和泉水一样清洌，虽然不如塞纳河的水势，但更为宽阔。我没见过环境如此优美的河流，愉快地眺望良久。在用冰凉的河水洗脸时，还能透过清澈发亮的水面看见河底布满砾石。一大片美丽的草地朝下伸展到河边，早晨清朗、宁静、明亮而温暖。随后我穿过了草地，怡然漫步，沿着河岸朝下游走去，没多久就看到一座宽阔的大花园，被有雉堞的高墙四面环绕着，外面装饰着一些画，上头刻有许多精美的文字。我怀着愉快的心情，瞧了好一会儿墙上的肖像和画儿。趁我还能记得，就来跟你们说一下它们的模样吧。

　　在正中央我见到了憎恨（Hate），她看起来确实会激起人的恼恨和愤怒。她有一副好生气和好争吵的面容，很讨人厌，而且装扮不佳，就像个气得发狂的女人。她眉头紧锁，恶狠狠的脸上生着一个肉头鼻子，显得猥琐难看，还可笑地裹着一块毛巾。在她左边是另一个人，身形不一样，在她头顶上能读到她的名字叫残忍（Cruelty）。然后我望向右边，见到了卑鄙（Baseness），她与前两位同种同类，看起来相当丑恶，野蛮又残忍，性情傲慢偏激，喜欢到处说人坏话。能创作出这样一副尊容来，真是画肖像的好手。她专爱虐待人，对该尊重的人没有半点敬意。在她旁边是垂涎（Covetousness）。正是她，唆使许多人积攒钱财而不知回报；她让许多人由于渴望争胜和囤积而去放贷；她撺掇窃贼和恶棍去偷东西——这是最坏的罪行，多少人最后死在绞架上。因为她，人们窃取别人的财物，抢劫诈骗（这么做会名誉扫地）；因为她，骗子和讼棍常常用谎言夺走年轻男女的合法遗产。画里那双手因为攥得太紧而弯曲，这是自然的，因为<u>垂涎</u>绞尽脑汁，只想去偷；一门心思，就好抢夺。她太喜欢别人的东西了。

<u>垂涎</u>身旁是另一幅肖像，名字叫<u>贪婪</u>（Avarice）。那幅像又丑又脏，看起来十分悲惨，里面是个瘦子，一副可怜相，脸青得像根葱。她满面病容，好像一个饿得半死的人，却只能用苦碱水和面做的面包充饥。瘦也罢了，还穿得坏：她的束腰长袍（tunic）又旧又破，像被一群狗撕扯过；样式也粗劣，好些地方磨薄了，补丁盖着补丁。她旁边有个细小的挂衣架，上面挂着她的斗篷和一件羊毛做的束腰长袍，颜色又暗又沉。装饰斗篷的也不是银鼠皮（miniver），而是粗糙蓬乱的黑山羊皮，真是件可怜的蹩脚货。她的裙子肯定穿了有十年了，不过，她倒是不着急去那些看重服装的地方。你可以信我的话：如果这件裙子穿坏了，她会痛苦死的；如果它磨烂了，除非实在有必要，或她太想要新的，她是绝不会另做一件的。<u>贪婪</u>手里还暗暗抓着一个钱包，钱包系得那么紧，不管掏什么都要花很长时间。不过她没兴趣这么做，她只巴望什么都别掏出来才好。

再旁边画的是<u>嫉羡</u>（Envy）。她一生里任何时候都不曾大笑，也不觉得享受，除非是听说哪里出了大麻烦。没有什么能像罪恶和不幸一样叫她满意的。见到好人遭逢大难，她能乐好一阵子；某个大家族破产蒙羞，也会让她从心底里感到高兴。

至于谁凭着能力才干赢得了荣誉，那是让她最受伤的。我敢保证，但凡有好事情发生，她必定要生气。

嫉羡残忍无情，对任何男女都不忠心，和再近的亲属也会起争执，因为说实话，就算是她父亲，她也不希望他交好运。但她肯定也被自己的恶毒害得很惨，因为见到别人昌顺，她就难受得要死。她那残忍心肠加在自己身上的酷刑，倒像是替天主和人报了仇。嫉羡总把一切过错都算在好人们头上：我想，就算她认识最好最高贵的人（无论是本地的还是国外的），她也还是会挑人的错。如果他教养极好，使她无从诋毁加害，她至少也要贬低他，用流言来败坏他的名声。

而且我发现嫉羡一脸丑相：她看什么都斜着眼，皱着眉头。她还有一个坏习惯，就是从不直视人，总是轻蔑地闭着一只眼睛。当她见到有人善良、漂亮又可敬，发现有人被爱戴和受到赞美，就会怒火中烧、勃然变色。

嫉羡附近的墙上挂着悲伤（Sorrow）的画像。她的脸色表明她难受极了，而且似乎害了黄疸病。连贪婪都不像她那么瘦、那样凄楚，因为悲伤、痛苦和忧思日夜折磨她，使她变得黄瘦无神。任何生灵都不曾像她这样烦恼心焦。我想没有谁能让她高兴，而她也无论如何不想受到安慰，或者摆脱心里的痛苦：她简直创痛巨深。她看来确实很悲伤，因为她毫不手软地抓伤了自己的脸，也不顾惜衣裙，在盛怒之下扯破了许多处。她气得直挠头，因此头发乱糟糟地披散在脖子周围。我敢说她痛哭过，心肠再硬的人也不能不可怜她，因为她拼命拍着手，自己捶打自己。这伤心的苦命人忙着难过，都提不起兴致去找点乐子、跳个舞。因为你也知道，一个人心里悲痛，就会寡欲寡求。痛苦的人没法让自己欢乐，因为痛苦和欢乐是对头。

再过去是年老（Old Age）。她比从前矮了至少一英尺，而且老来脑子退化得厉害，几乎没法自己吃饭。她容颜俱毁，变得十分难看；发色如霜，倒像开着一朵白花。就算她去世，也算不得遗憾，因为她的身体早就干枯了，布满了皱纹，耳朵里还长出细小的毛，牙齿也全军覆没，一颗都不剩。她已经老到不拄拐杖就走不了八码远。时间匆匆流逝、不舍昼夜，既不稍作停歇，也不驻留，转眼便流到我们身后；可它的流逝又那样悄无声息，叫人难以察觉，还以为它凝滞不动。然而没有什么能止住它，使它奔流的步伐稍有踌躇。所以，人很难去想什么叫"现在"——随便你去问哪位博学的教士——因为人在思考这当儿就过去了三秒钟。时间绝不流连，而是前进，前进，绝不后退，像水永远流向低处，没有一滴水反其道而行。时间比天地间的一切都存续得久，哪怕是钢铁和最硬的物质，因为它会毁坏它们并且将它们吞食殆尽。时间改换万事万物，以抚育生长为始，而以损耗腐坏告终。时间使我们的祖先老去，让帝王将相变为老朽，令我们所有人老迈，除非死亡提早索走性命。时间大权在握，能催逼一个人步入暮年，正是它，令年老有了那样凄惨的老相。我看她再也逃不过自己的第二童年了，因为她的体力、精力和智力都不如一岁小儿。我知道她风华正茂时也明智过，现在却老糊涂了。我记得她穿得很讲究，披着一件镶皮边的斗篷。她把自己裹得暖暖的，要不就会冷——你也知道，所有老人都那么怕冷。

接下来的画像一看就像个伪君子，她的名字叫宗教伪善（Religious Hypocrisy）。正是她，背地里什么罪都敢犯，只要没人留意。她的外表能激起人的同情心，因为她的脸像圣人般单纯温和，可实际上，天底下没有她不图谋的恶事。画像酷肖她本人，衣着、举止无不和修女一样朴实。她手里拿着一本《圣咏经》，你可以相信，她是多么努力地向天主和男女圣徒们假装做祷告。她不欢乐也不愉快，一副一心行善的样子，还穿着苦行者穿的粗毛衬衣。我敢说她不胖，一脸的疲态，仿佛被禁食耗尽了精力，弄得面色惨白。天堂之门禁止她和像她一样的人进入，因为福音书里说，这等人脸上带着愁容，是为了在街市博取赞赏，一点微末的虚荣便夺走了他们的天主和天主的国度。

最后一张画像画的是贫穷（Poverty）。她就算去干一些会被绞死的事，也弄不来一个小钱。靠典当衣裙也不行，因为她身上几乎是赤光的。倘若天气稍微恶劣一点，我想她肯定会被冻死，因为她只有一件紧巴巴的旧外衣（sack），补丁多得吓人，它既充当她的束腰长袍，又兼作斗篷。她没有别的衣服可穿，也就有数不清的机会来发抖。她离其他几位有些远，像条可怜的狗一般窝在角落里，因为不管在什么情况下，穷人们总是感到羞愧，而且被人瞧不起。穷孩子被怀上的时辰真该被咒诅！因为他永远也吃不饱、穿不暖、套不上一双好鞋子，也永远不知道被爱和被恩待的滋味。

我目不转睛地看着这些用金色和天蓝色绘制的画像。它们挂满了一整面墙，像我先前说的。这面墙很高，围成方形，代替篱笆隔出了一个禁闭的花园，从不曾有牧人涉足其中。园子周围美不胜收，如果有人愿意领我进去，不管是走楼梯还是爬梯，我都会非常感激。在我看来，这座花园里有那么多的欢乐，那么多有兴味的事物，真是前所未见。它不吝于为鸟儿提供庇护，而且，要论树木和鸣禽的数目，哪里都比不上它：此处的鸟儿有全法兰西的三倍之多。它们以动人的旋律彼此唱和，整个世界都为之心醉。我觉得聆听它们的歌声实在是赏心乐事，如果进园的路敞开，我却不得其门而入，没法亲临鸟儿们的盛会（愿天主保护它们！），听不到它们轻快的歌喉、爱的欢歌、舞曲和旋律——哪怕给我一百镑我也不乐意。

　　鸟儿的叫声使我苦恼极了。我想找出什么法子或窍门进园，却一筹莫展。我确实不知道任何入口、小径或通道，也没遇到半个人能指引我：在那里，我完全是孑然一身。心烦意乱了半天，最后我回过神来，心想，要说这么漂亮的花园无门无梯，连个入口也没有，那是绝不可能的。于是我跳起来，沿着围墙一路寻摸，终于发现一扇狭窄逼仄的小门：那是唯一的通道。我不知道哪里还能找到其他入口，因此便敲起门来，一面敲一面使劲推，还不住倾听有没有人过来。没多久，这扇鹅耳枥木做的门打开了，开门的是一位最最美丽可爱的少女：她的金发闪亮，像打磨过的碗，肌肤和任何一个年轻小姐一样细嫩，前额光洁，眉弯如弓；她的双眼距离不算近，不如说略有点宽，鼻梁端正直挺，明眸似鹰隼的眼。

　　轻浮之辈会感到兴奋，因为她的气息香甜迷人，脸儿白里透红，嘴唇小而丰满，下巴上还有美人沟。她的脖颈形状优美，肌肤细软赛羊毛，上面没有任何斑点和伤痕：从这里直到耶路撒冷，没一个女人的脖子像她那般漂亮，那样适于抚触，因为它光滑又柔软。她的喉窝白如树枝上的新雪，身段姣好，体态轻盈。要想找到比这更美的女儿身，那是白费劲。她戴着一只可爱的绣金发圈，没有一个年轻女子有过比那更雅致、更稀罕的发圈，我用一天的时间也讲不完它。发圈上佩有新鲜玫瑰穿的花环。而她握着一面手镜，头发编成花式繁复的粗辫。为了让自己更优雅，她把两只衣袖都缝了起来，还套上白手套，免得细白的手变黑。她的束腰长袍是浓艳的根特绿（Ghent Green），全部以穗带镶边。从她这身行头可以猜到，她多半是个清闲无事的人。每一天，她只要仔细梳好一头秀发，穿上漂亮衣裙，把自己打扮好，那天的要务即已完毕。她以一种逍遥快活的方式消磨时间，只想着怎样把自己打扮得高贵。当这位衣着考究的女子为我开门时，我由衷地谢了她，又请教她的姓名。她并不倨傲，没有拒而不答。"认识我的人都叫我闲散（Idleness），"她说，"我来自上流社会，是一位富有和有权势的小姐，只对一件事感兴趣，就是怎样才能舒服解闷，还有把我的头发梳好，辫子编好，其余的我都不在意。我是园主人最亲密的朋友，他叫欢娱（Pleasure），这座风雅迷人的花园就是他的。他从亚历山大大帝的土地上买来所有这些树，种在园子里。

"树种好后，欢娱下令在周围建造围墙，正如你眼前所见；又把那些画像挂在墙外，刚才你都看过了。那些画既不优美，也不可爱，只会让人伤心难过。

"欢娱和他的随从都是些快乐幸福的人。他们常在这园子里游玩，享受它的荫凉。不用说，这时他已经在园里了，听着夜莺、画眉，还有其他许多鸟儿唱歌。他们都在里面自自在在地休息，因为他再也找不到比这更好和更美的地方，能够消遣娱乐。他常带着他的随从们，我向你保证，那都是些哪里也见不着的妙人儿。"

我仔细听着闲散讲的每一件事，然后对她说："尊贵的闲散女士，想必你也猜到，既然欢娱是这么一位气派又可爱的人，而且就和他的随从在园子里，如果可以，我不想失去亲自见见他们的机会。我必须去瞧瞧，因为我相信他们都是些谦恭文雅的人，受过良好的教养。"

而闲散二话不说，开门让我进园。我一走进去，便感到欢欣愉快。真的，我敢说自己简直身处人间天堂了。因为这里使人心旷神怡，仿佛在云天之上。当时我心想，不可能有乐园比它更好了，它给了我多少乐趣啊。园中到处是鸣禽：这边是夜莺，那边是樫鸟和椋鸟，又一处有着大群的鸫鹩、斑鸠、金翅鸟、燕子、云雀和山雀。草原百灵也聚在一起，不知疲倦，进行着歌唱比赛。还有乌鸦和画眉，都竭力比别的鸟儿唱得更嘹亮。果林和树林里栖息着鹦鹉，还有很多其他鸟儿，全都以自己的甜美歌声为乐。

这些鸟儿真是做了一场了不起的敬拜。它们颂唱起来，仿佛自己是天国的使者。听着它们歌唱，我享受极了。你可以相信我：没有活人听过这么妙的旋律。多么甜美啊，那些歌已经不像鸟儿的歌，而足以和海妖媲美——海妖之所以被称作"塞壬"，正是因为它们的声音纯净甜美①。鸟儿全都一心颂唱，不管是老练的还是生涩的。当我听着群鸟之声，望着满园葱翠时，心里充满了喜悦。在这之前，我还从来没有这么快活过。

这可爱的地方令我神醉心驰。我很清楚，闲散准我进园，真是帮了我大忙。与她为友正合我意，因为她向我敞开了这树木繁茂的花园。从现在开始，我会努力告诉你整个故事。首先，我想讲讲（希望篇幅不会太长）欢娱的职责是什么、他的同伴是什么人，然后我会告诉你有关花园的方方面面。这些话一次说不完，但我会按顺序慢慢来，好让谁都挑不出错来。

鸟儿们敬拜得惬意、欢快、卖力。它们的歌声有高有低，都是些情意绵绵的短诗，有着典雅的曲调。如果我说，这甜蜜的旋律让我心里充满了全新的销魂感受，我并没有说笑。不过听了一阵后，我禁不住想尽快见到欢娱，因为我很想了解他是如何行事为人的。离开那里后，我沿着右边一条长满茴香和薄荷的小路朝前走，很快就找到了他，因为我闯入了某个僻静的地方，发现他正在那儿消遣娱乐。有些非常俊俏的人和他在一起，我甚至说不出他们是从哪里来的，因为他们看起来就像长了翅膀的天使。谁见过这么美的人呢？那些人准备开始跳舞，其中一位女士在为他们唱歌，她的名字叫欢乐（Joy）。她唱得很好，令人愉快，没有人能像她一样把副歌唱得这么动听。她的嗓音纯净清越，很适合一展歌喉；举止也毫不笨拙，跳舞时知道该怎么舞动身体，怎么踩舞步才能跳得有趣。她不管在哪里，都习惯了做头一个唱歌的人，因为唱歌是她最爱的消遣。

① 在古法语中，"塞壬"（Saines）与"甜美"（Series）谐音。——译者注

接下来可能你也看到了：他们翩跹起舞、步法优雅，一连串漂亮的舞步将他们带到了青翠的草坪上。那里有长笛手（flute-players）、乐师（minstrel）和游吟诗人（jongleurs）。有人唱了一首多节诗（rotruenge），另一位则唱了洛林（Lorraine）的曲子，因为洛林曲调比王国各处的都要好。周围都是手持响板（castanets）与铃鼓（tambourines）的女士，她们不住地把铃鼓抛向空中，再用一根手指头钩住，一次也没有失误，真是妙极。两名梳着单根发辫、只穿束腰外套的可爱少女由欢娱领着，也跳起了舞，而他自己的舞姿最高贵。不用说，他们跳得有多美：一个人优雅地迎向另一个人，贴近后嘴唇轻触的样子，你会觉得他们在亲吻对方的脸。他们也知道跳舞时该怎样摇摆，真是没法仔细形容。只要能看着他们这么一圈一圈地跳下去，我是永远也不想走的。

我站在旁边观看，直到一位笑得很开心的女士发现了我：那是殷勤有礼（Courtesy）。她看起来十分可敬，而且和蔼可亲（天主绝不会让她受到任何伤害！）。殷勤有礼把我叫过去，对我说："亲爱的朋友，你在那里做什么呀？请过来，你乐意的话，就和我们一起跳舞吧。"我没有半分犹豫，立即步入舞池，也不觉得难为情，因为殷勤有礼吩咐我时，我是打心眼里高兴的，如果我够胆的话，我巴不得立刻就开始跳呢。

然后我便开始细看跳舞的人，观察他们的体型、身材和面容，还有外貌举止：这些我全都会告诉你。欢娱很高，英俊而且身姿笔挺：哪里都不会见到比他更好看的男子。他的脸很白，两颊却透着苹果那样的玫瑰色。他举止高雅、衣着讲究。

他双眼明亮，嘴唇迷人，鼻子的形状十分好看。他有一头金色的卷发，双肩很宽，腰身苗条。他是那么俊美优雅，四肢又匀称，看起来就像一幅画儿。他生气勃勃、精神饱满、动作灵巧，是个再聪敏不过的人。他两颊与嘴唇上都没有蓄须，只生着一层淡淡的绒毛，因为他还很年轻。他穿着华贵的金银丝织锦（samite），上面绣着飞鸟，镶着金片。他的外套堪称富丽，有很多雅致的镂空剪裁，还巧妙地搭配了一双有镂空装饰的系带鞋。他的心上人为他做了一只玫瑰花环，既是因着爱情，也是为了消遣。那花环与他相称极了。你说他的心上人叫什么？

叫欢乐：正是那位嗓音甜美、洋溢着欢乐的女士。她一点也不讨厌他，相反，她在还不满七岁时就已经钟情于他了。跳舞时欢娱握着她的手指，她也握着他的，男的俊俏女的娇美，真是一对璧人。她的肌肤柔嫩，气色新鲜，像一朵初开的玫瑰，如果有人想要去采摘，兴许会碰到小小的刺。她的额头很漂亮，平整又舒展；棕色的眉毛弯弯的，像弓一样；双眼带着那样欢快的神色，总是比嘴唇先显出笑意，这对她来说是再合适不过的。我不知道该怎么形容她的鼻子：你绝对没法用蜡仿造出一只更美的来。她的嘴唇很小，像是随时预备着要与她的爱人亲吻。她的金发闪闪发亮。我还可以再说什么呢？她是那么美，打扮得又出色。她以金线编成发辫，头上戴一只全新的绣金发圈。我活了二十九年，也见过一些世面，却从来没有见过那么漂亮的丝织发圈。她也穿着镶金丝织锦，因为与爱人穿得一样而格外感到自豪。

她身旁站着爱神（God of Love）①，他是所有恋人的统治者，凭自己的意愿散布爱的欢乐。他挫伤人的骄傲，使主人变为仆人，使夫人小姐们（如果他发现她们太骄横）变成女仆。看样子他绝非侍从跟班之辈，他的美也世所罕有。我感到惶恐，因为要描述他的长袍实在很困难：它没有选用丝绸，而用了许多小花，以典雅之爱裁就，上面布满装饰，有菱形和盾形，有鸟儿、狮子、猎豹和其他动物。它制作精巧，用了无数色彩相异的花，没有一朵夏季的花被遗漏：里面有金雀花、长春花、紫罗兰，有黄色、靛蓝与白色，那藤蔓交织的是繁茂阔大的玫瑰叶。他头上戴着玫瑰花环，周围盘旋着夜莺，它们扑翅时不住撞掉花环叶子。他完全被群鸟围绕着：那是些鹦鹉、夜莺、云雀，还有山雀。他就像个下凡的天使。一名年轻人站在他身边，挨近他身旁，名字叫喜见（Pleasant Looks）。

这名青年侍从注视着跳舞的人，随身带着两把属于爱神的土耳其弓。其中一把用某种果实非常难吃的树木造成，弓身上下全是木瘤和疙瘩，颜色近乎紫黑。另一把是用灌木造的，弓形长而美，弓身打磨得十分平滑，里外都装饰着画像——既画了女士们，也画了英俊快乐的年轻男子。喜见（样子并不像仆从）保管着主人的弓，还有主人的十支箭，五支握在右手：打造精良的箭尾槽和箭羽全部涂成金色；箭头坚硬锋利，命中时能深深没入目标，虽然上面见不着一点钢铁——确实，除了箭羽和箭杆外，整支箭都由金子制成，尖端带有金色的倒钩。

---

① 作者常常混用"爱"和"爱神"两种称谓，但实际均指一人。——译者注。

这里面射速最快、最好、最漂亮和射得最远的箭，叫美（Beauty）。要说哪支能造成最深的伤口，我想是单纯（Simplicity）。还有一支叫慷慨大方（Generosity of Spirit），它的箭羽以英勇和高贵的仪态制成。第四支叫陪伴（Company），它的箭头十分沉重，虽然射程不远，近距离却能造成重伤。第五支叫貌似有望（Fair Seeming），是里面伤害最小的箭，但也能让人受伤不轻。不过，被射中后只要不耽搁太久，都有可能康复，所以痛苦比较小。

另外五支却是完全不同的箭，要多难看有多难看，箭头和箭杆黑得胜过地狱里的魔鬼。头一支叫骄傲（Pride）。第二支好不到哪里去，叫卑鄙（Baseness），浸透了邪恶的毒液。第三支叫羞耻，第四支叫绝望（Despair）。第五支不必说，就叫反复无常（Inconstancy）。五支箭同种同类，彼此完全相像。而两把弓中的一把（就是最丑恶、多节多瘤的那把）和它们十分相称，造来就是为了射这样的箭。不用说，这五支箭的力量与另外五支正好相反，但我现在不打算全部告诉你。它们真正的含义肯定会被揭露的，我不会忘了这么做，在这个故事结束之前就会告诉你们。

现在我要继续我的故事了，我要告诉你们，跳舞的人的举止形貌是怎样的。爱神紧挨着一位最最出色的女士，他这么做并没有错，因为她与他十分相称，而且与其中一支箭同名，名字叫作美（Beauty）。各样的美好都集于她一身：她的肤色不是深黑也不是浅黑，而是像月亮一样明媚照人，使身边的其他星辰暗若烛火。她肌肤润泽，有如朝露。她单纯得像新娘，纯洁得像百合花，脸面光洁精致，身姿修长笔挺。她素面迎人，因为她无须装饰，也没有什么能给她锦上添花。她生着一头长至脚踝的金发，鼻子、眼睛和嘴唇的形状无一不美。天主帮助我，我忆起她的四肢是那样漂亮，便感到心头沉醉，世上再也没有与她一样美的女子。总而言之，她是一名年轻的金发女郎，性情愉快，待人可亲，既彬彬有礼，又高雅动人，既袅娜绰约，又仪态万方。

美的身边站着财富（Wealth），她的身份地位都很高，而且极为富有。只有傲慢鲁莽之辈才敢得罪她和她的随从，因为她助人也伤人，决定都在股掌之间。有钱人拥有这样的大权，也不是新近才开始的。最伟大和最卑下的人都尊敬财富，想要服侍她，能得到她的宠爱就更好了。人人都称她为女主人，因为人人都怕她，全世界都在她的权势之下。她的宫廷里有很多溜须拍马的人，还有不少心怀嫉妒的奸诈之徒——譬如说，他们会费力诋毁比自己更受宠的人。一开始他们靠说好话来笼络人心，而且四处逢迎，可他们的谗言却好比背后的刀子，伤人彻骨，使很多本来能得到宠幸的人被逐出宫廷。愿这些奸佞之徒自食恶果！善良的人都不会喜欢他们。

财富穿着一件紫色的礼服。如果我说它漂亮、昂贵、华美得举世无双，我完全没有骗人。整件紫裙都镶了花边，还用金线绣出公爵和国王们的故事。礼服的领子上嵌着一圈华丽的黑金，当然还配了许多看起来熠熠生辉的宝石。财富还有一条最精美的腰带——任何女人的腰带都不如她的昂贵。腰带头是一块宝石做的，这宝石具有奇效，佩戴它的人都百毒不侵，对有钱人来说真是无价之宝，胜过全罗马的黄金。腰带的搭扣由另一枚宝石制成，它能治疗牙痛，而且还有一桩好处：谁在早餐前看它一眼，那一天都会安全无虞。

她那绣金衣料上缝缀着纯金饰扣，饰扣又大又沉，每颗都值整整一块拜赞特（bezant）。她的金发上戴着金发圈，谁都没见过比这更好的发圈，用加了韧度的纯金制成，上面的宝石得有生花妙笔才能描绘出来，因为它们的价值不可估量。我看见有红宝石、蓝宝石、锆石和绿宝石，加起来超过两盎司重；发圈正中央巧妙地嵌着一枚红榴石（carbuncle），它是那样明亮，即便是夜幕低垂时，行人也能（如果有必要的话）看清面前一里格（league）的路。那宝石的光照亮了财富的脸，使她满面生辉，也使她身畔同样宝光环绕。一名年轻的美男子与她手牵着手，他是她的心上人。那人喜欢住豪华的大屋，穿好衣服和好鞋子，养名贵的马。如果在自家马厩里见到一匹租来的马，他会觉得是奇耻大辱，比被抢劫谋杀还难受。这也是他看重财富的情谊与殊宠的原因：因为他欲壑难填，而她能满足他的愿望，供他挥霍，好像她家仓库装满了钱币似的。

接下来的是乐予（Largesse）。这位女士受过很好的训练和指导，知道如何对人表达敬意，还有怎样花钱。她的家系可以追溯到亚历山大大帝，她最大的快乐是能对人说："拿去吧。"那讨厌的贪婪一心想得财，但也比不上她一心要付出的迫切。而且天主使她的财产增加，无论她怎么散财，总是回报更多。乐予受到很多人的赞美和敬重，她的厚礼使她大获成功，智者和愚人都听命于她。就算碰巧有人恨她，我相信，她也能通过殷勤效劳化敌为友，所以富人和穷人都爱她。一个大人物若悭吝小气，那就愚蠢至极，没有什么比贪财对他更有害的。吝啬鬼不可能获得贵族的身份和广大的领地，因为他得不到那么多的朋友，也就没有影响力。想交朋友，就要舍得出钱，送得出厚礼。就像磁石注定要吸引磁铁，金银也必定会吸引人的心。

乐予的脸端正、美丽。她穿着一袭来自东方的紫色长袍，全新的，敞着衣领，因为不久前她曾把领扣摘下，送给了一位女士。不过敞领很适合她，那样她雪白细嫩的脖子就会从衬衣（chemise）里露出来。这位聪慧又豪侠的贵族小姐挽着一位骑士，他正是不列颠贤君伟大的亚瑟的后裔。亚瑟因为英勇而垂范百世，到今天也依然声名显赫，关于他的故事一直在王公贵族间流传。而那位骑士刚从马上比武大会回来，奉他情人之名，在马上长矛比赛和格斗比赛中获胜无数。因为他勇猛过人，多少簇新的头盔还没留下剑痕、未能建立武功就已破裂，多少纹样精美的盾牌被刺穿，多少骑士落马被擒。

紧随其后的是慷慨大方（Generosity of Spirit）。她的肤色不黑也不暗淡，比雪还白。她的鼻子长而匀称，绝非奥尔良式的。她的明眸饱含笑意，眉弯如弓。她天真无邪，比鸽子还要纯洁，披着一头长长的金发。她高尚谦和、待人亲切宽厚，绝不会对谁出言不逊。我相信，如果她知道有人因为爱她而苦恼，那她立刻会怜悯那个人。因为她温柔、深情，又极富同情心，倘若帮不上为她受苦的人，她会觉得自己犯了大过。她穿着一件"索奇尼"（sorquenie，一种贴身衣服），那可不是什么粗布衣服，从这里到阿拉斯（Arras），再也没有比它更贵重的衣料。而且它恰到好处地贴合身体，没有一针走错了线。慷慨大方的打扮很美，因为"索奇尼"比其他衣裙更适合年轻女子穿着，比束腰长袍更能凸显女人的优雅秀丽。这件"索奇尼"是白色的，表明穿的人出身高贵。一名年轻男子站在她身边，紧靠着她。我不知道他的姓名，但他英姿飒爽，就像是温莎领主（即英格兰国王，可能就是指亚瑟）的儿子。

下一位到来的是殷勤有礼，她很受众人的尊敬，因为她既不自大，也不愚蠢。正是她，在我刚到时就叫我加入舞会，对我真是万分亲切。她不是个乏味呆傻的人，也不急躁。她明智而又审慎，不喜欢放纵，回话清晰得体。她从不顶撞他人，也不对谁怀怨。她迷人、端庄、秀美，生着一头乌油油的黑发。我没见过比她更讨人喜欢的女士。在任何宫廷里，她都配得上被尊为女王或皇后。在她身边站着一位骑士，举止言谈温文有礼，待人十分恭敬。他一表人才，在武艺方面又是一把好手，深得他情人所爱。

接着，美丽的闲散来到我身边，一直不离我左右。我已经形容过她的样貌身姿，就不再赘述了。她是头一个恩待我的人，好心为我打开了花园的门。

我记得，下一位是青春（Youth）。她笑意盈盈，明媚照人，我想她最多不过十二岁。她天真烂漫，从来没想过世上会有邪恶诡诈的事。她是那样快乐，因为众所周知——年轻人都只关心如何寻找消遣，让自己过得高兴。她的心上人与她耳鬓厮磨、亲密无间，只要想起来，便去亲亲她，而且就在众目睽睽之下。即使被人谈论，他俩也不觉得难为情。正相反，你能看见他们你亲我，我亲你，就像一对雏鸽。男孩年轻俊美，与他的爱人一样年纪，一般性情。

他们都在那里跳舞——我谈到的这些人，还有他们的家人随从。他们全都高贵、文雅，极有教养。我瞧过他们的样貌后，就很想在花园里到处走走，仔细看一下挺拔的月桂树、松树、榛树和坚果树。舞会也到了尾声，多数跳舞的人都偕同爱人转去树荫下，在那里相拥相爱。他们赏风望月、快活度日，谁不想要这样的生活——天主知道——谁就是傻子。能这样生活，就不会再奢望其他福分：有什么抵得过拥有合心惬意的爱侣呢？离开那里后，我独自在花园里漫步，心里十分快乐。就在那时，爱神紧急召唤喜见，命他拿出金弓，立即上好弓弦。喜见也二话不说，就照所吩咐的预备，包括那五支闪闪发亮的利箭。于是爱神携弓挈箭，远远地跟着我。万一他要瞄准我，也只能希望天主保佑我不被一箭射死。可当时我没有留意。虽然有人紧追不舍，我仍旧高高兴兴地信步而行，直到把整个园子逛遍。花园是个完美的方形，长宽相当。除了一些长相丑恶的树，其余果树无不三两成行，或许还有更多。我记得很清楚，园里有石榴树，对病人来说，石榴是再好不过的果实。有极多的坚果树，在相应的季节里各自结果，像肉豆蔻，味道不苦也不淡。有许多扁桃树。需要的人还能在园里找到不少无花果树和椰枣树。园里还有大量香料，像丁香、甘草、鲜嫩的小豆蔻、莪术、茴香和桂皮，以及很多美味的餐后良品。

第二章　那喀索斯泉

　　花园里种着各种本地果树，树上结着楹桲、桃子、坚果、栗子、苹果、梨、欧楂果、白梅和乌梅、新鲜的红樱桃、唐棣、山梨和榛子。花园里到处都是高高的月桂和松树，还有很多橄榄树与柏树；有多枝节的榆树，有角树、山毛榉，笔直的榛树、山杨、白蜡树、枫树，极高的冷杉，以及橡树。我又何必数下去呢？这里的树如此之多，要列举一遍实在不容易。不过我可以肯定，树和树之间保持着合宜的空间与距离，彼此大概相隔十到十二码。这样一来，树枝就能长得足够长，足够高，足够密实，能遮挡阳光，不让它照到地面，伤到嫩草。花园里有黇鹿和狍子，还有许多松鼠在树上爬来爬去。还有兔子们，不断从它们的地洞里钻出来，在新鲜的绿草地上闹腾，玩着超过四十种小把戏。地上随时涌出清透的泉水，里头没有虫子也没有青蛙，在树的荫蔽下流淌。不过我说不上来，泉水究竟有多少处。小河在欢娱建造的河道中奔流，水声悦耳，使人听了畅快。河水、河岸和泉水周围是厚厚的青草，当一个人与他的情人躺下时，就好比躺在羽毛褥垫上。土地柔软，地面凉快，由于泉水的缘故，花草极为丰美。不过这地方本身也大大增进了这种美——园里的花多得不可胜数，不管冬夏都常开不败：有漂亮的紫罗兰，刚刚盛放，娇媚可人；有数不清的白花、红花以及黄色的花。此处的曼妙，在于它以繁花作装饰——确实可以说——以百花入画，它们是那样异彩纷呈，而且沁人心脾。这里的怡人之处难以尽数，它的美和魔力也不是语言能够表达的，所以我就此打住。我把园子前后左右都走了一个遍，直到了解了它的种种特色。而爱神也一直跟着我、监视着我，就像猎手在寻找最有利的位置，好放出手中的箭。后来，我去到一处十分讨人喜爱的地方，离大路很远，那里有一眼泉水，从一棵松树底下流淌而出。就算是查理曼和丕平①，也没见过那么挺拔的松树（它还是园中最高的树），而自然（Nature）以神妙的大工造出那眼泉水，使它从松树下的一块大理石旁汩汩流出，石头边缘用小写字体写着：美少年那喀索斯（Narcissus）殒命之处。那喀索斯是一名年轻人，爱用陷阱俘获他，折磨他，使他忧泣叹息，最终丧命。因为厄科（Echo）——一位十分高贵的女士——爱他胜过世上的一切，也为他受尽了痛苦。她说，如果得不到他的爱，她会死的。而他因自己的美貌自负，不管她怎样哀求，都不肯答允。她听见自己被拒绝后，又伤心又恼恨，怀着对他的鄙视死去了，临死前求天主让那不情不愿的情郎、心硬的那喀索斯，有朝一日也尝一尝这种爱的滋味，就是折磨了她的这种爱，而且终身得不

_____

① 加洛林王朝的第一个王，是查理曼的父亲。——译者注

到解脱。这样的话，那卑鄙自私的人就会明白，他让自己忠心的爱人遭到了多大的痛苦。这个祈求很公正，天主应允了。于是有一天，当那喀索斯狩猎归来，他发现松树下有一片荫凉、一眼纯净清透的泉水。他跟随猎物上山下山，经历了一番苦战，这时已经渴了。酷热使他又累又倦，连气都喘不过来。他来到松树荫蔽的泉水边，决定喝点水。当他俯下身，从明亮洁净的水面看到自己的脸、鼻子和嘴时，他十分震惊，因为倒影欺骗了他，使他幻想那是一位绝美的年轻人的脸。随后，爱因那喀索斯的妄自尊大而报复他，使他遭到应得的报应：他在泉水边久久徘徊，恋慕自己的倒影，最终死去。这就是故事的结局。他发现渴求无望，而那顽固无情的渴望充满他的心，使他得不到任何安慰。他神魂颠倒、苦不堪言，不久就离开了人世。如此，他从先前拒绝的女子那里，得到了全部的报应。

对恋人不好的女士啊，要以此为鉴。如果你们听任他们死去，天主会报复你们的。当我从题词里读到，这就是让那喀索斯殒命的泉水时，我后退了几步，不敢朝里张望，心里也开始感到畏怯，因为我记起那喀索斯的遭遇有多可怕。可是我又想到，没准我能接近它而相安无事呢，那样的话，退缩就太愚蠢了。于是我去到泉边，弯腰俯视那涌动的水和水底的细沙。泉水比纯银还亮，底下不住地沸腾翻滚。世上再也没有比这更美的泉水了：它总是清凉可口，从两条水道中昼夜不息地向外奔涌，水势很大，底下又深，水花看起来亮晶晶的。周围的草因此长得浓密强韧，到冬天也不枯萎，正如泉水不会枯竭不停涌流。水底深处有两块水晶——我目不转睛地看着它们，想要看个清楚。我要告诉你一些绝妙的事，我想你听了也会惊奇的。当那无所不及的太阳把它的光线投入泉水，当阳光照进水底深处，水晶便放出了上百道霞彩，在阳光中变成蓝色、黄色和红色。它是那样的神奇，拥有那样的神力，整个园子——连同它的树木花草，以及装点它的一切——无不在水晶内一一显现。我会详细地解释，好让你明白这一奇迹。就像镜子照物，物体的外貌、色彩无不清楚映照在镜子里，同样，水晶也能丝毫不差地显出花园的全貌，只要你朝水底凝视，就会看见。不管你从什么位置观看，你总能看到半个花园，换一个角度后又立刻能看见另一半。花园里的景物，不管多么小、多么隐秘、藏得多好，都纤毫毕现，就像刻在水晶里一样。

这镜子危险而致命，高傲的那喀索斯照见自己的面庞和明亮的双眸，没多久就倒地死去。不管是谁，只要他从镜中照见自己，就会见到一些东西，使他不可救药地迅速坠入爱河。这面镜子已经让众多勇士殒命，即使是最睿智、最勇敢和最有经验的人，也会陷入它的诱惑与陷阱。他察觉到有一种崭新、猛烈的感觉袭来，改变了他的心。他发现理智和节制都不管用了，能想到的都是怎么去爱。他不知道该怎么办，因为维纳斯（Venus）的儿子丘比特（Cupid）把爱的种子撒满整个泉水，设下他的罗网和陷阱，专门等候年轻男女——除他们以外，爱不想要其他鸟儿做自己的猎物。由于那些种子，泉水被称作"爱之泉"，倒也名副其实。许多人谈过它，许多地方传颂它，许多书和传奇故事里写到它。不过，一旦我为你解开其中的奥秘、道出事情的真相，你肯定会觉得，不会有比我更好的讲解者了。

当时我很快乐，因此徘徊不去，欣赏赞美那道泉水和那两块水晶，那水晶展现给我环绕着我的上千种事物。只是，我照见自己倒影的时刻是不幸的。呜呼，从那以后，我有多少次为之哀叹啊。那镜子欺骗了我。如果我预先知道它的大能大力，我绝不会靠近它，因为我立刻就掉进了它的罗网，像许多人那样被俘获，不得不缴械投降。

那镜子里有上千种景致，而在一处被篱笆围得严实、极为隐蔽的地方，我发现了开满玫瑰的花丛。哪怕是帕维亚（Pavia）和巴黎都没有那么多的玫瑰。顿时，一种渴望攫住了我。与很多人一样，疯狂的欲望占据了我的心，使我走上前去。我敢说玫瑰的香气沁透了我的五脏六腑，使我整个人都被那芳香充满了。如果不是怕被训斥或挨打，我真想摘下哪怕一朵玫瑰，好拿在手里赏玩，嗅闻花香。可是我怕自己过后会懊悔，因为这么做多半会冒犯园主人。

这里的玫瑰极多，它们的美旷世无双。有些还是花蕾，从小小的、拢着花瓣的，到稍大的，到更大的——眼看即将盛放。花蕾可爱动人。开过的玫瑰在一天后就完全凋谢了，娇嫩的花蕾却至少能维持两天。我很高兴，因为别处再没有这么好看的玫瑰。谁若能采上一朵，真应该珍爱万分。我要是能用它们做成一只花环，肯定会将之当作至宝。在众多的花蕾中，我看中了一朵极为美丽的，当我细细观看它，更觉得它艳压群芳。它颜色鲜美，粲然有光。自然给了它最纯粹的朱红色，而且以巧手造出四对叶子，一片接着一片。它的茎直如芦苇秆，花蕾生在最顶端，既不会弯坠，也不会萎垂。它的香气散播到四处，使整个地方花香弥漫。玫瑰的味道令我醒觉，使我流连，引我步步趋近，倘若我敢伸手，我必定会摘下一朵来。然而，生着尖刺的蓟迫使我后退，挂着锋利倒钩的荆棘、多刺的荨麻和黑莓阻挡我前进，因为我也怕伤着自己。

这时，一直追逐和监视着我的爱神，正握着弓站在一棵无花果树下。当他发现我看上了那朵花蕾，喜爱它胜过其他玫瑰时，便立即抽出一支箭，搭在弦上，把强弓拉开，直拉到耳后，然后照准我就射。那箭力道之大，足以使箭头射进我的眼里，刺透我的心房。一阵寒意攫住了我，从那以后我便老是发抖，穿着再暖和的毛皮外套也不管用。我挨了这一箭，立刻摔倒在地，失去了知觉，在那里躺了相当长一段时间。当我再次恢复意识，醒了过来，我感觉十分虚弱，还以为自己失血太多。可那支箭虽然刺穿了我，却没有使我流血，伤口附近很干爽。于是我用两只手一起去拔那支箭，一面拔一面连声叹气。我拔得很辛苦，终于将连着尾羽的箭杆拔出，可是那名为美的倒钩箭头却牢牢扎在我心里，纹丝不动，而伤口没有流出一点血。

我十分苦恼。这双重的危险使我动弹不了，也说不出话来，没法去找医生治疗伤口，因为对于这样的伤，药石无效。相反，我的心诱使我走近玫瑰花蕾——除了它，我什么都不想要。如果能拥有它，我就能重获生命。仅仅是看它一眼，闻到它的花香，就会大大减轻我的痛苦。

就在我准备去找那又香又甜的花蕾时，爱神已经抽出了第二支箭。那是支纯金的箭，名叫单纯，曾让多少世间男女坠入爱河。爱神看我走近，冷不丁一箭射出。它浑身没有半点钢铁，所以能射进我的眼眸，伤及我的心。没有活人能使我痊愈，因为，拔出箭杆虽然不算费劲，箭头却留在了我的身体里。想必你也猜到，如果说先前我满心渴望玫瑰花蕾，眼下这股欲望便越加急迫，痛苦也随之增加，使我不断想要接近那朵小玫瑰。它是那样芳香，远胜过紫罗兰。这时回头才是最好的，可我的心却发出命令，不容我违抗，不住驱使我去它想去的地方。那位竭力想要射伤我的弓箭手也不许我安然通过——能让我挂彩是最好的。于是他放出了第三支箭，它名叫殷勤有礼。这次伤口既深，范围又大，很自然地，我昏了过去，在一棵枝繁叶茂的橄榄树下躺了很久，完全不能动弹。等到恢复力气后，我从肋旁拔出箭杆，只是不管怎么努力，也取不出箭头来。

　　接着我坐下来，怀着焦虑陷入了沉沉的忧思。箭伤令我心烦意乱，催我接近我渴望的玫瑰花蕾，只是弓箭手再度激起了我的恐惧。我也应该害怕，就像被烫伤过的人应该害怕开水。可"必然性"是一种强大的力量，哪怕我要经历枪林弹雨，看见冰雹一样的弩箭和石块，我也会继续前进，因为爱比一切都伟大，他给了我勇气，使我有胆量遵循他的命令。我站了起来。作为伤者，我感到非常虚弱，可我没有被那位弓箭手吓倒，而是使尽力气朝我牵肠挂肚的小玫瑰走去，即使到处都是荆棘、蓟和树莓，而带尖刺的篱笆也将我和玫瑰隔开。离花蕾那么近，让我很快乐，这样我就能闻到它发出来的香气了。

可以随时看它，也令我无比欣喜。我得到了自己的奖赏，在欢乐中忘却了烦恼。留在这里比一切都让人愉快，所以我完全不想离开。可是没过多久，那位撕裂我身体的爱神又发起了新的攻击，因为我的身体已经成了他的箭靶。为了使我受伤，他射出另一支箭，再次命中我的心，穿透了我的胸膛。那支箭叫陪伴，要想攻克女士和少女们的心，没有什么箭比它更快。一瞬间，旧伤传来钻心的剧痛，使我第三次晕倒在地。

在恢复意识的过程中，我不断哀哼和叹气，因为我的疼痛越来越重，已经不能指望缓解或痊愈了。想到最后要成为爱神的牺牲品，我真是巴不得死掉。这时爱神又拿出了他特别珍重的一支箭，在我看来也是最伤人的：它叫貌似有望。它不许情人因为侍奉爱而后悔，不管情人自己感受如何。它又快又锋利，就像一把纯钢的剃刀。不过，爱神不想让我死掉。他给箭头涂满了珍贵的药膏，这样它就不会伤我太重。他希望药膏会缓解我的痛苦，因为它能让人全身舒泰。这药膏是爱神亲手制作的，为了安慰真情人（true lovers），减轻他留在我心上的箭伤。药膏在伤处慢慢扩散，我感到先前彻底麻木了的心又复苏了。如果没有这灵丹妙药，我早就死掉了，而且死得很痛苦。我很快拔出了箭杆，只是新磨的箭头留在了体内。如今有五个箭头在我身体里，恐怕都取不出来。药膏对我的伤很有效，可是因为伤势太重，我疼得变了脸色。箭头很古怪，能让你同时感到甜蜜和苦涩。我意识到它帮助了我，可也伤了我。它带来了痛苦，涂的药又缓解了痛苦。它一方面减轻苦楚，一方面又加重了折磨，因此它救人又伤人。这时爱神一面快步朝我走来，一面朗声说：“我的臣仆啊，你已经做了我的俘虏，既不可能逃走，也无法自卫。投降吧，放弃抵抗吧。你越是甘心臣服，也就越快能获得恩宠。对该奉承和乞求的人傲慢是愚蠢的。你不能与我相争，我希望你懂得，使坏和摆架子对你毫无益处。投降吧，因为我要你投降，和平和心甘情愿地投降。”

我立刻回答说：“我凭天主的名义起誓，我愿意把自己交给您，永远都不抵挡您。天主也不许我动这种念头，这不对也不合理。您可以随意对待我，把我吊起来也好，杀了我也好，我知道反抗是无济于事的，因为我的生命在您手里。您不愿意的话，我甚至都活不过明天。我希望您会使我健康快乐，因为谁都给不了我，唯有您的手——那伤了我的手，能够救治我。无论您是否要我做您的囚徒，我都不会认为自己受了骗。不，我向您保证，我也不会生气。我曾听闻您的诸般好处，所以，我愿把整个人交给您，全心全意服侍您。如果我遵行您的旨意，那就没有什么能够伤害我。到了某个时刻，我想，我也会得着我盼望的怜悯。有鉴于此，我愿意投降。”

于是我想要亲吻他的脚，他却扶起我，对我说：“你这样答复，赢得了我的喜爱和敬重。确实，粗野不文的人说不出这样的话来，这番话对你很有好处。为你自己着想，我希望你向我宣誓效忠，并且亲吻我的嘴，这是出身低下的人绝不会有的荣幸。我不许乡下人和猪倌与我亲吻，因为我只接受一种人的效劳，就是高贵有礼的人。服侍我常常会痛苦，任务也很繁重，不过他也因此能赢得我的敬意，得到我给予的荣誉。能跟随一位这么好的主人、这么有声望的恩主，你会高兴的，因为爱为殷勤有礼持守尺度、扛抬旌旗，他仁慈、高贵，举止文雅，没有瑕疵。服侍和尊崇他的人将与卑鄙无缘，远离不端之举和一切恶习。"

于是我合上双手，从此成了他的臣属。你可以相信，当他的嘴亲吻我时，我感到十分骄傲，那是一种无上的欢乐。随后他要我向他作担保。"我的朋友，"他说，"很多人对我效忠，然后辜负了我。那些不老实的叛徒常常辜负我，我已经听到了很多对他们的指控。我有多伤心，他们会知道的。如果他们落到我手里，我就要他们好看。现在，因为我爱你，我希望能信得过你，还要你和我一体同心，这样你就不能背誓食言，或做出什么错事。要诡计是一种罪行，可在我看来，你似乎是个正派的人。"

"先生，"我说，"请听我说。我不明白您为什么要我作担保。您很清楚，您偷了我的心，哪怕我愿意，没有您的许可我也什么都做不了。我的心是您的，不再属于我，不论好歹，它都会遵行您的旨意，没有人能从您那里夺走它。您已经派了守卫，一刻不停地把守着它。如果这样您也还是不放心，那就给我的心造一把钥匙吧，然后带在身上，它能够代替担保物。"

爱神回答道："我敢说，你的话很有道理，我准许了。能让心听命，就足以让全身听命，再要求别的就太不理智了。"接着，他从他的钱包里掏出一把十分精美的纯金钥匙，对我说："我用这个锁上你的心，就不再要别的担保了。我的珠宝都归这把钥匙管，我凭灵魂向你起誓，它就是我珠宝盒的女主人，拥有无上的权力。"然后他碰了一下我肋旁，锁上了我的心。他的动作温和，我几乎没有感受到钥匙的触碰。

到此为止，他的意愿完全满足了，我也打消了他的疑虑，于是我对他说："先生，我非常渴望照您的旨意去办，而我也恳求您，凭着对我的信赖，好心接受我的效劳。我这么说不是出于懦弱，因为我不怕服侍您。只不过，做仆人的哪怕立下汗马之功，如果不能让他服侍的主人满意，那所有努力就是徒然的。"

爱神回答说："不用烦恼。既然你自愿追随我，我也乐意接受你的效劳，将来还会大大提拔你，只要你不使坏心辜负我。不过，你不会很快得到这一切，因为只有持之以恒才能成就大事。我们必须坚忍，努力奋斗。你经受折磨时会受伤、身体疼痛，但是忍耐等候吧，因为我知道有一种药剂能让你痊愈。如果你忠贞不移，我会给你一种最好的药膏，治疗你的伤处。不过我敢说，我会看出你是否在全心侍奉我，是否在日夜遵行我的诫命——也就是我给所有真心人的诫命。"

"先生，"我说，"凭天主的恩典，您离开前请把诫命告诉我吧，我会得到激励，努力去遵行的。如果我对它一无所知，也许很快就会出错。我希望能学习它，因为我但愿自己什么错都不犯。"

而爱神回答："你说得很好。现在，好好听着，把我的诫命记牢。如果门徒不谨记听到的话，那老师就是在浪费时间。"然后爱神把他的诫命逐字传给了我，你接下来便会听到。这部传奇会将它们讲解清楚，任何有志于追寻爱的人都该留心，因为爱情传奇（romance）现在提升改进了。如果有人能诵读的话，下面的内容值得仔细聆听。这个梦会有一个美丽的结局，昭示出全新的意义。我可以保证，任何人只要听到结尾，就会学到不少爱的游戏，只要他愿意等我把梦的含义讲清楚。现在真相仍旧隐藏，可是当你听完我的解释，一切都会水落石出，因为我绝不会说谎。"首先，"爱神对我说，"如果你不想违犯我，我要你从此弃绝卑鄙的事。我诅咒并且弃绝所有热衷于这些事的人。那些事使人卑下，对我来说，喜欢那些是不道德的，错误的。卑鄙的人残忍无情，他既不能服侍人，也不能友爱人。

"不要说长道短，把不该传言的事说出去。造谣诽谤很恶劣：想一想那位作总管的凯（Kay）①吧，从前他声名狼藉、招人憎恨，是因为他说话恶毒。如果说，高文（Gawain）②受人尊敬，是因为他教养好又高贵有礼，那人们谴责凯，是因为他比其他骑士都更加邪恶、冷酷、傲慢，而且嘴巴恶毒。

"要谦恭有礼、待人亲切，说话文雅温柔、合理合宜，不管对方地位高低。走在街上时，要养成先向人致意的习惯。如果有人先招呼你，你不能不回话，而且还要立刻还礼。其次，粗言秽语不可出口，鄙俗之事连提都不可以提。如果一个人谈论肮脏下流的事，我会认为他不是谦谦君子。要敬重和服侍一切女子，竭力为她们效劳。如果有人讲某位女士的坏话，要斥

---

① 在亚瑟王传奇中，凯是亚瑟王的义兄，后来成了他的总管，通常以恶毒和嘲讽人的形象示人。——译者注

② 在亚瑟王传奇中，高文是亚瑟王的侄子，其形象是教养与勇猛的典范。——译者注

责他，叫他噤声。应当竭尽所能讨夫人和小姐们的欢心，这样她们或许会听见关于你的好话，使你声名大增。

"还要避免骄傲。有见识、能明辨是非的人都知道，骄傲是愚蠢和有罪的。一个受骄傲影响的人没法制服自己的心去服侍、去祈求。骄傲的人行事与真正的情人相反。愿意为爱劳苦的人应该态度优雅。立志去爱却没有优雅的风度，那是徒劳的。优雅不是骄傲，优雅的人摆脱了骄傲和愚蠢的自以为是，因此更可敬。还有，要照着收入来好好打扮自己，衣服和鞋都要好，因为好衣服能提高一个人的身价。还要找一个裁缝打理你的衣服，他必须够老练，能把衣服裁剪合身，袖子缝得优雅。靴子和绑带鞋总要保养一新，穿起来恰好合脚，让那些粗人们看见都争着议论说，你是怎样把鞋穿上去的，又是怎么把脚套进去的。要戴上手套，束好皮带，还得有一只丝绸钱包。如果你的财产不够，那尽力就好，只是要过得高尚优雅，别毁了自己。人人都备得起花环，那并不贵。或者在圣灵降临周戴一只玫瑰花环，也不至于太破费。

"外表要整洁，不能有一点污垢。好好洗手，把牙刷干净，指甲缝里有了黑泥的话，不能置之不理。袖子要束好，头要梳，但是不能描脸化妆：那是女人做的事——还有那种声名狼藉的人做的事，这些人的爱是不道德的。

"此外还要牢记保持愉快的心情。准备好去笑，去享乐，因为愁眉不展的人得不着爱的垂青。爱是一种非常高雅的疾病，能让人大笑、欢喜、乐在其中。正因如此，情侣们才会一时喜滋滋，一时忧闷闷。有时觉得痛苦的滋味还怪甜的，有时又苦得不能下咽。前一刻还在嬉戏玩闹，下一秒就哀叹起来，埋怨自己的不幸。这边流着泪水，那边又把歌儿唱。如果你懂得逗趣，那会令人开心：我命令你这么做。每个人都需要做对自己最有益的事，这样他会得着称赞和尊敬。

"如果你自觉敏捷健壮，就不要怕多跑多活动。如果你是一名熟练的骑手，就该纵马奔驰，到处周游。如果你擅长竞赛，那会使你声名鹊起。如果你精于武器，你会赢得男人们十倍的喜爱。如果你的声音清澈纯净，当别人请你唱歌时，绝不要推却，因为歌唱得好会增添你的魅力。同样，年轻人还应当学会弹奏维奥尔琴和西特琴、懂得跳舞，这些都能大大提高他的身价。不要落下卑鄙的名声，那对你损害很大。要比无知愚蠢的普通人更慷慨，对情人而言，这才是合宜的。不愿意给予的人也不懂得爱。任何不辞辛劳为爱效力的人都必须杜绝贪婪，既然他为了得着一个眼神、一个甜美无忧的笑容，已经完全献上了自己，既然他已经得着那样一份厚礼，就该无偿献出一切。现在，我想简单地提醒你，帮助你去记忆，因为不复杂才容易记住。谁想让爱做自己的主人，就必须谦恭有礼、不骄傲，还要高雅快活，为他的慷慨大度而敬重他。

"接下来，我要给你一个做补赎的机会：无论昼夜，你都不要后退，而要让你的意念集中在爱上面。要常常思想，不可停止。回味那甜蜜的时刻，追想那位使你有欢乐相伴的人。为了使你成为真情人，我希望——而且也命令你，让自己的心只归属一个地方，不要分心走意，而要专注、诚实无欺。因为我不喜欢和人分享共用。人一心多用，就会处处都入不敷出，唯有一心一意的人，我不替他担忧。所以我希望你这么做。只是要注意，不可出借你的心，如果你怀着那种念头，我会认为你做了可耻的事。慷慨相赠、倾囊而出更有好处。因为，如果是借予东西，那这种恩惠一下就可报答，债务也还清了，而对赠礼的回报却必定丰厚。所以要欣然付出一切，给得甘心是最值得珍惜的，勉强的礼物从来都不中我的意。

"当你照着我的忠告去爱，你会尝到恋人之忧，恋人之苦。每当你想起你的爱人，你总是不得不离开身边其他人，免得他们注意到你为什么受煎熬。你会独自走开，离人远远的，独自长吁短叹、不住地发抖，还有许多别的痛苦症状。你将要忍受各种不幸，时冷时热，脸也一阵白一阵红，比三日疟或间日疟厉害得多。在脱离这处境前，你会尝遍爱情里的痛苦。而在另一些时候，你会陷入沉思，看起来就像一尊哑巴塑像，动也不动，眼皮也不抬，半天都不说一句话。最后你回过神来，发现自己这副模样，吓了一个激灵，就像人害怕时的反应，然后你又会深深叹息。现在你觉得吓人吗？要知道，那些吃尽苦头的人都会如此。

"然后你想起心上人离你那么远，你会说：'天主啊，不能去我心所在的地方，真是不幸啊！为什么我单单把心派去了呢？我总想着那里，却又见不着。既然我能让眼睛护送我的心，如果它们不陪着它，那它们看到的东西对我有什么好处？它们应该待在这里吗？不，应该去拜访我的心头爱。当我远离自己的心时，我会觉得我在混日子。天主在上，我真是个傻瓜！我应该到那里去，而且一定要这么做，因为除非能打听到一点消息，我是不会安宁的。'接着你便动身上路了。可是处在这种情形下，你没法实现目标，白费了许多工夫。你得不到心里渴望的东西，一筹莫展，只好忧忧愁愁地打道回府。

"接着你就落入了悲惨的境地，再次被各种叹息、痛苦、战栗团团围困，它们比刺猬还要刺人。谁要是没听说过，就去问问那些痴情人吧。你没法让自己静下来，反倒又跑出去，想碰一下运气，看看能否撞见自己一心渴望的东西。如果你费尽辛苦终于见到了它，你就会忙着大饱眼福，为眼前的美色欣喜若狂。我保证那一见会让你的心烧得发疼，你越是盯着看，那火苗儿越被扇得旺。男人越看他爱的东西，就越像给自己的心烧上一把火，还刷上肥油：刷油就好比点火扇风。每个恋人都会追着烧他的火不放，当他感觉到它就在身旁，反而会凑得更近。那火就是他对爱人的层层幽思。是她，使他被这烈焰吞噬：他越是靠近她，就越渴望爱她。愚人和智者都知道近火更灼人的道理。

"你一旦见到了你的喜乐，就再也走不动道了，而在不得不离开后，又老是想起所见所闻，觉得自己犯下了最让人沮丧的过失，那就是没胆和她说话。当时你一声不吭地站在她身边，就好像你有多傻、多窘迫似的。你肯定会觉得，在这位漂亮女士离开前没能和她聊几句，真是一桩错误。你因此而痛苦。如果能从她那里得到哪怕是一句问候，那也够值一百马克了。

"然后你会咒诅自己的命运，找机会再去那条街，因为你在那里见过她，却未能开口。如果能进到她家里就更好了，那将是你全部往返和一切旅程的终点。那样很好，只是小心别被人看穿，找些别的借口，因为审慎一点是明智的。如果碰巧有机会对那位美丽的夫人说话或致意，你会窘迫得血流加快、满面通红，正想开口时，理智和言辞都一起弃你而去。如果你终于壮起胆子谈话，又会因为在她面前害羞而讲得七零八落。在那种时候，没有人能清醒到不忘词，除非他是个骗子。只有假心假意的人才能妙语连珠，不怕也不慌张。他们都是些马屁精，那些残忍可恶的骗子，口里说的是一样，心里却在想另一样。

"你谈完了，没出任何错，可是却觉得非常丢脸，因为你忘了说一些得体的话。然后你会备受折磨：这是一场没有尽头的较量和苦斗，情人永远也得不着自己所求的，总觉得少了点什么，总是不得安宁，战争似乎没有结束的一天，除非我决定带给他和平。当夜幕低垂，你的苦楚又增加了上千倍。你躺在床上，却几乎感觉不到欢乐，因为当你觉得快要睡着时，又发起抖来，一个劲地打寒战，心里纷乱不安。你只好翻身侧躺，一会儿变成仰躺，一会儿又趴着，就像人得了牙痛病一样。接着你会追想她的身姿、她的容貌，觉得一切女子都无法与她相比。而我要告诉你一件古怪又妙不可言的事：有时候，你觉得自己似乎抱住了那位光彩照人的姑娘，她赤身躺在你怀里，好像已经完全倾心于你，做了你的伴侣。只要你足够疯狂，紧抱着妙想不放，你就会毫无道理地沉浸在这空中楼阁里，实际上那却是假象和妄想。不过你也没法一直这样，紧接着你就会开始哭泣，说：'天主啊，我做了个什么梦？那是什么？我身在何处？这念头是从哪里来的？的确，我但愿有一天能重复梦见它十几二十回，因为它滋养了我，带给我欢喜快乐。可是我会死的，因为它不能持久。天主啊，我能不能见到想象实现的那一天？我希望想象能成真，哪怕我会当场死掉。可如果是死在心上人的怀里，那死亡就伤不着我。爱让我受伤受苦，使我流泪叹气，可如果爱能将我的爱人带来，完满我的欢乐，那我愿意为这些折磨付上公道的代价。不过这不是真的！我想买的东西太贵了！提这么过分的要求是不明智的。如果有人要干蠢事，被拒绝才合情合理。

"'我怎么敢说这种话呢？许多比我可敬、比我声望更高的人，哪怕得着比这小得多的报偿，也会深感荣幸的。可是，假使我的美人俯允，愿意以一个小小的吻来满足我，那我的痛苦就得到了丰厚的回报。只是这不可能，我可以认为自己是发了疯，因为我倾心的东西既不能让我欢喜，也没有益处。啊，现在我又在像个傻子和无赖似的说话了，因为她看我一眼，抵得过我和别人在一起的全部快乐。求天主帮助我，我很想现在就见到她，哪怕只有一小会儿——谁见到她不会痊愈呢？天主啊，要到什么时候才天亮？我在床上待太久了，既然我得不着自己想要的，干躺着有什么用呢？睡又睡不着，也没有片刻休息，真是无聊透了。确确实实，我觉得既厌倦，又苦恼。黎明还没有到，长夜也迟迟不肯过去。如果是在白天，我就能起来了。太阳啊，看在天主的份儿上快些露面吧！不要耽搁了，让黑夜退去吧！连同它带来的疼痛，我已经受苦太久了。'

"如果我算是对相思病有所了解的话，我要说，你会像这样整晚辗转反复，不得安宁。当你再也受不了在床上干瞪眼时，你就只好起来套上衣服鞋袜，在天亮前穿戴整齐。接着，不管外面是严寒还是下雨，你都会偷偷直奔心上人的家，而她睡得正香，多半不会想起你。你有一次会跑到后门，想看它是否恰好开着。你徘徊不去，独自在凄风苦雨里踯躅。接下来你又会跑到前门——如果能找着开着的窗或锁，你就会把耳朵贴上去，倾听里面的人是否睡了。如果你的美人独自醒着，那我建议你，让她听见你的哭泣和长吁短叹，这样她便会知道你因为爱她，没法在床上安歇。除非她的心肠很硬，否则，女人肯定会怜悯这样为她受苦的男人。而你既然爱那至圣所，哪怕它连一点慰藉也不给你，那你也可以在离去前亲吻那扇门，只是小心别待到天亮，这样就不会有人在那条街、那座宅子前看见你。

"像这样来去奔波，加上失眠和默想，情人会日渐消瘦：你将亲身体验到这一点。减重对你是合宜的，因为你知道，爱不会让真正的情人有好气色，也不会使他们长肉。这样你就能看出谁是负心人。不管他们怎么说自己没了食欲，不吃不喝，可我看那些骗子比修道院的正副院长们还胖。

"我还要告诫和命令你，务必让这家的女仆认为你是个出手大方的人：送她一件衣服，让她为你说好话。也要尊敬和重视你的心上人，连同她的一切朋友，因为他们会带给你许多好处。当她的密友对她说，他们发现你是个有礼貌、有教养的体面人，那她对你的爱会多一半。也不要离乡去国，不得不走的话，别把你的心带走。想办法尽早回来，让人看得出你渴望见她——那位留住你的心的人。

"现在我已经告诉了你，一位情人该怎样为我效劳。照着去做吧，倘若你想因你的佳人而得着快乐。"

爱神这么吩咐完后，我问他："先生，情人们要怎样忍受您历数的痛苦？我真是被吓坏了。那么多的痛苦和折磨，那么多的悲伤、叹息和眼泪，还有没完没了的忧愁、不眠不休的警戒，一个人怎么能活得下去？天主在上，我真的很惊奇，哪怕是铁打的人，也没法在这样的地狱里熬过一年。"

而爱神回答了我的问题，并且讲解清楚了："亲爱的朋友，凭我父亲的灵魂起誓，不付代价得不到任何好东西。因为我们花的钱越多，就越看重所得到的。经过痛苦才到手，也更让人快乐。真的，没有什么痛苦比得过情人受的折磨。爱的磨难没有书能说尽，没有传奇能写完，就像海水流不干。可是情人一定会活下去，因为生命对他们来说是必需的。人人都乐意逃过一死。一个人被囚禁在黑暗、肮脏、到处是臭虫的地牢里，只能吃黑面包或粗麦面包，却没有被折磨死，是因为希望在安慰他。他还是会想象自己突然走运，被释放。被爱俘虏的人也怀着同样的渴望。他盼着得救，这就使他有了力量和勇气，能够忍受牺牲。希望给了他忍耐，使他能够面对数不清的痛苦，因为一种极大的幸福会胜过痛苦千百倍。希望通过忍耐来获胜，并且赐给情人们生命。希望是应当称颂的！因为她为情人们的志业服务。她也是殷勤的，对有勇气坚持到底的人，哪怕有再多艰难险阻，她也始终站在他身边，距他只有一臂之遥。她甚至能够感动窃贼，让快要上绞架的人也满怀缓刑的希望。希望会护卫你，在你需要的时刻绝不会袖手旁观。

　　"我还要送你三样礼物，它们会给被我网住的人带来莫大的安慰。第一个能安慰身陷爱网之人的是遐想（Pleasant Thoughts），他会让他们记起希望的应许。当情人在痛苦中叹息、哭诉时，遐想会及时减轻他的悲伤与不幸。而且，他的到来会使情人想起希望承诺过的欢乐。接着，遐想会在他脑海里唤出一双笑眼、一只不大不小的漂亮的鼻子、一张香喷喷的樱桃小口，他还会高兴地想起那双优美的膀臂。而当他忆起一个笑容、一次友好的问候，又或是那位女士给过他的和蔼的一瞥时，他的快乐就更是翻了一倍。用这个办法，遐想平息了爱带来的痛苦煎熬。我希望你接受这份礼物。至于第二件，它也同样甜美，如果你不肯要的话，那你就是个最难取悦的人了。

　　"第二件礼物是畅谈（Pleasant Conversation）。他援助过许多年轻男女，因为人人都喜欢听别人谈论自己的爱人。所以才会有一首关于女子深陷爱河的歌，唱出那么殷切的歌词：'多么愉快，'她说，'当人们对我谈起我的爱！我发誓没有什么更能止痛，当人们对我谈起我的爱！'这位女士很清楚畅谈的价值，因为她已经尝过很多次了。因此我强烈地建议你，去找一位明智、慎重、能让你对他说出愿望和一吐为快的朋友。他对你会很有帮助的。当你觉得不堪忍受时，就能去找他安慰你，两个人一起谈谈那位偷走了你的心的女士。你可以向他坦露心事，请教他怎样最能取悦心上人。如果这位可靠的朋友也是个真情人，那他的陪伴就更宝贵了。因为他也会告诉你他的那位是谁，叫什么名字，是不是妙龄少女。而你也不用担心他是出于个人的动机才留意你的爱人，或试图拆散你俩。你们会彼此忠心耿耿的。我向你保证，有一位不怕让他知道秘密和心事的朋友，有多舒坦。你试过就会知道这么做是值得的。

"第三件礼物和眼睛所见有关，那就是喜见（Pleasant Looks）。如果心上人在远方，人会觉得喜见总是姗姗来迟。我建议你留在她身边，那样就不至于很久都得不到喜见的慰藉，因为他能使情人心花怒放。在一个快乐的清晨，天主使他们看见苦念已久的心爱的至圣所。见到它的那一天，他们心里的苦恼一扫而光，也不再害怕任何风波和搅扰。不仅如此，当眼睛享受盛宴时，因为向来训练有素，它们会想与心灵分享自己的快乐，以此来减轻它的痛苦。作为一流的信使，眼睛会及时报告所见所闻。而心灵高兴到一个地步时，势必会忘却先前的痛苦和阴霾。就像光驱散黑暗，喜见也会驱散使人昼夜忧伤的阴霾。因为心灵渴望的东西，眼睛已经看见了，于是它也就不再害病了。

"现在，我已经把困扰你的事解释得很清楚，因为我如实地告诉了你，什么是有益的，什么能够保住情人们的性命。现在你晓得谁会安慰你，至少你还拥有希望，当然还有遐想、畅谈和喜见。愿这每一位都保护你，直到你得到更美的指望。因为将来你还会享有许多其他好东西，不会更少，只会更多。不过现在，我只能给你那么多了。"

第三章　希望与绝望

他说完他的意愿后，一下就消失了。我还来不及开口，就吃惊地发现眼前已空无一人。我忍着伤痛，心知只有玫瑰花蕾才能使我痊愈，它也是我唯一渴望的东西。除爱神之外，我不相信还有谁能帮我得到玫瑰。而且我很清楚，如果他不帮助我，我也就根本没有了机会。

玫瑰们被围在一圈篱笆里，倒也合宜。可我也很想能钻到篱笆里去，因为花蕾的香气比香膏还甜。要不是怕被人责怪，我早就这么做了，虽然那样看起来就像我想去偷花似的。

我正琢磨要不要越过篱笆，突然看到一位英俊可亲、外表无可挑剔的年轻人向我走来。他名叫欣迎（Fair Welcome），是殷勤有礼的儿子。他彬彬有礼地让出通向篱笆的小路，用一种友好的语气对我说："亲爱的朋友，现在就请穿过篱笆，去欣赏玫瑰的香气吧。我保证你不会遇到任何糟糕和无礼的事，只要你别太鲁莽。如果我能帮得上忙，那就不用你开口，因为我愿意为你效劳。我对你说这些话，完全是出自一片真心。"

我对欣迎说："先生，我愿意接受你的保证，并且感谢你，相信你对我说的这番好话。这表明你有一颗十分高贵的心。你乐意的话，我接受你的效劳。"于是我立即穿过长满荆棘与野玫瑰的篱笆，在欣迎的陪同下，朝那朵闻起来最香的玫瑰走去。我敢说，我离花蕾非常近，几乎触手可及，那真是让我高兴极了。

欣迎帮了我大忙，让我在那么近的地方看到了玫瑰。可那附近藏着一个粗人，名叫严拒（Rebuff），他是所有玫瑰的看守者和监护人。那恶棍躲在别处，有草和叶子遮挡，可以让他进行监视，当他看到有人想要伸手摘玫瑰时，就能当场捉住他们。这残忍的家伙不只一个人，还有恶舌（Evil Tongue）——一个告密者——和他在一起，连同羞耻（Shame）与惧怕（Fear）。在这几个人中，羞耻最勇敢，因为你也知道，追究血统和家系的话，她是理智（Reason）的女儿，而她的父亲是极恶（Fiend），一个丑陋可怕到极点的人，理智从没与他同过床，只是看了他一眼，便怀上了羞耻。天主使羞耻出生后，贞洁（Chastity）——她本应是玫瑰和花蕾的女主人——正饱受登徒浪子的骚扰，急需帮助，而且维纳斯昼夜围困她，老是偷走她的玫瑰和花蕾。贞洁挡不住维纳斯的攻击，求理智将她女儿差来。理智见她没有能力自卫，便同意了她的祈求，派单纯诚实的羞耻前来襄助。随后戒备（Jealousy）又召来惧怕：戒备能更好地保护玫瑰，惧怕则一心听从戒备的命令。于是便有四个人在护卫玫瑰：如果让人摘走一朵玫瑰或花蕾，他们就会遭到一顿痛打。要不是他们突然冲出来，我早就安全抵达了。而那高尚而又殷勤的<u>欣迎</u>则竭力要使我满意。他总是鼓励我接近玫瑰花蕾，摸一摸那生出它的玫瑰<u>丛</u>。他准许我这么做，是因为他觉得我渴望这么做。他还把一片翠绿的叶子摘下给我，因为它生在花蕾近旁。

拥有这片叶子使我得意起来。而且，因为觉得和<u>欣迎</u>已经熟稔亲近，我相信自己可以行动了，便鼓起勇气，将爱如何俘获我、伤了我，都告诉了他。"先生，"我对他说，"只有一件事能带给我欢乐，因为我心里有一桩极为严重的顽疾。我不知道要怎么开口，因为我怕那会使你恼火。比起让你生气，我更愿意让钢刀把我切成碎片。"

"告诉我你想要什么，"他说，"不管你说了什么，都不会让我难过的。"于是我开口说道："尊敬的先生，你知道，<u>爱</u>令我饱受折磨，你不要觉得我是在对你撒谎。他使我身上受了五处伤，疼痛永远也不会减轻，除非你能送我玫瑰花蕾——那朵比其他玫瑰更婀娜的花蕾，它决定了我的生和死。除此以外我别无他求。"

<u>欣迎</u>惊慌起来，对我说："兄弟，你在追求无望的事。那接下来呢，你要让我蒙羞吗？如果你把花蕾从花丛上摘走，你就确实是骗了我。这是不对的，它不该离开生养它的地方，你要求这种事是不名誉的！让它生长和开花结果吧，因为我也很爱它，不管是为了谁，我都不愿意把它与玫瑰花<u>丛</u>分开。"

说时迟那时快，那个大老粗<u>严拒</u>突然从藏身的地方跳了出来。他块头大，皮肤黝黑，头发硬直像刷毛，眼睛红得跟烧着了似的，还生着一只皱巴巴的鼻子、一张丑脸。他像个疯子似

的嚷嚷道："欣迎，你为什么把这年轻人带到玫瑰花丛里来？你在干坏事，我可不愿意搅和进来，因为这人想要害你。人人都会遭殃的，除了把他带进花园里的你之外！谁为叛徒效劳，谁就跟叛徒一样坏。你以为你在给他帮忙，可他却想办法叫你丢脸，让你难受。年轻人，逃吧！插上翅膀飞出去吧！因为我要杀了你。欣迎不晓得你的底细，还拼命为你效劳；而你呢，却想要骗他。我不愿意信任你，你图谋不轨，这是再明白不过的。"

我不敢逗留，因为那又黑又丑的恶棍威胁要打我。他使我在恐惧间匆匆跳出篱笆，他还不住地摇晃脑袋，声称我如果敢回来，非叫我在他手上吃苦头不可。

欣迎逃走了，我还留在原地，因为羞愧而震惊，后悔不该把想法和盘托出。我回想自己的愚蠢，意识到如今我只能品尝悲伤和烦恼的滋味。最沮丧的是我再也不敢越过篱笆了。没有尝过爱的人不知道折磨的滋味，没爱过的人也不会懂什么叫剧痛。爱把这痛苦——就是他告诉过我的痛苦——全都实施在我身上了。我受的折磨没有一颗心能够想象，也没有一张口能讲述哪怕是其中的四分之一。想到以后只好把玫瑰抛到脑后，我的心都要碎了。我久久处于这样的状态，直到那位夫人从塔楼上望见了我，因为她身处高处，视野极佳。夫人名叫理智。她步下塔楼，径直来到我面前。她不年轻也不老，不高也不矮，不胖也不瘦。她双眼闪亮如星，戴一顶头冠，看样子是位重要的人物。她的外貌和面容使人一望即知，她是蒙福之地（paradise）的产物，因为那全然平衡与匀称的形体，自然裁作不出来。如果书上说的不假，她依着天主自己的样式与形象，于苍穹中被造；她蒙他赐下美德，拥有力量与权柄阻止人变得愚蠢荒唐，只要人愿意信任她。我正怀着悲伤站在那里——看啊，理智发言了：

"亲爱的朋友，你那么痛苦烦恼，是因为愚蠢和孩子气。五月的美曾让你满心欢乐，那天的你太不走运了。你寻求这园子的荫蔽，保管钥匙的闲散便为你开了园门，让你陷入不幸。和闲散这样的人交朋友是愚蠢的，因为她的陪伴很危险。她背叛欺骗了你。如果不是她引你进入这迷人的欢娱之园，爱就不会见到你。如果你曾行事愚昧，现在就尽可能扭转情势吧，别再听信令你痴心妄想的建议了。快乐（Happy）就是这样，他学了教训，不再犯傻。至于说年轻人会干些蠢事，我们也不用惊讶。现在我要告诉你，劝你忘了你的爱情，我看出它是如何征服了你，折磨着你，把你变得虚弱。我想没有更好的法子能让你彻底恢复健康，因为那残忍的严拒一心要狠狠对付你，你也不该去试探他。不过，严拒与我女儿羞耻比起来，就算不得什么了。羞耻是那些玫瑰的看守者和护卫人，她可不是个傻瓜。你应当畏惧她，对你来说，没有谁比她更危险。

"除他们以外，还有恶舌，他不会让任何人去碰那些花的。你还没动手呢，他就已经在三百个地方把这件事讲了一个遍。你要对付一些可怕的人。现在好好想一想其中的利害吧，是彻底放弃呢，还是追求给你带来煎熬的东西？那被称作'爱'的骚乱，不过是愚蠢罢了。彻头彻尾的愚蠢，天主可以做证！一个情思缠身的人什么都做不好，对世俗好处也浑然不在意。如果他是个文书，他就浪费了自己的才学。倘若他另有营生，那他几乎不可能将其从事到底。不仅如此，他吃苦受难，比隐修士或白衣修士更厉害。这痛苦是无穷尽的，欢乐却只在一瞬间。即使真有什么欢乐，它也不长久，而且还得看机遇。我见过许多人竭力要得到它，最后却一无所获。既然你已经向爱神屈服，你就绝不会听从我的建议。你那浮躁易变的心会使你陷入这种愚蠢，哪怕你很快意识到了，也需要相当的技巧才能摆脱它。现在，把爱情忘了吧，它使你的生命变得分文不值，如果你不罢手，这愚蠢只会有增无减。下定决心挣脱束缚吧，制服你的心，做它的主人。你必须运用你的力量，对抗心里的各种意念。一个人若总是听信自己的心，就不能避免愚行。"

听了这番训斥，我怀着怒气答道："尊贵的夫人，我请求您不要责难我。您叫我制服自己的心，使爱不能再控制我。那么，您觉得爱会允许我平复和控制自己的心吗，既然这颗心已经完全属于他？您在谈不可能的事。我说得更确切一些：爱彻底制服了我的心，它已经任凭他摆布了；他对它拥有无上的专权，甚至造了一把钥匙来锁住它。现在，让我安宁吧，您在浪费口舌。我宁死也不愿被爱指责，说我不忠和背叛。我希望最后能成为一位真情人，以此来受赏罚。这样的指责让人太苦恼了。"这样一来，理智便离开了。因为她很清楚，她无法用规训使我放弃自己的目标。

我待在那里，又生气又伤心，不住地哭泣哀叹，因为我不知道该怎么摆脱困境。后来我记起爱叫我去找一位同伴透露心声，说那会大大减轻我的痛苦。于是我想起过去有一位最最忠诚的伙伴，名叫朋友，我再也找不到比他更好的人了。于是我迅速去到他那里，就像爱建议的那样，把我遇到的种种障碍都告诉了他。我还向他诉苦，说严拒赶走了欣迎，还险些毁了我，因为他见我向欣迎谈起我想要得到玫瑰；他还说，如果再看见我越过篱笆，不管我有什么理由，都要我好看。

知道事情的真相后，朋友没有吓唬我，反而对我说："我的朋友，放宽心，不要沮丧。我认识严拒的时间很长。很久以前我就发现，他习惯了侮辱、攻击和威胁坠入爱河的人。一开始总是这样。不过，如果你觉得他残忍，到最后他会变的。我非常了解他，好话和乞求能够软化他。现在我告诉你该怎么办。我建议你去请求他，求他怀着爱与和解的精神，放下敌意；你要诚心诚意答应他，往后绝不做任何触犯他的事。如果有人奉承他，他会很容易就平静下来。"朋友的话很有说服力，令我稍觉安慰，因为他使我有勇气和愿望去安抚严拒。

我满怀羞惭去到严拒那里，想要与他和解，但没有越过篱笆，因为他已经禁止我这么做。我发现他直挺挺地站着，满面怒容，一副残忍相，手里还抓着一根带刺的棍子。我垂下头对他说："先生，我是来乞求宽恕的。如果我曾经让你生气，那我非常抱歉。现在我准备弥补过失，不管你要我做什么，我都会去做。我向你保证，是爱令我如此行事，我无法从他那里收回我的心。可我决不再谋求任何令你不快的事。比起冒犯你，我更宁愿自己受罪。现在我恳求你的怜悯，求你息怒，因为我真是胆战心惊。我还要向你郑重保证，在你面前管好自己，绝不违犯任何规矩，只要你恩准一件事，那是你禁止不住的。我不求别的，只求你准许我去爱，你同意的话，要我做什么都行。其实你也拦不住我，这点我不想骗你。我会继续爱下去，这与我的身份相称，不管这么做是让人高兴还是着恼。不过，哪怕给我一堆和我体重一样重的银子，我也不希望违背你的意愿。"

我发现严拒看起来非常严厉，既不愿意宽恕我，也不愿尽释前嫌。可是我如此慷慨陈词，终于使他息了怒。他简短地对我说："你的要求没让我不乐意，我也不想拒绝你。你放心，我一点也不生你的气。你爱不爱跟我有什么相干？我又不会为它发冷发热的。爱呗，只要你永远别靠近我的玫瑰。你要越过篱笆，我就对你不客气。"

就这样，他答应了我的请求。于是我赶紧告诉了朋友。他听说后，就像一名好战友一样高兴。"现在，你的事进展很顺利。严拒会对你开恩的，因为在施展了傲慢之后，他常常会让人得偿所愿的。如果碰上他心情好，他还会可怜你的痛苦。现在你要忍耐等候，直到他有好心情的时候。按照我的经验，残忍将被忍耐战胜和驯服。"

朋友就和我自己一样巴望我成功，这使我深感安慰。随后我告别了他，回到严拒把守的篱笆前，因为我无论如何也想见到玫瑰花蕾，除它以外，我已经没有别的欢乐了。严拒经常留意我守不守信，不过我对他的威胁非常害怕，完全不想违抗他。在很长一段时间里我都很辛苦，竭力达成他的命令，想要赢得他的友谊。可我也迟迟等不来他的恩惠，心里痛苦万分。

他总能看到我哭泣叹息，因为他使我在篱笆外昼思夜想，既不敢越过雷池，也不敢靠近玫瑰。他当然能看出爱毫不留情地统治着我，也能看出我不是会背信食言的人。可他实在是残忍，一点也不可怜我，也不肯对我宽厚些，哪怕他已多次听见我在哀叹。

当我陷此危难，看啊，天主派来了慷慨大方（Generosity），和她一起的还有怜悯（Pity）。她们毫不迟疑地去找严拒，因为她们看出了我的需要，愿意尽可能帮助我。

慷慨大方女士十分仁慈，她首先开口说道："严拒，我奉天主之命告诉你，你让这位情人在你手里受到这样的虐待，实在是冤屈了他。你这么做是卑劣的，因为我发现他对你没有犯下任何过错。如果爱迫使他屈服，你该怪他吗？他的损失比你大多了，因为他受的痛苦多。可是爱不许他懊悔，他也阻止不了自己，这就像活生生被火烤着一样。亲爱的先生，折磨他对你有什么好处？你这样和他对着干，难道只是因为他怕你、尊重你、受制于你吗？倘若爱抓牢了他、囚禁着他，你要为此恨他吗？你应该更加宽待他，更加甘心乐意，而不是做一个自吹自擂的无赖。殷勤有礼命令我们，要对地位比我们低的人施以援手。听到哀求却不肯让步，那是十足的铁石心肠。"怜悯也说："暴力诚然征服了谦卑，可是，如果暴力维持的时间太久，那就是邪恶的，残忍的。为此我请求你，严拒，不要再对付这个多情又不幸的人了，他从未对爱不忠。在我看来，你伤他太深，他做的补赎实在太苦，因为你夺去了欣迎的友谊，那是他最渴望的。在这之前他就已经够惨了，现在又受着加倍的折磨。如今他身处绝境，仿佛行尸走肉，因为他身边没有欣迎。爱对他已经毫不留情，你为什么还要去害他？他受的折磨都到顶了，就算能让你高兴，也没法再多一分。所以别再虐待他了，这么做你也得不到任何好处。从现在起，让欣迎向他施恩吧，让罪人寻见慈悲吧。既然慷慨大方赞同，我也请求和敦促你，不要拒绝她的要求。不肯听我们差遣的人是卑鄙残忍的。"

听了这话后，严拒平静了一些，也不再坚持己见了。"尊贵的女士们，"他说，"在这点上，我不敢拒绝你们，否则我就太卑鄙了。既然这是你们的愿望，那我会准许欣迎与他作伴，也不再挡他的道。"

于是，能言善辩的慷慨大方去找到欣迎，客客气气地对他说："欣迎啊，你远离这位情人太久了，一直都没有垂顾他。因为你不再见他，他变得十分忧郁悲伤。如果你希望享有我的爱，那就善待他，满足他的心愿吧。你该知道，之前严拒使你不能靠近情人，可怜悯和我已经合力把他制服了。"

"您希望我怎么做，我就怎么做，"欣迎说，"既然严拒已经准许，那这么做就是对的。"于是，慷慨大方便打发他来找我。

欣迎先向我问好，态度非常温柔，对我也比以前更友善。随后他挽起我的手，带我进入严拒曾禁止我去的禁地。现在我有了许可，哪里都能去。我感觉就像从地狱升到了天堂，因为欣迎领着我四处走，而且竭力要使我高兴。

我走近玫瑰，发现从第一次见面后，它长大了一些。它生在枝子顶端，比过去要大。不过我很高兴它还没有打开到让人能看见种子。它的花瓣挺立，一层层拢住，没有露出种子，却使玫瑰显得紧实饱满。愿天主祝福它！它开放时将比先前更红、更美，而我也为它的美妙感到惊奇。它的丰姿愈增，爱对我的约束也就越来越牢固；我越是尝到欢愉的滋味，绳索在我身上也就缠得越紧。

我在那里逗留了相当久，因为欣迎很爱我，尽力陪伴我。当我看到，无论我需要安慰还是帮助，他都不会拒绝我时，我便向他提了一个要求——我想这是提出它的恰当时候。"先生，我诚实地告诉你，我极想得到玫瑰的一个吻，它是那样沁人心脾。如果不冒犯你的话，我想请你把它当作礼物送给我。先生，看在天主的份上，告诉我你是否同意我亲吻它，否则我是不会这么做的。"

他回答说："朋友，天主替我做证，那样我会被贞洁恨恶的，否则我无论如何也不会拒绝你。我不敢答应你，因为反对贞洁便是犯罪。情人们苦求我准许他们亲吻，可她总是禁止我这么做。因为男子接成吻后，要罢手便难了。你应当知道，谁得到了一个吻，就得到了奖赏里最好和最让人快乐的部分，而且，它还是余下那部分的定金。"

听了他的回答，我也就不想为一个吻继续乞求了，因为我怕惹他生气。别人不愿意，就不该烦扰人，给他们增添烦恼。我们都知道，橡树被砍一下绝不会倒，葡萄不榨到极处也不会变成酒。我仍然一心渴望得到玫瑰的吻，因为那是我朝思暮想的。就在这时，维纳斯前来援助我了：正是她，一直不断与贞洁抗争。她是爱神的母亲，曾帮助过许多有情人。她右手持一支燃烧的火炬，那火焰使多少女士变得火热。她打扮得很优雅，就像女神仙子。她身着华服，任何人都一望即知，她与哪个修会都没有瓜葛。我也不用提她的长裙、面纱和装点头发的金发带，以及她的搭扣和腰带——要想一一道来，得花很多工夫。不过你完全可以相信，她的风度极佳，没有一丝骄矜之气。维纳斯走到欣迎面前，对他说："亲爱的先生，为什么你要刁难这位情人，不让他得到一个愉快的吻呢？拒绝他是不应该的，因为你很清楚，他是一位忠仆，一位有情人。而且他足够英俊，值得别人爱他。瞧他多高雅，多好看，多迷人啊，对谁都温文有礼，而且满腔赤诚。不仅如此，他还是个年轻人，一点都不老，这就更宝贵了。如果他挂念的某位小姐或城堡女主人难以讨好，我肯定会说：那人配不上他。他不会变心的，而你也会在他的亲吻中沉醉，因为我猜他的呼吸十分甜美。他的嘴巴不丑，唇红齿白，像是专门为了使人快乐；牙齿干净，绝不会有牙垢和脏东西。我看明智的做法是答允他，让玫瑰给他一个吻。如果你肯听我的话，那就该满足他，因为你也知道，越耽搁越浪费时间。"

　　维纳斯和她的火炬力量十分强大，欣迎感受到融融暖意，立即同意以吻相赠。我也完全没有浪费时间，当即撷取了玫瑰那甜蜜怡人的吻。不需要问我快不快活，因为一种香气渗进我的身体，扫荡了全部痛苦，抚平了爱的煎熬，过去它们是多么剧烈啊。我从来没有那么高兴过：亲吻一朵芳香可爱的花能令人痊愈。日后我再怎样悲伤，对它的回忆也会让我喜上心头。

不过，吻了玫瑰之后，我还是度过了许多苦恼和痛苦的夜晚。因为再平静的海也会翻风起浪：爱情是无常的，一时使人欣慰，一时令人断肠。它绝不会一成不变。

现在，是时候讲讲我与羞耻之间的斗争了（后来她使我遭受重创），还有墙是怎么被加高的，以及在那之后，爱神如何经历艰难险阻，攻占了那座华贵又强大的城堡。我愿意把这故事写下来，不因懒惰而耽延，因为我相信它能让那位好人（愿天主祝福她！）高兴。只要她愿意，她给我的回报比任何人都大。

首先要讲的是恶舌。他喜欢推测情侣们的状况，会把他知道的坏事全部抖搂出来，翻来覆去地说。这人察觉到欣迎对我的垂顾，就沉不住气了。因为他母亲是个恶毒的老妇人，他在口舌方面和她一样唐突无礼，尖酸刻薄。从那时起恶舌便开始控诉我，说他愿意用自己的眼睛打赌，我和欣迎一定有什么见不得人的勾当。那恶人到处诽谤我和殷勤有礼的儿子，以致惊动了戒备。她听到那些流言后万分焦虑，立刻跳起来跑去找欣迎，就像一个精神错乱的人，因为她急坏了。紧接着，她开口骂道："没用的家伙！你怎么昏了头，对一个行事可疑的年轻人那么好？我看得很清楚：这奇怪的年轻人给你灌了迷魂汤，把你说服了。我再也不信任你了！没错，应该把你关在塔楼里，因为我也找不到别的好办法。羞耻离你太远，没有留心看住你、管好你。我看她对贞洁什么用也没有，居然让一个不知好歹的坏种混进了我们的禁地，同时败坏我和她的名声。"

欣迎不知道该怎么回话，本来他能跑开躲起来，不让她当场抓到他和我在一起。可是，我见那毒舌妇要来与我们争吵，立刻转身逃走了，因为那样的争吵让我很烦心。

而羞耻因为害怕自己犯了大错，也走上前来。她的样子谦恭、简朴，没有包温帕尔头巾，而是戴着修女头巾，就像修院里的修女。她似乎吃了一惊，所以开口时声音很低："尊贵的女士，看在天主的份儿上，不要相信恶舌的诽谤。他撒谎成性，已经骗过许多可敬的人。欣迎不是头一个被他指控的，因为恶舌惯于捏造关于年轻男女的无稽之谈。当然，说欣迎不好控制，也不是不对，因为他总能去招惹那些跟他不相干的人。可我真的不相信他会有意干坏事，做蠢事。他母亲殷勤有礼确实教过他努力结交朋友，她自己就没爱过一个蠢人。我可以向您保证，欣迎没别的过错和毛病，他就是太快活了，又爱和人开玩笑。没能监督他、责备他，肯定是我失职，我求您宽恕。如果我反应太慢，没来得及做该做的事，我也为此难过。我懊悔自己的愚昧，从现在起我会全心全意看守欣迎，绝不再犯这样的错误了。"

"羞耻啊，羞耻，"戒备说，"我真怕会遭到背叛。纵欲（Lechery）已经变得非常强大，很快就会让我名誉扫地。我会害怕一点也不奇怪，因为色欲（Lust）主宰着全世界，而且权势越来越盛，不管是在大修院（abbey）还是在隐修院（cloister）里，贞洁都不再安全。所以我要造一堵新墙，把玫瑰花丛和玫瑰都圈禁起来，免得它们被一览无遗。我信不过你的监护，也看得很清楚，再好的看守也不能使人免遭损失。除非年底之前能把这事料理完，否则我一定会被人看成头号的大傻瓜。要采取有效的措施，那些窥探我的玫瑰、想要我的人，我一定不会让他们如愿以偿。一刻也不能耽搁了，马上就要造起一座要塞，把玫瑰圈起来。中间再建一座塔来关押欣迎，因为我怕他会干蠢事。我要把他看得牢牢的，这样他就不能跑出去和那些小流氓厮混。那些人一个劲地奉承他，想叫他丢掉名誉。那些坏蛋发现他又蠢又好骗，可要是我在，他就会知道只要他给他们好脸色看，他就要倒大霉了。"

戒备还在说时，惧怕到了，听了那些话吓得够呛。她打着哆嗦，一声也不敢吭。因为知道戒备在生气，便退向一边，直到她离开，只剩她和羞耻两个人。她俩怕得两股战战。惧怕垂着脑袋，对她的表亲羞耻说："羞耻啊，想到要为我们根本无法掌控的事挨训，我真是难受极了。四月常常来了又去，五月也常常去了又来，我们都没怪过它们；可现在，戒备不相信我们了，还说那样难听的话来辱骂我们。我们直接去对严拒说清楚，说他实在是大错特错，没有死守禁地。他让欣迎公然为所欲为，真是太宽松了。现在他必须改变这个状况，要不，他十有八九得从这里逃跑：如果戒备恨起他来，对他大发雷霆，他肯定担不住。"

凭着这样的决心，她们找到严拒，发现那大老粗躺在一棵山楂树下，用一大把草代替枕头，正要睡去。羞耻走去摇醒他，破口骂道："到底是倒了什么霉，你要在这么糟糕的时候睡觉？谁再信你就是傻子！把玫瑰和花蕾交给羊尾巴看都比给你看得好。你本来应该拿出凶狠的样子去欺负人，现在却成了软脚蟹。你是疯了吧？居然同意欣迎把一个男子放到禁地里，给我们招骂！"

"你睡觉的时候，我们只能白白被人数落。现在你还要躺着吗？立刻起来，去把篱笆的入口全都堵住。对谁都不要可怜。有着你这么一个名字，除让人痛苦烦恼外，干什么都不相称。让欣迎慷慨大方、温柔体贴去吧，你就该粗暴残忍、野蛮好斗。要说粗人也会有礼，那是胡扯，我听过有谚语这么说，鸢变不成雀鹰。如果你摆出一副和蔼的样子来，所有人都会把你当傻子的。你还想叫他们高兴，对他们好，帮他们的忙吗？你是越来越马虎了，人人都会说你变得软弱了，谁巴结你都信。"

而惧怕也接着说："确实，严拒，我真意外，你没有睁大眼睛把守应该把守的东西。如果戒备越来越生气，你很快会遭殃的，因为她很冷酷，对谁都不怜悯，还随时准备吵架。今天她一个劲地数落羞耻，又威胁要把欣迎赶走，说只要她在，就要把他关一辈子。这都是因为你软弱，丢光了先前的劲头。我想你是失心疯了，而且还会惹上大麻烦。如果说我对戒备有那么一些了解的话，我敢说她会要你好看。"

那坏蛋听见自己被这样威胁，把兜帽朝脑后一推，揉起眼睛，摇着身子，又皱起他那只鼻子，最后一翻白眼，怒冲冲地说："你说我被打败了，倒是能让我发疯呢。如果我守不住这个禁地，那我肯定是嫌命长了。要有一个活人能跑进来，就让我被烤肉叉子叉着烤死。想起那些来过的人，我真是气死了，情愿叫两支矛把我扎个窟窿。我完全明白，之前我就像个蠢货，可现在你俩要帮我好好弥补。我会守好禁地，绝不再偷懒。谁要叫我逮住，那他还是待在帕维亚（Pavia）的好。只要我还活着，就不许人说我是懦夫、胆小鬼，我可以对你们发誓。"

　　然后严拒站起来，满脸怒容，抓着一根棍子，开始巡察禁区，四处去找应该堵起来的小道、小径和豁口。现在情势全变了，因为严拒比以前更冷酷，也更难打交道。那煽动他气焰的人真是要了我的命。从现在起，我再也见不到我的心头爱了。惹恼欣迎也让我极其懊丧。当我想起玫瑰，我的四肢都在发抖，因为我曾经离它那么近，想见就能见得着。我又记起那一吻，那比香膏还甜的味道充满我的身体，几乎使我晕倒，它的香甜还在我心里萦绕不散。我对你说，当我想起必须放弃这一切时，我真情愿死掉。我曾经把它紧紧贴在我的眼睛上、脸上和嘴唇上，如果爱再也不许我摸到它的话，那真是糟透了。是的，我再也没有机会了。我品尝过它的滋味，于是这渴望烧着了我，激动我的心，使我更加饥渴迫切。如今泪水回来了，叹息回来了，彻夜不眠的忧思、颤抖、哀叹和抱怨也都卷土重来：我将受尽折磨，因为我已堕入地狱里了。咒诅恶舌！由于他那谗言之舌，我不得不咽下这苦果。

　　现在是时候讲一讲，那一肚子猜疑的戒备是怎么做的了。为了挖壕沟，她把那地方的工匠和石匠一个不漏，全叫来了。他们先是在玫瑰周围挖，挖得又宽又深，为此花掉了许多银币。壕沟挖好后，石匠用凿好的石块在上面建了一座墙，不是建在松散的沙土上，而是建在磐石上。墙基比例恰当，墙根深入到沟底，上部慢慢收窄，这样墙会更坚固。墙是规整的四方形，每面六百英尺，长宽相等。塔楼是方形石料造的，一座挨着一座，上面有高高的墙垛。塔楼一共有四座，分别坐落在四个角上，这样不容易被攻破。门楼也有四个，周围的墙又高又厚。有一个前门，造得易守难攻；有两个边门，还有一个后门，不怕任何投石机。吊闸也做得很完善，足以让墙外的人发愁，谁敢靠得太近，都会被抓住。

在禁地中央，那些精通这门手艺的人造了一座塔，一座无与伦比的塔，又高、又大、又宽。不管被什么样的战争器械攻击，墙都不会倒塌，因为造墙的灰浆是生石灰混合了浓醋制成的。墙基是天然岩石，硬度堪比金刚石。塔是圆柱形的，全世界没有第二座塔比它更完美，设置更完备。一堵外墙围着塔楼。那有着无数玫瑰的树丛便生在这座塔与外墙之间，生得无比繁茂。城堡里还备着弩炮和多种机械装置。你能看到城垛上架着投石机，所有射孔里都放着用螺旋千斤顶发射的十字弩，什么盔甲都禁不住这种射击。想要靠近城墙真是太傻了。壕沟后面是墙围起来的禁地，墙坚固无比，上面有低矮的墙垛——骑兵绝不可能不费一枪一炮就安然直抵壕沟。

我描述的这座城堡由戒备驻守，而且我相信，<u>严拒</u>拿着第一道大门的钥匙，那是朝东的门。据我所知，总共有三十个武装随从跟着他。第二道是朝南开的门，由<u>羞耻</u>防守，她精明又多计谋，我只能告诉你，她带着一大群扈从，他们随时听从她的吩咐。<u>惧怕</u>也有一支军队，他们驻守着下一道门，就是左边朝北开的那道门。除非门锁着，不然<u>惧怕</u>总是很不安；她很少让那门打开，因为一点点风吹草动都会让她心里发慌。<u>恶舌</u>

（愿天主咒诅他！）带着诺曼人的士兵，防守着后门。他常在其他三道门间来回走动。当他知道轮到他值夜时，他就会在那天傍晚爬上城墙，把他的笛子、喇叭和小号调好音；有时他会唱一些歌、一些短诗，在风笛的伴奏下即兴编作新歌。其他时候他会用竖笛伴奏，唱起他从来没找到过一个诚实的女人：

"谈到不贞和放荡，哪个女人会不喜笑颜开；这一个不道德，那一个只管涂脂抹粉，再一个又用眼神把你勾；这一个粗俗，那一个痴傻，第三个话总说不够。"恶舌谁都不放过，能从所有人身上挑出错来。

而戒备（她被天主搅乱了心神）正驻守着圆塔。你该知道，她将最信任的朋友安插在那里，所以那里有一支大军。欣迎被囚禁在塔的高处，塔楼大门闩得那么严实，没有任何人可以逃脱。一个老妇人（愿天主使她蒙羞）和她一起，监守着他。她要做的只是看守他，不让他干出什么蠢事来。谁都没法靠发信号或做手势骗过她，因为她对骗术无不精通。年轻时她也曾有份于爱的欢乐、爱的摧折，那是爱给予信徒们的赏罚。欣迎默默倾听着。他很怕老妇人（Old Woman），也不敢乱动，免得她察觉出他有什么不轨，因为什么惯用手段她都很熟。戒备一抓到欣迎就把他关了起来，这样她就安心了。她看见自己的堡垒那么坚固，也非常安慰。她不再怕有骗子从她那里偷走玫瑰或花蕾：玫瑰花丛都被好好地圈了起来，防护可以说是固若金汤。不管醒着还是睡着，她都觉得十分安全。而我只好待在墙外，沉浸在悲痛中。了解我生活的人，都会深深同情我的。现在，爱当然知道该怎样为他出借给我的好东西要价。我以为我早就买下了的东西，他又卖给我一次，令我更加穷困。我失掉了那份欢乐，那份我从未拥有的欢乐。我还能说什么呢？我就像朝地里撒了种的农夫，在看见叶子长得又密又好时，心里一团高兴。可是，在得着哪怕一捆收成之前，他都可能会受苦遭害，一朵邪恶的云兴许会出现在他头顶，在抽穗的当口使穗中的籽粒死去，夺走他的盼望。他怀抱盼望实在是太早了。

　　我很怕会失去盼望，没了期待。因为爱的青睐，我已经和欣迎相谈甚密，他也正准备接受我的殷勤。可爱又如此善变，就在我自以为赢得了一切时，瞬间又被夺去了一切。时运（Fortune）也一样。她使人喝饱一肚子苦水，下次又去迎合他们，抚爱他们。她的样貌瞬息万变，一时微笑一时凄楚。她有一只时运之轮，能随她所愿，使最低微的人一步登天，又让显赫者有一朝卑贱如泥。我就是这样被击倒的！眼睁睁看着那些墙和壕沟，不敢也不能过去，对我来说没有比这更惨的了。自从欣迎被监禁起来后，我就失掉了福气和欢乐，因为我全部的喜乐与救赎都在他那里，在玫瑰身上，如今却都被幽禁在高墙里。如果爱想要治愈我，就得让欣迎从里面出来，因为我不可能在别处找着荣誉、幸福、健康和快乐。欣迎，我可爱可亲的朋友啊，即使你身在囹圄，至少也为我持守你的心，无论如何也不要让狂暴的戒备征服它，虽然她控制了你的身体。如果她惩治你的身体，那你要让自己的心坚如顽石，抵挡她的劝诫。倘若你的身体得不到释放，那就以你的心来爱我吧！一颗高贵的心不会因为被打和受到虐待，就不再去爱了。如果戒备对你严苛无情，折磨和侮辱你，那你至少要在精神上反抗她，为你自己报仇。因为她待你这么傲慢无礼，你又不可能用其他方式复仇。这样的话，我就会觉得自己受的苦都值得了。不过我怕你不会这么做。也许你在生我的气，因为你是为我的缘故才失去了自由。可这不是因为我对你做了什么错事，因为该保密的事，我半点都没有跟人讲过。天主为我做证，这桩祸事使我比你受苦更多，没人能说清我在忍受多重的苦行。当我记起自己的损失，我简直悲愤欲绝，因为损失太大，太明显了。我相信，只有死亡才能终结这份恐惧和痛苦。我知道那些造谣的人、那些因为嫉妒而出卖我的人想要害我，我不该害怕吗？啊，<u>欣迎</u>，我很清楚他们想骗你，而且很有可能已经这么做了。我不晓得情况会变成什么样，可我胆战心惊，生怕你已经忘了我，那我就只好与痛苦不幸为伴了。如果失去了你的好意，就再也没有什么能够安慰我了，因为我不信任其他任何人。

　　* 纪尧姆的诗到这里就结束了，从下面开始，是让的续写。

第四章　理智的劝告

也许我已经失去它了，我已濒临绝望。唉，绝望！我不该这样，我永远也不应该绝望，因为，倘若希望抛弃了我，我就一文不值了。我必须从她那里寻求安慰，因为爱对我说过，这样我更能忍受自己的痛苦，因为希望会时时保护我、陪伴我。可是那又如何？那对我有什么用呢？虽然她很谦和，待我又亲切，但她什么都不确定，让情人们饱受煎熬，自己倒成了他们的女主人、他们的情妇。她用许诺骗了很多人，因为她常常许诺，却从不守信。所以，愿天主帮助我，因为她是个危险人物。多少情人倚靠过她——将来也还要靠她来维系爱情。可他们从来都没有实现过自己的目标。我们不知道该相信什么，因为连她也不知道会有什么事发生。所以，和她太亲近是愚蠢的，当她抛出一个漂亮的三段论时，我们就该害怕她得出否定结论。她总是这样，让多少人受了她的骗。不管怎么说，她希望有她陪伴的人能得着好处，我这样挑剔她是不明智的。可既然她终止不了我的痛苦，她的意愿对我又有什么用呢？实在有限得很。她唯一的补救是许诺，可光是口头答应，总不拿出结果，那价值就不大了。没有人知道她任凭我受了多大的苦。我遭到严拒、羞耻和惧怕的压迫，被戒备和恶舌虐待。恶舌毒害所有的牺牲品，用他的口舌折磨他们。这些人囚禁了欣迎，我却时刻记着他，而且我知道，没有他我就活不长了。在这当中，最要命的是那肮脏、下流、卑鄙的老妇人，她肯定牢牢看着他，使他不敢去张望任何人。

从现在起，我越发悲惨了。没错，爱神出于怜悯给过我三样礼物，可全都是白费劲：遐想对我毫无帮助，畅谈也没带给我什么助益——天主做证，我还把第三样弄丢了，那就是喜见。他们确实是好礼物，却对我一点用也没有，除非欣迎能脱离那牢笼，他被关起来是不公正的。我想，我会为他丧命的，因为，我不相信他还能活着出来。出来？没门。凭借谁的英勇才能逃出那样的要塞和堡垒？我的努力自然也是没用的。我肯定是疯了，才会向爱神宣誓效忠，那时我肯定连一半的理智都没有。是尊贵的闲散小姐让我这么做的：当时她听了我的祈求，为我在那可爱的园子里提供容身之所——愿她和她的作为都蒙羞！如果她知道好歹，就无论如何也不该听我的。愚妄人的信用还不如一只苹果呢，在干出蠢事之前，他就应该受到责备和教训。我是个傻瓜，她全看在眼里：她的所作所为没有给我增添半点好处。她使我的心愿实现得那么彻底，现在我只好自食其果，独自悔恨。我该把自己看作疯子，因为理智给我解释得很清楚，我却没有听从她，没有立刻弃绝爱情。

理智怪我陷入爱情，她是对的；我只好承受这惨痛的后果，而且，我相信我愿意悔改。悔改！唉，我为什么要那样做呢？我会成为不忠的叛徒，并因此而丢脸。魔鬼会控告和攻击我，我会背叛我的主！欣迎也会遭到背叛：如果他因为对我殷勤有礼，而死在戒备的高塔里，我会恨他吗？对我有礼？是的，有礼到任何人都难以置信，因为他愿意让我跨过篱笆，去吻玫瑰——我不该对他忘恩负义的，无论如何也不该。天主啊，我绝对不该抱怨爱神，嚷嚷着来反对他，或者是反对希望与闲散，她们对我是那样和蔼可亲，埋怨她们的善意是不对的。

这么说来，除忍受痛苦，用自己的身体去殉难之外，我无事可做。而且还要怀着坚定的盼望，直到爱神赐给我安慰。我必须等候怜悯，因为我清楚地记得，他曾经对我说："我乐意接受你的效劳，将来还会大大提拔你，只要你不坏心辜负我。"他就是这么说的，一字也不差。他显然是疼爱我的。所以，如果我想得到他的感谢，就只有好好侍奉他，此外别无他途，因为任何过错都在我。爱神无可指摘，因为说真的，神从不犯错。错全在我，只是我不明白错在哪里，很可能我永远也不会明白。

不论我是逃，还是面对将要发生的事，都随便吧，爱神想怎样对我就怎样对我吧。如果他愿意，他能让我死掉。我不可能实现自己的目标，可如果我办不到，或没有人帮我办到，我必死无疑。如果爱神愿意帮助我，就算他加给我各种痛苦，我也肯服侍他。什么痛苦都伤不了我。让事情按照他的意愿发展吧，他愿意的话，就让他来补救，我实在是无计可施了。

不过，不管我会有什么遭遇，我求他在我死后纪念欣迎，那人要了我的命，却没有害过我。无论如何，为了死前可以叫他高兴，也因为我再也受不了他加给我的痛苦，我要毫不羞愧地向你——爱——作告解，忠诚的情人们都会这么做。我想说出我的遗愿：我死去后，把我的心留给欣迎，除此以外，我再也没有别的馈赠了。

我因自己受的折磨长吁短叹，而且知道谁都治不了这令人发狂的苦情。就在这时，我看见美好迷人的理智再次向我走来，她听见我恸哭，便从高塔上下来了。

"亲爱的朋友，"可爱的理智说，"事情进展如何？现在你对爱感到厌烦了吗？你受的苦还不够多吗？你对爱的折磨有些什么感想？它们是太甜蜜，还是太苦涩？现在你能够采取中庸之道了吗？那足够帮助你。你侍奉的主人俘虏了你，奴役了你，不停地折磨你，他是一位好主人吗？你向他效忠的那天是不幸的，卷到这种事里真是蠢透了。毫无疑问，你根本不懂自己在跟一个什么样的主人打交道，如果你足够了解他，你就绝对不会成为他的人。就算会，你也不可能服侍他超过一个夏天，甚至是一天、一个小时。相反，我相信你会立刻与他断绝关系，也绝不会爱什么*par amour*①。你对他有所了解吗？"

"是的，女士。"

"不，你没有。"

"我有。"

"怎样去了解？用你的灵魂吗？"

----

① 　*par amour*，大致相当于典雅之爱的意思。——译者注

"通过他告诉我的事实：'能跟随一位这么好的主人、这么有声望的恩主，你会高兴的。'"

"你对他还有别的了解吗？"

"没有了，除他给我的诫命以外。然后他一下就消失了，比鹰飞得还快，而我还在苦恼着。"

"这样的了解还真是少得可怜啊。现在，我要你好好认识他，因为他的苦味使你喝醉了，变得反常了。没有哪个倒霉的可怜虫能承受比这更重的担子。人应当了解自己服侍的主人。如果你懂得了这一位，你就能轻松地逃出那监禁你、损耗你生命的牢笼。"

"确确实实，女士，既然他是我的主人，我又全心全意做了他的臣仆，如果有人愿意教导我，那么，能够听说他的事，了解他更多，我会非常高兴的。"

"我发誓，我很乐意教导你，既然你有心听。现在我要严肃地对你解释一些很难证明的事。很快你就会有所了解，但不是通过知识；有所领悟，但不是靠理智，因为那些事没法凭借解释和理智去领会。这是为了让一心想着爱的人明白，除非他愿意逃离爱情，否则他的痛苦不会减轻。这样我就能解开你怎么也解不开的心结。接下来我要说明爱情是什么，请留心听。

"爱情，与和平为敌，以怨恨为友，对忠诚不忠，对不忠却忠心耿耿；对惧怕它深信不疑，对希望它深感绝望，对理智它十足疯狂，对疯狂它却变得通情达理。它是一种甜蜜、危险的沉沦，一副容易背负的重担，是致命的卡律布狄斯

（Charybdis）[①]：在同一时间里既乖张又仁慈。它是最有益于健康的一种疾病，又是顶有害的一种健康；是让人觉得丰足的饥饿，是使人贪婪的富裕，是饱醉了的口渴，是口渴难忍的酣醉。它是虚假的欢乐、愉快的悲伤、不幸的喜悦、甜蜜的折磨、无情的甜蜜；是一种滋味，让人同时觉得可口又倒胃口。它是被赦免所触动的罪，又是被罪污染了的赦免；是极为快乐的痛苦，又是十分仁慈的残酷。它是一场变化无穷的游戏，你觉得自己始终如一，又动荡不居；你感到一股意志不坚的力量，一阵强烈的意志薄弱，把事情闹得鸡飞狗跳；你有着鲁莽的理智，十分机灵的蠢劲，你的境况和顺得让人喜极而泣、悲从中来；你笑着笑着便开始啜泣，在那无止境的折磨里倒安顿了下来；你感觉它像个丝般柔滑的地狱，又是个坑坑洼洼的天堂；是让囚犯得以喘息的监狱，又是一片冬寒彻骨的春光。它是一种蛀虫，来者不拒，对紫袍和布衣一视同仁，因为男欢女爱之际，穿华衣美服和穿土布衣服都差不多。从来没有听说谁因为出身高、多才智，是个有勇有力的人，或在其他方面极有品德，而不曾被爱征服。全世界都逃不开这条路，因为他是神，把人人都引上了歧途，除开那些偏行恶道冒犯自然，因而遭到天赋（Genius）绝罚的人。我并不关心这些事，我只是不希望人们这样子去爱，被爱弄得发了狂，最后只好承认自己是个伤心不幸的倒霉鬼。如果你当真不想被爱伤害，希望这桩疯病能够痊愈，那没有别的饮剂比逃开他更有效。这是唯一能令你幸福的办法：你若尾随他，他也会尾随你；你若离开他，他也

---

① 卡律布狄斯，《荷马史诗》中的可怕海妖。——译者注

会离开你逃跑的。"

我仔细听完<u>理智</u>的话，发现她的努力完全不起作用。于是我对她说："夫人，从我这方面说，我还是不知道该怎样摆脱<u>爱</u>。这一课里包含了这样多的矛盾，结果我什么都没学到。

"虽然我可以用心记诵，因为我已经忘不掉它的内容，对它的理解也够我就这个题目向人演说一番，可是独独对我，它没有用处。既然你已经向我描述过爱，那样赞扬它，又那样咒诅了它，那我求你给它下个定义，讲个清楚，好让我更好地记住。因为关于它的定义，我还一点都没听到。"

"我很乐意这么做，现在，请你留心听。如果我的看法没错，爱是一种精神疾病，使两个十分接近的异性极为苦恼，他们都是拥有自由意志的人。它借着人的欲火突然萌生，源于失调的感知，使人渴望拥抱，想要接吻，并设法得到肉欲的满足。情人心里充满这火热的欢乐，对别的都不在意。他不看重生育，只一味追求欢乐。有一类人，他们根本不关心这种爱，却假装情真意切，又不屑于去爱*par amour*，还愚弄女士，向她们承诺自己的身体和灵魂，对即将骗到手的人假意起誓，直到得了鱼水之欢为止。然而这些人是最少被欺骗的，因为与其被骗，不如骗人，尤其在这样一场没有人能议和妥协的战争里。可我知道得很清楚，不是出于臆测：任何与女子同了床的男子，都应该盼望尽己所能，存留上天所赐的精华，在另一个与他相似的造物身上保存他自己（因为人都是易朽的），这样才能保证人代代相传。既然父母会过世，<u>自然</u>便希望他们的儿女繁衍生息，接续这项工作，好维持新旧更替。于是她让这项工作变为一种享受，有足够的快乐，免得从事它的人逃之夭夭或心生憎恶，因为许多人除非被快乐引诱，否则绝不会执行这项任务。

"自然正是这样来运用巧智的。你该知道，如果一个人只想要欢愉，他就不可能有正当的动机，照着他所应该的去爱。你知道追求欢愉的人会怎么做吗？他会像可怜、愚蠢的奴隶一样，向众罪之王屈服，那样的行为是万恶之根，就像西塞罗在《论老年》（*On Old Age*）里证明的。在那本书里，他称颂和渴望年老（Old Age），远胜过渴望青春（Youth）。青春使男人和女人卷入各种危险，既有身体上的，也有心灵上的；这是一个艰难的时期，人难免会丢一条胳膊，或死于非命，或让自己和家族受害蒙羞。因为青春的缘故，人会陷入每一桩恶习，交上坏朋友，跟生活放纵的人搅在一起，而且摇摆不定，毫无常性。他也许会保不住自然赐予的自由，加入某个修院，把自己关在里面，还以为是在施行奇迹，直到被批准入会为止。如果他发现这担子太重，也许会后悔，没多久就离开了。又或许就在那里终老，也不敢出来，而只是心怀羞愧，违心待下去。他在极大的痛苦里悲悼不复得的自由，除非天主怜悯他，终止他的折磨，帮助他通过忍耐的美德来顺服。

"青春让人干傻事，让人喜欢下流勾当，在酒色和邪情中不能自拔。它助长人易变的习性，使人朝三暮四、用情不专。它激起种种争端，过后留下一堆烂摊子。当青春使人的心偏向欢愉（Delight）时，人就会面临这种危险。这都是欢愉借他贴身仆人青春的力量，设下圈套诱捕人的身心，因为后者习惯了做坏事勾引人，将人引到欢愉那里去，其他工作她一概不愿意做。

"可年老会挽救他们。谁若不了解这一点，就可以从现在开始学习，或者问问老年人，他们受过青春的奴役，还记得自己经历过多大危险，做过什么傻事。如今，年老拿走了做那些事的力量，减轻了曾经带来诱惑的愚蠢欲望。她做他们的良伴，与他们同行，领他们回归正路，陪护他们到底。不过她的功劳都白费了，因为谁都不爱她，也不重视她，或者就我所知——至少不会爱到渴望与她为伴的程度。因为人还年轻时，是不会希望变老的，也不想结束自己的生命。所以，当他们开始追忆（他们必须这么做），想起以前干过的蠢事时，就会非常震惊，奇怪自己怎么会做出那样的事，却不因羞耻而感到痛苦。又或者，如果他们曾经受辱受害，他们就会吃惊，自己居然能从那样可怕的危险中脱身，灵魂、身体或财产都没有遭到更大损害。

"你知道那被众多男女看重的青春住在哪里吗？她正值风华之年，欢愉把她养在家里，要她侍候他，哪怕没什么可做，也要她做他的仆人。她也到处跟着他，甘心委身于他，不愿离开他独活。

"你知道年老住在哪里吗？我可以毫不含糊地告诉你，因为你必定要到那里去，除非死亡在你还年轻时，就把你发送到了他那黑暗幽朦的洞穴中。苦工（Travail）与磨难（Suffering）为年老提供了暂时的住所，可他们给她戴上脚镣，虐待她，打她，让她饱受折磨，巴不得早死，心里生出了忏悔的渴望。最后死亡临近了，她看见自己力衰发白，记起青春如何使过去的岁月流于虚空，残酷地骗了她，荒废了她的生命，除非今后她能得到帮助，保持忏悔的习惯，为自己年轻时犯的罪痛悔，通过在苦难中坚持善行而回归至善（the sovereign good）——曾经，那醉饮虚空的青春使她与之疏远。她的'现在'短暂无比，难以数算和衡量。

"不管事情会怎样，任何人——无论是男人还是女人、贵妇抑或女仆，谁想要享受爱，就必须同时渴望它的果实，然而他们不必放弃那份欢愉。我很清楚，许多女人不想怀孕，一旦怀上，就觉得十分苦恼，但她们不抱怨也不抗议，只除了那些连羞耻都管不住的糊涂虫。总而言之，所有献身于这项工作的人都会追随欢愉，只有卑贱人才会不顾廉耻，为钱出卖自己，还有那种不受法律约束、肮脏下流的人。

"可是好女人肯定不会为了收礼物而糟践自己，男人也不该迷恋情愿出卖色相的女人。他难道会以为，一个愿意被剥削的女人会在意自己的身体吗？他真是被害得悲惨，骗得凄凉，居然想象这样一个女人会爱他，只因为她称他为爱人，对他微笑，使劲地利用他！我们当然不能称这样的畜生为'亲爱的'，她也不配被人爱。应该把拼命搜刮男人的女人看得一钱不值。我不是说，她不该为了自己快乐而佩戴好首饰——只要她的情人愿意送她。可她不该开口要，那样很不体面。她也可以回赠私物，只要做得问心无愧。这一来，他们的心便结合在一起了：两人心心相印，彼此相许。不要以为我会拆散他们。我为他们能在一起、能那样做而高兴，他们就和一切谦恭有礼的情人们一样。可他们应当远离不节制的激情，那会点燃男人的心，使他们变得狂热。他们也不该爱得饥渴无厌，那会激起不忠，使人贪婪。真爱来自真心，礼物对它的支配不该大过身体上的快乐。可是那网罗了你的爱，它给了你肉体欢愉，这就使你对其余的一切失去了兴趣。所以你一心想要玫瑰，不再向往其他事物。瞧你的身体，都没有两根手指头宽了，正是它使你日渐消瘦，夺去你全部勇气。让爱留宿，就等于接待了一位会带给你痛苦的客人：你家里来了个灾星。所以我建议你撵他走，因为他会夺走所有对你有益的想法——别再留着他了。

"因爱饮醉的人都是不幸的。当你在这倒霉的欢愉上荒废了光阴，葬送了青春，最后你就会明白这一点。如果你活得够长，亲眼看见自己摆脱爱，你会哀悼浪费了时间，可一切都无法挽回了。这还是你真能逃脱的情况下。因为我敢说，这牢牢抓住了你的爱，已经让许多人失去了他们的理智、时间、财产、身体、灵魂和名誉。"

理智对我如此长篇大论，可爱却让我一点也没有照做，哪怕她说的每个字我都明白。因为爱深深吸引着我，透过我的每一个念头追逐我，像猎人到处追着他的猎物，又常用他的羽翼遮挡我的心。只要他发现我坐着听那布道，便来铲除我听见的内容：理智从这边耳朵放进来的，他从那边耳朵丢出去，结果使她完全白费工夫，反倒叫我升起满腔怒火。于是我气愤地对她说："女士，你显然是要把我带上歪路。这么说我应该恨人了？我为什么要恨所有人？那样的话，我就是个得不着赦免的罪人，凭天主的名义，那可比当一个贼糟糕多了。对我来说，我没别的选择：要么爱，要么恨。可即使爱一钱不值，如果我选了恨，最后可能要付上更大的代价。你不住规劝我放弃爱，给了我很好的建议，不愿意听从你的人都是傻瓜。

"你还使我想起另一种爱，人们可能会对彼此怀着那种爱，但了解它的人却不多，我也没见你谴责过它。如果你能够解释，我却不乐意听，那我会认为自己是傻瓜；如果你肯好好教导我，那至少我会看出自己是否能了解爱的不同性质。"

"亲爱的朋友，你确实是个傻瓜，因为你把我的劝诫看得一无是处，尽管那是为了你好。不管怎么说，我愿意另布一场道，尽我的力量满足你的要求，你那样要求是很好的，只是我不知道它对你有没有用。世界上有各种各样的爱，且不说那使你变得那么厉害、让你失掉理智的爱。你与它相识，真是你的不幸。天主在上，今后务必要留心躲避它。

"有一种爱叫友谊，是指人们之间怀着好意，没有纷争，遵照天主给予的善心（benevolence）行事。他们凭着仁爱（charity），所有好处都一起分享，这样就没人想要搞特殊了。一个人不该迟迟不帮助另一个人，而应该坚定、忠诚，运用智慧和审慎施以援手，因为，缺乏忠诚的明智是没有价值的。两个人都应该能向对方坦言相告，不管他有多么大胆的想法，都像对自己说话一样安全，不怕被谴责和告发。谁渴望爱得完全，就应当这么去做，而且要让它形成习惯。人只有坚定可靠，不被<u>时运</u>摇动，才是真正可爱的，忠心待他的朋友会发现，他或贫或富，总是如一。看见朋友变得贫困，就不该等他开口求告，因为，对一颗受之无愧的心来说，求来的好意是很坏的，而且要价太高。

"求人馈赠会使高尚的人无地自容。在提出请求之前，他忧心忡忡、烦恼不堪、痛苦至极，困窘得开不了口，又深怕被拒绝。不过，当他遇到一个人，经过反复考验后对他的爱有了确信，他就会把敢想的都告诉他，不管是高兴的事，还是委屈和不平，什么都不会让他羞愧。因为，如果那朋友和我形容的一样，他又有什么好羞愧的呢？他吐露秘密后，既不会被第三个人发现，也不用担心被指摘，因为聪明人会管好自己的口舌。（蠢人就做不到，蠢人永远也没法保持沉默。）那人还会比这做得更多，因为他愿意尽己所能，从各方面去帮助他的朋友。说实话，他急人所急时，尝到的欢乐比受人帮助时更大呢。而且，如果他满足不了朋友的要求，他会跟请求者一样痛苦：爱的力量就是这么大。如果朋友间爱得合宜，彼此担当，就能分掉一半痛苦，带来的安慰还和分享的快乐一样多。

"西塞罗在他的一篇文章里说，根据友谊的法则，我们应该向朋友提要求，只要那是体面的；我们也应该同意朋友的要求，只要它们合理合宜。此外就不要答应什么了，除非是以下两种情形：有人要杀他们，那我们就该尝试营救；有人损害他们的名誉，我们就该保证他们不被毁谤。在这两种情况下，西塞罗准许我们直接出手相护，不用考虑权利和理由，在爱允许的范围内，谁都不该拒绝这么做。我说的这种爱与我的目的并不矛盾，如果你实践这种爱，而避开另一种爱，我会很高兴。头一种爱会被种种美德吸引，另一种爱却将人引向死亡。

"我还想跟你谈一种爱，它也是真爱的敌人，该大受谴责。它属于那样一些人：他们的心染上了贪病，却假装自己是在渴望爱。这种爱极不可靠，一旦失去获利的希望，就注定会消亡。因为，若不爱本人，爱就不是真的；它虚假逢迎，其实是指望得好处。

"这是来自时运的爱，它会亏蚀，就像月亮会被地球遮挡变暗。月亮落入地球的阴影，见不着太阳，它就失掉了光华；当它穿过阴影，从另一侧再次受到太阳的照耀时，它就从阳光中得回了全部的光辉。这种爱本性如此：时而亮，时而暗。只要贫穷用她丑陋的黑袍把它裹起来，不让它看见财富的光彩，它就会黯然失色，并且飞一般逃走；有钱人再度光照它，它才会恢复亮度。因为它随着财富阴晴圆缺。

"富人得到的都是这种爱，正如我所形容的，尤其是守财奴，他们不会洗净自己的心，除去对贪婪那堕落而不知餍足的欲望。有钱人以为有人爱自己，他头上的角肯定比牡鹿还多。这难道不愚蠢吗？他必定是谁都不爱的，又怎么能想象别人爱他呢？这只能表明他愚蠢。如果他真那样想，那一头好牡鹿都比他聪明。凭天主的名义，谁想得到真心的朋友，就得配得上被爱。我可以证明他谁都不爱，因为他虽然有钱，可是看见他朋友贫困，却紧抓自己的财产，不肯分出来一点，只想永远占有它，直到被邪恶的死亡结束生命。与失去钱财相比，他更愿意自己的身子被肢解。所以他一个子儿也不会给人。他与爱无缘。一颗不懂怜悯的心，又怎么能容纳友情？而且，这么做时他对此是知道的——每个人都清楚自己的事。一个不去爱人，也不被人所爱的人，真是应该受到谴责。

"我们对爱的谈论既然引出了时运，那我要告诉你一件奇事，我相信，类似的事你从来没有听过。我不知道你会不会接受，但那是真的，从书里也能读到——那就是当时运脾气乖张、和人作对时，人们从她那里得到的好处和利益，要远远胜过她对人和蔼可亲时。如果你觉得难以置信，那是可以论证的。时运和蔼可亲时会撒谎骗人，使人陷入疯狂，让人感觉她像一位乳养小儿的慈母，一点也不严酷。她假装真诚以待，送人厚礼，也就是荣耀、财富、身份和高位，又把他们安置在她的转轮上。就在一切都变幻无常时，她向他们承诺安稳。她用世俗的繁荣来满足他们，使他们充满自负和虚荣。他们会认为自己的地位够高，够稳固，绝对不可能有闪失。她把他们安置在这样的环境里，使他们相信自己朋友满天下，数不过来也不会失去，因为那些人老是在他们身边来来去去，称他们为主人，发誓效忠。那些人也确实准备舍掉身上最后一件衣服，为保卫他们抛洒热血，为追随和服从他们献出生命。他们听了这种话，感到十分得意，像信福音书一样照单全收，不知道那全是马屁和谎言。如果他们失去了财产，没有了东山再起的希望，他们很快就会发现真相，看到那些朋友的表现。如果失去一百个这样徒有其表的朋友（不管是伙伴还是亲戚），还有一个人留下来，他们就该赞美天主了。我讲的这位时运，当她和人住在一起时，她会弄乱他们的心，用无知来喂养他们。

"可是，当她故意与人作对时，她就把他们拉下高位，并且转动轮子，让他们从巅峰跌进烂泥，像残忍的继母一样把痛苦的药膏贴在他们心上，这药膏不是用醋来湿润的，而是用稀薄可怜的贫穷。这样她就能向人表明，她确实是心口如一的。所以谁也不该信赖时运的偏爱，那一点也不可靠。当人失去财富后，她就让他们懂得从前的那些友爱。因为，靠好运得来的朋友，会被厄运弄得不知所措，都变成敌人，没有人——甚至没有半个人会留下来。一见他们成了穷人，那些人就全作鸟兽散，不再认他们，也不会逗留，反而到处散布流言，批评他们，管他们叫‘可怜的傻瓜’。就连他们身居高位时帮过大忙的人，都乐得到处去对人发誓，说自己很清楚他们有多蠢。他们找不到一个人肯施以援手。可是，真正的朋友却会留在他们身边，心灵高贵的人不会因为财富而去爱，也不指望得什么好处。这就帮了他们的忙，护卫了他们，因为他们和时运没有半点利害关系。朋友永远爱你，友爱不会断绝，哪怕你对它拔刀相向，只除了在某些情形下，就是我现在要说的这种：友爱会因为骄傲和愤怒，或者因为受责受辱，或者因为本该隐藏的秘密泄露，或者是遭到了恶毒的中伤而失落。这些会令朋友逃之夭夭。除此之外，就再也没有什么能损害友情了。不过，这样的朋友十分宝贵，一千个人里才能找着一个。既然没什么比朋友更重要，也没什么比朋友的价值更大，那我们可以说：一个朋友在途中，胜过有钱在腰包里。而且，时运对人不利时，逆境会使他们全都看清楚，他们的朋友通过了试验，证明自身的价值胜过世界能给予的一切财富。所以对他们来说，逆境比成功更有用，因为成功带来的是无知，逆境却使他们有了知识。

　　"至于那种可怜的人，他已经检验过哪些朋友是真诚的，哪些是虚伪的，现在他了解他们，能区分他们了。当他想要多富就有多富时，人人都说要永远为他效劳、对他忠心，如果他还没有得到后来付出代价才获得的知识，那会怎么样？如果他之前就认清这一点，他会少受一些骗。这样看来，如今他遭遇的不幸，把他从傻瓜变成了明智的人，比起欺骗他的财富，不幸带给他的利益更大。

　　"一个人的财宝堆积成山，却放着不用，那财富就不能为他增添什么。有普通的劳动能力，人就能生活富足。一个不如两条面包值钱的人，可能倒比粮食满仓的人更富有，过得更惬意，我能告诉你为什么会这样。后者也许是个商人，心里有无穷的烦恼，在存起家财之前就受尽了折磨。钱连翻带滚而来，却让他时刻担忧，因为不管经营下多少，他都觉得不够。而另一位呢，只靠一天的口粮过活，满足于挣到的钱，凭收入度日。他认为自己什么也不缺，虽然半个子儿也没有，可在他看来，有需要时他会挣到足够的吃饭钱，也能买上鞋和合适的衣服。如果他不巧生病，感到食不知味，他便自己寻思道，不管怎么说，他不用靠吃东西来摆脱病情、脱离危险；也许他只需要一点营养就够了；也许他会再次被送进 hôtel-Dieu（医院），在那里得到很好的照顾。也许他不认为自己会落到这等田地，就算他相信自己会生病，他也会想，生病前他就会存够钱，可以在生病时用。如果他不在乎未雨绸缪，也不怕将来被冻死、热死、饿死，那么，也许他会宽慰自己说，死得越快，就越早去到天国：他相信此生的流放生涯结束后，天主会准许他进入那片福天乐土。〔毕达哥拉斯就说过这些令人敬重的话——如果你读过他那本被称作《金诗》（*Golden Verses*）的书——'当你离开肉身，你将自由升入那至福的高天，抛下你的人性，居于纯粹的神性里。'以这个世界为家的人，都是可怜愚蠢的傻瓜：你的家不在这世上。你能从教士那里学到这点，他们讲解过波爱修斯（Boethius）①的《哲学的慰藉》（*Consolation of Philosophy*），还有其中的思想。如果有人愿意为俗世之人翻译这本书，那真是为他们做了件大好事。]

"他还可能是这么一个人：靠收入生活，不贪求别人的财产，相信自己并不贫穷。因为，正如你们那些大师所说，如果一个人相信自己不可怜，那他就不是个可怜虫，不管他是国王、骑士还是贫民。许多穷人心里十分快活，在沙岸（La Grève）②扛他们的木炭袋子，生活艰难不能令他们忧愁。他们耐心工作，工作结束就踢着腿儿、欢欣雀跃地去圣马塞尔（Saint-Marcel）③吃他们那一份牛肚。他们一点也不在乎什么财富，却把收入和积蓄全花在小酒馆里，回头再去背背抬抬，在这么做时一团高兴，而不是长吁短叹。他们的面包钱是老实挣来的，对偷啊，抢啊从心底里看不起，然后他们会继续从桶里倒酒喝，过该过的日子。倘若他们相信自己足够用了，那就十分富有了。说实在的，照天主知道的好处，哪怕他们做了放贷人，也不会变得更宽裕。我可以告诉你，放贷人绝不富足。他们吝啬、卑鄙、贪得无厌，永远寒酸，一直受穷。

"所以，商人享不了清福，他再怎么不乐意，这也是真

---

① 波爱修斯，公元5—6世纪的罗马哲学家，在中世纪有着很重要的影响。——译者注
② 沙岸，塞纳河畔的一个卸货港口。——译者注
③ 圣马塞尔，巴黎的一处郊区。——译者注

的。因为他心里是一片战场，竞争的心情煎熬着他，使他总想得到更多好处，永远也不知足。他怕失去已经到手的，追逐那些还没得到、也不可能拥有的东西，因为他最想要的是别人的财产。他从事着最难的苦差事，因为他力求吞下整条塞纳河的水，而这是永远也办不到的——总会有一些剩余下来。正是这火辣辣的痛苦、无止境的折磨和恼人的矛盾，撕扯着他的心肝肺腑，以他得不到的来煎熬他。而他赚得越多，缺得越多。

"律师和医生也面临同样的处境，如果他们靠出卖学识来挣钱的话，他们的脖子上就悬着同样的吊索。他们尝到获利的甜头和诱惑，心里燃烧着贪欲，不停地谋算。这位每次给一个病人看病，心里就想，要是有六十个病人就好了；另一位巴望接三十个案子——甚至想要两百个、两千个。世上的神学家也是如此：如果他们是为了尊荣、人的好感或财富而布道，同样的苦恼也会撕扯他们。这样的人过着不诚实的生活，把虚荣当作头等要事，等于是在追求灵魂的死亡。他去欺骗，倒骗了自己。你该知道，这样一位布道者，不管他给别人带去多少好处，对自己却没有半点益处。动机不良的人也许能讲好一场道，可是它对讲道人却没用。它或许给得到教训的人带去了救赎；可对讲道者本人，却只增添了自负虚荣。

"但我们先别谈这些布道者了，来说说守财奴吧。毫无疑问，他们不爱天主，也不敬畏天主，因为当他们看见穷人在门外冻得发抖、快要饿死时，却只管敛财，甚至超过了自己的需要。天主知道该怎么回报他们。过这种生活的人，会遭遇三大不幸：为求财极其劳苦；因为惧怕，又得不眠不休地守护；

最后，为把它们留到身后而忧愁。那些追逐巨富的人生于斯，死于斯，有无穷的烦恼，全是因为缺少爱的缘故，而爱是全世界都缺的东西。如果那些聚起万贯家财的人能够去爱，也被人所爱；如果统治人间的是不被罪恶诱惑的真爱；如果他们知道有人缺乏就去给予，有的越多给得越多，给或借都不是为了放贷，而纯粹是出于仁爱之心（只要受资助者不是居心不良或好吃懒做之人）——那世界上不应该，也不会再有穷人。可这世界病得厉害，人甚至会出售爱。没有人去爱，除非是为了自己的好处，为了得到礼物或服务。连妇女都愿意出卖自己。愿这类买卖倒霉遭殃！

"欺骗（Fraud）就是这样玷辱一切的，他把大家原本共有的好东西变成了人的财产。人们受到贪婪的捆锁，将自己天然的自由换成了卑贱的劳役，变成金钱的奴隶（就是他们锁在自己仓库里的钱）。他们是保管者吗？不如说他们是被拘管的，这真是一种不幸。

"这些蝇营狗苟的可怜虫，把财产当成了主人。钱不花不值钱，他们不明白，反倒对你说，藏得好才算宝。事实并不是这样，可他们真的把钱藏了起来，既不去花，也一个子儿都不给人。无论如何，就算他们全都被吊死了，钱还是会被花掉的；他们死后，不管钱留给了谁，那人都会花得高高兴兴，而他们半点好处也得不到。他们甚至没法保证一直拥有这些钱，或许明天就会有人把它全部抢走。

"财富如果失去了真正的本性，就会受到严重的损害。它该用来帮助人、救济人，而不是放贷得利息。为这缘故，天主把它给了人，人却将它锁起来，藏起来。可财富却以体面的方式报复这些主人：虽然它们的天命是像仆从一样追随人，但它们现在却指挥起人来，以不光彩的方式拉扯人，还用三把剑将人的心刺透。第一把剑是"营营役役"；第二把剑是"恐惧"，因为有了财富后总怕有人将其偷走抢去，这恐惧像拧毛巾一样拧他们的心；第三把剑是"为身后带不走而痛苦"。像我先前说的，他们都是些上当受骗的可怜虫。

"财富就如贵妇和女王，为自己报复了那些把她锁起来的奴隶们。她过得平静安逸，却让那些恶人彻夜不寐、担惊受苦。她牢牢拘禁着他们，将他们踩在脚下。她享受着尊荣，那些人却在她的奴役下忍屈受辱，备受煎熬。他们做这等看守，真是一点好处都没有，至少对保管财富的人而言是这样。他们到死也不敢骂她、气她或让她跑掉，但他们死后她绝对会属于别人。

"然而英勇的人会打击她。他们会坐在她身上，驱策她，用马刺不客气地刺她，这样他们就能过得快乐，从自由宽大的心胸里获得享受。他们仿照代达罗斯（Daedalus）这一榜样，后者凭着自己的巧技，为伊卡路斯（Icarus）①做了一对翅膀，两人逆着常规而行，从空中开辟出自己的道路。这些人也这么对待财富，给了她一对能飞的翅膀，因为他们宁可受伤，也不

---

① 在希腊神话中，代达罗斯是一个雕塑家和建筑师，他在克里特岛为半人半牛怪米诺陶（Minotaur）建造了迷宫。之后，为了摆脱米诺斯（Minos）的阻挠，他为自己和他的儿子伊卡路斯打造了一双翅膀，飞离克里特岛。但是由于伊卡路斯飞得太靠近太阳，他的翅膀熔化了，他也就跌入大海被淹死了。——译者注

想与荣耀声望无缘。他们不想受指摘，被人说他们对那不知足的贪婪有贪欲，那是邪恶的。相反，他们用自己的财富做出种种高尚之事，那些事迹受到所有人的颂扬。他们德行出众，因为心肠慷慨，备受天主的喜爱。我之前教导过你，天主创造了这个世界，用他的恩赐来维系和护理它，他有多憎恶贪婪的恶臭，就有多喜悦乐予的谦恭殷勤。天主讨厌守财奴，他们是彻头彻尾的坏蛋。他谴责他们，称他们为偶像崇拜者，认为他们不幸又悲惨，是些满怀恐惧和不知节制的奴隶。可他们坚持要与钱财捆一起，说这样才安全，才能繁荣昌盛。

"甜蜜的凡间的财富啊，告诉我们，人把你牢牢囚禁起来，你有使他们幸福吗？他们积聚得越多，越是怕得发抖。一个人觉得不安全，又怎么能幸福呢？倘若他缺乏安全的保障，幸福又怎么可能临幸他？

"不过，一些人听了我的话，想要批评和谴责我。他们可能会说，有些国王为了抬高自己的地位（像老百姓认为的），费尽心思蓄养士兵，把他们武装起来（五百人或五千人）。一般人认为这是因为他们勇猛尚武，可天主知道事实正好相反。是惧怕迫使他们这么做，不停地折磨着他们。对一个来自沙岸的穷人来说，他自个儿去哪里都很容易，也更安全。他在盗贼中间就像小鸟一样轻快，什么都不怕，也不担心那些人会对他做什么。这要远胜过身穿毛皮长袍的国王，哪怕后者带着自己积攒的一大堆金银财宝。每个贼都会分掉他一杯羹的。他们会抢光他，或许还想杀了他。没错，我相信他在离开那里之前就会被杀，因为盗贼们会担心，让国王脱身的话，日后他会将他们捉起来，不管他们去到哪里，都会被强行抓捕并且绞死。国王自己去强行抓捕？——倒不如说是靠他手下的人，因为与那个穷人比起来，他自己的力气还不如三只小虫。而那人心无挂虑，只管轻轻松松走自己的路。国王靠的是他手下的人？——凭良心说，我撒谎了，至少也说得不恰当。实际上他们并不属于他，虽然他统管他们，支配着他们。他统管支配着他们？——还不如说他在为他们效劳呢。因为他必须维护他们的自由。他们倒是自己的主人，因为他们随时可以不再做国王的雇工。只要这些人乐意，国王就又是孤家寡人了。他们的好心、英勇、身体、力量和智慧，都不属于他，和他没有半点关系，自然不承认他拥有他们。因此，不管时运怎样恩待人，如果自然使人与其无缘，她也就没法让人占有任何东西，哪怕他们可能获得它。"

"啊，夫人，我凭着众天使的王请求你，无论如何都把这些教给我，让我晓得能不能拥有财产：我很想知道这点。"

"好的。"理智回答说，"不过，不要指望得到田产或房屋、袍子或首饰，不要指望这世上的土地或任何有形的财产。你有比这好得多、宝贵得多的东西，你自己也能感受到：那就是你身上的一切天赋。你很清楚它们会一直属于你，不会离开你而跑去别人身上发挥同样的作用。没错，这些天赋都是你的。至于那些外在的恩惠，它们还不如一条旧皮带值钱，不管对你还是对任何人，都比不上一根葱。你应该知道，你有的一切都在你的身体里面。其他所有恩惠都属于时运，她聚散它们，随自己的意思或取或予，让傻瓜们哭哭笑笑。

"有智慧的人不会看重时运做的任何事。无论她怎样转动轮子，都不会让他忽悲忽喜。她的一切行动都会使我们担忧害怕，因为她是易变的。对高尚的人来说，爱上时运既没有好处，也不愉快——而且也不该感到愉快，因为她的光彩常常一下就黯淡了。我希望你了解这一点，这样你就不会痴恋这种爱。你还没有被它污染，可日后如果你染上这种恶疾，对人犯罪，甚至为了得到别人的财产或从别人身上捞好处，自称是他们的朋友，你就是在做最坏的事。任何高尚的人都不会说这是对的。远离我说的这种爱吧，它堕落、卑贱，还让人舍弃对*par amour*的爱。做一个聪明人，相信我。

"不过我看你傻在另一方面，因为你指控我居心不正，命令你去恨人。现在告诉我，你要我在什么时候、什么地方、怎样教导你。"

"你不停对我说，我应该为了一些奇怪的爱，唾弃我的主人。哪怕有人从这里出发，从东找到西，一直找到迦太基，一直活到牙齿都掉光的年纪；哪怕他不知疲倦、步履不停，从南到北，什么都见识过——他也不会见识到你说的那种爱。巨人们迫使诸神奔逃四散时①，正当（Right）、贞洁和信义（Faith）也同时逃逸了，从那时候起，那种爱就在世上荡然无存。它在惊惶中消逝了，人们再也见不到它。而最后一个离去的，是比余者都重要的司法（Justice）。他们离开了世界，因为不堪忍受战争，便在天上安了家，从那时候起，除非有奇迹发生，否则

---

① 在希腊神话中，当推翻了泰坦巨人的统治后，巨人与诸神之间发生了一场惊天动地的恶战，最终诸神取得了胜利。——译者注

他们再也不敢回到尘世中来。于是欺骗（Fraud）继承了世界，通过他的力量和各种恶行，把他们全都赶散。

"甚至连那位西塞罗都竭力想要查明书里的奥秘，可不管他有多想，他能找到的朋友也不会超过三四对。从世界被造以来，那么多个世纪过去了，谁都没有见识过那种完美的爱。而且我相信，在他自己时代的朋友中间，在那些自称是他朋友的人里，他能找到的更少。我在哪里都没有读到过，有人得到了这样的朋友。难道我比西塞罗还聪明吗？如果我想寻找这样的爱，那就太蠢了，因为人间根本就没有。如果我在尘世间找不到，我还能去哪里找呢？难道我能和鹳鸟同飞，又或者越过云端，像苏格拉底的天鹅那样吗？我要住口了，因为我不想再谈论它。我不会怀抱那么愚蠢的希望。诸神会以为我要进攻天堂哩，像那些巨人那样，兴许还会用雷劈我呢。我不晓得这是不是你希望的，但我不该冒这种险。"

"亲爱的朋友，"她说，"现在听我说。如果你觉得很难遇见这种爱（或许是由于你的过错，或许是由于别人的过错），如果你觉得它难以企及，那我要告诉你一种不同的爱。不同？其实并没有不同，它们是一样的，人人都能实现，只要对爱有更广阔的理解。去爱全体吧，而不是爱个别；创造一种很多人都能参与的友谊吧！你可以整个地爱世界上的每一个人，又对他们保有忠诚。像爱一个人似的爱全部人吧，至少用你对人类整体的爱去爱。你希望人怎样待你，也就怎样待人。己所不欲则勿施于人。务必记住这点。如果你愿意这样去爱，就能使人人都得到满足。你也必然会追求这种爱，因为人活着不能没有它。

　　"既然那些一心作恶的人丢弃了这种爱，为了维护遭遇不公的人，法官便受命在这世上充当护卫者与避难所，好对罪行做出补救，同时责罚和惩治摒弃这种爱的人——他们谋财害命、行凶作恶、明抢暗偷，他们恶意中伤人、诬告人、陷害人，不管在明处还是暗处，他们都劣迹斑斑、罪行累累——他们该当受审判。"

　　"啊，女士，既然我们谈到了司法（过去她的名声极大），既然你不辞劳苦地指教我，那么看在天主的份儿上，你愿意的话，教我一些关于她的事吧。"

　　"告诉我你想了解什么。"

　　"感谢至极。我希望你在爱和司法之间作一番公断：你认为哪方更有价值？"

　　"你指的是哪种爱？"

　　"就是你希望我接受的那种。因为另一种爱已经在我心里，我不希望它被论断。"

　　"当然，在这点上你已经使我有了确信，愚昧的人啊。不过，如果你想获得真实的判断，那么我说的那种好的爱更有价值。"

　　"那就证明它。"

　　"乐意之至。当你发现，有两样东西各自都合适、必要、有用时，那么，更必要的那个更好。"

　　"没错，女士。"

　　"现在注意听，细想一下两者的本质。不管这两样东西是在哪里发现的，它们都是必要和有用的。"

"没错。"

"所以我已经证明了，两者中更有用的价值更高。"

"女士，我非常同意你。"

"那对这点我就不再说什么了。而爱出身于仁爱，与司法相比就更必不可少。"

"那就证明一下，女士，在你继续往下讲之前。"

"好的。我实在地告诉你，如果一种天赋是自足的，那它比需要帮助的那个更重要和必不可少，因而也更可取。这点你不会有异议吧。"

"为什么不会？解释一下你的观点，这样我就会知道有没有需要反驳的。我想听一个例子，看看我是否同意。"

"说真的，要给你举例证明，让这件事变得相当烦人。但我还是会跟你说一个例子，帮助你更好理解。如果有人能不靠任何帮助拖动一条船，你一个人却办不到，难道他不是比你拉得更好吗？"

"是的，夫人，至少在有根绳索的情况下。"

"现在你自己类比一下。倘若司法总是在沉睡，那么，光是爱就足以引导人过善良和有德行的生活，根本没有必要去审判任何人。可如果有司法却没有爱，那就不够了。所以我才说爱是更好的。"

"为我证明这一点。"

"欣然从命。现在安静听我说。过去司法曾主宰天下，那是在萨杜恩（Saturn）还称王时。可他儿子朱庇特（Jupiter）

切下了他的睾丸，跟切香肠似的，又把它们扔进大海里，在那里诞生了女神维纳斯，就像书里说的。但就算<u>司法</u>重返人间，还和以前一样备受尊崇，人也还是需要彼此相爱，不管他们怎样遵从司法都好。因为<u>爱</u>一旦离去，<u>司法</u>就会造成极大的破坏。而如果人能好好相爱，就不会彼此折磨，若没了<u>罪行</u>（Crime），<u>司法</u>还有什么用呢？"

"夫人，这我可不晓得。"

"我相信你不晓得。那样的话，全世界都会过上和平安定的生活。既不会有国王君主，也不会有地方官或教区长，人们将诚实度日，法官也不会听见民众喧嚷。所以我才说，单单是<u>爱</u>，就比<u>司法</u>更有价值，尽管<u>司法</u>对抗着<u>恶意</u>（Malice），而后者是一切统治之母，使无数人失去自由。如果没有诸多罪行玷污世界，我们会连一个国王都见不着，世界上连一个法官都不会有。这些人干得不好，因为他们应该先表明自己有资格担任这些职务，既然人们希望能信任他们。为了对原告公正，他们应该忠实勤勉，而不是优柔寡断、玩忽职守、贪人钱财、虚伪和不老实。可现在呢，他们出卖了自己的判决权，在涉案文书上胡扯一番。他们算计、清点、涂抹，穷人却赔上一切。他们能抢就抢。那名绞死了窃贼的法官，其实他自己更应该吊死——他更应该受审，因为他利用手里的权力去抢劫和犯罪。

"难道阿庇乌斯（Appius）不该被绞死吗？根据提图斯·李维（Titus Livy）的出色描述，阿庇乌斯威逼维尔吉纽斯（Virginius）的女儿——少女维吉妮娅（Virginia）屈从自己的淫欲。逼迫不成，他就指使自己的仆人做伪证，诬陷控告她。

那恶仆在法庭上说：'法官大人，请在判决中支持我，因为这少女是我的人。我可以向任何人证明她是我的奴隶。不论她在哪里长大，她都是在我家里出生的，后来被人带走，给了维尔吉纽斯，我敢保证。所以我请您，阿庇乌斯大人，把我的奴隶交还给我，因为按理她应该服侍我，而不是养大她的人。如果维尔吉纽斯不肯答应，我准备证明这一切，我能找到很好的证人。'

"那坏透顶的骗子（正好服侍那假公济私的法官）如此这般讲了这番话，诉讼便在维尔吉纽斯能开口申辩前进行了下去（他本来都做好了准备，要回应和重挫他的敌人）。阿庇乌斯为了让仆人能立刻把少女弄到手，匆忙下了判决。当那位可敬的好人——也就是十分杰出、极有名望的骑士维尔吉纽斯——听见这个结果，他意识到自己没法使女儿免遭阿庇乌斯的侵害，只能被迫放弃她、听任她的身体被玷污，于是他想到了一个可怕的方法，要将羞辱变为损伤。如果李维的话不假：他当即就割下了维吉妮娅——他那漂亮女儿的头，摆在法官面前，就在法庭之上。这么做不是出于恨，而是因为爱。故事说那法官立刻命令左右将他抓住带走，准备杀死他或绞死他。可他没有被杀，也没有被绞死，因为民众护卫他，知情人无不深受感动，对他满怀同情。因着这样的不公，阿庇乌斯倒被下了监狱，在受审日前就匆匆自杀了。至于原告克劳迪亚斯（Claudius），本来他会像贼一样被判死刑的，如果不是维尔吉纽斯可怜他，恳求民众流放了他的话。所有为克劳迪亚斯的诉讼做过证的人都被处死了。

"总而言之，法官们实在是太无法无天。卢坎（Lucan）①
是个非常有智慧的人，他曾经说过，美德和强权不能共存。这
些法官们应该知道，除非他们弃恶从善，交还非法占有的东
西，否则那位大能、永恒的法官会将吊索缠在他们的脖颈上，
把他们发配到地狱里去和魔鬼为伍。不管是国王、主教，还是
任何法官——俗世的或教会里的——都不能幸免，因为他们担
任公职，却不遵循此道。他们应该不计报偿，好好了结陈上来
的案子，向原告敞开大门，不管他们的案件合理与否，都亲自
去审理。担任公职不是为了图谋什么，也不该到处去显威风、
摆架子，因为他们是普通百姓的公仆，后者在这片土地上生息
繁衍，使之丰饶富足，而他们发过誓，只要活着就要竭力扶正
祛邪。他们应该使人民安居，将罪犯绳之以法，让窃贼上绞
架。倘若没人愿意从事这类职务，他们甚至应该亲自动手，因
为他们有执法的责任。这么做是他们的职分，是给予他们薪酬
的目的，也是他们对人民做过的承诺——正是人民最初授予了
他们公职。

"我已经回答了你的问题，如果你能正确理解的话。你也
看到了，为什么我认为这个判断是恰如其分的。"

"夫人，你对我不坏，我想我得到了很不错的报偿，为此
我感谢你。可是我似乎听见你用了一个词，那么口无遮拦、不
知羞耻，就算有人愿意浪费时间为你辩解，我也不信他能找得
到任何辩词。"

---

① 卢坎，公元1世纪时期的罗马诗人，其著名作品有《内战记》
（*Pharsalia*）。——译者注

"我知道你怎么想，"她回答说，"承你对我的好意，下一次，不管你愿意什么时候提醒我，我都会让你听听我的理由。"

"我一定会让你想起来的。"我这么说，记忆还很鲜明，"我主人禁止我随意开口，免得有不雅之词从我口里讲出来。对此我非常明白。不过，既然我不是犯错者本人，我当然可以重提那个词，我也将直言不讳。如果见到有人在干蠢事，最好是让他意识到自己的愚昧。因此我才责备你，而你虽然假装有智慧，也会发现自己的过犯。"

"我乐意恭候。"她说，"不过，既然你对'憎恨'这个主题有异议，那我肯定也是要自辩的。你敢这么讲，让我很惊奇。你认为说得通吗？如果我放弃一种蠢事，却要用另一种同样的，甚至是更蠢的事来取代它？我确实希望你扑灭那种愚蠢的爱，你一心想要它；可这不意味着我命令你去恨。你忘了贺拉斯（Horace）①吗？他是个足够理智、合乎情理的人，一点也不蠢。他说过，如果疯子摒弃恶习，却跑向了另一个极端，很难说那是更好的。而我也无意禁止任何人一心一意去爱，我只禁止有害的爱。也许我不准人醉酒，可没有不准人喝酒。那种劝告还比不上一颗胡椒粒。也许我不许人慷慨到挥霍的地步，可如果说我命令人变得贪婪，那人们准会认为我疯了，因为两者都是大罪。我不会使用这样的论据。"

"但你的确会。"

---

① 贺拉斯，公元前1世纪罗马诗人，其著名作品包括《讽刺诗集》《歌集》等。——译者注

"这话完全不对。我不会说什么来奉承你——你没有为了击败我而查考古书旧籍，你也不是一个出色的逻辑家。这不是关于爱的训诫，但我也绝对没说过，人应该去恨任何事物。也许我们能找到折中之道：我说的爱是我非常喜爱和看重的，所以我才教导你，希望你能好好实行。

"还有另一种爱，它发乎自然，是<u>自然</u>在动物身上创造的，让它们能生育幼崽，给它们哺乳，把它们养大。如果你要我为这种爱下定义，那我会说，它是一种自然和充足的倾向，想要去保存同类，或者通过生育，或者通过照料抚养。人和动物同样适合这种爱：不管它多有益，都既无功也无过，无可指摘也没什么好赞誉。这么去爱的人不会被责怪，也不会被褒奖。实际上，<u>自然</u>迫使他们委身于这种爱，去做时无须克服任何罪恶，但是如果他们不奉行，那就该当责怪了。我很清楚你对它不关心，所以我也不会坚持己见。你已经扑到一桩愚昧得多的事业上，对那种爱倾心相投，如果你想寻得好处，最好还是放弃它。

"不管怎么说，我不希望你始终没有一个心上人。如果你愿意，留心想一想我。难道我不是一位漂亮高贵的女士，适合侍奉任何尊贵之士，哪怕他是罗马的皇帝？如果你忠于我的话，我愿意成为你的至爱。你知道我的爱对你有什么价值吗？不管会发生什么样的不幸，你都将一无所缺。你还会发现自己将成为伟大的领主，没有人比你更伟大。我会满足你的一切愿望，你想要什么都不算过分，只要你为我做好工作，因为做别的事对你来说也不合适。这会成为你的一大优势，因为你的爱人家系尊贵，无人能及。身为天主的女儿，我主我父这样造了我，使我有如此形貌。好好看看这一形体，从我照人的容光里照见你自己。没有一位大家闺秀能像我这样自由去爱，因为我的父亲准许我选择自己的爱人，与他相爱，他说我这么做是无可责备的。你也不用怕会受指摘，因为我父亲同样会保守你，同时教养我们两人。我说得对吗？你觉得怎么样？回答我。使你献身荒唐的那位爱神，他也会如此厚待自己的子民吗？对效忠于他的疯子们，他也预备了这么高的酬报吗？我凭着天主的名义说——小心，不要拒绝我。对不习惯求人的年轻女子而言，被男子拒绝，是会蒙羞伤心的。不用找别的证据，你看厄科的例子就能明白。"

"那就告诉我——别用拉丁语，用法语——你要我为你做什么？"

"让我做你的婢女吧，而你自己，则与我为忠友。离开那位让你陷入这种境地的神，别再理睬时运之轮那一整套东西。你要像苏格拉底那样沉着坚强，他既不因顺境高兴，也不为逆境难过。他对什么都一视同仁，把吉凶等量齐观，所以它们不能引动他的悲喜，因为什么都不会让他觉得快乐或忧愁。他，就像索利努斯（Solinus）[1]说的，根据阿波罗的答复[2]，被断定为

---

[1] 索利努斯，公元3世纪作家，代表作为《百事集》（*Collectanea Rerum Memorabilium*）。——译者注

[2] 这里指的是德尔斐神谕。德尔斐建有供奉阿波罗的神庙，著名的德尔斐神谕就在这里颁布。德尔斐神谕是古代希腊最持久和影响力最大的神谕，最早可以追溯到公元前6—前5世纪时，在整个希腊世界获得了巨大的声誉。——译者注

世界上最有智慧的人。他也从不动容，不论什么事情临到，都不能让他改变，哪怕那些人要用毒堇毒死他——因为他否认存在许多位神，只肯信奉一位神，还宣讲说人不该向许多神灵起誓。赫拉克利特（Heraclitus）和第欧根尼（Diogenes）[①]也有同样的气魄和心灵，困厄不会令他们消沉。他们意志坚定，能承受每一次不幸。这是你唯一该走的道路：服侍我，别无他途。小心不要被时运击倒，不管她怎样打击和折磨你；因为当她拼命想要打垮人时，凡是强壮和精于此道的斗士，无不挺身与她一战。我们不许自己被击倒，反倒要英勇对抗，因为她很少遇见谁与她做斗争（不管是在王宫里还是在粪堆中），还能在第一个回合得胜的。有勇气的人一点都不怕她，因为知道她能力有限，懂得只要不怕她，就不会被绊倒，除非自己心甘情愿躺到地上去。最可耻的是，你会看到有人本来完全能抵挡，却让自己活活被吊死。但你想同情他的话就错了，因为你没这闲工夫。你还要小心，当她为你效劳、使你有尊荣时，别当回事。让她转她的轮子去吧，她转啊转，一直转个不停，就像个瞎子似的坐在那中间。对有些人，她用财富、尊荣和高位来让他们瞎眼；对另一些人她用的是贫穷。她高兴的话又会将一切都收回。所以说，为任何事伤心快乐，都是非常愚蠢的，尤其是有些事你本来能够避免，只要有决心就能预防。不但如此，很显然你把时运当成了女神，把她抬到了诸天之上。这是不应该的。让她居住在那福佑之地既不对，也不合理。她不该被人崇拜，恰好相反，她的居所极其险恶。

---

① 　赫拉克利特和第欧根尼都是古希腊哲学家。——译者注

"有一座巨岩立在海里，在极深的水中央；它高高耸立在海面上，被喧哗不息的怒涛环绕。海浪不断冲刷它、撞击它，时常那么用劲地拍打它，叫它整个儿被吞没了。然而，当海浪退却后，它又分水而出，自水底跃向半空：它又能呼吸了。只不过，它不可能始终保持原貌，而是日异月殊、形易态转，被装扮成不同的样子。它总是披戴借来的形貌，因为，当它显露出来时，泽斐罗斯（Zephyrus）①乘海而过，使它身上开满灿若星辰的鲜花，又叫草儿青青。可当北风（North Wind）吹过，他用他的霜剑割倒花草，使花儿才刚绽放，便失去了生命。

"一片形质不清的树林②覆盖着它，其中长着异树：有一棵树光秃秃的，不开花也不结果，另一棵树的果实却十分喜人；一棵不断生出叶子，另一棵连半片叶子也无；一棵终年常青，而其他许多棵的叶子却全部落尽；有一棵刚开花没多久，其他许多树的花却正凋零；一棵树高高站立着，它旁边的树却把腰弯到了地上；一棵树正在吐芽，其余的却枯萎了；栽在那边的金雀花高大如巨人，松树和雪松却依然像一群侏儒。像这样，每一棵树都变形了，而且都取了彼此的形貌。那里的月桂树本当葱葱郁郁，现在却满树枯叶；而橄榄呢，本来是充满生机、果实累累的，如今却垂垂老矣。原本少子的柳树开着花，结着果实；榆树则不得不对付身上的藤蔓，并改变其挂满葡萄的外貌。夜莺几乎不在那里一展歌喉，反倒是灰林鸮（tawny

---

① 泽斐罗斯，希腊神话中的西风神。——译者注
② 拉丁语原文为"nemus ambiguum"，意指这片森林本质不明或者相互矛盾。——译者注

owl）——那长着大脑袋的霉运先知、传丧信的吓人信使，发出震耳的喊声，唱出曲曲哀歌。那里有两条河，味道、形态和颜色都不相同，无论冬夏都流淌着。它们源头不一，截然相异的溪流交替着奔涌而出。其中一条流淌着甜水，那如蜜的水是如此可口，凡是喝到它的人，哪怕已经喝过了量，还是止不了渴，怎么喝都觉得甘甜怡人。他们喝得越多，就越是饥渴难耐。没人觉得醉，但也没有人会满足，因为那个甜味很能欺哄人，不管你吞下多少水，总想要吞咽更多。甜味诱骗他们，贪婪驱使他们，最后他们都喝得全身浮肿。

"这条河涓涓不息，汩汩潺潺，流淌得那么欢快、响亮，水声比鼓声和铃鼓声更令人高兴，让所有走向它的人都觉得心头一喜。许多人急于跳进河里，却在岸边止了步，没有勇气朝前走，几乎不敢弄湿脚。他们好不容易地碰了碰那甜水，虽说水已经近在眼前，但只敢喝一小口；随后，当他们发现水是如此甘美，便会高兴地朝深处迈进，以至全身投进水里。而其他人不仅如此，还一头扎进湍急的水里，在那美妙的享乐间畅游起来。可是，随后一阵轻浪将他们推回岸边，甩到干地上，使他们觉得干渴无比，犹若火烧。

"你还会发现另一条河，现在，我要对你说说它的特点。它的水里含有硫磺，颜色发暗，味道像冒烟的壁炉一样难闻，上面覆满了臭气熏天的浮沫。它不是涓涓淙淙地流淌，而是吓人地从高处撞下来，把空气都震动了，水声比任何雷声都可怕。我是在告诉你，泽斐罗斯从来不从这条河上吹过，也绝不会去拂动它的水波。而它又丑又深，只有那悲愤的北风能与它作战，搅动它，使它卷起惊涛，翻起巨浪。北风又叫河水如山一般高高耸起，浪与浪自个儿相争。许多人住在河岸边，不住叹息哭泣，没完没了地嗟怨，都快被自己的泪水淹没了。而且他们活在一种恐惧中，就是怕被河水溺死。许多人下了河，不只去到水深及腰的程度，甚至扎进浪中，被潮水吞没，叫那恶心吓人的浪推来推去。许多人整个儿沉进水里，其他一些人则被水流抛出；还有不少人一个猛子扎到那么深的地方，以致完全被河浪淹没，找不着回头路，从此沉没，再也回不到水面上来。

"这条河打着旋儿，曲曲弯弯地经过许多嶂谷，直到携带着所有恼人的毒物，注入了那条乐河；它用恶臭和污秽改变了后者的本性，用糟糕倒霉的瘟疫污染它，使它变得浑浊、苦涩而且充满毒害。它极盛的炽热夺去了后者的温和，它散发出来的臭气，甚至使那条迎接它的河失掉了好闻的味道。

"在高山顶上——在倾斜的陡坡而非高原上，坐落着时运的宅邸。它常处在倒塌的边缘，面临瓦解的危险。它必须承受的每一次冲击和肆虐，是由各种风带来的：多少暴风雨猛烈地攻击它。连最最甜美的西风泽斐罗斯，也几乎没法用自己柔和安宁的吹息，来调和飓风们摧枯拉朽的攻势。

"房子的大厅有一部分朝上倾斜，另一部分耷拉着，谁都看得出它歪得厉害，像是快要倒掉了。我相信没人见过那么不寻常的房子。它的一面十分耀眼，墙壁因贴了金银而分外美丽；屋顶也使用了同样的工艺，那些拥有异能的璀璨宝石使它灼灼生光；人人都将它誉为奇迹。墙的另一面用泥糊着，还没有一掌厚，而且屋顶完全是茅草盖的。从这边看去，房子傲然而立，因为它真是美得惊人；另一面却不住瑟瑟发抖，晓得自己不牢靠，随时会分崩离析，裂成千千万万片。如果一个不坚不稳、摇摆不定、随时要变脸的家伙也会以某处为家的话，<u>时运</u>也就能住在那里。当她想被人仰慕时，她就委身于金碧辉煌那一面，而且装饰美化自己，像王后一样穿着裙裾曳地的长礼服，周身芳香四溢。她的衣裳鲜艳夺目，只要丝绸和毛料能染得出来——这取决于植物、种子和许多其他东西，每当有钱人想要赢得他人的敬重时，都会这么穿。<u>时运</u>便是如此伪装自己。不过我照实告诉你，当她看到属于她的人也有样学样时，她可不会助任何人一臂之力。她是那么骄傲和志得意满，觉得谁的尊严都不如她的。当她看着自己的巨富家私、荣誉和身份时，她竟蠢到那样的地步，居然认为不管世事如何变化，世界上都没有男人或女人能与她相比。接着她的轮子全速飞转，直把她转去房子的另一面，那一面肮脏破败，到处是裂缝，而且摇摇欲坠。随后她失足绊倒，摔在地上，就像完全瞎了一样。摔倒后她改头换面，将身上剥得精光，甚至于衣不蔽体、家徒四壁，似乎一点值钱东西都没有了。眼见自己这样倒霉，她就自甘堕落，动身去了妓院，在那里躺着长叹，哀声连连，想到自己失去的荣耀，记起身着华服时享受过的欢乐，便洒下了雨一般的泪水。而她又是个乖张的人，喜欢侮辱好人，伤害他们，将他们拖进泥潭里，反倒把恶人提到高位，给他们高官厚禄、能力和尊荣，觉得有合适的，就抢过来据为己有。因为她其实不太知道自己想要什么，那些对她深有了解的古人们蒙住了她的眼睛。虽然我已经跟你讲过苏格拉底（我很爱这位英勇的人，他也很爱我，在一切行动上都倚靠我），但是，因为我希望你格外留心这点，所以我还能找到许多例子，有关<u>时运</u>是怎样诋毁好人，却让恶人获得尊荣的。最明显的是塞内加（Seneca）和尼禄（Nero）[1]，不过我们不会细说，因为这个主题实在太过冗长：我得花很长时间告诉你尼禄的行径，他如何残忍，怎样放火烧了罗马、杀害元老院的元老们。他确确实实铁石心肠，因为他杀了兄弟，又肢解了自己的母亲，只为了看一看那孕育过他的地方是什么样子。据说看着她被肢解时，他还评断她的肢体美丑（我的天主！她得到了何等残酷的裁断！）。故事里还讲，他连一颗眼泪也没有流，反倒命令人从他的私室里拿出酒来，好让他边评边饮酒取乐。可他从前就认识她啊，这个背信弃义的人。他还占有了自己的姐妹，沉湎于男色。他折磨他的好老师塞内加，让他选择自己的死法。塞内加眼见逃不脱，因为那恶魔权势太大，于是说：'既然无可避免，那么就烧热一只浴缸，让我在热水里流血而死，直到我这快活欢乐的灵魂归于造它的主，愿他保护它，免遭更大的折磨。'听了这些话后，尼禄立即备好浴缸，让那位好人躺进去。据书里说，他让他流了许多血，直到他交付了自己的灵魂。尼禄完全没有理由这么做，只除了一个原因：他从小习惯了向塞内加表示尊敬，就像门徒对老师一样。'可这不应该，'他说，'一个人做了皇帝之后，向另一个人致敬怎样都不相称，不管那人是他的老师还是父亲。'从那以后他就十分

---

[1] 罗马哲学家塞内加是皇帝尼禄的老师。——译者注

厌烦，因为看到老师走过来时，他必须侍立一旁，出于习惯的
力量，他又没法强迫自己不向老师致敬。于是他就杀了那位可
敬的人。而这么个背信弃义的人却统治着整个罗马帝国，帝国
从东到南、从西到北，无不在他的管辖之下。

　　"如果我的意思你理解对了，这番话会让你懂得，不管
是财富、威望、高位、尊荣、能力，还是<u>时运</u>偏爱的任何东西
（一样我也不会漏掉），都无法使拥有者成为好人或配得上他
们的财富、尊荣和地位。不过，如果他们中间发生了暴行，有
了骄傲或别的罪恶，他们所在的高位会显出这些过失，比身处
低位时更容易泄露，他们也因此无法扩大伤害。因为在行使权
力时，他们的行为会揭发他们的动机，表明他们既不善良，也
不配拥有财富、高位、尊荣和权柄。

　　"俗话说：尊荣会改变态度（Honours change manners）。
这句话很傻，但人们被愚蠢的推理误导，都以为尊荣真能改变
态度。可这些人的推理是错的，因为尊荣不会改变态度，不
如说，那是一种标记，证明他们已经有了那样的态度。当他们
还卑微时，正是凭借对这态度的坚持，使他们获得了日后的
尊荣。因为如果他们残忍又骄傲、自视甚高又狡猾，却被高
升——可能你也知道了，如果当初他们就有权力的话，他们前
后还是会一个样的。所以，我不会把邪恶和不被拘管的力量
称为权力，因为我们的书①说得很对：一切权力都源自善（All
power comes from good），没有谁做不了正确的事，除非他有某
些软弱，或犯了错。真有洞察力的人会明白：邪恶不足虑，这

---

①　"我们的书"指波爱修斯的《哲学的慰藉》。——译者注

是我们的书里说的。如果你对权柄（authority）不以为意，那可能是因为你不愿意相信，一切权柄都是真实的。我准备对你说明理由。没有什么是天主不能做的，但说实话，他不能作恶。如果你能领会，懂得天主是全能的，只是他不能作恶，那你就会清楚看到，即使遍数所有存在的事物，邪恶也不会增加它们的数目。就像阴影不会使空气变暗，除非是缺少光。同理，邪恶没有把什么放进那些缺乏善的造物里，除非它们本身就缺乏善：邪恶不能另外添加任何东西。我们的书了解恶人的真正本性，它以极有力的理由提出：恶人不算是人。我不想费力证明我讲的每一件事，因为你能在书里读到。如果你不觉得厌烦，我会简单告诉你几个理由。其中一点是，恶人们背弃了一个共同目标。万物一心向着（也应该向着）那个目标——我们认为是首要的目标：至善。好主人，谁如果能正确理解这一推论，就会进一步明白为什么恶人不存在：因为他们不在万物赖以存续的法则（the order）里，由此我们就能清楚明白：恶人没有 *raison d'être*[①]。

"现在明白了吧，<u>时运</u>是怎样在这尘世的荒漠间行使她的职分的，又做得有多卑劣，因为她选了恶人里最坏的，让他们成为人上人，做这世界的首领和主人，塞内加就是因这缘故被杀。她的青睐一定要躲避，因为再幸运的人对此都没有把握，所以我希望你唾弃她，不要把她的偏爱当回事。就连克劳狄安（Claudian）[②]都曾经百思不得其解，还想责怪诸神，说他们容

---

① 存在的目的或理由。——译者注
② 克劳狄安，公元4世纪的拉丁诗人。——译者注

许恶人升到如此高位，获得那样的尊荣、权力和财富。不过，有人仔细想过这个问题，独自找出了答案，还对我们解释了原因。他赦免诸神，宽恕了他们。他说诸神之所以允许这些事，是因为在受到更大的损伤后，他们会更残忍地折磨那些恶人。恶人升得越高，过后会跌得越惨。

"我恳请你，照我告诉和吩咐你的去做，你会发现没有人比你更富有，你也不会再烦恼忧虑，无论是因为身体病痛，还是失去朋友财富。你反而会渴望自己能忍耐，而一旦你决定做我的朋友，你就能办得到。那时还怎么会悲伤呢？我常见你以泪洗面，活像炼金师的蒸馏罐。你要变得跟泥坑里泡烂的破布一样了。如果有人管你叫你男子汉，我会说那人是个大滑头。只要肯运用理智，就没有愁愁惨惨的人了。肯定是魔鬼、是恶魔们把火炉烧透了，弄得你两只眼睛只管朝外冒出泪水来。你但凡理解一点点这样的道理，那什么都不能让你灰心丧气。都是那位神干的好事，把你变成这样。是<u>爱</u>——你的好主人、好朋友，把这火热的炭放在你心里，还煽风点火，令你泪眼婆娑。他给你的友情卖价太高，因为，一个人若以理智和英勇著称，流泪是很不体面的。你会因此自毁声誉。把哭泣留给妇女儿童吧！他们是软弱多变的造物。至于你，在看见<u>时运</u>造访时，你要刚强坚定。你想控制她的飞轮吗？但那是控制不了的，无论是伟人还是微末的人。就连我提过的尼禄本人，也挡不住它，虽然他贵为万乘之尊，帝国疆域辽阔、囊尽四海，又有一切尊荣。如果传说不假，他其实不得好死，因为全国的人都恨他，他怕他们会袭击他，于是四处召集密友，可派去的使者连一个人都找不来，好说歹说都没有人肯开门。接着他亲身前往，心怀恐惧、偷偷摸摸，并且亲手叩门，但找到的人不是更多，反而更少了。他越呼唤他们，他们越不露面，没人愿意回他一句，应他一语。他只好躲起来，和两名奴隶一起藏在一个花园里，因为已经有很多人想杀他，那些人满城里找他，一面大喊：'尼禄！尼禄！谁见过他？我们去哪里能找到他？'这样即使他听得清楚，也束手无策。他因此十分震惊，开始厌恨自己。意识到自己已经走投无路，没有任何希望后，他求那两个奴隶杀了他，或者帮他自杀——而且他也这么做了。但在自杀前，他恳求说，不要让任何人找到他的头，免得人们在看到尸体时认出他来。他求他们尽可能烧了他的尸体。有一本古老的书叫《罗马十二帝王传》（*The Twelve Caesars*），是苏维托尼乌斯（Suetonius）①写的（这人说基督教是一门错误、邪恶、新冒出来的宗教——他就是这么说的，从措词中就能看出他是毫无信仰的人！）。书里说，恺撒的帝王之统以尼禄为终，由于他的行为，他抹掉了整个家系。可是在头五年，他一直行事正确，你甚至都找不出有像他一样能把国家治理得那么好的君主。当时他看起来既仁慈，又英勇，这残忍奸恶的人。一次在给人判刑，要签发死刑判决书时，他对全罗马人说，他宁肯不会写字，也不愿意动手写这么一份东西，说这话时他一点也不惭愧。那本书告诉我们，他统治帝国大概十七年，活了三十二年，可骄傲和残忍压倒了他，他堕落了，像我先前说的，他从云端堕入了深渊。这都是时运一手造成的。如果你

---

① 苏维托尼乌斯，公元2世纪的拉丁历史学家。——译者注

听懂又理解了的话，那就是时运使他升到那么高，又摔得那么低。

　　"连克洛伊索斯（Croesus）都逃不过时运的飞轮，难免命运的跌宕。他做了全吕底亚的王①，可是却被人用马缰套住脖子，丢进火里烧。那时一场雨救了他：雨水浇灭了大火，没有人敢冒雨留在那里，全都跑走了。当克洛伊索斯发现只剩下他一个人时，也立刻逃之夭夭，没有遭到拦阻，也没有被追赶。后来他再次做了自己领土的君主，发起一场新的战争，再度被俘，并且被绞死。这就应验了他做过的梦：他坐在高高的树上，有两位神明向他显现，而且服侍他。据说是朱庇特为他盥洗，福珀斯（Phoebus）用毛巾仔细替他擦干。他的不幸在于选择相信梦，因为这使他满怀自信，变得愚蠢而骄傲。他女儿菲妮娅（Phania）却是个睿智聪慧的人，能够解梦。她没有谄媚他，而是明智地对他说：'好父亲，这是个噩耗。您的尊严并不比一个贝壳重到哪里去。您该明白，这是时运在愚弄您。这个梦能告诉您的是，时运要您上绞架。当您在风里飘飘荡荡，既没有遮盖，也没有衣服蔽体时，雨水将会落在您身上。吾主吾王啊，到那时，光芒四射的太阳要用它的光线为您擦脸干身。时运正把这命运引向您。她给了人尊荣又拿走，常常使大人物卑下，叫贫寒者高升，让他们有权去统治贵族们。我何必奉承您呢？时运正在绞架旁等您。她把绞索套到您脖颈上后，就会取回她为您加冕的那顶美丽金冠，随后另一个人——您不

_____

① 吕底亚是小亚细亚的一个国家，位于爱琴海与米西亚之间。克洛伊索斯是吕底亚的最后一位国王。——译者注

曾留意过的人——会戴上它。

"'要解释得更清楚的话——朱庇特，也就是给您水的那位，是空中的雨和雷；拿毛巾的福珀斯无疑是太阳。我认为那棵树是绞刑架，要不我也不知道该怎么理解了。您将不得不面对这情势，因为时运借此来为民众复仇，报复您傲慢的举动和愚蠢的自负。她同样毁掉了很多了不起的人。至于何为背叛，何为忠诚，是贩夫走卒还是达官显贵，她一点都不在乎，反倒把财富、尊荣和声望乱丢一气，就像糊涂傻丫头在抛球似的。她给人高位与权力，却不管给了谁。要分发恩惠时，她便将之往空中一撒，甚至让它们落到脏水沟和草地上，好像它们和尘土没什么两样。在她眼里，什么东西都贵不过一只球，只除了她的女儿高贵（Nobility），机遇（Chance）的嫡表和近亲。时运使谁都摸不透她。不过有一点是肯定的：不管她会不会把高贵给了又收回，她绝不会让某些人得到她，因为他们不能彻底改善自己，让自己变得高尚勇猛、无所畏惧，具备贵族风度。不管一个人是多么出色的战士，任何卑下的倾向都会使高贵抛弃他。

"'我因高贵的高尚而爱她，因为她不会走进任何卑鄙的心。我请求你，最亲爱的父亲，不要沾染卑劣，不要骄傲贪心，而是要做富人们的榜样，让自己慷慨、高尚、有贵族风范，对穷人心怀怜悯。每位国王都应当如此：慷慨、高尚、有贵族风范、亲切、怜悯——如果他想获得人民的友谊的话。缺了这些，国王也不比普通人好多少。'

"菲妮娅婉言规劝，可这傻瓜看不出自己的愚蠢，反倒自觉有情有理：他就是这么一厢情愿。这克洛伊索斯不肯自谦，心里装满骄傲荒唐的念头，不管做了多过分的事，都觉得自己很有智慧。'女儿，'他说，'别教训我什么是贵族风范，什么是明智，我懂的比你多多了，你居然想要来忠告我。你给我解梦，说得那么糊涂，简直是谎话连篇。你应该明白，你把这个了不得的梦解岔了，要照着它本来的意思去理解它，我就是这么做的。到时候我们就会看出结果来。这么崇高的异象，怎么能解释得那么低下？要知道诸神无不与我为友，他们会来为我效力的，就像在梦里告诉我的那样，这是我早该得到的。'你看时运怎样为他效力：他已经逃不脱被送上绞架的命运了。这还不够证明谁也挡不住她的轮子吗？没有人能让它停下，不管他跻身怎样的高位。如果你懂一点逻辑——这可是真正的科学——你就会晓得，既然伟大的领主们都不能阻止它，卑微的人更是白费工夫。如果你不看重古代的证据，那也能找到新例子，就是你自己时代刚发生过的战争，它们很可怕（战争能有多可怕，它们就有多可怕），我指的是西西里国王曼弗雷德（Manfred）[①]。他有实力，也很精明，在很长一段时间里维持了国内的和平，直到安茹与普罗旺斯的查理（Charles）——那位贤能的伯爵——向他宣战。如今因着神圣的天意，查理做了西西里国王，这是真神天主的旨意，天主一直都在扶持他。贤王查理不只夺走了曼弗雷德的国家，还取了他的性命。当时他

---

① 曼弗雷德是腓特烈二世（Frederick II）皇帝的私生子，在1266年的贝内文托战役中被安茹的查理（Charles of Anjou）所杀。而他的侄子康拉丁则在1268年的塔利亚科佐战役中被杀。查理本人死于1285年。——译者注

手持利剑，骑着灰色战马，在军队前列发起进攻，战胜了曼弗雷德。他在棋盘中间用一枚'走卒'就宣告了曼弗雷德的败局。更别提曼弗雷德的侄子康拉丁（Conradin），那是个绝好的例子。查理王无视德国权贵们的意愿，砍了他的头，同时把西班牙国王的兄弟亨利关押起来，直到那个骄傲的叛徒死掉。这两人就像两个蠢男孩，因为害怕在游戏中被俘，在棋局中丢车弃相、失兵丧马、仓皇离局。其实他们没必要怕被将死，既然他们战而无君，也就没有被将杀之忧。不管对手用步兵还是用车马，都杀不了他们，因为你不可能将杀兵、相、马、王后或车。我不去骗谁，而是胆敢直言，谈到将杀（如果你了解象棋的话），我记得这只适用于王：当他丢了所有手下，只剩下自己一个光杆时。他发现再也没有振作的希望，敌人已经将他赶尽杀绝，他唯有逃之夭夭。不管是出手大方还是小心计算的都知道，其他棋子不可能被将杀。因为这是亚达拉（Athalus）的意思——他在关于算数（arithmetic）的论述里发明了象棋规则，你能在《论政府原理》（Polycraticus）①中读到。他偏离了自己的主题：原本该写算数（numbers）的，却发明了这个好玩又厉害的游戏，还亲自去验证。

　　"因此亨利和康拉丁逃走了，好躲避被俘之灾。为什么我要说躲避被俘呢？还不如说是躲避死亡——死亡更要命，也让事情更加糟糕。棋局越走越坏了，至少对他们而言，因为他们背弃了天主，又发动有违神圣教会信仰的战争。无论谁对他们

① 《论政府原理》是英格兰经院哲学家索尔兹伯里的约翰（John of Salisbury）的代表作，他在书中提到了象棋的发明者亚达拉。——译者注

说'将军'，他们都无以自保，因为王后在第一回合中就已被俘，当时那愚蠢的王丢了他的车、马、兵、相。这可怜不幸的王后虽然不在现场，却既不能逃，也没法自卫，因为有人告诉她，曼弗雷德垮台了、被杀了，他的头、手和脚都已冰冷。而那位贤王听说两人逃了，就在中途将他俩双双抓捕，随后，他随意处置了那些愚蠢的共谋者，就和对待许多囚犯一样。

"我谈到的这位英勇之君，人们通常称他为'伯爵'（愿天主保护他、守卫他，赐他忠言，对他的后代子孙也同样如此，无论晨昏日夜，连其身体与灵魂）。这位国王臣服了马赛的骄傲，在得到西西里王国时，砍下了城里那些大人物的头。国王已经加冕，现在是全帝国的代理人。不过我不想多谈，因为要说完他的全部事迹，需要一本大厚书才行。

"这些人都享受过极大的尊荣，现在，你晓得他们的结局了。所以说时运是不可靠的。她能当面给一个人涂油①，背后却捅他一刀，信赖她难道不愚蠢吗？至于你，你吻过玫瑰，结果要承受那么大的痛苦，连喘息的时候都没有。你以为能一直亲吻，永远有安慰和欢乐吗？我敢说，你真是够糊涂的！可为了让那位神明不再控制你，我希望你铭记曼弗雷德、亨利和康拉丁的事，他们引发了一场严重的战争，与他们的慈母神圣教会为敌，这等行径比撒拉逊人还恶劣。还要记住马赛人和古代那些大人物的所作所为，像我告诉过你的尼禄以及克洛伊索斯。他们虽然权倾一时，但也不能控制时运。因此自由人——那爱惜自己因而以自由为荣的人——不晓得克洛伊索斯王什么时候

---

① 涂油是国王登基仪式的一部分。——译者注

遭了奴役，也不记得（就我所知）赫卡柏（Hecuba）①或西绪甘碧丝（Sisygambis）②的故事。赫卡柏是普里阿摩斯王（King Priams）的妻子，西绪甘碧丝是波斯王大流士（Darius）的母亲，时运对她俩都十分无情。尽管她们都曾享有自由，做过王国的统治者，最后却成了奴隶。

"另外，我觉得最丢脸的是，你知道受教育很重要，又晓得必须得学习，也研究过荷马，可你居然想不起他——看来你已经忘了他。这不是白费劲吗？你研习书本，却因为疏忽大意忘得精光。如果仅仅由于你自己的过错，在需要那些知识时，你什么也想不起来，这样学习有什么用呢？说真的，你该像每个聪明人一样，时刻铭记荷马那个见解，让它在心里扎根，到死也不忘。因为如果一个人明白、记牢，并且正确把握它，那什么都不会扰乱他，不论发生的事是好是坏，是轻是重，他都会坚定不移。确实，从时运的所作所为看，那一见解是普遍适用的，有头脑的人每天都能目睹。奇怪的是你那么费劲，还是搞不懂。你爱得没有节制，心思都被引到别处去了。所以我想提醒你，让你更明白。

"荷马告诉我们，朱庇特总在他的殿宇门前放两只满满的大桶，任何获得此生的人，无论是老人还是男孩，是女人还是女孩，或老或少，或丑或美，没有人没喝过桶里的酒。时运打理着人来客往、熙熙攘攘的酒馆。她倒出一杯杯苦艾酒和加料葡萄酒，为每个人制作酒食。她亲自为所有人奉酒，只不过

---

① 赫卡柏，特洛伊战争时期特洛伊的王后。——译者注
② 西绪甘碧丝，大流士三世的母亲，其子被亚历山大大帝击败。——译者注

有些人得的多，有些人得的少。每一天，人们都能从桶里喝到酒，或者一夸脱，或者一品托，或是一大桶，或是一提桶，乃至一杯——全随这妞儿的意，或是手中满满一掬，或是时运滴进他口里的几滴。因为她为每个人斟倒好坏善恶，全看她是好意还是薄情。没有人会幸福到（如果他好好反思），在最安舒时找不见一点令他不快的东西；也没有人会不幸到（如果他细细回想），在痛苦里得不着一点安慰，不论这点安慰是来自他做过的事，还是需要他去做的事，只要他彻底考虑过自己的处境，而没有陷入绝望里。绝望对罪人是有害的，谁都不能从绝望里找到帮助，不管他怎样深入探究。那么，生气、哭泣和抱怨又有什么用呢？不管时运给的是美是丑，是好是歹，都鼓起勇气，怀着忍耐去接受吧！

"时运说谎成性，有关她的诡计花招，还有她那只凶险的轮子，我没法全告诉你。那是"三牌赌"把戏（three-cards trick），时运能布好局，让刚参加的人看不清输赢。可现在我不谈她了，除非只是简单提一提，为了说明我要向你提出的三个要求（三个不掺假的要求），因为心有所感的，嘴巴就乐意解释。这三个要求是：你应该爱我，唾弃爱神，不要看重时运。拒绝我你将难辞其咎。

"如果你太软弱，承受不了三个重担，那我愿意把它弄轻点儿，让你背起来更容易。你只要满足第一个要求就可以了。如果你能正确理解我，就能摆脱另外两个重担。除非你疯了，或者喝醉了，你肯定知道（我也提醒你）凡是和理智在一起的人，都不会喜欢par amour，也不会看重时运。苏格拉底就是这样的人，所以他是我的真朋友。他从来不怕爱神，也不曾对时运动心。我希望你像他一样完全顺从我。如果你对我专心不二，我会觉得这就够了。现在你了解情况了吧：对你，我只有一个要求。满足这一个，我就为你免除另外两个。现在别一声不吭了——回答我！你会这么做吗？"

"女士，"我说，"只可能有一个回答：就是我必须侍奉我的主人。他会使我富足，十万倍的富足，只要他乐意，因为他肯定会把那朵玫瑰赐给我，只要我努力去争取。如果我能从他那里得到玫瑰，其他财富我都不需要。不管苏格拉底多富有，我都不会拿三把鹰嘴豆去换他的财富，而且我不想再听到他了。我必须回我主人那里去，遵守和他的誓约，这是应该的，也让人高兴。哪怕那会让我下地狱，也拉不住我的心。我的心？它早就不是我的了。我还没有因为爱上别的什么而改变意愿，也不想改。我把心留在欣迎那里了（我牢记着我的全部遗产），而且心潮澎湃，对他做了一番告白，并不觉得懊悔。我说什么也不愿意拿那朵玫瑰来换你，这么想是对的，应该让它引导我的心思。我还认为，你把'睾丸'这种词说出口很无礼：有教养的年轻女子不会直呼其名。我不知道你怎么敢提它，一个那么明智文雅的人，却不用哪怕有点教养的说法，来使它隐晦些——贤德女人谈起这些都会这么做。很多奶妈下流又无知，我常常看到，她们在抱自己乳养的孩子，或者给他们洗澡时，会抚爱他们，亲吻他们，可就连奶妈，都用别的词称呼那些部位。你知道我有没有说谎。"

理智笑了，边笑边对我说："亲爱的朋友，对一切美好的事物，我当然能坦率直言，用合乎它们的名字去称呼它们，而不损伤我的名誉。没错，我能以准确的措词谈论恶事，不会出错，只要不是犯罪，我都不以为耻。什么都不能使我卷进罪恶里，因为我一生都没有犯过罪。再说了，用明白易懂、不加修饰的语言称呼高贵的东西，那不是罪，那是我天父从前亲手造的，连同其他一切工具，都是人天性的支柱和存续的理由，没有它们，人性早就衰落、荡然无存了。是天主为着美好的目的，将生育能力放进睾丸和阴茎内，好使种族永存，并且被生育更新。这全是出于而非有违他自己的旨意。通过出生（那是易朽的），也通过丧生（那带来新生），上主使人类这一种族活得那么久，它不可能灭亡。他在不会说话的野兽身上做了同样的事，使它们也能存续，因为当动物死时，它们那一形态（form）会在别的动物身上延续。"

"现在比先前更糟，"我说，"你这些下流话让我看清楚了，你是个愚蠢和不检点的女人。哪怕天主真的造了你告诉我的那些事物，他也没有造这些词，这些污言秽语。"

"亲爱的朋友，"那位明智的理智说，"愚蠢不是勇敢，从来不是，也绝不会是。你喜欢说什么都行，你有的是时间和自由这么做。而且你不用怕我，因为我想赢得你的爱和青睐，不管你打算怎么侮辱我，我都准备去听、去忍，闭口不言，只要你适可而止。我敢说，你好像想要我给你一个愚蠢的回答，但我不会。我批评你，是为了你好，我才不会像你一样，去诽谤人，跟人口角，因为说真的（请别见怪），吵架是可憎的报复行为，你还要知道诽谤更坏。如果我想为自己雪耻，我会选择很不一样的做法：你说错话或做错事，我可以私下里纠正你，透过言谈身教，为了指正教训你，而不是责怪或中伤你。如果你不信我说的是好话，是真话，那我会用别的方式为自己雪耻：选择恰当时机去找法官申诉（他将做出对我有利的裁决），或者采取合理的手段，体面地报复。我不想跟人吵架，也不想中伤任何人，不论他是谁，是好人还是坏人。让各人背负自己的重担吧，只要他们愿意，也可以忏悔，但这就够了：我不会强迫谁这么做的。只要能够，我都不想做蠢事，也不想说任何蠢话。闭口不言好处还小，但说不该说的话，却是最邪恶的行为。

　　"要管好舌头。有一篇评论托勒密（Ptolemy）《天文学大成》（*Almagest*）①的文章写得极好，在里面我们能读到：智慧人都竭力勒住自己的舌头，除非是在谈论天主。那部分谁都谈不尽，因为再怎么赞美天主也不嫌多，再怎么承认他是主都不算过度。敬畏或顺服，热爱或颂扬，求恩或称谢，都没有尽时。我们谁也不能说自己已经足够重视了，因为所有蒙他恩待喜爱的人，都该不住地求告他。如果你记得加图（Cato）的书②，就会知道加图本人也同意这一点。在里面你会读到：勒住舌头是首要的美德。所以自己克制吧，不要说那些又蠢又离谱的话。这样你就能行事明智，合乎道德。既然我们能从异教徒的谈论中受益，相信他们也是可以的。

① 　《天文学大成》是公元2世纪的希腊天文学家托勒密的作品，是一部非常重要的天文学和数学著作。——译者注
② 　此处指加图的代表作《格言集》（*Disticha*），这是一部在中世纪非常流行的道德说教集。——译者注

"不过我可以告诉你一件事，不是因为恨你或生气，也不是为了怪你或挑衅（挑衅是愚蠢的行为）。我不想冒犯你，叫你不快活，可你对我坏极了，我爱你，安慰你，你却发脾气说我是不检点的蠢女人，不公正地侮辱我。我父天主，众天使的王，无比高贵，远离一切卑鄙下贱的事，也是所有高贵仪举的源头，他抚育我、栽培我，并不认为我教养恶劣。反倒是他教我养成了这个习惯——正是按照他的意愿，我才习惯了当我想到的时候就直呼其名，而不去遮遮掩掩。

"至于你呢，你想提出抗议，要求我给出一个隐晦的说法。我说了'抗议'吗？不如说，你抗议的理由实质上是：虽说天主造物，可最起码他没有给它们起名字。而这是我的答复：或许他没有起名字，至少不是它们现在有的名字（虽然他最初创造世界和万物时，完全可以给它们命名），可他想要我来发现合宜和通用的名字，如果我愿意的话。这么做是为了增加我们的知识。而且他给了我说话的能力，这是最宝贵的恩赐。你能找到我这些话的依据，因为柏拉图在他的学园里教导过。我们获得言谈，是为了让人明白我们的意愿，为了教导和学习。我这里用诗文表达的想法，你可以在柏拉图的《蒂迈欧篇》（*Timaeus*）①里读到，柏拉图可不是个笨人。如果你想反过来抗议，说这些词丑陋低贱，那么，我要在听我陈词的天主面前告诉你：当我命名时（就是用你敢挑剔和指责我的这些词），如果我把'睾丸'叫作'圣髑'，给'圣髑'起名'睾

---

① 在中世纪，卡尔塞丢斯（Chalcidius）翻译的《蒂迈欧篇》是一种很重要的文献。——译者注

丸'，你也还是会攻击和斥责我，反过头来说，'圣髑'是丑陋低贱的。可我喜欢'睾丸'，它是个好词，还有（我不说假话）'阴囊'和'阴茎'——不可能有比它们更美的了。我用了这些词，也确定我没有造任何卑劣的词，而那位智慧可靠的天主，认为我做的一切都好。圣·奥梅尔（Saint Omer）的身体在上！对于我父亲的作品，我为什么不敢给它们取合适的名字？我该和他一较高下吗？它们必须有名字，否则人就没法称呼它们。所以我给了它们名字，这些名字使它们能被称呼。如果说在法国，妇女们不这么叫，那只是因为她们不习惯。如果让它们变得更普遍寻常，她们也会喜欢合乎本意的称呼，把这些告诉她们肯定不会让她们犯罪。

"习惯的力量是强大的。照我看来，很多东西刚出现时都让人不舒服，习惯之后就会变得美妙。女人对它们的称呼五花八门：囊、马具、那话儿、火把、戳棍儿，好像它们有刺似的。可是当她们感觉到它们挨近，又不觉得痛苦了。她们想用什么寻常话叫它们都行，如果她们不想正确称呼它们的话。我不该挑起争论的。可是当我想要使用正确的叫法，公开谈论它们时，谁都不要阻拦我。

"当然，在我们的学校里，很多事物都用修饰语来表达，那样很好听，而且，不是什么东西都该按照字面来理解。我的用语——至少在我谈到'睾丸'时（本来我只是顺带提到它的）——和你的用语意图不同。任何正确理解我原话的人都听得懂，那会让晦涩的谈话变得清楚明白。隐含的真理只要经过解释，就会使人豁然开朗。如果你记得'诗人的外皮'①，你肯定会明白。你将会洞悉哲学上的许多奥秘，体验到其中的乐趣，并且得着大好处：你会从自己的乐趣中得益，又以所得的益处为乐，因为，趣味性寓言带给人的快乐，是最有益的。为此，诗人在创作寓言时给自己的想法穿上'外衣'，把真理寓藏其中。如果你想正确理解我的用词，就应该这么做。

"可是后面我对你说的那两个词，是你完全能明白的②。对它们，你必须严格按照字面去理解，不作任何粉饰。"

"夫人，那两个词我明白，它们很好懂，只要会法语，就不能听不懂，更多的说明是没有必要的。可我不想费力去牵附诗人们的思想、寓言和隐喻。如果我能得救，并且我的效劳能得着回报（我企盼极大的奖赏），那我最后肯定会去注解一番，至少注解得恰如其分，好让人人都能明白。所以我认为，你的那种措辞，还有更早的时候，你把那两个词大声念出口——完全情有可原。你的表达再恰当不过了，我根本不需要拖延，或浪费时间去做什么注解。只是我凭天主的名义恳求你：别再为我的爱而责难我。倘若我发了疯，那是我的损失，可至少我确信，敬奉我的主人是明智的。而且就算我疯了，也不劳你操心：我无论如何都会爱玫瑰，誓死不二。如果我答应爱你，就肯定不能遵守诺言。我要么会骗你，要么我向你守约，但这又会让我对我的主人失信。我多次告诉过你，除了玫瑰之外我什么都不想，我的脑子里只有它。当你在那里滔滔不

①　意指覆盖在文本深层含义上的表面意思。——译者注
②　此处所指的是"睾丸"和"阴茎"。——译者注

绝，要我考虑别的事情时，你的话语使我厌倦。除非你立刻闭口，否则你会看见我逃之夭夭，因为我已心有所属。"理智听我讲完这一番话，便回到她的高塔里去了，只余下我在那里伤心，愁思满怀。

第五章　朋友的劝告

　　然后我想起了朋友：现在我可得打起全部精神来，因为我要去找他，不管路途有多艰难。而他就在那里，那位天主派来的人，他见我一副伤心欲绝的样子，便对我说："亲爱的好朋友，你怎么啦？什么让你这么痛苦烦恼？我一瞧你唉声叹气，就知道你遇到一些倒霉事了。跟我说说你的近况吧。"

　　"求上主帮助我，因为情况不好也不顺当。"

　　"请原原本本地告诉我。"

　　于是我对他说了，就是你在故事里听过的那部分（我就不再重述了）。

　　"你瞧，"他说，"天主美妙的圣体在上——你安抚了严拒，又吻了玫瑰花蕾，也就没有理由为欣迎被捕担心了。既然他都肯赐你一吻，那监狱肯定关不住他。只不过，想要事成，就得更加谨慎。安心吧，他会得救的。他为你的缘故坐了牢，也会因你从里面出来，这你尽可以相信。"

　　"啊，敌人太强大了，哪怕只有恶舌一个也一样。就是他让我受了伤，在最靠近心脏的部位。他还把其余的人都煽动起来。要不是那恶棍四处嚷嚷，我永远也不会被人发现。迫使我躲起来后，惧怕和羞耻高兴得很，连严拒都不再辱骂我了。那恶棍召来了许多凶徒，这三个人就都镇静下来。谁见到欣迎瑟瑟发抖的样子会不可怜他呢？戒备冲他大吼大叫时，谁会不同情他？那老婆子有一副最最歹毒的嗓子。我立刻就逃走了。后来他们建了一座城堡，把那好人儿关了起来。所以，朋友，我需要你的建议。除非你能找到补救的方法，要不，我会死的。"

于是朋友开口说道（就像一个有师承的人，因为他深谙情爱之道）："我的朋友，别丧气，尽情地享受真爱吧，日夜不停地侍奉爱神，对他忠诚。别辜负他，如果他发现你不再为他效劳，那是严重的背叛。他会觉得让你做随从是被骗了。对他忠贞的人从不骗他。他命令你做什么都照做，遵守他的一切诫命，因为，遵他命令的人做什么都不会失败，不管那要花多长时间，除非时运命定他从别处遭灾。专心侍奉爱神吧，单单思考与他有关之事，那些想法是甘美的，可爱的。背弃他非常愚蠢，因为他并没有背弃你。不管怎么说，他拴住了你，你必须服从他，既然你不可能背弃他。

"我会告诉你该怎么做。你要等上一阵子，再去看那座要塞。再不情愿，也别在正门或墙根前闲坐晃荡，不要被人听见或看见你在那里，至少别像过去那么频繁，直到这阵风暴平息为止。如果你偶然去那儿，不管发生什么，都要假装你并不关心欣迎。如果你从垛口或窗口远远见到他，就哀怜地注视他，但要做得隐秘。如果他也看见了你（从他的角度），他会很高兴，看守也不会阻止他张望，只要他不会从脸上或表情里流露出来，除非他能偷偷这么做。又或者，当他听见你和人说话，他会关上窗从窗缝间偷看，你待多久，他就看多久，直到你走掉——除非他受到了妨碍。

"无论如何，小心别让恶舌看见你。如果真被他见到了，那就向他问好，只是注意不要变了脸色，显出厌恶怨恨的样子。如果在其他地方遇见他，也不要流露半点敌意。聪明人会掩藏好恶，你可以放心：欺骗骗子是没错的，所有情人（至少那些聪明的）都应该这么做。我建议你为恶舌效劳，向他和他所有的同伙表示尊重，即使他们可能会毁掉你。假装你什么都愿意给他们：身心、财产和忠诚。有话说：诡计与诡诈对着干。我相信这点。骗那些欺谎成性的人不算犯罪。恶舌是个骗子，拿掉他的那些花招你就会见到一个贼。他是个贼，这你完全不用怀疑：除此之外他根本不该有别的名字，因为他剥夺了别人的好名声，却没有恢复他们名声的能力。绞死他比绞死那些偷大钱的人好得多。如果贼被抓是因为他偷了钱，或从晾衣杆上顺走了一件袍子，或从粮仓里偷了麦粒谷粒，根据成文法律，他要为自己偷的东西承担超过四倍的责任。可恶舌用他那肮脏、卑鄙、恶毒的舌头犯下了一桩最严重的罪过，因为他一旦用他那声名狼藉的口说了诽谤的话，就没法撤销，也平息不了引发的流言。

"安抚恶舌是件好事，因为人习惯了去亲吻那些心里巴望他们被烧死的人的手。要是这讨厌鬼现在在塔尔索（Tarsus），只要他从恋人们那里得不到什么好处，他就会随意散布流言。堵住他的嘴是件好事，这样他就不会再谴责控诉人了。对付恶舌和他的家族（愿上主不再护庇他们），应该让他们受欺诈，被诬骗。应该让他们时时得效劳，常常被恭维，处处被逢迎，多多受赞美，而这一切全是出于虚情假意。应该点头哈腰地欢迎他们。因为，抚爱一条狗直到人能从旁通过，那是合宜的。他千方百计不让你靠近花蕾，那么至少要让他觉得你不再想去偷了，这样他的流言就会平息，而你因此能够智胜他。

"至于看守欣迎的老妇人（愿她在地狱里被火烧！），也用同样的办法对付她。还有戒备（我们的主咒诅她！），那凶狠和饱受折磨的东西，总是被别人的欢乐惹恼，又残忍又贪心，什么都想据为己有，虽然就算分一点给人也不会使她短半分。聚藏这种东西是很蠢的，因为它就像灯笼里的蜡烛，哪怕你用它照亮一千个人，也不会使它的火焰变小一点：有点知识的人都该知道。如果这两人需要你，那就使尽浑身解数为她们效劳吧。让她们见识到你的殷勤有礼，因为礼节很受推崇，只是别叫她们看出你想骗她们。如果没有别的办法获得成功，你就这么去做，你要用许多的吻、拥抱和恭维话让你的敌人被你的双臂勒死，在你的怀里被溺死。我敢发誓保证，在这种情形下别无他法，因为她们非常强大，我相信，公然反对她们的人都成不了事。

"再往后，如果你遇到其他看门人，你去到他们那儿，就得照我吩咐的行事。如果你有办法不破产，可以用我说的这些礼物来安抚他们：像细柳条编的花环、钱袋、发饰，或其他一些漂亮雅致、招人喜欢的小东西。然后，你要开始哀叹<u>爱</u>使你遭受到的不幸、劳苦和患难，正是他带你到这里来。如果你什么都拿不出手，那就许诺。不要迟疑，不管能不能兑现都先满口应承。宁肯拍着胸脯赌咒发誓，也不要夹着尾巴落荒而逃。你要求他们帮你，如果能当他们的面挤出泪水来，那会更有效：对你来说，哭泣是非常明智的。要当众跪倒在他们面前，合拢双手，从眼眶里滚出热泪，好让他们看个清楚——那情形最招人可怜，而且谁都不会轻看泪水，尤其是那些有同情心的人。

"如果你哭不出来，就偷偷地、及时地吐些唾沫，要么挤些洋葱汁、大蒜汁或别的什么汁，把它们涂在眼睑上：这样你想什么时候哭就能什么时候哭。很多骗子都这么干过，后来却坠入情网，成了真情人。这些人为女士们设下套索，得到应允后倒自己钻了进去，直到她们开恩放人。还有很多人用这小把戏装哭，他们从来都不爱*par amour*，只用眼泪和谎话来欺骗少女。眼泪会吸引一些人的心，只要他们看不出里头有花招。不过，如果他们知道你不老实，就不会再怜悯你，你怎么哭泣求情都没用，他们不会再上当了。而如果你到不了他们跟前，就派一名合适的信使去传信，或者口头转告，或者写信，或者写在便携板上，但绝不要署真名。总要把男人称作女人，把女人称作男人，这样能巧妙掩藏风流韵事。男方自称某女士，女方则是某某爵，用这种方式来写口信。因为有很多窃贼借着读恋人间的信骗他们，结果是恋人们惨遭控告，爱的欢愉烟消云散。只是不要相信小孩，你会被骗的。他们不是好信使，因为小孩子总想到处乱跑闲聊，一旦被挑唆，就会把带的东西送给挑唆者看。或者他们传信时手脚太笨，因为他们缺乏头脑。如果他们不够机灵，一下就会闹得尽人皆知。

"这些看门人自然是生就一副慈悲心肠的，他们如果屈尊收下你的礼物，就不想再骗你啦。你可以相信，你本人也和这些礼物一道被笑纳了：礼至而事成。就像饵食能训练高贵的鹰隼，使它无论昼夜，总要回到给食的那只手上，同样，礼物也会使这些看门人对真情人网开一面。他们全都会被征服的。

"万一你发现他们太高傲，礼物、乞求、眼泪，什么都不能叫他们心软，而且他们还无情地抵制你，无礼地辱骂你，那你就客客气气，起身走人，让他们自己慢慢膨胀发酵吧——他们比秋天的奶酪还容易熟哩。你这一走，会让他们学习如何去追求你，这对你大有好处。

"卑鄙的人对最爱他们的人十分刻薄。越是求，越瞧不起；越殷勤，越被厌恶。可是当别人对他们断了念想，他们很快又没了傲气。现在他们爱上了那些之前他们厌恶的人了，现在他们被征服了，不兴风作浪了。因为他们不喜欢有人离开他们，这让他们极其不快。虽说水手在出海探寻未知陆地时，会只凝望某一颗星，但他不会只扬一次帆，而是不停调整，为的是避开狂风暴雨。同样，一个人心中涌动着不息的爱意，但冲刺不总能成功。要想享有真爱，他必须时擒时纵。

"而且，向这三个看门人求情明显是有好处的（我不会加油添醋，你可以信我的话）。因为，不管他们怎样傲慢，努力祈求都不会让你有损失，反而有可能取得很大的进展。祈求的人可以安然求情，无非是被拒绝或被放行罢了，几乎不可能被骗。除了浪费的时间，被拒绝的人一无所失。而看门人也不会着恼，反而会感到满意——哪怕他们拒绝了他。因为没有人会如此残忍地，在听人祈求时会不觉得心满意足。他们自觉是个人物，又公正又讨人喜欢，什么优点都有，因为这些人都爱他们，不管他们是拒绝，是找借口还是欣然同意他们的祈求。如果求爱者蒙了答允，那就什么都妥了，他们如愿以偿了；如果运气不佳没有成功，他们也可以自由离开，不必承担义务。这么看来，几乎没有失败可言，既然新的乐子让人那么称心愉快。

　　"不过不要藏不住话，不要对看门人直说，和他们交朋友是为了摘玫瑰花丛里的花。相反，应该说自己的爱是忠诚的、真挚的，想法是纯洁的、诚恳的。你可以相信，他们全都能被收服，这点毫无疑问。只要求情的人做得妥当，就肯定不会被拒绝——谁都不会被拒绝的。如果你采纳我的意见，你就不会想方设法去求他们，除非你征服了他们。因为，如果他们还没被征服，他们也许会到处吹嘘你是如何哀求的，可如果他们也有份于这件事，就绝对不会张扬了。

　　"而且他们都一个样：无论外表多傲慢，如果一开始不是被求的一方，就铁定会变成去求的那一方，只要对方对他们不算冷酷，他们还会白白为他效命。可是有些人着急说话，愚蠢地送出贵得离谱的礼物，让他们骄傲得不得了，于是玫瑰的价格也水涨船高。那些人这么做，是指望对追求有利，却害苦了自己。如果他们没求过情，本来可以不花一文得着一切——前提是谁都没有过早去求情。如果他们希望自己的效劳值一个好价钱，那所有人都得同意：谁都不可以去向看门人献殷勤，把自己白白卖了。最好是制服他们，让他们的玫瑰到老也无人问津。不过出卖身体的人没法讨我喜欢，那本来就不应该，至少不能是为了这种目的。现在别为这些耽搁了：去求情吧，做好陷阱逮来兔子吧。你可以尽管磨蹭，眼看着一打猎物跑过去，或者是两打、三打、四打，说实话，五十二周里能搞到五十二打猎物呢。如果你等得太久，看门人会很快转移目标，因为你拖延之后，再想跟上他们会很困难。我不建议男子等待女子求爱，让女人开口的人，实在是对自己的容貌太过自信。如果打算求爱，又希望速战速决，他就不该害怕，不论他的那位女士有多自负，多傲慢——哪怕她会动手打他呢。也不要怕自己的船儿入不了港，只要他表现得体。这些，我的朋友，就是你去到看门人跟前时应该做的。不过，如果你见他们在生气，就不要提要求，留心查看他们什么时候高兴。也不要在他们难过时去求，除非使他们难过的是那位疯婆子戒备：也许她正因为你的缘故折磨他们，叫他们饱尝愤怒的滋味。

　　"如果你能设法把他们叫到一旁，在某个方便的地方，不用怕有人闯过来，而欣迎（为你的缘故，现在还被囚禁着）也逃了出来，那么，当欣迎对你竭尽恭迎之能事时（他很懂得接待容貌俊美的人），你要把玫瑰摘了，哪怕你看到严拒开始骂你，羞耻和惧怕也在嘟嘟囔囔地抱怨你。他们只是在假装生气，徒劳地抵抗。抵抗本身就表明他们被打败了，你会看出来的。就算你看见惧怕在发抖，羞耻涨红了脸，严拒不住打哆嗦，或这三个人一起叹气和发牢骚，你都不用理，如果时间、地点和季节都对，你就只管硬上弓，摘下玫瑰来，表明你是个男人。只要施暴者深谙此道，这种暴力是最受他们喜爱的。很多人的态度很怪：他们希望被迫献出不敢自由给出去的东西，还假装是被偷了，其实自己已经同意，也愿意它被拿走。所以你放心，如果抵挡成功，他们会伤心的；不管他们怎样假装高兴，我恐怕他们还会大发雷霆呢。虽然嘴里抱怨你，心里却恨死了你。

"可如果他们说得足够明白，你感觉他们是真的生了气，还拼命抵抗，那你就不能用强。无论怎样，举手投降就好了，求他们开恩。接着就是等，直到这三个让你苦恼透顶的看门人走掉，只剩下欣迎一个。他什么都会答应你的。这就是与他们打交道的方式——作为一个体面、高尚、有头脑的人。

"你还要留意欣迎瞧你的神气：他的表情怎样，用什么腔调说话，你都要依着他来调整。如果他一副成熟可敬的样子，你也要刻意表现得沉稳可靠；如果他疯疯傻傻，你也疯疯傻傻。竭力模仿他。如果他很高兴，你便一脸喜色；如果他生气，你也摆出怒容；他笑你也笑，他哭你也哭。随时随地，爱他所爱，他声讨谁你也声讨谁，他认为好的全都赞美。这样他就会对你信心大增。

"你想，一个出色的女人会爱上愚蠢任性的毛头小伙子吗？他着了魔似的整晚在外面闲逛，大半夜唱歌，也不管人喜不喜欢。她会怕惹来非议，被人轻看和诽谤。这样的风流韵事，一下就尽人皆知了。这种年轻人会满大街吹嘘，根本不在乎被人知道。没头脑的女人才会对他们付出真情。

"如果一个聪明的男人对傻丫头诉衷情，他不可能通过让她觉得自己聪明来打动她。别以为他行事明智，就能实现目标。让他完全变成她那个样儿吧，要不他迟早会被羞辱的。因为她会认为他是个骗子，是条老狐狸，是个会下蛊的花花公子。那倒霉丫头很快会离开他，自甘堕落，去找别人。她会拒绝体面人，专挑最坏的货色。她会酝酿出一腔爱意，像母狼一样抱窝守着它。那种癫狂让她堕落得那么厉害，哪怕在狼群里，她也总会选最坏的那一只。

"如果你找着欣迎，就和他下象棋、掷骰子、玩双陆棋，或玩别的好玩游戏，你总要玩得一塌糊涂，总要做输家。不管是什么游戏，你赌什么输什么，让他赢，让他笑，让他拿你的损失来开玩笑。表扬他的一切行为，赞美他的衣着和仪容，尽你最大的能力为他效劳。甚至于，他一打算坐下就为他端椅子、递垫子。你的求爱会成功的。如果你看见有灰尘落到他身上，立刻给他掸掉，哪怕没有也这么做；如果他的外套太脏，帮他弄干净。总之，不论在哪里，你都要想尽办法讨他欢喜。如果你这么做了，那就没什么好怕的了：你永远也不会被拒绝，而会如愿以偿，我向你保证。"

"亲爱的朋友，你说的都是些什么话？只有虚假的伪君子才会干这么邪恶的事，真是闻所未闻。你要我礼待这种虚伪卑鄙的人，为他们效劳吗？他们真是又卑鄙又虚伪，只有欣迎例外。这就是你的建议吗？对我来说，怀着骗人的目的为人效劳，这是最要命的背叛。我可以说老实话，如果我想窥察谁，我总是先向他们提出决斗。至少让我和恶舌决斗吧（他倒是不停窥察我），在用这种方式去骗他之前。或者让我要求他平息这场针对我的风波，如果他想免掉一顿好打的话。如果他乐意，那就让他补偿我吧，除非他希望我亲自去找他算账。再不行，至少让我找法官告他，那样法官就能惩罚他。"

"朋友啊，朋友，公开对战的人能用这些办法去解决，可是恶舌鬼祟得很，他不是你明面上的敌人。当他恨某个男女时，他就在背后指摘、中伤他们。他是个变节小人（愿上帝羞辱他），也活该遭背叛。要我说，只管朝他吐唾沫。他不可信，我也不相信他。他心里恨人，嘴巴上却对人友好。我绝不会喜欢这样的人。叫他当心我吧，我也会提防他的。如果没有其他更光荣的复仇方式，那就让惯于背叛的人死于背叛吧，这是千真万确的。

"你想去告他，你觉得这样就能禁止流言吗？你可能没办法为自己的情况提供证据，也找不到合格的证人。而且，就算你有证据，他也不会闭嘴的——你越拿出证据，他越会饶舌，你的损失要比他大。结果是这桩私情会闹得越加沸沸扬扬，更让你丢脸。男人自认为是在减轻耻辱，进行报复，实际上却让羞辱变本加厉。如果你要求他阻止这些非难，不让它们扩散，即使他挨揍了，他也肯定不干——天主在上，他被打了也不会闭嘴的。天主替我做证，等他来向你赔偿是没用的。确确实实，就算他愿意，我也不会接受他的补偿，反倒会宽恕他。如果你去跟他斗，我凭众圣徒的名义发誓，欣迎会被铁链子捆死、被火烧死、被水淹死，或者被牢牢囚禁起来，你再也见不到他。那时你心里会加倍痛苦，就好比查理曼（Charlemagne）因罗兰（Roland）而感到的痛苦：由于加奈隆（Ganelon）的背叛，罗兰死于隆塞沃之战（the battle of Roncevaus）[①]。"

"啊，这不是我想要的！让他去吧，我把他交给魔鬼了。他这样扰乱我的计划，我真希望把他吊死。"

"朋友，这你不用担心，你该用不一样的报复方式。判处绞刑的职分不属于你，而属于法庭。可你如果采取我的建议，你就能设圈套阻挠他。"

"好朋友，你的忠告我很赞同，绝无异议。无论怎么说，如果你知道有什么技巧能找到一种办法，更容易攻下城堡，如果你教我，我会很乐意学的。"

"又顺利又愉快的方法是有的，只是穷人用不上。

"我的朋友，无需我的技艺和指教，你也可以选择一条更短的路，在第一轮的猛攻中就能把城堡摧毁，将那要塞夷为平地。没有一扇门会抵挡你而不自动投降，整座要塞都会失守，也没有人敢说一个不字。那条路名叫'挥霍大道'（Lavish Giving），由豪奢所建，多少情人在她那里耗尽了所有。我很了解那条路，因为前天我刚从那里来。我曾是那儿的一名朝圣者，逗留的时间超过一个冬天和一个夏天。让乐予待在你右手边，然后朝左拐。沿那老路走不出一箭之远，连鞋都不用穿旧，你就会发现坚固的墙在颤抖，威猛的塔楼炮台无不摇晃，

---

① 据最早也是最有名的英雄史诗、12世纪的《罗兰之歌》（*Chanson de Roland*）记载，查理曼的侄子罗兰在隆塞沃之战中指挥一支后卫队伍撤离西班牙，后来因为其继父加奈隆的背叛而被害。——译者注

大门全部自行敞开，这一切比杀死里面的人还要快。城堡的那一面十分虚弱，要推倒围墙比把烤蛋糕分成四块容易得多。走那条路会很快成功，你不需要比查理曼征服曼恩（Maine）更多的军队。

"据我所知，穷人与那条路无缘；谁都带不了他去，他自己也到不了那里。不过，如果真有人让他踏足其中，他很快会变得像我一样熟门熟路，虽说我曾经得到过很好的指导。如果你愿意，你也会深谙此道，因为要了解它不难，只要你身怀巨富，有千金可以挥洒。不过我不该带你去：贫穷已经禁止我踏上此道，在我离开时她就已下了禁令。我花光了家产和从别人那里得来的一切；所有债主我都骗过了，就算吊死我，或用水淹死我，我也还不出一个子儿来。'不许再到这里来，'她说，'既然你已经没钱可花。'

"你会发现如果没有财富提携，你到不了那里。只是，所有她陪同过的人，她都拒绝同他们往回走。去时她会紧贴着你，却不会带你回来。你可以相信我的话：一旦有机会踏上那条路，你就该一心留在那里，朝夕不懈，除非贫穷来为难你——她已经使许多人变得无比困苦。而豪奢就住在那条路上，除纵情玩乐、大把花钱之外，她什么都不关心，她有钱仓可以支钱，只要还有得花，她就不数也不算。

"贫穷住在路的另一头，一生屈辱不幸。她心里全是恼人的痛苦，因为她不顾脸面多次求人，也多次被人狠狠地拒绝。她举止不讨人喜欢，说话不让人愉快，永远也没法办好一件事而不招人诟病。人人都嘲笑她、鄙薄她。不过，也不用为贫穷操心，除非你是在想怎样才能彻底避开她。变穷最伤人，那些倾家荡产、负债累累的人很了解这点，许多人为她上了吊。至于不得已做了乞丐的人，他们也知道，也这么说——在讨到钱之前，他们不得不吃尽苦头。而贪欢逐爱的人也懂得这点，就像奥维德（Ovid）[1]断言的：两肩担一口的人喂不饱他的爱。

"贫穷使一个人被藐视、招恼恨，让他的生活成为一场殉道。她甚至剥夺人的头脑和神智。我的朋友，为上主的缘故远离她吧，这都是经过测验的真话，相信我，因为你知道，我劝你的这些我都经历过，是我从自己的体验中发现的。好伙伴，因着我的苦难和耻辱，我比你更懂得贫穷意味着什么，而你还没怎么吃过苦头呢。你应该信赖我，因为我告诉你这些，是想给你一些指导。接受他人教诲的人会一生蒙福。

"我习惯了被看作体面人，受每个友伴爱慕，而且我高兴到处花钱，超过了慷慨的程度，所以人们认为我是有钱人。可现在，被豪奢挥霍过后（是她使我那么悲惨），我已经穷到连吃饱穿暖都极为困难。贫穷（她会把人的朋友全部偷走）就这样征服了我，成了我的主宰。而且我告诉你，我的朋友，时运刚一得手，我就失去了全部朋友，只除了一位，是我真心信赖的，只有他留在了我身边。就这样，时运通过贫穷偷走了他们，而这两位本来是一丘之貉。可我能说'偷'吗？那我就是在撒谎了。不如说她取回了自己的东西。因为我很清楚，如果他们真的属于我，那就不会因为她而离开我。这么看来，她召

---

[1] 奥维德，奥古斯都时代的拉丁诗人，他的《爱的艺术》（*Ars Amatoria*）一书给出的关于爱的策略建议跟朋友的建议非常相似。——译者注

回自己的朋友并没有错，那都是她的人，只是我不知道罢了。我耗尽身心和财产去买下他们，还以为拥有了他们，最后得到的却不值一个子儿。这些朋友发现我每况愈下，都抛弃了我，还拿我取笑，眼睁睁看着我被推到时运的轮子下：她借贫穷的手，使我一败涂地。

"不过我不能抱怨，因为她给了我一份更大的恩惠，超过了我应得的：她用为我做的膏油抹了我的眼睛。当时，贫穷来了，夺走我不只二十个朋友，确确实实，带走了不只四百五十个，我不骗你。然后我看清了我的周围，哪怕一个人生着山猫的眼睛，也不能像我看得那么清楚。因为透过贫穷，时运当场让我见识到何为真爱，也彻底显明谁才是我的好朋友，因为他来看我了：如果不是他发现我有缺乏，我永远也不会知道这件事。他知道我的情况后，立刻跑到我跟前，想尽办法帮我，对我倾囊相助，因为他了解我的需要。'朋友，'他对我说，'你看，这是我的身体，这是我的财产，它们既属于我也属于你。你不用开口问我，只管伸手拿吧。'

"'可是拿多少呢？'

"'如果你不清楚，那就需要什么拿什么。在朋友眼里，时运的馈赠和自己的朋友根本不能相提并论。既然我们见面那么多，对彼此逐渐熟悉，又心心相印（这样我们就考验过彼此，晓得我们是好朋友，因为不经过检验，谁都不知道能不能找到一位忠实的朋友），哪怕是我继承的财产，你也有权（by right）把它看作是你的，这份权限（power）来自爱的纽带。因为，'他说，'如果能够搭救你，你可以把我送进监狱做担保或人质，把我的东西卖了做抵押。'这还不够，为了不让我觉得他在骗我，他迫使我向他要东西，因为我不想伸手。我满面羞愧，就像那种穷光蛋，他被羞耻堵住了嘴，不敢提自己的痛苦，反而强忍着躲了起来，免得有人知道他在受穷，还在人前摆出最好的样子来。我的行为正和他一样。

"那些四肢健全的乞丐却不是这样，我要提醒你。为了骗施舍者，他们到处乱窜，说软绵绵的恭维话，向遇到的人显出最丑恶的样子，而将体面藏起来。他们说自己穷，但其实口粮充足，积蓄又多。可我不想讲他们了，说多了会对我越来越不利，因为伪君子总是痛恨真相，如果那是针对他的话。

"这一来，我因为心里愚蠢，竭力想要赢得我提到的那些朋友，也因此（由于我说过的破产，而非其他原因或理由），我那脆弱的心灵背叛了我，人们也都一起来嘲笑我、中伤我、讨厌我，只有你例外。我没有失去你的爱，它还在，且永远会与我的心相连，只要上主许可。所以我相信上主也不会停止爱你。可是当最后的日子来到，死亡（Death）在我们的肉身上伸张他的权利，你将会失去我，或者说，失去我现世的肉身陪伴（因为那个日子只会夺去我们的身体，连同身体的所有附属物）。我知道我们都会死，可能比我们愿意的更快，因为死亡让一切友伴天人永隔。或许我们不会一起辞世，可是我很肯定，如果真爱不骗人，当你活着而我已离世，我会永远活在你心里。如果你先我而去，你也会借着记忆存在我心里，就像皮瑞苏斯（Pirithous）的故事。他因为被忒休斯（Theseus）所爱，所以死后依然存活。①他活在忒休斯心里。他在生时忒休斯十分爱他，到他死后，忒休斯还在苦苦寻觅他，甚至活着下到冥府去找他。可是贫穷比死更坏，因为她啃食人的肉体和灵魂，不是一个小时，而是住多久就折磨他们多久。她不仅让人受到非难，还使他们犯下偷窃罪、做伪证罪，陷入重重困难，受到种种打击。死亡绝不想这么做。她让他们把一切都抛到身后，她的到来终结了他们的一切尘世磨难，她对他们的伤害不过一个小时，不管那个小时有多痛苦。所以，好伙伴，我恳求你别忘了所罗门（Solomon），他做过耶路撒冷的王，留给我们许多宝贵的财富。留意他这句话，以及他在书里给出的理由：'儿啊，你要终生远避贫穷；因为在这尘世间，死了也比受穷好。'②他提到卑躬屈膝的贫穷，谈起那缺衣少食、被我们称为'缺乏'的造物，她害惨了招待她的人。他的结论是：穷人最受轻贱。遵守教会法规的人甚至不许他们做证，因为法律将他们与声名扫地的人等量齐观。

"贫穷是很丑陋的东西。至少我敢说，如果你攒够了钱财珠宝，又愿意大把地送人，你就能去摘玫瑰，摘花蕾，不管它们被围得多么严实。可是，既然你不富有、不小气也不贪婪，你就该送一些过得去的小礼物，送的时候要心甘乐意，这样你就不会变穷、受损遭害。如果你花的钱超过物品本来的价值，很多人就会笑你，也不会帮助你。

① 根据希腊神话，事实上，忒休斯下到冥府去是为了帮助皮瑞苏斯诱拐珀尔塞福涅（Persephone）。这两位朋友被普鲁托（Pluto）抓获，而只有忒休斯为赫拉克勒斯（Hercules）所救。——译者注

② 见《圣经·传道书》（40:28）。——译者注

"送新鲜水果很合适，用一块布包着，或用篮子装着，就是一份相当吸引人的礼物，所以不要忘了。你可以送苹果、梨子、坚果，或樱桃、唐棣果、梅子、草莓、野樱桃、栗子、楹椁、无花果、小檗果、桃子、大梨，或山梨、嫁接欧楂果、覆盆子、野李子、大马士革李、马梅、鲜葡萄，还有鲜桑葚。如果你买了这些水果，就说它们来自远乡异地，而且是你一个朋友送的，哪怕那是你在街上买的。又或者送一大篮子像样的当季应时花束，像玫瑰、报春花或紫罗兰，这样的礼物既不太贵，也不离谱。

"我告诉你，礼物能改变人的态度，堵住说闲话人的口：他们就算知道送礼者有坏事，也只会拣好话来跟周围的人说。很多看守都收礼自肥，要不他们的日子会很难过。美酒美食也是送礼佳品，保证了不少教士的收入。好的礼物见证了好的生活，这你不该怀疑：礼物在哪里都被看重。出手大方的都是体面人。礼物给了送礼者好名声，却对收礼的人不利，因为他们失去了天然的自由，从此有义务为别人效劳。我还能说什么呢？简单一句话说：人和诸神都会被礼物征服。

"我的朋友，我对你说的经验和忠告，你要用心听。如果你愿意照做，等到你向大本营发起进攻时，爱神是不会不守承诺的，他和女神维纳斯会奋力与看守们作战，将要塞摧毁。到时候你就能把玫瑰摘了，不管他们用多么坚固的监狱围护它。

"可你一旦赢得了这份奖赏，就必须使尽浑身解数，妥善和巧妙地维持它，如果你想要长时间享用的话。因为维护战果的好处并不比当初不择手段得到它时少。如果年轻人因为自己的过错痛失所爱，他确实应该自认不幸。能保住心上人而不失去她，是一件远大高尚的事，尤其当上主赐给他一位明智、纯朴、知礼又善良的女士时：她献出了她的爱，而不是卖了它。贿赂之爱是做惯了娟妓的女人发明的，一个女人为一份礼物出卖自己，她心里哪有什么爱情。这种假冒的爱应该丢进地狱的火里，理都不要理它。

"不过说实在的，几乎所有女人都会要个没完，而且连抢带偷，直到把人吃光嚼净。所以，那些说她们怎样以身相许、爱得又如何忠诚的人，最后总是落得人财两空。尤维纳利斯（Juvenals）①讲过海波丽娜（Hiberina）的故事，他说，造她的材料是那么滚烫，一个男人满足不了她；她宁可失掉一只眼睛，也不愿只委身于一名男子；没有女人会因为爱得火热坚忍，就不愿意让心上人遭到洗劫、受到折磨。再看看另一些人会怎么做——她们向男子委身，是为了交换礼物。你找不到一个不愿意这么做的女人，不论她对臣服她的人有多大支配权：她们一心只想着一件事。这就是尤维纳利斯指出的铁则。不过，绝对正确的法则并不存在，他的判断是针对坏女人的，如果是我形容的那种女人——心灵忠贞，脸蛋天真，那我会告诉你该怎么做。

"一个有贵族风范、举止得体的年轻人，既然不怕辛苦，愿意在这事上下功夫，就该谨慎，绝对不要倚仗他的姿容、他的身材。他应该锻炼自己的举止谈吐、学养和技艺。若你懂得美的来源和归宿，就会明白它的生命很短，就像野地里的花，

---

① 尤维纳利斯，罗马讽刺诗人，生活于公元60—140年。——译者注

花开的日子转瞬即逝，美的本质也一样：花越开，越是尽早凋零。

"不过，如果一个人愿意获得悟性，它就会终身伴随自己的主人，而且在生命尽头犹胜起初；它总是在生长，绝不会被时间削弱。一个有着超群理解力的年轻人，如果运用巧妙，就总会被喜爱、被看重的。至于女人，面对这样一位俊逸的青年——既有礼又聪明，还有迹象表明他悟性极高，她肯定很乐意把自己的爱给他。

"而如果他来请教我，问我写些可爱的小诗、圣咏、故事和歌曲好不好，因为他想送给自己的心上人，好留住她、讨好她。唉，它们不管用。就他的情形说，好的诗句没多大价值。也许它们会博得称赞，可对于其他方面没什么益处。

"可是呢，如果她冷不丁瞧见一只大钱袋子，沉甸甸的，鼓囊囊的，里头装满了拜赞特，她就会张开双臂笔直朝它跑去。如今的女人都癫狂了，除了钱什么都看不见。一切都变了，这世道已经堕落。

"从前，在我们始祖父母的年代（我们根据文献证明晓得有这些事），爱是忠诚真挚的，和贪婪抢掠彻底无缘，世界也是个非常简单的地方。人们对吃穿要求不高。他们不吃面包鱼肉，而是从树上摘橡子，踏遍树丛、谷地、平原和大山，采集苹果、梨、坚果、栗子、蔷薇果、桑葚，还有黑刺李、覆盆子、草莓、山楂和豆类：总之是各类水果和植物根茎。他们把玉米粒从穗子上搓下来，去葡萄地里收葡萄，但既不榨汁也不装桶。他们过得很丰裕，吃橡树上流淌下来的蜂蜜，喝纯净的水，不要求喝甜酒，不想喝香料酒，也没有喝去过渣的清酒。

"那时土地还没被耕作过，仍旧保留着天主当初安排的样子，自动长出百物，人吃了可以强身健体。人们也不指望吃上鲑鱼、梭子鱼，而只是披着粗糙的兽皮，用动物毛来做衣服，材料直接从动物身上取，不用任何植物或种子染色。他们用金雀木的嫩苗和枝叶来做小屋、村落的屋顶，还会在地上挖沟。每当风雨来临，空气里的味道让他们害怕，他们就会躲到岩石中间，或飞快地跑到树下——那些身量已足的大橡树成了他们的避难所。晚上要睡觉时，他们就取来成堆成捆的树叶、草茎或苔藓，铺在小屋里，这便是他们的羽毛褥垫。

"在无风无雨、天气晴朗的时候，怡人的微风轻送，使人像身处永恒的春日，每个早晨鸟儿都用自己的语言向晨光致意：破晓使它们激动，让它们奋力歌唱。接着泽斐罗斯来了，与他的妻子百花之神、众花的主人芙罗拉（Flora）一起，为人类铺开他们的花毯。（是这两位给了百花生命，除了他们，花儿不认别的主人，正是他和她一起走遍世界，散布花种，是他们让花朵有了形体，生出色彩，将它们做成鲜艳可爱的花冠，为少女的容颜增辉，使少年人赢得宠爱。他们为真正的恋人们这么做，因为那些人在他们眼里十分宝贵亲爱。）这些花在牧场、草地、林间深处开得那样辉煌壮丽，你看了不由得想，这是大地要与天空一争高下呢，好叫穹苍不至夸耀自己的星辰好，因为大地也以她的花朵为傲。

"这样的卧榻正如我所描述的，能让人尽情享受爱的游戏，他们抱呀，吻啊，既没有贪心的念头，也不想互相抢夺。

在这些树林里，成荫的绿树用枝条为他们张开帐篷，扯起帘幔，不让日头晒着他们。在这里，这一天真无虑的族群只管跳舞玩耍，只喜爱温和的消遣，只知享受火热忠贞的欢愉，此外什么都不挂心。没有国王君主对他人犯下过抢劫和偷窃罪。人人都习惯了彼此平等，谁也不想独占什么。他们很了解这句俗语（它不蠢也不假）：爱和统治既不能互相为伴，也无法共存；统治的一方总会令它们分道扬镳。

"所以我们在婚姻里看到，做丈夫的自认为够聪明，可以打骂妻子，让她的生活里充满了牢骚口角，还对她说，她又傻又没头脑，才会花那么多时间去跳舞，频频出入到处是帅小伙子的社交界。这样真爱怎么能长久呢？瞧他们对对方说了多少恶毒的话，做丈夫的还想要主宰妻子的身体和财产。'你太轻浮了，'他说，'行事又蠢。我一去工作，你就立刻开始跳舞胡闹，做那些看起来十足不道德的事，为了取乐，还像个塞壬似的唱歌！愿天主叫你一周都不好过！

"'我去罗马或弗里西亚（Frisia）做生意时，你立刻变得那么风骚（有个我认识的人会随时向我通风报信），这流言都传遍了。如果有人问你，为什么你去哪里都打扮得那么讲究，你就说："啊哈，为了对我丈夫的爱。"为我，苍天啊！我无非是个可怜虫罢了——谁知道人们是怎么作践和编造我的，谁管我的死活？他们该把一只羊膀胱甩到我脸上。如果我不使点手段惩罚你，我就连一枚纽扣都不如！你到处吹嘘这些事，真是为我赢得了好名声。谁都清楚你在撒谎。为我？苍天啊！我无非是个倒霉鬼罢了——为我！婚礼那天我接受了你的誓言，完全是自欺欺人，就跟戴了不合手的手套一样。你是为我，才这样狂欢作乐，为我，才摆出这么一副趾高气扬的样子来！你以为你在骗谁？你的好衣服我都见不着，却叫那些色眯眯的浪荡子瞧个没完——还有那些挤眉弄眼、围着你、陪你穿街过巷的娼妓们。你可蒙蔽不了我的眼睛。还有谁能让我更烦恼呢？对你来说，我无非是个包养你的人。每当我靠近你，你穿着外套、裹着包头巾的样子比鸽子还天真，比斑鸠还无辜。只有与我在一起时，你才不在乎它是长是短。就算我是个好脾气的男子，我也不能再忍受了，我要揍你一顿，挫挫你的傲气。哪怕有人给我四个拜赞特，要我顾全脸面不打你，我也不干。你还应该知道，我不爱看你戴任何首饰去跳舞，戒指也不行，除非有我在跟前。

　　"'不仅如此——我一定要说出来，你和那个年轻的罗比舒耐（Robichonet），那个戴绿色帽子的人，你们有什么猫腻，你一叫，他就来得那么快？你对他就像秤离不开砣似的，两个人总是同声同气。我不知道你们能从对方身上得到什么好处，哪有那么多话好说。你这么不负责任，真是把我气疯了。我凭天主起誓（他是绝不说谎的），要是你再去跟他讲话，我就让你的脸蛋失掉颜色，或者像桑葚那样紫得发黑。求天主帮助我，不让你再浪费时间，在那之前我还要给你的脸来那么几下子——那些闲人觉得你的脸多迷人啊——可是你会变乖的，你会安静的。没有我，你哪里都不许去，只许在家里伺候我，身上牢牢拴着铁环。是魔鬼让你跟那些一肚子坏水的浪子打得火热，你根本就不该认识他们。我没叫你服侍我吗？你和那些下流的情场老手厮混，因为他们会找乐子，也让你找到乐子，你这样配让我爱你吗？你是个坏透顶的娼妓，我信不过你。是魔鬼叫我结的婚！

"'啊，如果我信了泰奥弗拉斯托斯（Theophrastus）的话，我是绝不会结婚的。他认为男人如果明智，就不会和一个女人结婚，不管她是美是丑，是富是穷，他在了不起的*Aureolus*一书①里说过这话，也证实了它。这是一本应该在学校里教的好书。它说已婚男人的生活非常恼人，辛劳又痛苦，全是吵嘴和争执，因为那些糊涂娘们很骄傲，她们说话傲慢、言词刻薄，还总是找许多机会来提要求，发牢骚。他发现很难让她们守规矩，不去转愚蠢的念头。如果一个男人娶了穷女人，他得养活她，给她买衣服鞋袜。可如果他认为娶一个有钱女人能提携自己，那接下来他还是得吃苦，到头来发现那骄横、自大、神气、高高在上的女人，就是他的拙荆。如果她漂亮，那所有人都会跟在她后面跑，追求奉承她。为了攻陷她，他们挣啊抢啊，大打出手，主动去效劳，围着她苦苦哀求，缠着她、想着她，付出了卓绝的努力，最后必定会把她搞到手。因为一座孤塔被四面围困，想不被攻占简直难之又难。

"'如果反过来，她很丑，她就会想要讨好每个人。谁能养着这样一个人，或者人人都要争抢她，或者她见到谁都惦记？他如果和全世界对抗，就根本活不了。一旦女人受

①　该书已佚，被认为是古希腊哲学家泰奥弗拉斯托斯所著，因在圣哲罗姆（Saint Jerome）的《反尤维纳利斯》（*Adversus Jovinianum*）和索尔兹伯里的约翰的《论政府原理》中被提及而为人所知。——译者注

到高明的引诱，谁都没法阻止她被俘获。哪怕是帕涅罗珀（Penelope）[1]，也会被一个下决心追求的人搞到手，更别说希腊根本没有比她更好的妻子。我敢说，连卢克丽霞（Lucretia）都有可能，虽然她因为被塔奎尼乌斯的儿子强暴而自杀了。[2]提图斯·李维告诉我们，不管她的丈夫、父亲和亲戚怎样努力，她也还是死在了他们面前。他们恳求她忘掉痛苦，还说了很多很好的理由。她的丈夫更是满怀同情地安慰她，什么都愿意原谅她。他谆谆劝解，尽最大的努力向她证明：既然她的心不渴望那种罪，那身体就没有犯罪，因为身体不可能在心灵不同意的情况下犯罪。可是不幸撕扯着她，她将一把匕首藏在怀里，谁都没发现，直到她掏出它来刺向自己，而且面无愧色地答复他们："好先生们，这样一桩恶臭的罪重重压在我身上，不论你们怎样赦免我，也不论这份赦免会带来怎样的结果，我都不能免了自己的刑罚。"说完，她举刀剖开自己的心，倒地死在他们面前。只是在那之前，她恳求他们无论如何都要为她的死复仇。她要这事成为一个榜样，让妇女们确信，凡对她们施暴的人都要偿命。最后国王和他的儿子们遭到终身流放，这桩暴行的结果是罗马人再也不想要有国王了。现在已经没有了卢克丽霞，希腊也见不着帕涅罗珀，世界上哪里都不再有让人敬重的女士：如果对她们的诱惑恰到好处的话。异教徒说，男人下定决心去征服时，什么女人都挡不住，例外的情形还没有人见

---

[1] 帕涅罗珀，尤利西斯（Ulysses）的妻子，是女性美德的典范。——译者注
[2] 李维在《罗马史》中记载了卢克丽霞被罗马末王之子强暴的故事。——译者注

过。很多女人在无人问津时，甚至会主动献身。

"'至于那些要结婚的人，他们随从一种极其危险的做法，依循一种奇怪的风俗，实在让我惊奇。我不知道这样的蠢事是怎么形成的，除非是因为发疯和精神失常。我见人买马都不会傻到先给钱，哪怕是一个小钱。不管它被装扮得多好，他也要先看到它除掉遮掩的样子。他会试验它，从头到脚检查它。可一个人娶妻却没法事先检验。或赢或输，或好或坏，她都绝不会露出半点马脚，免得在结婚前叫人讨厌。直到她发现米已成炊，那时，也只有到那时，她才会显露出罪恶的本性。只有到那时，别人才看得出她有没有污点。只有到那时，因为懊悔也没有用了，她才会让做了冤大头的那个人晓得她的性情。现在我很肯定，不论妻子表现有多好，想结婚的人没有不后悔的，除非他是个傻子。

"'至于说诚实的女人，凭圣丹尼斯（Saint Denis）的名义！瓦雷里（Valerius）①已经证实了，诚实女人比凤凰还稀罕。爱她们的人，都会被恐惧、忧虑和其他残忍的不幸刺透心肠肺腑。比凤凰稀罕？以我的脑袋起誓，更实在的说法是比白毛的乌鸦还要罕见，不管她外表有多漂亮。不管我怎么说，为了不叫世人说我是因为自负才攻击一切女人，我要申明，如果有人想认识一个诚实女人，无论是修女还是世俗女子，而且愿意花些心思好好去找，那他会发现，在人世间这等鸟儿极为稀少，

---

① 这本是高迪耶·麦普（Gautier Map）的一部反女性主义作品。有时会被人当作是中世纪拉丁作家瓦雷里·马克西姆斯（Valerius Maximus）的作品。——译者注

而且跟黑天鹅一样容易辨识。尤维纳利斯本人也承认这一点，他十分坚决地说："如果你找着一名贞洁女子，那么去——到神庙里去，下跪、鞠躬，敬拜朱庇特，想尽一切办法造一座金牛献给你崇敬的圣后朱诺。"因为任何造物身上发生的奇事，都没法与这件事相比。

"'如果男人想去爱坏女人，对于后者，瓦雷里——他不以讲真话为耻——说过，这样的人多如虫蚁，遍布大洋两岸，比蜂巢里的蜜蜂还要大群。他认为自己能得到什么呢？依附那样一根枝子，只会害了自己。我告诉你吧，这么做的人都会失去自己的身体灵魂。

"'瓦雷里十分伤心，因为他的朋友陆非奴（Rufinum）想要结婚。他严肃地对他说："我的朋友，愿那无所不能的天主拦阻你，不叫你落入某位无所不能的妇人的罗网：女人总会设法毁掉一切的。"尤维纳利斯也向波斯图慕斯（Postumus）切切呼吁："波斯图慕斯啊，你要娶妻吗？你就买不到一段绳子，一圈粗线，一根绞索了？你就不能从哪扇高得可以让你看得更远些的窗口跳出去，或者从桥上掉下去？什么样的疯病叫你投身到这种痛苦折磨里？"

"'我们都知道，甫洛纽斯王（King Phoroneus）①曾为希腊人立法，在他临终时，他对自己的兄弟利奥提乌斯（Leontius）说："兄弟啊，我告诉你，我本来能死得十分快乐，倘若我从未娶妻。"而利奥提乌斯立即请他告知说这话的缘由。"所有

---

① 甫洛纽斯王，传说中是阿尔戈斯（Argos）的最后一位国王，这个故事也取自于高迪耶·麦普的书。——译者注

做丈夫的，"他说，"都通过考验和经验发现了这一点。当你娶了妻子，你也会完全明白的。"

"'再说到彼得·阿贝拉尔（Peter Abelard），他承认爱洛依丝（Heloise）——护慰者修院（the Paraclete）的院长，他过去的爱人——无论如何都不会同意和他结婚。①那姑娘倒是个聪颖好学的人，虽然与他真心相爱，却晓之以理，告诫他不要结婚，还引用典籍对他证明，就算做妻子的再尽本分，婚姻生活也还是太困难。因为她看过、学过，也明白那些书的道理，又深知女人的习性（她自己就全都具备）。她要他爱她，但他不能要求任何对她的权利，除非是她出于自由和爱甘心给予；也不能行使任何权力来统治她，支配她。这样他就能独立自由地做研究，不至于把自己拴住，而她也一样，因为她也不是不学无术之人，同样忙于做研究。她常常对他说，两个人见面减少后，他们之间的欢乐更让人舒心，欢愉之情也更深。可我们在他的书信里读到，他爱得太深，终于不顾她的劝诫和她结了婚，结果非常糟糕。照我看来，她已经习惯了在阿让特伊（Argenteuil）的修院生活，这本来是他们说好的。一天夜里，阿贝拉尔在熟睡间被人割去睾丸，痛彻心扉。那时他在巴黎。那场灾祸之后，他做了法国圣丹尼斯修院的修士，后来又做了另一家修院的院长。他在《苦难史》（Historia Calamitatum）里写他建了一所有名的修院，叫"护慰者"，爱洛依丝先前就发愿做了修女，后来成了那里的院长。而她在给心上人的信里写

---

① 此处关于阿贝拉尔和爱洛依丝故事的细节来自阿贝拉尔的自传《苦难史》，以及爱洛依丝在读了《苦难史》之后给他的信。——译者注

了许多奇怪的话，也不觉得害臊（她爱他，称他为"父亲"和"我主"），那些话，许多人会认为荒唐不经。如果你仔细翻阅，她甚至在做了修院院长后，还给他送去一封很直白的信："即使统治天下的罗马皇帝屈尊要娶我，要我做世界的女主人——愿上主为我做证，我更愿意被称作你的婊子，也不愿戴上后冠。"凭我的灵魂说，这样的女人从来没过。而且我相信，她的博学使她更能克服自己的本性：她那女人的习性。如果彼得听从她，就不会和她结婚了。

　　"'婚姻是一种有害的结合。圣·朱利安（Saint Julian）专门庇护漂泊的朝圣者，愿他使我免受侵害！还有圣·伦纳德（Saint Leonard），他会释放真心忏悔、诚心哀痛的囚徒，除去他们的捆锁。我真该在结婚的那天吊死，也好过与一个讲究风雅的妻子绑在一起。这风雅的女人真是要了我的命。

　　"'因为——圣母马利亚之子在上——风雅对我有什么用？那些费钱的衣服，让你把头抬得那么高，却使我怄足了火，受尽折磨。那么长一条裙裾拖在你后面，让你看起来怪神气的，却把我气得发疯。它给了我什么好处？不管它对别人有什么好处，对我却只有害处。每当我想要和你快活快活，它就成了一个十足的累赘，只会让人烦躁生气，因为我够不着你。我根本抱不住你，因为你扭动着，拧得那么厉害，连手带脚、扭腰挺臀地挡我打我。我不懂这是怎么一回事，只懂得一点：我想给你鱼水之欢、云雨之爱，但都不中你的意。就算在晚上，我躺在自己的床上等你，像一个体面人等他的妻子，而你得脱衣服。那时你的头上、身上、屁股上一片布都没有，也许除了一顶白色的包发帽，你用它包住你那编着蓝色或绿色发带的辫子。你的裙子和白鼠毛皮大衣都挂在杆子上，要在外面挂一整夜。那么，所有这些东西对我有什么用？除非我把它们卖掉当掉。如果我不把这些劳什子卖掉，当个精光，你就会看到我越来越气，越来越气，最后变成十足的疯子。至于你，说实话，这些一点都没有增添你的身价，既没有让你变得聪明，也没有让你变得忠诚，甚至都没有——天主在上——让你变漂亮。

"'如果有人为了把我搞糊涂，坚持说好东西能感染人，精美的装饰能让夫人和小姐们变美，不管说这话的是谁，我都要说他是撒谎。因为我在一本书里读过，漂亮东西，不管是紫罗兰、玫瑰、丝绸衣服还是百合花（fleurs-de-lis），它们的美都属于它们自己，而非女士们。所有女人都该知道，终其一生，她们都只拥有自己的天然美，而善良（goodness）也和美（beauty）一样。我会这样来展开我的意见：如果有人想用丝绸衣服或搭配好的鲜艳花束来装饰一个粪堆，毫无疑问，粪堆必然如故，恶臭依然可闻。如果有人说："粪堆里面越臭，外面就越要看得过去。女士们也是如此：她们打扮是为了显得更漂亮，或藏起自己的丑态。"对此我实在不知道该怎么回答，只能说，人会被这种话欺骗，是因为眼睛害了病，视觉异常了，只看得见装饰物；心灵也因着想象，被愉快的印象引入歧途，无力区分谎言与真相，没法凭借恰当的观察来拆穿这种诡辩。

"'可人如果有山猫那样的眼睛，又仔细观察过她们，那无论她们是穿黑貂披肩、无袖长外套还是长裙，是露着发辫还是戴头巾，是穿礼服还是披斗篷，也无论她们有没有珠宝装饰，是不是在假笑，看起来是否光鲜、做作，有没有戴新鲜的花环——这些都无法让她们显得美。虽然<u>自然</u>把阿尔喀比亚德（Alcibiades）①的身体造得很匀称，肤色和体态都无可挑剔，可是，能看到内心的人会认为他非常丑。这是波爱修斯告诉我们的，他是一位很让人敬重的智者。谈到山猫出色的视力时，他还以亚里士多德为例证：有这样视力的人看东西又锐利又清晰，所以无论他看什么，都能把它们的里外都看穿。

　　"'所以我要说，<u>美</u>和<u>贞洁</u>在任何时代都是势不两立的：她们总会起冲突，我从没在哪个故事或歌里听过，谁让她们达成了和解。她们打的是殊死战，只要自己能占上风，就绝不许对方立足。不过，两者的力量相差太大，<u>贞洁</u>想要进攻或防御时，几乎不懂该怎样出拳，怎么格挡，只有举手投降的份儿。想要对抗<u>美</u>，她的战斗力太弱，而美是残忍的。就连她的贴身女仆<u>丑</u>（Ugliness），本来应该敬重她，服侍她，可她对<u>贞洁</u>爱得不够，也不觉得她宝贵，居然忍不住把她赶出了家门。她冲过去用她的钉头锤（老大老重）砸了她的肩膀。只要她的女主人还活着，哪怕只有一个时辰，她都会恼恨异常。所以<u>贞洁</u>的处境很糟糕。她四面受敌，求助无门，只好逃跑，因为她明白自己是在单打独斗。不过，就算她亲口发过誓，又精通战术，她也不敢对抗所有人。人人都加入到了反对她的行列里，她根本没有胜算。

---

① 阿尔喀比亚德，公元前450—前404年，是苏格拉底的学生，因其邪恶而闻名。——译者注

"'现在，丑有祸了！她应该捍卫和保护贞洁，现在却这样来攻击她。如果她能藏起贞洁（甚至是藏在贴身内衣和皮肤之间），那就该把她藏在那里。美也一样坏，她应该爱贞洁的，还有确保彼此之间有和平（如果她愿意的话），至少也该竭尽所能这么去做，不然就顺从贞洁。如果她是个可敬、谦恭、明智的女人，就该对贞洁表示尊敬，而不是羞辱和贬低她。就连维吉尔（Virgil）那部书的第六卷①，都以西比尔（Sibyl）②为证：凡是过贞洁生活的人，都不会被定罪。

"'因此我凭天主——天国之君——的名义起誓，如果哪个女人想要变得漂亮，或竭力显得如此；如果她对镜自照，想尽办法装饰和美化自己，这就表明她愿意与贞洁开战。自然，后者树敌极多。所有隐修院和大修院里的人都发誓与她为敌，不论他们过着怎样与世隔绝的生活，都仍然痛恨贞洁，全都一心想羞辱她。所有人都忠于维纳斯，也不管是因此得着好处，还是会蒙受损失。她们美化自己，往脸上涂脂抹粉，好愚弄那些见到她们的人。她们走街串巷，为了去看人，也为了被人看，还为了使男人满脑子想着和她们睡觉。这也是她们之所以去舞会，去教堂，都穿上华丽的衣服的原因。如果不是想到会被人看见，而且能更快勾引那些冤大头上钩，没有女人会捣腾这些事。

"'如果要实话实说，那些糊涂女人误入歧途，真是羞辱

---

① 维吉尔，公元前1世纪罗马诗人，此处是指他的代表作《埃涅阿斯纪》（Aeneid），这是一部关于罗马民族的史诗。——译者注
② 西比尔，阿波罗的女祭司，她指引埃涅阿斯前往阴间。——译者注

了天主，因为她们不把天主恩赐的美看作奖赏。一个个都戴金冠儿，戴绸花儿，在要去城里走动卖弄时，便得意扬扬，如此装扮一番。这可怜东西完全是在做孽，为了追求完美，她把一些比自己低劣的东西往头上戴。她这么做是在藐视天主，因为她相信天主的功夫没有做足——在她那愚昧的小心眼儿里，她深信上主对她犯了大错，在锻造她的美时不够精心，不曾精益求精。为此她从外表低劣得多的受造物里去寻求美，譬如各种金属、花朵，还有其他怪东西。

　　"'毫无疑问，男人也一样。如果我们为了更美，用花环和饰品来装点天主恩赐的好相貌，那就是在对他犯罪，没有把这远胜一切生灵的美看作他的赏赐。可我不在乎那些徒有其表的东西，只要衣服能防寒防热，就够了。凭天主保佑，我那羔羊皮衬里的土布衣服会保护我的头、我的身体，遮风挡雨，也不怕风暴，它就跟松鼠皮衬里的细蓝布衣服一样好。依我看，给你买一件细蓝布做的礼服，或是用驼毛呢、羊毛做的礼服，染成绿色或猩红色，用松鼠皮或白毛皮做衬里，那是浪费我的钱。有了它你会跑去外头浪，你会穿着它在土里和泥里走，你会神气活现地傻笑，不把天主也不把我放在眼里。就算晚上，你脱光了和我躺到床上，你也让人没法抱，因为，当我想去抱你，和你亲个嘴、乐一乐，就在我欲火中烧的时候，你却像个魔鬼似的咬着牙，我怎么弄你都不肯把脸转过来。你倒会装病，假装病得厉害，又是叹气又是诉苦，怎么都没法让你舒服一点。于是我怕了，睡了过去，醒来也不敢再次出击，因为失败让我畏惧。我真的很好奇，白天你一身行头完备，那等风流侠士要怎样抱你？如果你跟他们取乐时也又扭又拧，像日夜折磨我一样刁难他们，他们该怎么摆弄你？不过，我不认为你想刁难他们。正好相反，你和那些花心浪子一起去各种草场和花园唱歌跳舞。而他们带着个已婚的女人，从被露水打湿的青草地上徜徉而过，心里在藐视我，一起嘲笑我："这下可惹恼那只脏醋缸子了！"这样羞辱我的人，愿野狼吃他们的肉，疯狗啃他们的骨头！这都是你的错，你这个荡妇，那么轻浮放荡；你这母狗，那么下流、肮脏、淫乱、堕落、令人作呕。既然你把你的身体丢给了那些狗杂种，但愿它过不了今年！都因为你，我才蒙羞受辱；都因为你放浪，我才成了圣·阿诺德（Saint Arnold）弟兄会的一员，他是所有绿帽丈夫的主保。据我所知，有妻子的男人都躲不开这位圣人，无论他怎样小心在意地警卫她、看守她，哪怕他生有一千只眼睛也不管用。所有女人都乐意和别人睡，什么看守都防不住她。就算她外面没做出来，心里也总是想的，只要她办得到，她就会抓住一切的机会，因为她想要一直做这事。不过，尤维纳利斯会给你带来莫大安慰的：当他谈到我们称为"上床"（bedding）的这桩要务时，他说，在污染妇女心灵的罪过中，它是最轻的，因为天性激动着她们，使她们中的每一个都总想做更坏的事。我们没见过岳母是怎样给她们的女婿下迷药、施魔咒，使他们着魔的吗？这类恶行还有很多，一个人想数也数不清。

　　"'你们女人全都不贞洁，要么在行为上，要么在意念里，你们向来如此，以后也一样。男人就算防得了行为，也奈何不了意志。这是你们的优势：所有女人都是自己意志的女主人，打骂都不能使你们变心。不过，如果谁能让你们动心，也就等于做了你们身体的主人。现在，让我们把办不到的事忘在脑后。我亲爱的好天主，至善的天国之君啊，我该怎么对付那些浪荡子？他们让我那么屈辱痛苦。假如我去威胁他们，我的威胁对他们算什么？如果我去和他们打，他们随便就能杀了我，或者痛揍我一顿。因为他们残忍、凶狠，胆大到敢去犯罪，而且年少英俊、桀骜不驯。他们不会把我放在眼里的。青春使他们狂热，让他们的生命炽烈如火，也必然将他们的心引向疯狂。他们是那样精力充足，敏捷好动，一个个都把自己比作罗兰，要么也必然是赫拉克勒斯或参孙（Samson）。人们认为——我记得有这样的记载——后两位膂力相当。据作家索利努斯说，赫拉克勒斯身高七英尺[①]，从未有男子比他更高大。他冒过许多险，征服了十二个可怕的怪物。可是征服十二个后，却没能躲开第十三个：那就是他的爱人，德伊阿妮拉（Deïaneira）。她用一件下了毒的衬衫使他的肌肉红肿腐烂，因为他迷上了伊娥勒（Iole）。如此，那有着许多美德和长处的赫拉克勒斯，最后败在一个女人手里。参孙也同样。在他眼里，十个男子不会比十个苹果更让人畏怯，只要他保有自己的头发，可是他却被大利拉（Delilah）骗了。我对你说这些，也是蠢得可笑，因为我知道你离开我后，会把我的话一一背给人听。你会向那些浪荡子抱怨我。如果你能联系上他们，你还会叫他们来打破我的头，敲断我的腿，砍伤我的肩膀。不过，在我听到这类风声之前，只要我的手还能动，我的棍子还在，我

---

① 约2.1米。——译者注

就要打断你的肋骨。不管是朋友、邻居、亲戚，还是你那些淫乱的情人，都保护不了你。唉，我们当初为什么互相看对了眼？唉，我出生在什么样的恶时辰，叫你这样藐视我，允许那些巴结你、奉承你的好色的臭杂种，成了你的主人，你的主宰？你只该有我这一个主人：你唯独是靠着我，才得了供养，有了衣食。可你倒要我和那些肮脏下流的恶棍分享你，除了羞辱，他们还给了你什么？他们毁了你的好名声，因为你只要能把他们抱进怀里，就什么都不在乎。他们当面说爱你，背地里却叫你做娼妓。他们再次碰头时，会拿最难听的话说你，每个人都努力回想是怎么伺候你的。对这些我清楚得很。无疑这是事实：你向他们屈服的话，他们会很懂得怎样对你为所欲为。因为当你身处一群人当中，人人都来推你拉你时，你根本就没有抵抗力。有时我真是嫉妒他们过着那样的生活，那么快活。不过你也该知道——我要提醒你，别以为他们爱你的身体，还有和你做爱时的欢愉，其实他们只是欣赏那些珠宝、金搭扣、金纽扣、礼服和斗篷而已，这些都是我给你的，我这缺心眼的傻瓜。当你去跳舞赴宴，参加那些放荡的集会时，我就被你丢到了脑后，你像个喝醉了的笨蛋，把值一百英镑的金银戴在头上，还一定要穿驼毛呢、松鼠皮、白毛皮，真是让我急死：因为生气和担心，我都变得憔悴了。

　　"'这些束发带对我有什么用？这些金色条纹的发帽、装饰过的辫子和象牙镜子；这些精雕细琢、上了贵重釉彩的金发环；这些纯金打造的小头冠，总惹我生气，它们那么漂亮，打磨得那么细，还嵌着那么好看的石头，像什么蓝宝石、红宝石和祖母绿，让你看起来光彩照人。这些金搭扣和挂在你喉头、胸前的宝石，这些布料和饰带，用来搭配它们的东西就跟金子或米珠一样贵——这些小玩意儿对我有什么用？你还穿着那样紧窄贴骨的鞋，不时把你的衬裙提起来，好让那些花花公子瞅见你的脚。愿圣·蒂博（Saint Thibaut）帮助我，我要在三天内把我的一切卖掉，然后把你放在我脚底下踩碎！我凭天主的奥体起誓，你从我这里只能得到一条土布裙、一件外衣、一块麻布头巾，不会是什么好料子，而是手工粗糙的劣布，破得全是补丁，谁穿都会一肚子牢骚。凭我的脑袋起誓，我还会给你束腰的好东西，不过，让我告诉你它是什么样的吧：它完全是用皮革做的，既没有花纹，也没有腰带扣。然后我会从我的旧靴子里找一双鞋给你，一双有鞋带的鞋，足够宽松，你往里面塞多少破布都绰绰有余。至于你那些中看不中用的玩意儿，我会全部没收，就是因为它们，你才有机会跑出去卖弄，把自己委身给那些花花公子。

　　"'现在，老老实实告诉我，前几天你穿去跳舞的那条漂亮新裙子，你是从哪里，从哪个爱人那里得来的？我很清楚，我从来没有给过你。你指着圣·丹尼斯、圣·斐理伯（Saint Philibert）和圣·彼得对我起誓，说那是你母亲给的。你又跟我解释，说她送你衣服是因为太爱我，情愿花她的钱，好让我省下我的钱。愿她活活被烤死！那不知羞的堕落的老粉头，拉皮条的老鸨儿，而你也一样！如果事情跟你说得有出入，那就活该我骂你。没错，我会去问她，但这么做一点用也没有，因为有其母必有其女。我还不知道吗，你们把口径都统一了，这是再明白不过的：你俩是一丘之貉。你跛的是哪一条腿，我都清清楚楚。你和那涂脂抹粉的下流的老粉头完全是同声同气。过去她自己也总是干同样的勾当，而且在那么多条道上摸爬滚打过，被那么多杂种狗咬过。如今她年老色衰、无计可施，只好拿你来卖，我清楚得很。她每周过来三四次，带你出去，假装要去新地朝圣，就和她过去一样。对这些把戏，我全都清楚。她来回展示你，好像你是一匹要卖的马；还教你如何使人上钩。你以为我不知道你？我要用这杵子把你捣碎，用这烤钎子把你扎透，你就像馅饼里的鸡子，谁拦得住我？'

"这一来，因为他怒火中烧，也许他会当场抓住她的头发，推她拽她，怀着一肚子醋劲撕扯她的头发卷儿，而且开始打她（那阵势完全胜过狮子扑熊），火气腾腾地拖着她满屋子走，还把她骂得狗血淋头。就算她赌咒发誓，他因为恨极了，一句辩解也不听，反而捶打她，用鞭子抽她，用棍子揍她；而她又哭又喊，尖叫声随风传出窗外，滚过屋顶。她也骂他，当着赶过来的邻居的面，把想得到的骂人话都一股脑儿嚷嚷出来。他们认为他俩都疯了，在他筋疲力尽之后，费老大劲才把他俩分开。

"这位女士经历了这样的折磨和争吵，眼见她的游吟诗人为她奏了这么一曲动听的歌，你想她还会爱他吗？她巴不得他远在莫城（Meaux）才好，最好跑到希腊①去。让我把话说得明

---

① 此处指的是罗曼尼（Romenie，即罗马尼亚），这个名字最早被历史学家用来称呼弗兰德斯的鲍德温（Baldwin of Flanders）建立在君士坦丁堡的王国。——译者注

白些，我不认为她会愿意再爱他了。也许她会假装爱他。可即使他能飞到云那么高，或者爬到一个不会掉下来的高处，能让他看清所有人的行为，而且在空闲时全部思考一遍，他也还是没法察觉自己身处的危险，除非他看明白了，女人能琢磨出什么样的诡计来保护自己。如果接下来他和她睡了，那他就有了性命之忧。真的，不管醒着还是睡着，他都应该胆战心惊，怕她向他报复，怕她毒死他，怕她把他碎尸万段，或使他余生做个残疾人。而如果她使不出别的手段，她就会离家出走。当女人脑子里生出一个念头，她们才不会管名誉，因为女人确实什么都不懂。瓦雷里甚至说，她们对自己爱和恨的人都又胆大又狡猾，而且总想害人。

　　"我的朋友，这样一个发疯的醋坛子，真该把他丢给狼才好。他那么爱妒忌——这我已经说明了——还自命做他妻子的主人（lord）。只不过呢，她也不该做他的女主人（his lady），而应和他平起平坐，成为他的伙伴，既然法律使他们结合。而他也应当做她的伙伴，而不是自封为她的主人和主宰。他让她经历重重磨难，也不认为她与自己平等，而让她活在痛苦之中。你想，不管她口头上怎么讲，难道她不会厌恶他吗？他们之间的爱不会破裂吗？想被当作'主人'，就得不到妻子的爱，这是毫无疑问的。因为当爱人们争权夺位时，爱必然会消亡。只有在没有拘束、充满自由的心里，爱才会长存。

　　"同样，我们来看所有那些——曾经习惯了依照典雅之爱去恋爱，后来却想结婚的人，他们的爱可能很难维系下去。因为，男子在恋爱时遵循典雅之爱，甘愿做她的仆人，而她也做惯了他的女主人；现在他自认是她的主人和主宰，可她从前是被唤作'我的小姐'，被以典雅之爱的方式爱着的呀。被爱？——没错。但是怎样被爱？——就如这般：她无须请求，而是直接命令：'朋友，给我跳！'又或者说，'给我那个。'他便即刻拿给她，绝无例外，而且会立刻跳起来，如果那是她的命令。真的，不管她说什么，他都会一跃而起，为了博得她的青睐，因为他一心只想做让她高兴的事。可就像我告诉过你的，他们结婚后，情况就会完全颠倒过来。过去是他服侍她，现在他要她服侍他，好像她做了他的奴隶似的。他把手里的缰绳扯得紧紧的，还命令她事事向他汇报——过去他可是尊称她为'女主人'的呀！到他死的时候，这一切就会公之于众。那时她会认为自己被残酷地利用了，这位她能找到的世界上最好的男子，最可靠，又最经得住考验，到头来却这样来糟践她，敌对她。她不知道自己还能相信谁。她瞧着自己的主人，和他在一起，从前她只管垫高枕头睡大觉，如今却是全副武装到喉咙。事情变了，变得那么糟糕，现在，他完全扭转了游戏的局面，情况越来越严酷，对她极其不利，她觉得自己没法也不敢玩下去了。给她些什么忠告好呢？如果她不顺从，他会生气和骂她，那又会让她心生怨恨——瞧他们各自窝了一肚子火，这又使他们立时成了死对头。

"由于这个原因，我的朋友，古人愿意彼此为伴，但从不互相奴役。他们相安无事，胸怀坦荡。哪怕是把全阿拉伯或佛里吉亚（Phrygia）的金子都给他们，他们也不会舍弃自由，因为即使能换得所有金子，出卖自由也不可取。

"那时候还没有人到处去漫游，谁都不曾离开故土，远探异邦。伊阿宋（Jason）也没有航过海，他造船前去寻找金羊毛时，才是头一次跨越大洋。尼普顿（Neptune）发现他们的行踪时，还以为他们要与他开战。他这一方有特里同（Triton）[①]，还有朵丽丝（Doris）[②]和她全部的女儿们，他们全都狂怒了。当那班奇异的生灵逐渐接近，他们都认为自己遭到了背叛，因为船儿听令于水手，飞也似的航过大海，令他们惊诧不已。

"可我对你提过的先民们，他们不晓得什么是航海。不管大海看起来多值得探索，他们都只会在自己的土地上寻找一切。人人贫富相当，忠诚相爱。那些纯朴的好人儿活得安详，因为他们对彼此怀着一种自然的爱。在他们那个时代，爱绝不包含'西门行径'（simony），人不会向对方索要东西。可随后欺骗来了，手握冲锋骑枪，枪柄架在枪托上；与他同行的有罪（Sin）和灾祸（Misfortune），他们一点也瞧不起知足（Contentment）。骄傲也来了，他气焰嚣张，藐视一切同类，和他一起的还有垂涎、贪婪、嫉羡，以及所有其他罪恶，这些使贫穷钻出了地狱。本来她很长时间都待那里，谁也不认识她，因为她从未踏足尘世。她来得那么快，真是不幸，因为她的到来是一桩祸患。

"那面容阴郁的贫穷带来了她的儿子：盗取（Larceny）。为了资助母亲，他没少光顾绞刑架，有时还把自己挂了上去，

---

① 特里同，一位海神，希腊神话中海王尼普顿之子。——译者注
② 朵丽丝，是海神涅柔丝（Nereus）的妻子，也是五十位涅瑞伊得斯（Nereids，海仙女）的母亲。——译者注

因为他母亲救不了他。他的父亲懦弱（Faint Heart）也一样，最后只能显出一副伤心的可怜相。至于众贼之神拉维尔纳女士（Lady Laverna），她是指导和统领他们的保护神，会用深深的黑暗来遮掩他们的罪行，用乌云来隐藏他们的勾当，这样他们便不为人所知，直到行藏败露，被当场抓住。当绞索落到他脖子上时，连她都没有多少慈悲心，不那么乐意保护他，不管他怎样苦苦忏悔。

"那些可怕的恶魔目睹人类过着那样一种生活，又羡又妒，顿时怒气腾胸，十分恼恨。他们风也似的跑过全部大陆，怀着狂怒撒下不和、纠纷、战争、流言、恶毒和仇恨的种子。又因为他们爱金子，他们把整个地皮翻剥开，从大地的肚腑里掏出它的远古珍藏，比如金属和宝石。人也开始想要这些东西，因为贪婪和垂涎煽动人心，使人渴望获得财产。一个想要把它们搞到手；另一个——好一个可悲的可怜虫——把它们锁起来，只要她活着就绝不会花一个子儿，反倒指定继承者或遗嘱执行人来看管它们，除非那期间她遭了什么损失。如果她去见了鬼，我不认为谁会可怜她；如果她很会敛财，他们就会将财富全都搜刮走。

"人一被这伙人败坏引诱，就立刻背弃了原先的生活，之后再也没有停止作恶，因为他们变得虚伪奸诈了。他们承认人可以拥有私产，并且瓜分土地、设立疆界。既然有了边界，争斗也就频频发生。而且他们还会彼此抢劫，能抢什么就抢什么，最强悍的人会分得最大份。当他们为了寻获更多而离开家，那些因为懒惰而留在后方的人，就会摸进他们的洞里，偷他们积聚的财物。这一来，他们就得选出某个人来，为他们看守居所、抓捕犯事者，为原告维持公正：谁也不敢否认原告有这种权利。因此他们就聚在一起进行选举。

"他们从彼此之间选出一个十足的笨伯——是他们中块头最大、四肢最发达和肌肉最强壮的——让他做了首领和主人。这人发誓，如果人人都给出一些财物来养活他，他就会主持公道，保护他们的居所。他们同意了他的提议，于是在很长一段时间里，他一直担任着这一职务。盗贼们对此满腔怨愤。他们看见他孤身一人，便纠集起来，去偷窃时常常痛殴他。这一来，人们便不得不再次聚集，每个人都缴一份税，以便为首领配备士兵。接着他们又集体纳税，向他进贡，献出自己的收入，分给他许多土地：根据古人的见证，这就是国王和世上首领的起源。这些都写在他们的书里，我们拥有那些书，就能知道古人的事迹。为此我们应该感激和赞美他们。

"后来他们的金银财宝堆积成山。金银柔韧贵重，用来打造容器、钱币、搭扣、戒指、纽扣和腰带。武器用硬铁锻造：有刀、剑、斧枪、矛枪，还有锁子甲，用来对邻人宣战。接着他们又建造高塔、堑壕，用整块的方石来筑墙。那些囤积了财富的人建起有围墙的营寨和城市，以及雕梁画栋的大殿堂，因为他们全都提心吊胆，生怕聚敛的财富被偷走或被劫掠一空。这些不幸的可怜虫，一旦他们把自己牢牢捆在钱财上，因为贪婪而侵占百物（过去它们白白属于所有人，就像阳光和风），他们就添了许多愁苦，再也尝不到安全的滋味，一个人也因此比二十个人更富有：但这不是心性善良的人会做的事。

"当然，我才不管那些卑鄙的无赖，他们心地不善，那种毛病和我也没关系。他们是爱是恨，随他们便，让他们互相兜售自己的爱吧。可让人难过和痛心的，是那些快乐、活泼、容光照人的女士，她们本来应当看重和保护真爱，却把它如此贱卖。高贵的身体居然能待价而沽，真是一桩丑事。

"无论怎么说，年轻男子不可懒于锻炼学养和技艺，必要时，可足以自辩，也能保护他的心上人，这样她便不会抛弃他。这种学习能使一个年轻人大有进步，肯定不会对他有害。

"他还应该留心记住我的话：如果他有一位心上人（不论老少），而他自认知道了她想另觅新欢，或者已经有了一个新欢，他不该怪她，说她找了别的情人，反而要和颜悦色地纠正她，不斥责也不辱骂。或者他又一次发现她干了这种事，为了减少隔阂，也应该尽量视而不见。他应该装瞎，装得比一头公牛还傻还迟钝，这样她会想当然地认为，他什么都不知道。

"如果有人给她捎来一封信，他不该多管闲事，为了找出他们的秘密而去读去查看。别违逆她的意思：她不管从哪条街上回来，都该受到欢迎，而且她应当有自由，能随心所欲地去任何地方，因为她不喜欢被束缚。我真想把告诉你的这些昭告天下——应该写成一本书来给人读。谁希望赢得妇女的青睐，就要永远给她自由，绝不使她守什么规矩，而是让她想去哪儿就去哪儿。如果男人尝试限制她的行踪，不管这是他的妻子还是情妇，他都会很快失去她的爱。

"凡不利于她的事，一概不要相信，不管来源有多可靠。相反，他应该对来传信的男人或女人说，他们在说胡话。还要说，他们绝不会认识比她更贞洁的女子。还要说，她没有不行善的时候，因此谁都不该猜疑她。

"万万不可斥责她的毛病，打她，甚至碰她一根手指头。因为，打妻子的男人过后想要与她和好、千方百计赢取她的芳心，效果就好比驯猫人把猫揍一顿，再把它叫过来系上绳子一般。如果那猫能跑掉，他多半捉不住它。

"不过，如果是女人打他骂他，他应该竭力让自己不变心。就算眼看自己挨打挨骂，甚至她用指甲抓挠他的皮肉，他也不该报复，反而要谢谢她，说他很高兴终身都遭到这样的折磨，只要他知道自己的服侍合她的意，甚至他真的很愿意当场死掉，而不要在没有她的情况下活下去。

"如果，因为她太咄咄逼人，或是她那冲天的怨气让他大为光火，又或者因为她想威胁他，他偶然打了她——那为了不失掉安宁，他应该当机立断，在她离去前向她求爱示好。这对穷人尤其要紧，因为她见他不肯屈服，很可能连个理由都不给，就马上抛弃了这个穷汉。穷人的爱情必须审慎精明，穷人的忍耐无不低声下气。不管她怎么说，怎么做，他都不能流露出一点怒气和烦躁的意思，与富人比尤其如此。在富人眼里这事可能一钱不值，因为他傲慢自大，也许还会用恶毒的话骂她。

"如果他是那种无意忠于心上人的人，却又不想失去她，而仅仅是迷恋上别人；如果他想送给新欢一块方帕或包头巾，或是项圈、戒指、搭扣、饰带，或是任何珠宝，那他该确保另一个不会听到风声。因为，当她发现她的继任者戴着这些东西时，她会极其恼火，怎么也无法被安抚。他还该小心，不要把新欢带去前情人常见他的地方，还有她习惯去的地方，如果她碰巧在那里见到她，那就谁都摆不平这件事了。再没有比被猎犬围攻的老野猪更狂暴的，它会把全身的毛都竖起来；也没有比正哺乳幼儿，却遭到猎人袭击的母狮更残忍的，倘若猎人加紧进攻，它会变得更可怕；也没有比被踩着尾巴的蛇更恶毒的——它可不爱被人踩在脚底下。发现情人与新欢在一起的女人也一样。她会七窍生烟、火冒三丈、大发雷霆，随时准备用她的身体和灵魂去拼命。

"如果她没能在他们的风流窝里抓到现行，而只是一肚子妒火，觉得自己受了骗，或想象自己受了骗，那不管情况如何，也不管她是知道了真相还是只是相信是这样，他都要竭尽全力，矢口否认她掌握了的事，并且毫不犹豫地对天发誓。他还要当时就与她欢好，这样便能从她的怨诉中脱身。

"又如果她的攻势猛到他扛不住招了供，又没法给自己辩护，那可能的话，他必须努力使她相信他是被迫的，因为那个女人把他缠得死紧，让他筋疲力尽，他只好与她交欢，否则就没法脱身。但这事就只发生过一次。接着他必须赌咒发誓，答应以后再也不会重犯。他会老老实实做人，如果她再听到有这类事，他很乐意被她杀死，或让她打一顿。他宁愿做一个无耻的背叛者被淹死，也不愿再次落进她手里。如果她偶然去请他，他也绝不再理会，只要他做得到，他也不会让她去任何有可能跟他搂搂抱抱的地方。然后他必须把前一个情人紧紧抱住，亲她吻她，说情话哄她，又求她饶恕他的罪行，因为那绝不会再发生，而他也真心感到对不住她，不管她要他做什么样的苦行来补赎，他都准备去做，既然她已经宽恕了他。接下来，如果他希望她彻底原谅他，那就要再干点云雨活儿。

　　"他还要小心，不要对她过于吹嘘，因为那可能会让她伤心。有很多男人会拿许多夫人小姐来吹牛，无耻地抹黑他们占有不了的人。可那些人没有胆量，既缺乏贵族风度，也不勇敢。自夸是最下作的毛病，而且，夸耀那种事十分愚蠢，即使他真那么做过，也应该隐瞒起来才是。爱喜欢让他的珍宝秘而不宣，除了对忠实可靠的朋友：他们甘心静默，愿意保守秘密。只有那些人才有可能听闻。

　　"如果她病了，只要办得到，他就该向她尽心，做一个最顶用的人，那他过后会更受欢迎的。他还要谨记，怎样都不要离开她的病床，反而要随侍左右，亲亲她，流点泪。如果他够聪明，他就会当着她的面发誓去做许多次长途朝圣。他不该不许她吃肉，也不要让她尝难吃的东西，只要把绵软的甜食带去给她。

　　"然后，他应该编一些新的白日梦，里头全是些讨人喜欢的谎言。譬如说，夜里他躺在自己的床榻上，独自一人在卧室，那时他似乎睡着了（因为他睡得少，醒时多），怀里抱着一丝不挂的她，整宿做爱、满室皆春，而她气色极好，病也痊愈了——以及日间他也在各种可爱的地方做同样的事。像这样或类似的谎话，他都该跟她扯扯。

　　"到现在为止，我已经用诗文告诉你，男子想要博得女人的青睐，该怎样在她们生病和健康时效劳。如果不愿意竭尽诚意，她们的爱是很容易变的。女人不大有头脑，心意也不坚定，既不忠实又不成熟，所以，哪怕经过百般劳烦，男人也还是不敢说能留住她。就像他在塞纳河里捕获一条鳗鱼，捏住了它的尾巴，可不管他怎么小心，它也还是会拼命挣扎，很快便逃之夭夭，留住女人比这更困难。这种造物没法完全驯服，随时准备逃走。它那么多变，谁都对它没把握。

"我说的并不是好女人，好女人是被美德限定了行止的。只不过，这样的女人我一个也没见过，不管我怎样去考查。就算所罗门反复检验，也无济于事，所以他宣布说，他从来没有发现过一个坚贞的女人。如果你不怕辛苦地找，而且找着了，那你可要把她留下，因为你将会有一个最好的爱人，她是完全属于你的。如果那女人外人无缘追求，而且在别处独自过活，又没遇着谁想要赢取她的芳心，那她也许会献身于贞洁。不过，在结束这个话题之前，我还有一件小事要告诉你。

"简单来说，男子若想保住姑娘们的爱（不论美丑），他就得遵行我这一诫命，时常牢记在心，并且珍而重之：他要向她们所有人暗示，他对她们没有招架之力，她们的美和美德令他无比惊奇。因为不管是多好的女人，是老是少，在修院内还是修院外，也不管她虔诚不虔诚，正派端庄与否——在听见有人夸她美时，都不会不高兴。哪怕她算得上是个丑人，她也会对自己赌咒发誓，说自己比一个仙子还好看。所以他只管信心十足地夸赞她，她一下子就会相信。我知道每个女子——哪怕她显然很丑——都会相信自己有足够的美，配得被人爱慕。

"因此，所有英俊、可敬、高贵的年轻人都务必要保住自己的心上人，不要为她们的愚蠢而责备她们。

"女人不喜欢被纠正，相反，她们形成了一种想法，就是自己的事不需要谁来指教。如果男人不想弄得她们不高兴，就不要在她们想做的任何事上提反对意见。

"猫凭着本能会捉老鼠，谁也没法叫它不捉，因为猫天生有这种本领，根本不需要人教。女人也一样。再傻的女人都有一种天然的判断力，让她知道，凡她所做的，无论好坏对错（随你怎么说），她都绝对是照着她所应该的去行事的。所以谁跑来指正她，她都觉得讨厌。这能力也不是老师教的，而是从出生就有，谁也没法叫她不用。所有女人都生来就有这本事，男子妄图去指正，就别想再享受她们的爱。

"至于说你的玫瑰，我的朋友，它是那么珍贵，如果你能得到它，你就不会拿它去换任何东西。当你如愿占有它，得到了完整的欢乐，你要保证会像人照顾一朵小花一样照顾它。然后你就会享有一种爱情——你找遍十四座城市，也不会发现有什么能与之相比。"

"的确，"我说，"我相信，全世界都找不到，因为它的好处过去和现在一样大。"

如此朋友便安慰了我，他的建议也令我大为振奋。我看他比理智懂得多，至少就这种情形而言。他的讲论让我十分愉快，而在他结束前，遐想和畅谈都回来了，并且留在了我身边，在那以后也很少离开我。不过他们没有把喜见带来。我没有怪他们落下他，因为我清楚那是他们带不来的。

第六章　爱的军队

　　我立即动身，离开那里，一个人快乐地漫游，在一片花草葱茏、明媚可人的草地上穿行，倾听可爱的鸟儿鸣唱新曲。那动人的旋律对我的心大有好处，也让我十分愉快。只是朋友给我留下了一桩忧愁，因为他建议我避开那座堡垒，不要靠近，不要在周围闲逛。我不知道能不能控制住自己，因为我总想到那边去。

　　之后我避免靠右走，而是向左行，去找那条最短的路。找着的话我就会长驱直入，谁也别想禁止我，除非他比我强壮。我要把那温柔、慷慨、亲切的欣迎救出牢房。一旦我见到城堡，发现它比一块蛋糕还要脆，而且门户大开、无人防护，那鬼东西肯定会搅动我的五脏六腑，除非我占领它，闯到它里头去。那一来欣迎就自由了。说真的，如果能走那条路，十几万英镑对我都不算什么。可我到底还是走开了，虽然离城堡还不远。

　　那时节春光明媚，周围是醉人的美景。我正想着新生的玫瑰，却在一片榆树荫下见到了一位尊贵又体面的女士。她的身姿、外貌无不贵气优美，身旁还站着她的爱人。我不晓得那男子的名字，但女士名叫<u>财富</u>，是一位大贵族。她守着一条小路的入口，自己并没有进去。我一见他们便弯腰致意，他们也很快回了礼，只是没给我带来什么好处。但我还是问他们，哪边才是通往"挥霍大道"的正路。<u>财富</u>最先开腔，她相当傲慢地对我说："这里便是，而且由我把守。"

"啊，女士，愿上主保护您！我请求您，如果您不介意的话，请允许我从这条路前往<u>戒备</u>新造的<u>堡垒</u>。"

"年轻人，这是不可能的，因为我不认识你。这里不欢迎你，因为你并非我的密友。没准十年后我才会让你踏足这条路。除了我的朋友，谁都不能由此经过，不管他是从巴黎来，还是从亚眠（Amiens）来。我允许朋友走这条路，在这里夜夜笙歌、恣意玩闹，享受一点明智的人都不会嫉妒的人生小乐趣。他们尽可以狂欢、跳舞、耍乐、击鼓弹琴、作新的多节诗（*rotruenges*）、掷色子、下象棋和双陆棋、尝遍异域美食。年轻男女被老鸨儿带到这里，把草地、花园和树林子都逛遍了，比鹦鹉还快活；又头戴花冠双双回来，在浴缸里洗鸳鸯浴，这些<u>浴缸</u>在<u>豪奢</u>的房间里都有配备。她把他们洗劫一空，让他们为她的服侍和款待付上大价钱，那之后他们就很难负担得起了，因为她的盘剥很重，他们只好卖地来还。我陪他们去时，他们是何等喜气洋洋，最后却由<u>贫穷</u>送回来，衣不蔽体、冻得直打哆嗦。我把守入口，她负责出口。然后我就跟那些人不相干了，无论他们多聪明、多有教养，随他们下地狱去吧，因为他们已经一个子儿也没有了。

　　"如果他们想办法和我言归于好（这很难办到），我不会说我因为太厌烦，而不愿意带他们回来。他们常想回来。不过你要知道，到最后，在这条路上抛掷时光最多的人，悔恨也最深。他们无地自容，看都不敢看我一眼，而且羞愤到想要自杀的地步。所以我抛弃了他们，因为他们放弃了我。我实实在在地向你保证：涉足此地，你终将后悔。走上这条路后，你会比一头被饵食引诱的熊更脆弱，更悲惨。如果你被<u>贫穷</u>抓住了，她会让你因为吃不上饭而度日如年，最后死在饥饿（Hunger）手里。<u>饥饿</u>当过<u>贫穷</u>的侍女，办事十分得力。她热心虔诚地服侍<u>贫穷</u>，作为回报，<u>贫穷</u>教给她十八般作恶之道，又让她做了<u>偷窃</u>（Theft）的奶妈和家庭教师。那小伙子是个讨人厌的丑东西，除了她的奶水，他什么也吃不上。如果你想了解她的土地的话，她那块地又难耕又难肥，她住的地方到处是石头，既没法长玉米，也生不出任何灌木和矮树。那是苏格兰最偏远的地区，泥土和大理石一样冷硬。<u>饥饿</u>眼看地里长不出玉米和树，就把每一根草都薅了，用的是她的尖指甲，使的是她的好牙口。可草少得可怜，因为一层又一层的乱石太多。我还可以再讲讲她的模样。

　　"她又瘦又长、有气无力，一肚子饥火，连块燕麦面包都吃不上。她的头发没一根梳过，两眼陷得老深，面上没半分血色，两颊全是泥，嘴唇干得发裂。谁都能透过她那干巴巴的皮肤，瞧见皮肤底下的东西。由于缺少体液，她的骨头从肋旁凸了出来，又好像没有胃，只剩下那本该生着胃袋的地方，如今全朝里凹，以致那女人的乳房仿佛挂在脊背上。因为瘦，她的手指似乎都变长了，膝盖骨也不圆了，看起来像太过瘦缩而被挤碎了似的。她的脚后跟变得又高又鼓，没有一点肉，骨头根根可见。丰饶女神克瑞斯（Ceres）让万谷生长，却不认识去那里的路，替她驭龙的特里普托勒摩斯（Triptolemus）也一样[①]。命运三女神使他们远离那里，因为她们不希望丰饶女神和疲惫多难的饥饿凑到一处。不过，如果你想到那里去，你可以让懒散成为你的习惯。一旦被贫穷抓住，你很快就会被她占有吸干的。我把守的路也不是唯一的通道，一个人还可以通过闲懒度日找到她。如果你想走这条路攻占那座要塞，你很可能会失败，因为此路直通贫穷，而她遭人鄙视，连喝水都没有力气。我敢说饥饿一定会成为你的近邻，因为贫穷了解这条道，任何羊皮地图都不如她心里记得清楚。你还应该知道，饥饿对她的女主人仍旧很殷勤周到（她并不爱她的女主人，也不敬重她，只不过是由她养大，虽然后者自己都心力交瘁，一件多余的衣裳都没有）。她会去看她，成天坐在她跟前，捧着她的下巴颏儿亲吻她，那是一件讨厌又让人不舒服的差事。如果她发现偷窃在睡觉，就会揪着他的耳朵把他叫起来，用苦恼阴郁的神气冲着他大讲取物之道，也不管他为了得到那些东西会遭什么罪。懦弱也赞同她们，虽然他会因为梦见绞索，吓得寒毛直竖——万一他那哆哆嗦嗦的儿子偷东西被抓了呢？万一他叫人吊起来了呢？可不管怎么说，你不能进来。请找别的路吧，因

---

① 克瑞斯给了特里普托勒摩斯第一批谷物，还有一辆飞龙战车，他便可以飞到世界各地，播撒农业的种子。——译者注

为你没有为我做过什么，配得让我爱你。"

"看在天主的份儿上，女士，如果有可能，我很乐意得着您的恩宠。只要我能通过这条路，我就会把欣迎带出来，他被软禁在监狱里了。要是您愿意，请答应我这件事吧。"

"我已经很了解你了，"她说，"而且我知道，你那些大大小小的木材用料，还没有全卖光，你还留着一点山毛榉，因为谁想要追逐爱，谁就不能没有一点疯傻痴愚。①那些人活在这么一种疯狂中，却还自认为明智。'活'？才怪呢。还不如说'死了'更恰当，只要他们还流连这种纠葛。这种满口呓语的疯狂根本算不上是生活。理智为你解释得很透彻了，却还治不好你这个蠢念头。你该知道，如果你不相信她，你就是在残忍地哄骗自己。没错，在理智到来之前，什么也拦不住你，你也不会把我放在心上，因为你迷上了典雅之爱。恋人们向来不尊重我，反而使劲地贬低财产，瞧不起我分派给他们的东西，拼命地将它们胡花乱撒。恋爱中的人想要花钱，还有哪里比得过这鬼地方？走吧，别再纠缠我了。"

这里既然无事可图，我也就不再耽搁，动身离开了。那位贵妇人仍与她的心上人在一起，后者和她一样身着华服，打扮十分得体。我沉浸在自己的心事中，随意地在可爱的花园里漫步。那园子比你见过的都要美，却一点也不能使我快乐，因为我的心思在别的地方。不管怎么走，我都在不住思忖：怎样才能最好地完成我的任务，又不用耍手段？那我会很乐意去做

---

① 此处作者是用了一个双关语，在法语中，"山毛榉"和"愚蠢"是谐音的。——译者注

的，只要能够不出错。因为最小的失误都会妨碍我提高声誉。

我心里谨记朋友的指点，无论在哪里见到恶舌，都对他礼敬有加，对所有其他敌人也都很恭敬，尽力为他们效劳。我不知道有没有赢得他们的好感，可我把自己当成囚犯，也不敢靠近那片禁地（以前我总想到那里去）。这样来做补赎，只有天主才知道我是否良心不安，因为我做的是一件事，想的却是另一件。因此我是在玩两面派的把戏，虽然以前我从来没有试过因为口是心非而愧疚。为达到目的，我不得不心怀鬼胎，可以前我从不曾对人不忠，也没有谁这么指控过我。

爱彻底考验了我，发现我很忠诚——至少保持了对他的忠诚。于是他来到我面前，对我的不幸报之一笑，又将手放在我头上，问我有没有完成他的全部吩咐，还问我近况如何，以及我对那朵偷走我的心的玫瑰有什么想法。可是我所做的他都清楚，因为神知道人的作为。"命令都执行了吗？"他问，又说，"那是我给真正的恋人们的。我不会给其他人，恋人们也绝不该轻视它们。"

"我不晓得，我主，但我尽可能遵您的意去做了。"

"没错，可是你太易变了。你心里很不安，充满了可悲的怀疑，这我很清楚。不久前你还想离开我，差点就不再效忠于我了，又对闲散和我大发牢骚。至于希望，你说她对什么都没有定见。你甚至想，你准是疯了才做了我的随从，还依从了理智。你不是个十分可恶的人吗？"

"求您怜悯我，我主。我已经向您坦白过了，您也知道我并没有逃走。我还清楚记得自己立下的誓言，身为您的仆从，那是合宜的，得体的。理智来找过我，她当然认为我不是个明智的人，所以狠狠斥责了我，又反复告诫我，以为这种说教可以叫我不再侍奉您。不管她怎么努力，我都没有相信她。如果我说她没有令我产生怀疑，那肯定是撒谎，但也仅此而已。靠着天主的助佑，无论什么事临到我，理智也绝不能使我反对您或其他有一点可敬之处的人，只要我的心还属于您——它会的；只要它还属于我的身体——这我向您保证。我很气自己居然那样想过，居然听她说话。我求您宽恕，也希望照您的要求改过自新。无论是生是死，我都是您的仆人，而且我再也不听理智的话了，什么也不能使我忘了这一点。无论我做什么，愿阿特洛波斯（Atropos）①不要在其他时候取去我的生命，而只在我为您效劳时；愿她不要在其他时候带走我，而只在我做维纳斯最感甘怡的那件事时，因为我绝不怀疑，什么也不如那件事让人快活。至于那些为我的死而哀悼的人，但愿他们能够说：'亲爱的好朋友，身处此情此境，你很可以说，你的死与所过的这一生相称，因为你的身体和灵魂已经结合在一起，这不是无稽之谈，而是真真切切的事实。'"

"凭我的脑袋起誓，你说得很有见地。现在我看明白了，你履行了自己的职责，也不是假惺惺的弃教之辈。那些无赖一得到自己想要的，就和我断绝了关系。你很忠心。既然你把船儿驶得那么好，它一定会安全入港的。我也宽恕你，这是对你的祈求的回应，而不是回应你的礼物，因为金银我都不想要。不过，在你与我和好之前，我不要你念'悔罪经'，而是希望

①　阿特洛波斯，命运三女神中的第三位。——译者注

你把我的诚命全都背诵一遍。你的爱情传奇将涵括这十条，里面既有禁令，也有诫命。如果你都遵守了，那就不会掷出'双一点'①来。念吧。"

"欣然从命。我必须躲避卑鄙的事、流言蜚语，向人致意还礼要及时。我应禁戒言语粗俗，总是尽我所能礼待所有女士。我要防止骄傲，保持举止优雅，做个快活可亲的人。我应该养成花钱不假思索的习惯，爱起人来专心一意。"

"我敢说，你的课业学得很好，我不再有什么疑心了。你近况如何？"

"痛苦极了。我心里难受得快要死了。"

"你不是有我那三位安慰者吗？"

"没有。喜见的馨香驱散过我痛苦里的毒素，可他不在这里。他们三位全都消失了，但另外两位又回到了我身边。"

"你不是有希望吗？"

"是的，我主，因此我才没有气馁。对信赖她的人来说，希望会留在他身边很久。"

"欣迎怎么样了？"

"那位好伙伴待我毫无保留、十分亲切，我很爱他，可他却在监狱里。"

"不要忧虑，不要被这事弄得惊慌沮丧，我指着我的眼睛发誓，你会再见到他的。他会满足你的心愿，甚至是你从来没企盼过的。既然你对我尽忠，我也会召集我的人，立刻去围攻那座要塞。我的臣子们强壮机敏，在围攻结束前，欣迎就会重

---

① 指最小概率的事件。——译者注

获自由。"

对爱神来说，传口信不受时间或地点限制，所以他立刻召集所有臣子，参加他的议会：有些是受邀前来，其余则是听命而从。他们都到了，没有任何推辞，随时准备尽全力执行他的命令，不管是什么样的命令。我要快速念一遍他们的名字，为了念得更顺溜，也就不讲究什么顺序了。

先是闲散女士，她来时举着一面最大的旗；接着是心灵高贵（Nobility of Heart）、财富、慷慨大方、怜悯和乐予；还有无畏（Boldness）、荣誉（Honour）、殷勤有礼、欢愉、单纯和陪伴；还有安全（Security）、欢愉和欢乐；还有欢庆（Gaiety）、美、青春、谦卑（Humility）和忍耐（Patience）；还有审慎（Discretion）和违心克己，后者带来了虚容假貌——没了他，她简直来不了。这些人都到齐了，连同他们的全部随从。人人都有一颗最高尚的心，只除了违心克己和那满脸狡诈的虚容假貌。不管外表看起来如何，他们打心眼儿里拥护欺骗。

欺骗生了虚容假貌，后者专偷人心。他母亲是个名叫伪善[①]的可耻窃贼，亲自乳养、培育了他。这人卑鄙虚伪，心灵堕落到了极点，披着宗教外衣到处去招摇撞骗。

爱神看见他时大吃一惊。"这是怎么一回事？"他问，"我在做梦吗？告诉我，虚容假貌，谁同意你到我跟前来的？"违心克己立刻跳了出来，握住虚容假貌的手。"我主，是我带他来的，而且我希望您不要介意。他给我大大增了光，为我做了许多好事，既供养我，又安慰我。没有他，我早

---

① 即前文的宗教伪善。——译者注

就饿死了。所以您也别太责怪我。虽然他不打算去爱人，我还是需要他受人爱戴，让人人都相信他是个可敬又圣洁的人。他和我是朋友，所以与我作伴来了。"

"那就这样吧。"爱神说，接着对所有人发表了一番简短的讲话。

"我在这里召集你们，是为了战胜戒备，她折磨恋人们，还想凭借她修造的要塞抵挡我，伤透了我的心。那要塞被她修得十分牢固，不费一番工夫是攻克不下的。所以我担心欣迎，为他感到难过。他帮助过我们许多朋友，让他们提早实现了目标，现在却被戒备关在里面。如果他逃不出来，那我的处境会很悲惨，因为提布鲁斯（Tibullus）[①]已经不在人世。他深知我的禀性。他死时我折了弓，断了箭，撕破了箭袋，任箭矢散落。因为心里剧痛，当我拖着我那可怜的翅膀飞到他墓前时，翅膀都扯裂了：悲伤使我把它们拍打得太厉害。他的亡故使我母亲险些哭死。我们为他流泪哀哭，谁看见都不会不感到同情，因为我们的悲痛既控制不住，也抑制不了。加卢斯（Gallus）、卡图卢斯（Catullus）和奥维德都是抒写爱情的好手，本来对我们很有用，可是他们每一个都死了，在地底下朽坏了。这里有一位洛里斯的纪尧姆，戒备是他的对头，把他折磨得很惨，如果我不想办法救他，他会有丧命的危险。本来他很乐意为我进言，就像一个完全属于我的人，那倒是应当的，因为我们正是为了他，才不辞劳苦把我麾下的所有贵族聚集于此，好营救

---

① 提布鲁斯，公元前1世纪的罗马爱情诗诗人，下文的加卢斯和卡图卢斯也同样如此。——译者注

和夺回<u>欣迎</u>。可是他说自己不怎么聪明。不管怎么说，失去一位这么忠心的仆人，我会感到遗憾的，因为我能够也应该帮助他。他诚诚恳恳地侍奉我，配得上我为他开战，去攻取高塔城墙，倾我之力包围那座要塞。他也必须更加努力地侍奉我，因为，为了赢得我的恩宠，他要谱写这桩浪漫传奇，里面包含了我的一切诚命。他会写到遇见<u>欣迎</u>为止——后者正在牢里日渐憔悴，因为遭遇不公而悲伤。那时他会对<u>欣迎</u>说：'我生怕你忘了我，天天忧苦愁烦。如果失掉了你的喜爱，那无论什么都不能带给我安慰，因为别的人我都信不过。'愿纪尧姆在此安息。愿他的坟墓里装满香膏香料、没药沉香，因他服侍了我，颂扬了我。

"然后让·肖皮内尔（Jean Chopinel）会接续他。那人心性快活，举动机敏。他会出生在卢瓦尔河畔的默恩（Meung-sur-Loire），并且终生服侍我，为我庆祝、为我守斋，不好妒忌也不去贪恋。他将有足够的智慧，能对<u>理智</u>淡然处之——理智讨厌和指摘我的药膏，可我的药膏比香膏甘甜多了。而万一（无论是在什么情形下）他在某些方面偶然犯了错（没有不犯罪的人，人人都有缺点、有过失），可因为对我忠心耿耿，他发现自己的过错后，总会——至少最终会——为不当之举忏悔，因为他不想背叛我。他将这部传奇视为珍宝，有充分时间和机会的话，他会想写完它。纪尧姆没有完成，在他故去四十余年后，让会接手续写：事情就是这样。由于我前面说的那桩不幸，他心里又怕又绝望，唯恐失掉<u>欣迎</u>过去的好意。他会说些'也许我已经失掉它了，我快要没指望了'之类或明智或傻气的话，直到他从翠绿多叶的枝子上摘下那朵佳美的红玫瑰，那时天大亮，他会醒过来。然后，他会好好讲解这个故事，令一切昭彰。如果这二位能找着对策，他们会立即来与我商议，可头一位现在是不能够了，尚未出生的那位也办不到，因为眼下他不在这里。情况依然很严重。除非——他出生后我鼓动双翼飞去他那儿，待他脱离童稚之龄，便把你们的想法念给他听，我敢起誓担保，不这样，他绝对完不成这部传奇。①

"况且，有可能发生什么事，妨碍到这位尚未出生的让，对恋人们而言，这可是让人伤心遗憾的损失，因为他对他们很有益处。为此我祈求生育女神露西娜（Lucina），愿她保佑他出生时免遭困厄，并且寿命长久。那之后，到那一刻来临，朱庇特使他出生，甚至在他断奶前就使他从木桶里啜饮酒浆。那只木桶里永远有两种酒：一种清，一种浊；一种甘甜，一种比煤灰和胆汁还苦。接着他被安置在摇篮里，而我会用自己的翅膀遮盖他，因为他将成为我的密友。然后，当他不再年幼，我会把这些歌唱给他听，让他学得我的一切知识。他将在十字路口，在学校，用法语公开宣扬我们的言语，使之传遍王国，听的人只要相信他，就永远不会死于爱情那甜蜜的痛苦。他要将其诵读得极其出色，以至让所有人（虽然目前尚未出生）都发现它大有裨益，因而称它为《恋人之镜》（*Mirror of*

---

① 这段话是全书唯一能证明纪尧姆作为前半部分的作者身份的证据。但这段话的含义容易让人混淆，对此的唯一合理解释是：默恩的让作为作者接续了纪尧姆，但不是作为做梦的人。换句话说，纪尧姆无法讲述完这个梦，而由让来完成。——译者注

Lovers）①。只要他们别听信那蹩脚小人——理智的话。为此之故，我想与你们商议，并且合掌请求你们怜悯纪尧姆，他是那么可怜，那么伤心，我对他完全无可指摘。愿他得着援助和安慰。即使我不以他的名义求你们，我也肯定会求你们至少减轻让的负担，让他写起来容易些。你们给予他这番恩惠（我预告过，他将降生），是为了那些后来人：他们将致力于遵行我的诫命（并且发现它们都写在了这本书里），以便战胜戒备的仇愤和妒忌，摧毁所有她斗胆建造的堡垒。向我进言吧！我们该怎么做？我们该怎么部署军队？哪里最能重创他们，怎样能尽快摧毁他们的堡垒？"这便是爱对他们说的话，他们的反应也十分热烈。

爱说完后，他的臣下彼此商议起来。他们观点不一，不同的人说不同的事，不过，经过多方争论后，他们达成了一致，向爱神汇报说：

"主上，我们的人都商量好了，只除了财富。她发誓决不去围攻城堡，也决不——她说——动它一个指头，不管是用标枪、长矛、斧头，还是用任何别的武器，不管别人会怎么说。她对那个年轻人鄙视得厉害，所以也瞧不起我们这番大业，还离开了我们的队伍，至少到这次作战结束为止。她说她之所以鄙视他，定他的罪，对他完全瞧不上眼，是因为他从来都不爱她。她恨他，而且从今往后会一直恨他，因为他压根不想积蓄家财。他没做过别的得罪她的事，以下是他的全部罪行：她

---

① 在中世纪文学中，百科全书式作品或者是给特殊人群提供建议的教导性作品往往会以"镜子"为名。——译者注

说，几天前他确实去请求她的许可，让他通过那条名叫'挥霍大道'的路，还讨好巴结她，可他求她时很穷，因此她不许他通过。据财富说，即使是从那时候起，他也没有想办法给自己挣一两个子儿。在她说明了情况后，我们就在没有她的情况下达成了协议。

"我们都同意，由虚容假貌、违心克己连同其麾下所有人，负责进攻后门，那里的看守是恶舌和他的诺曼人（愿他们在地狱里被火烧！）。殷勤有礼和乐予会随他们同去，叫老妇人尝尝他们的厉害，那女人已经让欣迎服服帖帖了。

"接下来，让欢愉和审慎去谋杀羞耻。他们会召集手下人攻击她，围攻那道门。

"他们派无畏与安全去对付惧怕。他俩会带上手下所有人：这些人从不知道逃跑为何物。

"慷慨大方和怜悯自愿去攻打严拒，这一来，我们的军队就部署好了。如果人人都竭尽全力的话，城堡肯定会被摧毁的。另外还需要您的母亲，维纳斯在此坐镇，因为在这类作战计划里，她既有智慧，也很有经验。没有她，我们绝对达不成目标，不管是靠言辞还是凭借行动。因此我们应该召唤她，这样任务会更容易些。"

"我的大人们，我的母亲，那位女神——是我的母上，以及我的女主人。我不能对她召之即来，让她服从我的意愿。如果她愿意，她自己会来帮助我完成任务。可现在我还不能劳烦她。她是我的母亲，我从小就敬畏她。我向来对她毕恭毕敬，因为做孩子的，谁不敬畏自己的父母谁就会倒霉。不管怎么说，在我们有需要时，我们当然能请她来。如果她离这儿不远，那她很快会到，没什么能拦住她。

"我母亲的本事很大，没有我，她也攻占了许多城堡，它们值不止一千拜赞特呢。人们仍旧归功给我，虽然我从来没有踏足那些城堡，也绝不会容忍这类在我缺席时去攻占城堡的行为。因为不管谁说什么，在我看来，那纯粹是一种金钱交易。如果有人花一百镑买马，他把钱一付，债也就了了，卖家和买主彼此钱货两清。我不会把售卖说成是馈赠。做买卖不必讲究酬谢回报，也谈不上有什么恩惠和功劳；买卖双方一散，责任义务也就荡然无存了。

"可眼下的情形却不像卖东西。因为，当买家把他的马安置在马厩里，他可以为了回本或牟利，再卖它一次——最低限度也不会财货两失。如果他喜欢赛马，他至少可以从中得些好处；又如果他非常中意这匹马，还可以留着自己骑，他还是马的主人。可如果是和维纳斯有关的交易，情况要可怕得多，因为不管投入多少钱，买家都会失掉全部本金，连同他买到手的东西。卖家财货两收，而买家把什么都赔光了，不管他投了多少钱，他也永远都没法主宰那些东西。他花再多钱和口舌，再怎么愤愤不平，也挡不住一个陌生人，管他是布列塔尼人（Breton）、英国人还是罗马人，只要人家花上同样价钱（多点或少点），就能得到和他一样多的东西。也许那人能说会道，以至白白得到了一切。这些买卖人聪明吗？不，他们都是又蠢又没用的可怜虫。他们买一样东西，明知道不管掏多少钱，最终都会两手空空；明知道无论怎么努力，也什么都留不住。可我要说，我母亲没有花这种钱的习惯。她不是会沾染这种恶习的糊涂人。不过你们应该知道，有些人确实会花这种钱，过后又感到后悔，因为他们虽然追随过财富，后来却流落到了贫穷手里。当财富和我的意愿一致时，她会因为我的利益而保持警惕的。

"可我凭神圣的维纳斯——我母亲的名义发誓，还有她的老父亲萨杜恩。他生了她，却不是通过他的配偶，而她打一出生就是名年轻少女。我也凭他的名义发誓。为了使事情更加确凿，我再向你们发誓，就凭我对我所有兄弟们的忠诚——他们的父亲们曾与我母亲结合，这些人数目既多，又形形色色，实在没法指名道姓。不仅如此，我还要指着那片地狱沼泽发誓，愿它做我的见证（如果我说谎，我便一年不喝蜜露甘饮，因为你们晓得诸神的惯例：谁破了这个誓言，就不能喝蜜露，直到一年期满）。现在，我赌咒已经够了，我背誓就会遭殃，不过你们不会见到我那样做的：既然财富离弃了我，我要她为背叛付出昂贵的代价。如果她不以剑（至少用戟）自卫，她就会吃大苦头。既然今天她的所作所为不像一个朋友（明知我要去瓦解那座要塞，推翻那座高塔），那么，这一天她所目睹的晨光，就要成为她不幸的见证。如果我能把一个有钱人收归治下，你们就会看见我对他课以重税，不管他有多少马克，多少英镑，都很快要跟它们说再见。如果他不能让钱币像水一样源源流进他的仓房，我就要叫它们全部飞走。我们的年轻姑娘要把他的毛拔光，他将不得不需要新的羽毛，为此不得不出卖土地，除非他非常擅长保护自己。

"穷人认我作主，虽然他们没有什么可以供养我，可我不轻看他们——高尚的人都不会轻看他们。<u>财富</u>贪得无厌，她侮辱他们，抢劫和欺诈他们，用脚踢他们。而他们爱得比富人好，也比那<u>些</u>贪钱如命、一毛不拔的守财奴好。凭我对我祖父的忠诚说，他们更热心助人，也更忠诚。他们心肠又好又主动，对我来说这就足够了。他们单单想着我，我也必须想着他们。他们的哭求激起我的怜悯，如果我不但是爱神，还是财神，那我很快会提拔他们的。我还要帮助那个竭诚服侍我的人：如果他死于爱的创痛，倒显得像我没有爱似的。"

"主上，"他们说，"您说的都是事实。您对有钱人起的誓一定得守住，因为它是一个正儿八经的誓言，又好又妥当。您会守住的，我们确信：如果有钱人向您效忠，他们就不再审慎明智，您绝不会打破誓言，忍受戒饮蜜露的痛苦。女士们会把火势挑旺的，一旦他们落入罗网，就插翅难飞了。女士们会客客气气，替您把账跟他们算清楚。您不用找其他帮手，因为根本不用怕，她们会对他们说得天花乱坠，让您觉得自己赚回来了。也别去插手。她们会编出各种故事来，要星星要月亮，同时假意奉承他们，把许多吻啊，拥抱啊，全都招呼到他们身上，如果他们信了，那他们不但会失掉钱财、家具、奴仆，土地田产也同样会如流水落花去。现在，请您下令吧，无论您要我们做什么，是对是错，我们都会照办。

"只是<u>虚容假貌</u>不敢作为您这一方参与此事，因为他说，您恨他，而且他不晓得您是不是想羞辱他。所以，好主人，我们都求您息怒，宽恕他，让他成为您臣子中的一员，和他的朋友违心克己一道。我们都赞同，也都批准了。"

"我恩准了，"爱说，"而且说到做到。从现在起，我愿意让他进入我的宫廷。来，叫他到前面来！"于是他跑上前来。

"虚容假貌，现在你是我的人了，条件是你帮助我们所有的朋友，不去害他们，常想着怎么改善他们的处境。不过，你将被委以重任，去伤害我们的敌人。你将成为我的贫民窟（Low Life）的领主，既然我们的教士团决意如此。没错，你是个背信弃义的小人、彻头彻尾的坏蛋，多少次说话不算话。可为了让我们的人不那么烦恼，我命令你，拿出你的大嗓门去告诉他们，或至少给点暗示，让他们知道倘若有需要，哪里最容易找到你，怎样能认出你来——因为识破你需要聪明一点的头脑。告诉我们，你平常出入什么地方。"

"我主，我什么样的住处都有，可是我不想告诉您，希望您能好心宽免我，因为，要是我跟您实话实说了，我会受辱受苦的。假如让我的同伙知道了，他们一定会恨我，找我的麻烦，因为我了解他们的残忍之处。他们到处查禁真相，因为真相是他们的敌人，他们听都不要听到它。如果我透露了他们的事，把他们说得不够和蔼、不够友好，我会被整得很惨。一个不中听的词，哪怕是程度最轻的，都会叫他们不高兴，即使谴责他们不忠的是福音书也不行。他们就是那么坏，那么残忍。所以我很清楚，我告诉您任何他们的事，他们迟早都会知道，不管您的宫廷有多安全。我不担心那些高尚的人，他们就算听了我的话，也不会用在自己身上。可当真把我的话用在自己身上的人，会让人怀疑他想过欺骗和伪善那样的生活——正是这两人生了我，将我养育成人。"

"那他们干得真不赖，"爱说，"而且收获也不赖，因为他们好比是生了魔鬼本人。"

"可你无论如何都得讲，"爱又说道，"现在，就在这里，你要告诉我们的人你住哪儿，怎么过活。继续隐瞒对你没好处，因为你已经和我们在一条船上了。你要把你做了什么，怎么做的，全都说出来。如果因为说真话而挨揍——虽然你不习惯，但你也不是头一个。"

"我主，既然这能让您高兴，我就照您的意思办，哪怕我会死在这上头，因为奉行您的旨意是我莫大的渴望。"

于是虚容假貌不再耽搁，立即高声对众人说："贵人们，请听我说。如果有人想认识虚容假貌，那他应该往俗世里去寻，向隐修院中找。我只有这两个住处，只不过在其中一处住得多些，另一处少些。简单说来，哪里最能隐藏，我就投宿到哪里，而最安全的藏身处就在这最卑微的衣装下。修士修女藏得好，俗世之人易暴露。我不是要批评或诋毁宗教。不论穿什么样的修院会服，对于那些谦卑又忠心的人，我总是尽量克制，不去指摘他们的宗教生活，虽然我从来没有爱过它。

"我要谈的是那些假教徒、坏心眼的无赖，他们披着宗教外衣，心里却不顺服。虔诚的人都很慈悲，你见不着一个自大的人。他们不自呈骄傲，全都愿意谦卑度日。我不会住在这样的人当中，如果真要和他们在一起，我会把自己掩藏起来。我确实能穿上他们的会服，而且什么样子都能装，可是要我放弃自己的打算，我宁可被吊死。

"我住在骄傲、有手段和老谋深算的人中间，他们贪求世俗的荣誉，能办成大事。他们盯紧了最大份的好处，一心巴结权贵，想要做他们的随从。他们说自己穷，却吃着珍馐美味，喝着罕见的好酒；他们对你宣讲贫困的好处，自己却撒开大网小网，图谋大宗财产。我以我的脑袋发誓，这样会有大祸患的！他们既不虔诚，也不清洁。他们向世人提出一个三段论，得出了一个不要脸的结论：穿着修院服，便是修道人。这样的推论完全似是而非，连一把水蜡木刀钱都不值。修士服穿不出修士来。只是没有人能反驳它，不论他把发顶剃得多秃，哪怕是用'反诘法'（Elenchis）来剃（这种方法能将诡辩分成十三种）。没有谁厉害到能区分他们，敢对此讲论一个字。可不管我去哪里，有什么表现，我都只有一个目的，那就是欺骗。就像蒂贝尔先生（Sir Tibert）①只爱吃大小老鼠，我也只爱欺骗。你们从我穿的修士服上，肯定看不出我和什么人生活在一起，我也不会用语言来对你们说明，他们有多纯朴和善。如果你们的眼睛没被挖掉，你们就得通过我的行为来观察。因为，如果人们心口不一，那肯定是在欺哄人，无论他们穿什么衣服，属于哪个阶层，是教士还是平信徒，是男是女，是主人还是男仆，侍女抑或贵妇。"

虚容假貌还在说时，爱再次开腔，打断了他，就像他讲了一些又错又蠢的话。"这算什么？你这魔鬼，你说这些不荒唐吗？你跟我们说的都是些什么人？世俗之中能找到宗教信

①　蒂贝尔先生，法国民间故事《列那狐》中的一只猫。——译者注

仰吗？"

"能找到的，我主。我们不应该说，一些过着罪恶的生活的人之所以失掉灵魂，是因为他们穿着世俗衣服。那就太悲哀了。神圣的信仰确实能在杂色俗衣内蓬勃生长。我们都曾见过圣洁之死，它属于许多圣徒般的男子、有荣耀的圣人、敬笃虔诚的妇人，他们终身穿着普通人的衣服，也没有被教会列入圣品。我能数出很多这样的名字来。几乎所有我们在教堂里祈祷敬拜的圣洁妇女、童贞女和生了许多好孩子的已婚妇女，她们都穿着世俗的衣服，至死如此，但她们都是圣人，过去是，将来也是。甚至那手持蜡烛、在天主面前侍立的一万一千名处女[1]，教会也庆祝她们的纪念日——她们受难时，穿的就是世俗衣服，却于她们无损。好心肠生出好念头，衣服不能使之增减；好念头带来好行为，是它把信仰彰显。宗教信仰在于意向端正。

"如果给伊桑格兰先生（Sir Isengrin）[2]披上公羊贝令（Dam Belin）[3]的毛，而非黑斗篷，那他看起来就会像一只羊，还会同那些母羊住在一起。你想他会把她们给吞了吗？他不太可能喝她们的血，但是会毫不迟疑地骗她们，因为她们不晓得他是谁，还会跟着他走，哪怕他决定要逃跑。

"教会啊，倘若有任何这样的狼崽，混进你的新使徒[4]中，你处境便堪忧了。倘若你自己席中的骑士攻击你的避难所，你

---

① 根据传说，这些处女是与日耳曼圣徒乌苏拉一起殉道的伙伴。——译者注
② 伊桑格兰先生，《列那狐》（Roman de Renaut）故事中的狼。——译者注
③ 公羊贝令，《列那狐》故事中的公羊。——译者注
④ 指的是托钵僧修会。——译者注

的统治也就岌岌可危。你相信它被守卫着，可如果他们想要攻陷它，谁能使它免遭毒手？还没等到石弩或投石机发送一枪一炮，还没等到哪一面旗帜迎风展开：它就失守了。如果你不想解救它，就等于是听任他们侵占它。我说'听任他们'？嗐，就算你去命令他们，到头来也还是只能投降，或者通过议和的方式成为他们的附庸，让它变成采邑，除非他们成了天下的主宰，到那时将有更大的不幸临到你头上。他们现在可会嘲讽你呢：白天忙着加固城墙，夜里不停把墙根挖穿。如果你想从这棵树上收获果实，就好好考虑一下，把它栽到别处去吧，不要再耽搁了。不过暂且放宽心：我要丢下这个题目，现在先不谈了，恕我到此为止，也许我已经让你们都听累了。

　　"不过，对所有你们的朋友来说，只要他们欢迎我，与我做伴，我会很乐意增进他们的利益；倘若他们不欢迎我，那他们也活不了。他们还要为我爱的人效力，否则，凭天主的名义，他们绝不会顺遂的。我当然是个背信的人，天主已经判我为贼。我还做伪证。只不过，当我还在谋划，事情没有完结之前，人们很难看出来。很多人因我的缘故死了——到死也没发现我在骗人。多少人没了命和将要没命，他们对此都一无所知。如果有人察觉出来，而且他够聪明，那他应该好好保护自己，否则就等着遭殃吧。不过我的骗局天衣无缝，要识破很难。从前普罗透斯（Proteus）①能随意变换形体，可在权谋骗术方面，他根本比不过我，因为在我去过的城镇上，我还没有叫

①　普罗透斯，希腊神话中的一位海神，他能随意变换自己的外形来躲避那些向他询问未来命运的人。——译者注

人认出来过，不管他们多少次听闻我，多少次见过我。

"我很擅长换衣服，也懂得更替装束。一时我是骑士，一时我是修士，下回又变作教长（prelate），或是主教议员（canon）、教堂执事（clerk）、司铎、门徒（disciple）、导师（master）、庄园主（lord of manor）和护林员（forester）——一句话：我能适应任何感召和使命（calling）。再者，某一刻我是个王子，下一刻又是个侍从（page）。而且，我熟记所有语言。这一回我年老发白，下一遭便又重拾青春。有时我是罗伯特，有时我是罗宾；一时我是方济各会修士（Franciscan），一时我又是多明我会修士（Dominican）。为了追随我的伴侣——那时常安慰我、与我同行的违心克己夫人，我还会采用许多别的伪装，只要那能使她高兴、合她的意。有时我还会穿女人衣服：或是女仆人或是女主人，有时还扮作教徒——嬷嬷（sister）或女会长（prioress），修女（nun）或女隐修院院长（abbess）、初学生（novice）或发了愿的修女（professed nun）。每一处地方我都去，任何修会我都研究，并且，从这些修会里我总会挑出糠来，而把麦子留下。我住在那里是为了欺骗人，而且专挑穿修会服的人欺骗。我还能怎么说呢？我想怎么伪装，就怎么伪装。我的实际与表面完全是两回事，行事与说话大相径庭。"

说完，虚容假貌正打算闭口，可爱似乎没有因为他的话而不快。为了使同伴们高兴，爱对他说："讲具体一点，告诉我们，你是怎么密谋背叛的。你也不用难为情，因为从你身上的衣服看，你像个圣洁的隐修士（hermit）。"

"没错，可我是个伪君子。"

"你宣扬刻苦己身（abstinence）。"

"诚然如此，可我用好酒好菜填饱我的肚皮，这是神学家的本分。"

"你传讲贫穷。"

"确确实实，虽然我有钱得很。可不管我怎样装穷，我也不是为了穷人。圣母做证，我巴不得我的熟人是法兰西国王，而不是穷人，哪怕他的灵魂与国王同样好！当我看到那些可怜的东西衣不蔽体，躺在臭烘烘的粪堆里，冷得发抖，饿得又喊又哼哼时：我不会去插手这些事。如果他们被带去医院（hôtel-Dieu），他们不会从我这儿得到慰藉的，因为墨鱼都比他们值钱。他们拿不出一件礼物来装满我的胃袋。一个吃东西还舔刀子的人能有什么呢？可是，拜访生病的放债人却令人非常愉快，相当享受。我去安慰他，是因为期待走的时候能带走一点钱。如果冷酷的死神要与他了账，我还会陪他直到坟墓跟前。谁如果责备我躲开穷人——你知道我怎么躲掉这种事吗？我用我这身斗篷来启发人：有钱人比穷人的罪多，所以比穷人更需要忠告。这就是我为什么要去规劝他。

"尽管如此，过度的贫穷和过量的财富，同样能毁掉灵魂，两者都会造成严重的损伤，因为贫富是两种极端。中庸适度的情况，被称作'充足'，由此生出无穷的美德。这点所罗门写得十分透彻，他在那名为《箴言》（Proverbs）的书卷的第三十章里说道：'上主啊，求你以你的力量，保护我免于财富，以及那迫人行乞的赤贫；因为，当有钱人对自己的财富思虑过度，他会令自己的心陷入疯狂，以致忘了他的造主。至于挣不脱赤贫的人，我要如何才能救他脱离他的罪？要他不去做贼、做假证，实在难之又难。'否认这些，就是在说天主是个骗子，因为我刚才读的所罗门的那些话，就是奉了他的名。我可以立刻起誓说，法律上没有这样的条文，至少我们的法律里没有记载着，当耶稣基督和他的门徒还活着时，人们也曾目睹他们找面包吃，因为他们不想行乞（过去，巴黎市的神学大师们惯于做这样的布道）。本来他们有十足的权力要求这些，而无需乞讨，因为他们是奉天主之名来牧养的牧人，又有医治灵魂的法子。并且，在他们的夫子①死后，他们甚至开始亲手工作，养活自己，没有富余也不缺乏，怀着忍耐来生活。如果多出来任何东西，就分给其他穷人。他们没有修建宫殿或宅邸，而是在肮脏的房子里躺卧歇息。

"我要提醒你们：一个四肢健全的人，如果他没有生活来源，他就该靠自己的双手，亲自劳动来谋生，不管他有多虔诚，多么急于服侍天主。这是他应当做的，只有某些情形除外，那是我记得的，有时间我会告诉你们。另外，《圣经》也告诉我，如果一个人想要在善心上完全，他就该变卖所有，以做工为生。因为，那围着别人家桌子乱转的懒人，他讲的故事根本不可信。

"而且你们知道，把祈祷当作借口是不对的。无论怎样都会有另外一些必要的事，打断人对天主的服侍。因为我们总要吃喝，这是千真万确的；还要睡觉，做这做那。这一来，我们

---

① 指耶稣。——译者注

的祷告声便会渐渐平息。为了工作，我们还要暂停祷告。那让我们晓得真理的《圣经》，也同意这一点。

"为此，那为我们编撰法律的查士丁尼（Justinian）[①]禁止任何健全的人用一切方式去乞讨，只要他有办法自己挣面包吃。与其让他在种种罪恶中滋长，还不如让他成为瘸子公开示众。得这种救济的人名不符实，除非他们有一种免除处罚的许可证。可我认为，除非是他们的君主受了骗，否则他们不可能领到许可证，我也不信他们有这样的权利。我不想规限君主或他的权柄，我说这番话，也不是要谈他的权柄是否包含这方面，这不该由我干涉。不过我相信经文里说的，救济应当捐献给软弱、贫穷和赤身露体的人，给年老无力和有残疾的人，那些人挣不到面包吃，因为他们没有能力。所以，谁吃喝他们的救济，就是在害他们，这么做也是在自招审判——如果创造亚当的那位所言非虚的话。

"还要晓得，天主吩咐那位善心人变卖所有、分给穷人，然后跟随他，可他不是要那人靠乞讨服侍他，这绝不是他的意思。不如说，他要他凭双手工作，以善行来跟随他。圣保罗也要求信徒为取得生活必需品而工作，禁止他们去乞讨，他说：'亲手做工，不要向他人索求。'他不希望他们向任何布道对象要任何东西，也不想他们贩卖福音。不如说，他怕他们开口去要，开口要就跟勒索一样。因为这世上有许多施舍者——说实话——仅仅是因为羞于拒绝才施舍，又或者因为要的人太难

①　查士丁尼，483—565年，东罗马帝国皇帝，他组织了对罗马法的系统性编纂整理。——译者注

缠，给了好让他快走。这对他们有什么好处？他们同时失去了恩惠与功德。而当一个善心人听了圣保罗的布道，求他奉天主的名受一些他的财物时，圣保罗绝不会向他们伸手，反而会亲手工作，挣自己所需要的。"

"那么告诉我，当一个身体健壮的人想要追随天主，单单过祷告生活，当他变卖所有分给穷人，不再亲手工作，他能行吗？"

"能。"

"怎样能行呢？"

"就像《圣经》里命令的，如果他加入一家自给自足的修院，像今天那些白衣修士[①]、黑衣修士[②]、守律教士团（canons regular）[③]、医院骑士团（Hospitallers）和圣殿骑士团（Templars）一样自力更生（我能举出合用的例子），在那样的地方就不用乞讨。不管怎么说，许多修士都在工作，然后才抓紧时间侍奉天主。

"而且我还记得，过去有段时期托钵修士发生了大内乱。我会跟你们简短地说一下，没有东西糊口的人是怎样变成乞丐的。我将一一举例，这样，即使存在一些恶毒的流言，也没有人可以反驳这事，因为真理不喜欢隐藏。由此我能为我耕耘过的那片田地做些补赎。

"以下是一些特殊的情况：如果一个人像动物似的什么

---

① 指西多会（Cistercians）。——译者注
② 指本笃会（Benedictines）。——译者注
③ 指奥古斯丁修会（Augustinian canons）。——译者注

手艺都没有，又不想一直愚昧无知，那他可能会去托钵乞食，
直到学得一技之长，就可以诚诚恳恳讨生活，不再要饭。又或
者他没法工作，因为有病、年老，或太年轻，他也会去乞食。
也有可能，他受的教养使他过惯了安舒的生活，而那些可敬的
人同情他，出于怜悯允许他讨一口面包吃，而不是眼看着他被
饿死。

"又或者他有知识、有意愿、有能力，可以工作，也做
好准备要付出辛劳，却没法立即找到雇主，哪怕他能胜任，那
他当然会为了自己的需要去乞讨。又或者，他为了挣钱而工
作，报酬却不够他在世上生活，那他会为了一口面包而开始乞
讨生涯，从一扇门走向另一扇门，四处游荡，想办法弥补这种
缺乏。

"又或者，为了维护信仰，他希望进行某种具有骑士精神
的活动（chivalrous activity），不管是从军、做学术研究，还是
从事另外一些合宜的职业。如果他被贫穷压垮了，他自然会去
乞讨，像我前面说过的，直到他能以工作满足日常所需为止。
前提是他用这样的手来工作：

（*Manus corporalis*）

Manus corporalis

而非属灵的手：

（*Manus spiritualis*）①

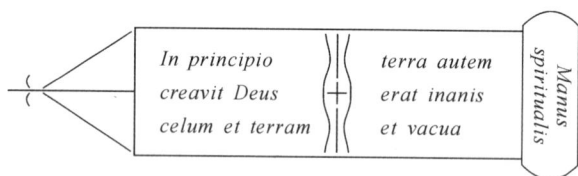

只要那双手真正属于肉身，不含任何双重意义。如果除了我讲的这类例子，你们还知道其他合情理的情况，使人想以乞讨为生，那就让他去吧。但也只限于此，除非那位来自圣阿穆尔（Saint-Amour）的人是骗子——他曾与巴黎神学家辩论，还教导和宣扬过这一主题。哪个体面人反对这点，都不会得到上帝的宽恕。如果有人抱怨或生气，那也随他，因为我不会沉默的，就算为此丢了性命，被不法监禁，像圣保罗那样被关进黑牢；就算王国不公正地流放了我，像那位教师——圣阿穆尔的纪尧姆（Guillaume de Saint-Amour）②。他之所以被放逐，是因伪善对他满怀妒意的缘故。

"我母亲通过密谋，使那英勇的人遭到放逐，因为他捍卫了真理。他在一本新书里写了她的一生，还说希望我发誓放弃做行乞的托钵修士，如果我无以为生，那就去工作：这便大大冒犯了她。他肯定认为我喝醉了，因为我没法喜欢工作。我对工作没有半点想头，那事情太费劲了。我宁愿在人们瞧得

---

① 这两幅图出现在部分《玫瑰传奇》的手稿中。第二幅图中的文字是《圣经·创世记》头两句的拉丁文："起初，神创造天地。地是空虚混沌，渊面黑暗。"——译者注

② 圣阿穆尔的纪尧姆，巴黎大学校长，托钵修会的主要反对者。——译者注

见我的地方做祷告，用宗教伪善的外衣把我表里两套功夫藏起来。"

"这算什么，你这魔鬼？这都是些什么话？你都说了些什么？"

"怎么了呢？"

"这么十足的、公然的背叛！你就不敬畏天主吗？"

"当然不。敬畏神的人在这世上成不了什么大事。那些好人不肯作恶，靠自己的资产老实过活，依着天主的律法自力更生，几乎挣不够面包钱。这些人活得太辛苦，什么活法都不如这令我厌恶。

"可是，瞧那些仓库里装满钱的人：那些收利钱的、造假的、放贷的，那些地方官、教堂执事、修士长和市长——他们实际上都是靠抢劫为生。普通人向他们鞠躬，他们倒像狼一样把他们吞掉。他们紧盯住穷人，没有人不是从穷人身上薅下毛来，再把贼赃穿到自己身上的。他们把人活活吸干了，连烫都不烫一下就开始拔毛。他们是最强的抢劫最弱的，而我呢，我穿着我朴素的长袍，把骗人的和被骗的一起骗了，把抢人的和被抢的一起抢了。

"我的财富堆积成山，靠的就是骗。因为我花钱修造宅邸，在床上、美味的餐桌上和社交界中找各种乐子（我只想过这种生活），可与此同时我的金子在增加，银子在变多，因为在财产花空之前，我赚了许多钱。我没让我的熊好好跳舞吗？我一心想要钱，而向人要比自己去赚来钱多。就算因此被打被杀，我也还是会到处钻营，去听皇帝、国王、公爵、男爵或伯爵忏悔，决不想丢掉这份差使。我不在乎穷人，除非有什么别的理由。他们的地位不高又不显赫。

"至于皇后们和公爵夫人们，女王们和伯爵夫人们，高贵的领主（Palatines）太太们、女修院院长们、在家修道的女修道者们（beguines）、地方官和骑士的妻子们，傲慢而且讲究风雅的市民们（burgesses），还有修女和处女——无论她们是衣不蔽体还是穿着讲究，只要有钱或漂亮，她们在得到良言忠告之前，是绝不会走的。

"为了救赎他们的灵魂，我打听他们的家产，过问他们的生活，就是那些老爷太太们，连同他们的一家老小。我还逐渐使他们相信，与我及我的同伴比起来，他们的教区神父与禽兽无异，其中许多人都是恶犬。我惯于对他们揭露人的隐私，知无不言，言无不尽；他们也什么都不瞒我，事无大小，巨细无遗。

"这样，你们便能把那些恶棍认出来，他们不断欺哄人。我会引用几句圣马太写的话，他在二十三章说那些传道人——'坐在摩西的位上'（评注说这是指《旧约》），'文士和法利赛人'（这是说那些不忠诚、不可靠的人，《圣经》说他们是假冒伪善的人），'遵照他们的吩咐，但不要效仿他们的行为。他们从不吝于谈论善事，但根本不想去做。他们把难担的重担放在好骗的人肩上，但自己一个指头也不肯动'。"

"为什么不肯？"

"我敢说那是因为他们不想。肩上担着担子让人觉得疼，所以他们不想担。假使他们做了什么好事，那都是为了叫人看见，所以他们将佩戴的经文做宽了，衣裳的穗子做长了，又喜爱筵席上的首座、会堂里的高位，因为他们傲慢、专横又自鸣得意。他们喜欢在街上被人问安，被尊称为师傅。可他们不该有这种待遇，这违背了福音书，那些记载本来是为了揭露他们的邪恶的。

"我们知道谁是我们的敌人，对他们，我们还有一种惯常的做法，就是随时准备痛恨他们，联合起来攻击他们。我们中有人恨谁，其他人也会跟着恨，每一位都会想尽办法毁掉他。如果我们发现，他在一些人的帮助下取得了世俗的荣耀、教士的俸禄，或得了财产，我们就会想法去查明，他攀了什么梯子来发迹。然后，为了有把握毁掉他，我们会在暗中散播谣言，向他的恩主诽谤他，因为我们都不喜欢他。用这种法子，我们砍断了他梯子的横档，夺去了他的朋友，而他永远被蒙在鼓里。如果我们明着来害他，可能会因为被追究而失手。如果他知道我们对他有歹意，他就会奋起自卫，而我们会遭人谴责。

"如果我们中有人干了一桩漂亮的事，我们会把它视作全体的功劳。就算是捏造的——凭上主的名义——又或者，他只是装模作样吹嘘一番，说他使某些人飞黄腾达了，我们也还是会分一杯羹。你们肯定也知道，我们会说自己提携了这个人或那个人。而为了博人称赞，我们会拍富人的马屁，叫他们为我们的好品行写证明信，这一来，全世界都会相信我们拥有一切美德。我们总是装穷，但不管我们怎样发牢骚，你们可以信我说的：我们无须占有，却样样都有。

"我还干些掮客的活儿，替人调停，包揽一些人的婚姻大事，担任遗嘱执行人和代诉人。我给人送信，替他们做一些不那么体面的调查。我最乐意操办别人的私事。我常打交道的那些人，如果你和他们有什么公私往来，告诉我，你一说明白，事情就会给你办好的。你若好好为我效劳，那你也值得我为你效劳。但那些想要谴责我的人会立即失掉我的好感。如果有人为某事跑来怪我，那我既不会爱他，也不会尊敬他。我乐意谴责别人，不高兴听人说我不好。因为我只负责纠正人，不需要谁来纠正我。

"对隐修我也半点兴趣都没有。我早就抛弃了沙漠和森林，把沙漠小屋和那种生活留给了施洗者圣约翰（Saint John the Baptist）。我离那里太远；我把大厅和宅邸修在镇上——在城堡的高墙里，在城市中，让人们可以火速赶来。我说我不属于世界，却一头扎进里面，沐浴其中，过得十分安逸，比任何鱼儿都要善泳。

"我是侍奉敌基督（Antichrist）的青年之一，是其中的一个贼，如经上所记：身上穿着神圣的会衣，却过着装假的生活。我们外表像柔弱的羔羊，里面却是饿狼；我们横跨海洋陆地，向全世界宣战，因为我们想要从方方面面来规定人该过什么样的生活。如果有人举报说，哪座城堡或城市出现了异教徒，哪怕消息是来自米兰（因为米兰也被这种异端感染了）；如果有人想钱想疯了，以不合理的条件来赊账或放高利贷；如果他（哪怕身为修士长或当官的）还是好色之徒、小偷或买卖圣职者，是个吃喝玩乐的教长、养情妇的司铎，是个有住房的老妓女，是皮条客或妓院老板，又或者他犯了别的罪，够得上被带到法庭——那么，凭我们向其祈祷的全体圣人的名义——除非他能为自己辩护，用七鳃鳗、梭子鱼、鲑鱼或鳗鱼（如果镇上找得到），用他们盘子里的果馅饼、乳酪馅饼、奶酪（如果端上来的是卡尤梨，那会成为席上珍宝），用肥鹅或阉鸡，来迎合我们的胃口，他要快快让人送来铁叉烤小山羊或兔子（至少也得是一块猪腰子）——否则，他会被人用绳子吊起来烧，保准一里格开外都能听见他的尖叫声；又或者他会被关进塔楼里，一辈子都出不来，因为他没有好好喂养我们；又或者，也许他会为自己的罪行遭到严惩，程度超过他本来应得的。

“可如果他有足够的聪明才智去造一座攻城的高塔，随便他选什么石材，哪怕连方尺罗盘都不用，也没有土啊，木材啊这类东西，都没关系。只要他囤下足够的今世财物，在塔楼上装好石弩，把我上面说的那些弹药密密实实朝我们砸来，砸完前面砸后面，而且不妨前后一起砸（这全是为了给他赢得好名声）；只要他用一座好使的投石机，把大桶小桶酒投给我们，连同每只一百磅重的大麻袋子，他会发现自己很快就自由了。可是，如果他找不到这些小小的施舍，那就丢掉那些陈词滥调和诡辩吧，他想讨我们欢心的话，应该去研究一下什么叫‘等价关系’（equivalences）。否则我们会做证对付他，把他烧死，或者强迫他做补赎，要他掏出贵得多的东西来。

“这些虚伪诡诈的叛徒，你们没法靠衣服认出他们来。如果你们想保护自己，就得察验他们的行为。

“要不是<u>大学</u>（它掌管着基督教王国的钥匙）的警觉，

一切都会被卷进骚乱里。在主后1255年，有人怀着邪恶的动机出版了一本书，堪称假冒之作的典范（在世的人都不会反驳我这话）。那诚然是魔鬼写的书，名叫《永远的福音》（*Eternal Gospel*）①，意思是此书由圣灵所传，因为那就是它的书名。它真该被烧了。巴黎的男男女女都能在巴黎圣母院跟前的广场上得到一本，如果他们想要的话。他们会读到许多无耻惊人的比照，例如：就像那有着无比光辉与热能的太阳远超过月亮——后者要模糊暗淡得多，又像果仁远比果壳好（我凭我的灵魂对你们说实话，不要以为我在说笑），这本福音书也同样优于那四本，后者是耶稣基督的传教者所写，而以他们的名字命名。这类比照还有许多，我得忍着才不对你们说。

"当时正在沉睡的大学抬起了头。此书引发的骚乱刺醒了它，后来它不再昏睡，而是（当它亲眼看见这可怕的怪物）拿起武器来对抗它，以充足的准备来与它斗争，并且把这书交给了审判官们。出版人被惊动了，忙着回收和藏匿它。因为书里那些该受咒诅的话引发了异议，他们既辩解不了，也搪塞不过去。我不知这事会如何收场，有什么结果，可此书作者必须继续等候，直到他们拿出更好的辩词来。

"所以我们会等候敌基督，对他的忠诚也将一如既往。拒绝加入他的人一定会丧命。我们会策划骗局，煽动民众反对他们，让他们被杀，或以别的方式被整死，因为他们不愿意追随

---

① 《永远的福音》出版于1254年，作者是弗朗西斯科·杰拉德·德·博高（Franciscan Gerard de Borgo），他认为这部圣灵的福音会超越《新约》，正如《新约》超越了《旧约》。——译者注

我们。这都写在了那本书里，它的大意是：只要彼得还做主，约翰就显不出力量来。我把表面意思告诉了你们（它隐藏了自己的真实意图），现在要解释它的内涵。彼得指教皇——包括在俗司铎，基督的律法由他来保存，他要抵挡和对抗那些想要妨害它的人。约翰代表托钵修士：他们会说，唯一站得住脚的律法是《永远的福音》，圣灵要用它来教人走正路。约翰的力量是指那恩典，他吹嘘说要用它来使罪人皈依、归向上主。这本书还颁布和制定了许多其他邪恶的规条，反对罗马法（the law of Rome），拥护敌基督，这是我在书里发现的。接下来他们就会策动杀害彼得一派的人，可是我担保，不管他们打杀多少人，他们绝对没有能力推翻彼得的律法。总会有足够的人幸存下来，继续高举它，最终让所有人都接受它。约翰代表的那套律法会被击败。现在我不想多谈了，因为说来话长。不过，这书当时如果通过了审查，我的地位肯定要比现在高很多，我那些显赫的朋友也早就让我身居要职了。

"我的父亲、主上欺骗，是全世界的皇帝，我母亲是世界的皇后。纵然有圣灵在，可掌权的还是我们这个强大的家族。如今所有王国都由我们统治，也理应如此，因为我们蛊惑了整个世界，骗人又巧妙，谁都不曾发现。就算有人察觉了，他们也不敢说出真相。不过这种怕我诸兄弟胜过怕天主的人，会惹怒天主。他们害怕这类机关，不愿公然痛斥它，免得要承受可能会有的痛苦，这种人不是捍卫信仰的真勇士。他们不想听见真相，也不想亲眼看见主，天主当然会为此惩罚他们。但我不在乎事情如何，既然我们得到了人们的尊崇，人们都认为我们好，这就成了我们的优势，让我们敢于谴责人而不用受任何责难。我们当着人的面不住祷告，背着人却是另一副样子：除了我们，还有谁该受尊崇呢？

"还有比鼓励人要有骑士精神（chivalry）、要他们去爱那些高贵、优雅、穿衣讲究的人更疯狂的事吗？如果他们像外表看起来那样，和穿的衣服一样完美，又言行一致，这不是一种耻辱、一种犯罪吗？如果他们不是伪君子的话，那就愿他们被咒诅！我们绝不会爱这种人。我们只爱装假的教徒，爱他们的宽边帽，爱他们苍白圆滑的脸，爱他们以污秽来作装饰的宽大灰袍，爱他们起皱的紧身裤袜（hose），还有那活像鹌鹑猎人的装鸟袋似的好靴子。君主们应该拱手让出领地，连自己一块儿交给这些人来管辖（不管是用和平的手段，还是以战争的方式），想要获得尊荣的话，他们就该成为他们的一份子。然而，如果那些高贵的人表一套里一套，并因此偷取了世人的好感，那我会很高兴毛遂自荐，混在里头钓名欺世。

"但我并不是说，衣着贫贱就该被人瞧不起——如果它里头没有裹着一团骄傲的话。谁都不应该因为穷人穿的衣服讨厌他。那些声称自己舍弃了世界，但一肚子世俗骄傲、想要享有今生之乐的人，他们得不着天主的半点恩惠。这样假装圣洁的人（sanctimoniousness）谁能饶恕？这么一个伪君子入了教门，却去追求世俗的快乐，口里说着全然舍弃，过后又想用来肥己：他就像贪心的狗回头吃自己的呕吐物。我不敢对你们说谎，只不过，如果我觉得你们不会发现，那我就会用谎言来为你们效劳。能要诡计我就一定会要诡计，哪怕那是犯罪。如果你们对我不好，我还会抛弃你们。”

这番非凡的演说使那位神明微微一笑，人们也都在惊诧间笑了起来。“这里有一位忠仆，他真是能让人信赖啊！”

“告诉我，虚容假貌，”爱说，“既然我带了你来，让你与我那么亲近，你在我的宫廷里又有那么大的权势，因此成了我的贫民窟领主，将来你会对我信守承诺吗？”

“是的，我赌咒起誓，您父亲和祖父都不曾有过这么忠心的仆人。”

“这又是为什么？这有违你的本性吧。”

“您只能冒险一试。因为，如果您想要获得保证，您最终还是无法获得。就算我给您提供人质和字据，人证和担保，您也绝不会高枕无忧。我请您亲自查验：不论您怎样鞭打一头狼，您也见不着它赤裸的样子，除非剥了它的皮。您以为我穿着这些粗布衣服，就会舍弃机关，丢掉我的两面术吗？在它们的掩护下，我干过多少了不起的坏事啊。凭上主的名义，我决不更改初心。您以为，如果我神气端庄，样子温文，我就不再作恶了吗？亲爱的违心克己需要我的帮助。如果不是有我在她手下，她早就处境堪忧，丢了性命了。让我们——她和我——去做那些必须做的事吧。”

“那就这样吧，我相信你，不用你发誓保证。”

于是那个皮白心黑、一脸诡诈的贼当即跪倒，谢过了爱。

因此他们只需做好上阵的准备。“现在就发起进攻吧，我们不再耽搁了！”爱大声喊道。于是人人都整理军容，拿起武器，准备停当后便迫不及待地开拔了。他们抵达了要塞，决心要把这里攻占夷平，否则绝不撤离。大军被一分为四，拨成四支队伍。他们这样分派人手，是为了攻打那四座门：守门的人都不是残兵弱将，他们是强壮而勇武的。

现在我要告诉你们，虚容假貌和违心克己是怎样对恶舌发难的。他们一起商议该如何行动，是明着来，还是借助伪装。他们都同意扮成虔诚圣洁的好人，就像他们正行走在朝圣途中。违心克己立即披上一件骆驼粗绒（cameline）长袍，穿得像一名在家女修道者（beguine）①，又用一块大方巾和一块白布把头包住。她没有忘了她的《圣咏经》（psalter），还有一串挂在一根白线纺的带子上的念珠。这串念珠不是买的，而是一名托钵修士给她的，她称那个人为"我父"，拜访他比拜访女修院里的任何人都要多。他也会来看她，对她做了许多了不起的布道。就算有虚容假貌在场，他也常常会听她忏悔，绝不会耽误。他俩忏悔得那么虔诚，那么热切，在我看来，两个脑袋似乎都凑到同一顶帽子里去了。

我会说她的身段颇美，脸却有点灰。这不怀好意的婊子，就像《启示录》里寓指脸色灰白、被虚伪败坏了的恶人的马。那匹马没有颜色，和死一样灰。违心克己便是那种病恹恹的肤色。她的脸让人觉得她为自己的处境感到后悔。欺骗给了她朝圣者的手杖，用来偷窃，那手杖被沉郁的浓烟熏得发黑；又给了她朝圣袋，里面装满了思虑。当她准备停当，她便上路了。

虚容假貌也仔细整装，最后（似乎经过精挑细选）披上了

---

① 　在家女修道者，又称贝居安修会，是指中世纪的虔诚妇女们在不起愿出家的前提下过一种日常的团契生活，这是受托钵僧影响的结果。——译者注

赛尔弟兄①的长袍。他的脸是纯朴的、虔诚的，没有一点傲色，看起来冷静又温和，还把一本《圣经》挂在脖颈上。他出发了，走路时拄着"叛变之杖"，用来支撑四体，虽然它们并不虚弱；又将一把上好的钢剃刀塞进袖筒，那刀十分锋利，由名为"割喉"的铁匠铺打造。

他们各自出发，前后离得很近，一起去到恶舌那儿，那人正坐在他负责看守的大门前。他看着每个人经过，也留心细看两位举止谦卑的朝圣者走近。他们恭恭敬敬地对他鞠躬，违心克己最先上前问好，然后是虚容假貌。恶舌也向他们回礼，但是没有挪动身子，因为他俩既没有引起他的疑心，也不让他感到害怕。他看见二人的脸时，觉得似乎面熟，因为他熟悉克己，但是不了解她的克己是出于违心。他不知道因为这个缘故，她一生都在偷窃和伪装。他以为她是自愿遵守规矩，可事实完全相反。就算她一开始乐意，可时过境迁，这种意愿也随之淡去。

他也见过虚容假貌很多次，但是看不出他在装假。他确实在装假，但绝不会有人这么控诉他，因为那出色的表面功夫掩盖了他的虚伪。就算你以前认识他，看到他穿上这些袍子，你也会凭着天国之君的名义起誓说，昔日舞池里的英俊罗宾，如今已是一位多明我会修士了。但多明我会的修士确实是诚实人，这是真的，也就是说——如果他们是在演戏，那他们会危害到修会——加尔默罗会和方济各会的修士也一样，哪怕他们长得肥大些。基督补赎会的修士和所有其他人也都如此：没有

①　赛尔弟兄（Brother Saier），此人尚未被学者认定。——译者注

谁看起来不诚实。可是在做推论时，如果说，条件不充分推论就不成立（if deficiency cancels existence），那你会发现，根据表面条件推导不出好的结论来。如果你能敏锐看穿其中的圈套，你会发现，结论总是被诡辩（sophism）所破坏。

此时朝圣者们应声来到恶舌跟前，取下所有行装，放在一旁，挨着他坐了下来，因为后者早已开口招呼说："过来吧，把你们的消息告诉我，说说你们为什么到这里来。"

"先生，"违心克己说，"我们以朝圣者的身份来这里，怀着一片诚挚的心肠做补赎。我们几乎都在步行，双脚沾满了尘土。这都是因为世界已经误入歧途，我们被差来做世人的榜样，来传道，为了寻得罪人们：这是我们唯一的目标。我们凭天主的爱向你求个挡风遮雨的地方，这是我们的惯例，也是为了敦促你改过自新。只要不会惹你不高兴，我们很想给你讲一篇又短又好的道。"

恶舌立刻回答说："把此地当作庇护所吧，这里永远不会对你们关上大门。也尽管开口讲，无论你们说什么，我都会听的。"

"衷心感谢你，先生。"

于是，违心克己女士首先开口说道："先生，最大、最主要和最至高无上的美德，就是勒住自己的舌头，任何凡人都能有这样的美德，不管他是天生就有，还是后天学来。人人都当为此尽力，因为保持沉默也比说错一点话要好。愿意听那些话的人既不诚实，也不敬畏天主。而你，先生，被此罪败坏，比任何人都厉害。很久以前你撒了个谎（那是最坏的罪行），和曾经来过这里的那位年轻人有关。你说他满心想要骗欣迎：那是谎言，根本不是实情。现在他再也不出入这里了，你大概见不着他了。为这缘故，<u>欣迎</u>还被关着呢。从前那年轻人一周多数时候都在陪你玩，什么好玩玩什么，也没有半点下流的念头，可现在，他再也没法那么放松了。从前他会以来这里为乐，你却赶走了他。是什么让你迷了心窍，这样去害他？还不是你那成天编谎的黑心肠。事情会变成这样，都是因为你嚼烂了舌根，到处去吹牛、嚷嚷，吵得全天下都知道。你把什么坏话都往人身上栽，为一些证明不了的事害他们，羞辱他们，那些事只是看起来如此，但无非是捏造。我敢坦然对你说，表面的事都是靠不住的，如果再加上捏造、使人受到非议，那就是犯罪了。这些你自己清楚，所以你的罪就更大了。不过对那年轻人而言，这没什么大不了的，他也不在意往后会如何。你知道他没有打算干坏事，也没什么理由不让他出入这里。但现在他不来了，也不想来了，除非是偶然路过，那也跟其他人差不多。你却一直守着这道门，连长矛都丢在了一边：真是个浪费时间的傻瓜。你日夜监视，全是白操心。<u>戒备</u>倒是指望你呢，但她不会回报你的。你还那样去害<u>欣迎</u>，要他为没有欠的债作保人，为没有犯的罪被囚禁，叫他在这泪水做的牢笼里望眼欲穿、日渐消瘦。就算你在世上只犯过这一桩罪孽——请别见怪——也应该剥夺你的职务，把你丢进地牢里，用铁铐铐上。你如果不悔改，就会下到地狱的深坑里去。"

"你撒谎！"<u>恶舌</u>说，"这里不欢迎你！我让你进来，就是为了听这种羞辱人的话吗？倒霉的家伙，你当我是傻瓜？

既然你说我撒谎，那你到别处投宿去吧。你们是一对骗子，因为我说了真话，就跑到这里来辱骂我。这就是你们的目的？不到十天前我才得知建了这要塞，如果不是，就让所有魔鬼把我抓了去，或者你，好天主，直接罚我进地狱。我要再说一遍：那年轻人亲了玫瑰，我也不晓得他享不享受她的恩惠，可如果这不是真的，怎么会有人告诉我？凭天主的名义，我要一遍遍去说（我也不认为这是谎话），我要吹得身边的男男女女都知道，他是怎么来去的。"

而虚容假貌接着说道："先生，镇上流传的话不都是真理。现在，如果你不捂住你的耳朵，我会对你证明这些传言都是假的。你肯定知道，一个人再怎么无知，也不可能真心去爱说自己坏话的人，如果他意识到实情的话。而以下说法也是真的，正如我常在书里读到：一切恋人都爱往心上人家里跑。这年轻人爱你，敬重你，说你是他的密友。无论他什么时候遇到你，都那么友善高兴，决不会不问候你。他又不是那种纠缠不休的人，让你觉得厌烦。与他相比，其他人倒更常到这儿来。你应该能想到，如果他为玫瑰苦恼，他就会想办法接近它，你也会常常遇见他。怎么，你不是应该当场逮住他吗？因为他就算被人活活打死，也不会远离这里的，那他也就不是现在的情形了。所以你懂了吧，他根本就没有这种念头，欢迎也同样没有，这是真的，虽然他为这事倒了大霉。天主在上，如果他俩真想那么干，那就算有你在，他们也会把玫瑰摘下来的。当你诋毁这爱你的年轻人时（这你很清楚），你要知道（这绝对没错），如果他有那样的意图，他就不会爱你，也不会称你为朋友。如果是那样，他肯定会想尽办法摧毁这座城堡的。因为他会知道它的存在，有人会告诉他。他自己也会发现它，因为从前他获准到这里来，现在却不被允许了，他很快就会意识到这点。可他的所作所为完全是两回事。你折磨这样的人，活该在地狱里受煎熬。"

虚容假貌向他做了这样的证明，虽然他觉得都是歪理，但也无法反驳。他决心向他们忏悔，便对他们说："天主在上，事情或许是这样。虚容假貌啊，我觉得你是位好教师，违心克己也相当明智。你们看起来完全是一条心的：你们建议我怎么做呢？"

"你必须立即办告解，把你的罪爽爽快快地说出来，还得痛悔。我来自修会，又是司铎，所以我是世界上最精通告解艺术的人。我掌管着全世界，堂区司铎对自己的教会再忠心，也比不过我。圣母在上，我怜悯你的灵魂，胜过你的堂区司铎一百倍，无论他是个多么好的朋友。我还有一项大好处，就是有智慧、有学问，教长们都无法企及。我有神学学位，这是真的——天主在上，我教授神学很久了。因为我的智慧和学问，那些被人们看为第一流的人，都选我做他们的告解神父。如果你愿意现在就办告解，那就不要再啰唆，离弃你的罪吧，不要再犯了，那样你就会从我这里得着赦免。"

恶舌立即屈身跪倒，办了告解，因为他是真心想要痛悔。可虚容假貌抓住他的喉咙，攥牢他的双拳，勒住他，用剃刀割掉他的舌头，夺去了他传流言的力量。如此，他们用这种方式料理了他们的东道主，杀了他，把他抛进一道沟里，再也没有费别的劲。他们打破毫无防备的大门，又去到另一边，发现诺曼人士兵都在酣睡。他们彼此拼酒，酒却不是我倒的：他们自斟自饮得那么多，当时全都躺倒了。他们在醉生梦死间被勒死，从此再也不会传流言了。

第七章　老妇人的劝告

　　这时，殷勤有礼和乐予迅速穿过了大门，这四人便暗中碰头了。他们都见到了老妇人：她看守了欣迎很长一段时间，已经松懈，所以步出塔楼，在禁地里随意走动休息。她没有在头巾外披面纱，而是用包发帽罩住脑袋。四个人立即朝她冲过去，想要攻击她。她看见他们一拥而上，因为不想挨打，便说："我敢说，你们看起来都是体面人，英勇又有风度。现在别声张，告诉我，你们到这禁地来要找什么，我猜你们不是为了来抓我。"

　　"抓您？最和蔼、最可亲的好妈妈！我们不是要抓您，而只是为了见见您。如果您乐意，您觉得合适，我们愿意为您效劳。不管我们有什么好东西，都白白献给您。您温柔的差遣我们无不听从，绝不会令您失望。另外，好妈妈，最不狠心的好妈妈，如果您乐意的话，我们还想请您放欣迎出来喘口气。他在里头太苦啦，让他出来和我们消遣一会儿，我们没有半点坏心眼，他完全连鞋都不用弄脏。至少让他对这位年轻人说句话，让他们能对彼此打打气。这对他们来说是极大的安慰，对您却是举手之劳。这年轻人从此会成为您的膝下之臣，甚至愿意做您的仆人，您想对他做什么都行：卖了他，吊死他，把他弄成残废，都随您的意。能赢得一个朋友，岂非好事？这儿有些他的珠宝：他把这个搭扣和这些纽扣给您。他肯定还会尽快送您另一件好首饰。他是个最最高贵、最谦恭有礼、最慷慨大方的人，不会带累您的。他很敬爱您，绝不会让您受到一点指摘，因为他为人是很明智谨慎的。我们求您把他藏起来，或者让他到里边去，不要怀疑他会有什么不轨。您会让他重新活过来的。现在，如果可以，请把他这串花冠拿去给欣迎吧。替他安慰欣迎，好好代他致意。对他来说，这值得一百马克呢。"

"天主助佑，"老妇人说，"如果戒备不会知道，也没人怪我的话，我愿意这么做。可恶舌是个嚼舌的丑闻贩子。戒备让他给她当看守，他监视着我们所有人。他会把知道的都嚷嚷出来，哪怕是猜的也喊遍天下。没有闲话跟人讲时，他甚至会自己编。就算把他吊死，也拦不住他。如果那个贼跑去跟戒备说了，我可就丢脸了。"

"您不用害怕，"他们说，"以后他既听不见，也看不到了：他死了，躺在外头，空张着嘴，那道沟渠做了他的棺材。您大可以放心，除非有什么巫术，否则他决不会起死复生去讲那两人的闲话。除非魔鬼用毒药和解药施行奇迹，否则他再也不能控告他们了。"

"那我不会拒绝你们的请求，"老妇人说，"但告诉他要快。我会想办法让他进去，可他不许讲任何骇人的话，也不能耽搁太久，来的时候还要万分谨慎。他要小心别被人看见，免得没了钱又没命。不该做的事一件也不能做，但他可以畅所欲言。"

"女士，"他们说，"我们一定照办。"于是他们谢过她，完成了自己的任务。

这时虚容假貌的思绪转到了别的地方去，他轻声自语道："我们接受这任务，是为了那个人的缘故。如果他完全信赖我，也不放弃自己的爱情，我不认为拒绝他对你有好处，因为从长远来看，只要有时间、有机会，他总会偷偷进来的。如果牧场上的羊被看守得严，狼就不容易从羊圈叼走羊。所以你可以找一天到教堂去，像昨天你就在那里待了很久。戒备很能耍弄狼，但如果碰上她不得不离开镇子，要到别处去时，那人就能在夜里偷偷过来，独自穿过花园，不点蜡烛也不带火把，而朋友预先得到通知，还能为他望风。那样他就会胆壮，也有人能迅速带他进去，只要月光不会太亮，因为对情人们来说，月亮的清辉时常是有害的。或者他可以越窗而入（他对那座房子很熟悉了），一根绳索便可以将他缒下去：这办法能让他来去自如。也许欣迎可以下到花园里，年轻人会在那里等他。如果那年轻人去不了，也许欣迎能逃出禁地（你们让他在这里做了许多天囚徒了），到外面找他，和他说说话。如果他找不到时间和机会，他可以在你睡着后把门半掩着。这样，那位情哥儿就能接近使他魂牵梦绕的玫瑰，放胆把它摘了，只要他有办法打败其余几位看门人。"当时我离那儿不远，心想我要照他说的去做。而如果老妇人愿意指点我，那对我完全没有坏处。就算她不愿意，我也能找到好的时机进去，就像虚容假貌说的那样。我会在凡事上都听他的。

于是老妇人不再耽延，小跑着回去找欣迎——因为他还被迫留在塔楼里，如果能解除监禁，他会很高兴的。她一路小跑，迅速进了塔楼大门，高高兴兴地爬上楼梯，能多快爬多快，甚至手脚都发抖了。她一间房一间房寻找欣迎，最后发现他伏在墙垛上，满怀忧思，伤心又绝望，正为被囚而愁肠百结。她上前宽慰他道："好孩子，你这么一副悲痛的样子，让我看了真头疼。告诉我你在想什么，如果能给你出些点子，我决不会有半分不乐意的。"欣迎却不敢对她诉苦，也不敢告诉她事情的来龙去脉，因为他不确定她说的是真是假。他矢口否认自己的想法，因为他觉得她并不可靠，也完全不信任她。虽然他心里怕得发抖，却不敢流露出来，因为对这年老昏聩的老婊子，他总是怕得不得了。他担心被出卖，不想让她瞅出什么端倪，于是将悲哀藏起，装出平静的样子，换上一副高兴的表情说道："说真的，亲爱的女士，就算您这么说，可我一点也不难过，除非是因为您迟迟不回来。您不在的时候我不愿意留在这里，因为我很爱您。您去哪里耽搁了那么久？"

"去哪里？以我的脑袋起誓，你很快会知道的，这消息还会让你高兴万分，只要你略微有点胆气和智慧。这位传信的可不是什么怪人，而是天底下最殷勤有礼的年轻人，真正是风度翩翩，人好又体面。他说要一千次问你的安——刚刚我才在街上遇见他，他正打那里经过，还要我把这花环送你。他说他很想见你，还说——愿天主和神圣信仰（Saint Faith）帮帮他——

他真是一天也不想活了，哪怕没灾没病也觉得活着没意思，除非是你叫他活下去。他说只要你愿意，他希望能和你自自在在说一次话。他只是为你的缘故才珍惜自己那条命，如果能叫你高兴，叫他在帕维亚扒光衣服他都愿意。只要你能待在他身边，他什么都不在乎。"

可是在收下这份礼物前，欣迎反复问是谁送的，因为他疑心它来自某个他不愿意招惹的人。老妇人也没有卖关子，立即把整件事告诉了他。"这年轻人你也认识，关于他的事，你也听说过不少。因为他的缘故，恶舌不久前去世了，那家伙让你遭受了多少非议，受了多少痛苦啊。让他的灵魂永远进不了天堂！他让许多体面人身败名裂，现在，魔鬼们把他捉走了，他死了，我们脱身了！我再也不用在乎他那些闲话，我们彻底摆脱他了。就算他能起死回生，也害不着我们，他再怎么怪你都没用，因为现在我知道的比他多。相信我吧，收下这花环，戴上它，至少让那个年轻人好好松一口气，因为他对你的爱是真诚的，坦荡的，这你不用怀疑。如果他还有什么想头，他也不会瞒我。但我们肯定能信得过他。就你来说，如果他有什么非分的要求，你大可以拒绝他。如果他做了蠢事，他就得承担后果。可他不是蠢材，而是个聪明人，从来没有出过什么丑闻，所以我更加敬他爱他。他不会那么卑鄙，向你求不该求的东西。这人比千万人都忠诚，他身边那些同伴本身就是明证，我也能证实这点。他一向端庄稳重，在妇人所生的人里头，谁都不曾听过他有一点不好，只除了恶舌说的那些，但那些早就被遗忘了。我自己就差不多忘光了，想都想不起来。那都是谎话和瞎话，是那个贼捏造的，他自己也没干过什么好事。我很笃定，如果那年轻人听说过一点半点，他早就把那个贼给杀了，因为他是个英武超群、勇猛无边的人。他心地最最高贵，这里根本没人能比。他慷慨胜过亚瑟王，或者说完全超过了亚历山大，只要他有同样多的金银可以花。不管他们能赐多少东西给人，他都会拿出比他们多一百倍的东西，因为他的心肠真是太好了，他送出的礼物会让全世界都大吃一惊的，只要他有那么多的财产。谁还能教导他什么叫慷慨呢？现在我劝你戴上这只花环吧，上面的花儿比香膏还甜呢。"

"说真的，我怕会被责怪。"欣迎说，他身上抖得厉害，一个劲地打战，口里叹着气，脸上红一阵白一阵的，一副难堪的样子。可老妇人把花环硬塞到他手里，强迫他收下，因为他不敢自己拿，反而说，为了表明清白，似乎拒绝更好，尽管他其实很想留下。"花环很可爱，"他说，"可我情愿把衣服脱了全烧成灰，也不敢要他的花环。假如我收了，我要怎么向那个爱吵架的人——那个戒备交代？我知道她肯定会气得发起狂来，还会把它从我头上扯下来撕碎。如果她知道这是从哪来的，一定会杀了我。我要么被逮住，被关到这辈子待过的最糟糕的地方去，要么从她那里逃之夭夭——可是我能逃到哪里去？您会看见我被人活埋的，如果我逃走又被抓住的话。而且我会被一路追捕，因为每个发现我的人都会声张起来。我不会要的。"

"噢，你会要的，而且你既不会受到任何责怪，也不会有什么损失。"

"如果她问这是从哪来的呢？"

"你有不下二十个答复可以给她。"

"说是这么说，可如果她问起来，我能怎么回答呢？如果我被责怪，被骂了，我该说这是从哪里来的？我得把它藏起来，或说点什么假话。我敢保证，如果她知道了，我还不如死了的好。"

"能怎么说？如果你没有更好的答话，就说是我给你的。你知道我的名声怎样，从我这里得东西，谁都不会批评你和羞辱你的。"

*欣迎*没有再多说一句话，而是接过花环，戴在他的金发上，这下他感到安全些了。老妇人看着他直发笑，又指着她的身体灵魂、皮肤骨头发誓说，没有哪只花环像这只那么适合他。*欣迎*连连赞美它，不住地照镜子，看它是否与自己相宜。当*老妇人*发现四下无人，只有他们俩时，便和和气气地挨着他坐下，开始她的布道："*欣迎*啊，我非常喜欢你，因为你长得俊，人又好。我寻欢作乐的年代过去了，你的还没有开始。我不用手杖或拐棍的话，连站都站不直了。你现在还是个孩子，什么都不懂，但我知道你迟早会穿过那烧毁一切的烈焰，一头扎进维纳斯为女人预备的浴池里。我很清楚，你会尝到被火烙印的滋味。我建议你听我的教诲，在那之前好好预备自己，因为年轻男子如果没有指导，在里面沐浴总是危险的。如果你遵循我的指教，你就会安全入港。

"我告诉你，如果我像你这么大时跟现在一样精通爱情游戏该多好啊——因为那时我真是漂亮极了，可现在当我看到自己容颜尽毁，皱纹挡都挡不住时，我只能叹息哭泣，追想我曾怎样用美貌迷倒过年轻人。我曾经像颠谷子一样玩弄他们，真是一桩奇迹。那时我名声很大，美貌远近闻名，没有人不称赞。我家里高朋满座，谁家里都见不到这样的盛况。很多人晚上跑来敲门，因为我对他们非常冷酷，说话又不算数，那都是常有的事，因为我还有别的伴儿要招待。当时他们做了多少蠢事惹我生气啊：我家的门老是被打破，总有人因为寻仇吃醋打起架来，直到打断了腿，丢了命才罢休。他们吵得那么凶，就算那伟大的算数家阿尔戈斯大师（Master Algus）①不怕麻烦，愿意用他的十个数字来数一数（他用十个数字证明和计算一切），就算他的算数再了不得，也没法弄清他们吵架的次数。在那些年里，我的身体又结实又灵活，就像我说的，如果我和现在一样聪明，那我赚的银币（silver sterlings）绝对会比现在多一千镑。可我实在太傻了。

"那时我年轻漂亮、又傻又任性。我从来没有上过爱的学校，那里教的是理论，而我全靠实践。我一辈子都在积累经验，是它让我精通恋爱之道。现在，既然我都了解透了，就不该不把我知道的教给你，那是我自己的经验成果。给年轻人提忠告是好事。我一点也不觉得奇怪，你对这事连皮毛都不懂，因为你还嫩得很。

"事实上我一直努力到掌握了这门知识为止，到最后，我甚至都能给人上课了。老掉牙的东西就该被看不起，就该对它躲之不及吗？不是的，里面包含着见识和经验。我们常常会遇

① 阿尔戈斯大师，公元9世纪的阿拉伯数学家。——译者注

到那种人，不管他们付出过多大代价，最后至少存下了一肚子的见识和经验。当我有了见识和经验之后（过程可是相当痛苦的），我骗过很多了不起的男人，让他们掉进我的罗网。可在我能认清这点之前，我也受了很多骗。那时候已经太晚了，可怜的、倒霉的我！我的青春年华已经逝去。我家的门过去昼夜大开，现在门闩紧锁。'今天不会有人来了，昨天一个人都没来。'我这么想着，顾影自怜，'我只能愁愁惨惨地过活。'这样的悲哀几乎让人心碎。门庭冷落使我想要离开这个国家，我躲了起来，因为实在受不了羞辱。怎么能忍受呢？那些快活的小伙子，过去把我看得无比金贵，爱都爱不够，现在连正眼都不瞧我就过去了：这些人不都做过我的贵宾吗？他们现在绕着我走，连两便士都不肯为我花。昔日最爱我的人，现在叫我'皱皮的老母羊'，每个人经过我时都说着各种难听的话。

　　"而且，我亲爱的孩子，只有非常好学或深知何为不幸的人，才能想象我心里的痛苦，懂得我回忆起那些甜言蜜语，那些欢会、快乐和亲吻时的心情，它们多甜啊，最甜的是拥抱，可却那么快飞逝了。飞逝？没错，去而不返了！哪怕我永远被关在一座塔楼里，也好过出生得那么早。天主啊，想到这些妙事再也不可得，我就烦恼得心神不宁。还残余的那一点，更使我痛苦万分！哎呀，为什么我要出生得那么早？这苦我能对谁诉呀？只能对你，我最心爱的孩子。我只能靠传讲我的教训去报复。所以我会训练你，好孩子，当你受了我的训，你就会为我报复那些下三滥。因为，天主在上，到了那个时候，你就会记起我说过的话。我敢说你这个年纪最适合记事情，因为

柏拉图说过：'孩童时学的东西确实记得最牢，不管是些什么知识。'

"当然了，亲爱的孩子，我娇嫩的好孩子，如果我青春尚在，和你现在一样，我简直写不尽我会怎样报仇雪恨呢。不管我上哪去，我都会叫那些不尊重我的混账好看，对那些骂我、瞧不起我、眼里完全没我的下流胚，我什么事都做得出来，保管你听都没听说过。他们，还有其他人，都会为自己的傲慢和目中无人遭报应，谁都不会同情和体谅他们。靠着天主赐我的聪明才智（我跟你说过），你晓得我会让他们遭什么难吗？我会把他们的毛都拔光，里里外外一点不剩；我会让他们只好去吃蛆，身无片缕，只能躺在粪堆上——尤其是那些忠心爱过我、为了我曾经甘愿粉身碎骨的人。只要能办到，我一个子儿也不会留给他们，全都装进我的钱袋里。我会把他们榨干，把他们变成穷光蛋，让他们追在我后头跑，气得直跳脚。可事已至此，后悔是没有意义的。他们哪个人我都弄不动，我这皱皮老脸，已经威胁不了他们了。很早以前他们就这么告诉我，那些混蛋讨厌我，看不上我了，从那时候起我就开始独自饮泣。可是天主在上，忆起自己的鼎盛时期，还是很有滋味的，想起那些快活的日子（现在也还魂牵梦绕），我心里就无比愉快，四肢百体都重新有了活力。这种追思让我的身体都返老还童了。回忆过去的一切是对我最有好处的，因为不管我受过什么骗，至少也及时行乐过呀。年轻女子贪欢寻乐，并不是在浪费时间，尤其是她懂得怎么去钻营，来补平花销。

"然后我就来到了这个国家，遇到你的女主人，她让我服侍她，好在她的禁地里看守你。承蒙天主上主——看管万物者——的恩许，我把你看守得很好。当然，也多亏你循规蹈矩。可<u>自然</u>赐给你惊人的美貌，如果她没有教导你什么是德行、智慧、勇气和体面的话，那真是万分危险。现在，我们天时地利都有了，也没有妨碍，我们能比平时说得多一些。我应当给你一些忠告。如果我欲言又止的话，你不要惊奇。我预先告诉你，我不是想要鼓动你去爱，可是如果你想坠入爱河，我也很乐意把我走过的路告诉你，那是我的美貌逝去以前的事情。"

接下来老妇人默默叹息了一会儿，想看他会说什么，不过没有等很久。她发现他一心巴望听下去，只是不吭声，就又拾起了话头，心里想："沉默也就是表示默许。如果他什么都愿意听，那我也什么都不怕讲。"

于是她继续先前的谈话。这虚情假意、奴颜婢膝的老母羊，以为能用她的教训叫我从刀头上舔蜜。因为<u>欣迎</u>记得她的每一句话，过后全都告诉了我。她要他把我当成自己的爱人，只是不要典雅地爱我。如果他是会听从她的人，自然也就背叛了我。可他向我保证（这也是他给我的唯一承诺），无论她说什么，都不能叫他犯背叛的罪过。

"温柔的好孩子，你生了这么一副细皮白肉、讨人欢喜的模样，我愿意教你懂得爱情的游戏，你学会后，就不会上当受骗了。用我的技艺来塑造你自己吧，因为，不彻底掌握它的话，玩这游戏不可能毫无损失。现在专心听我讲，把样样都记牢，因为我是个行家。

"好孩子，想要享受那发苦的甜味、恋爱的痛苦，就要懂得爱的诫命。还要小心别被爱引得入了迷。要不是我看得清楚，这些在你的天性里只多不少，我现在就会告诉你全部诫命。它们总共十条，十条你都该知道，可是如果为最后两条伤脑筋，那就是自讨苦吃，是十足的愚蠢，因为它不值一个小钱。我允许你实行前八条，但遵守后两条纯粹是白费工夫，还会把自己搞疯。学校里不该教这种事。要求情人们大方、不小气，又要他们只把心钉在一处，这是加给他们的沉重的负担。这样的课本是错误的，完全是一派胡言：爱——那维纳斯之子——在这事上撒了谎，谁都不应该相信他。信他的人都会得不偿失，最后这一切都会清清楚楚。

"对谁都不能大方，好孩子。把你的心掰作几瓣来用，千万别放在一处。不能送，不能借，只许卖，还要卖得非常贵，并且只卖给出价最高的人。务必使买主占不到半分便宜，不管他付了多少钱，都要叫他钱货两空。如果他去把自己烧死、吊死或淹死，那就更好了。最要紧的是做到以下这条：你的手送礼时要合拢，索要时才敞开。送的人蠢，这话真是不错。除非是用小东西来当诱饵，考虑过那样做有好处，又或者回报相当，卖给别家也赚不了更多：那我就会同意你。送礼如果能令对方慷慨解囊，送礼就是好的。一个人有把握得好处时，就不会为送出去的东西后悔。这样的礼物，我自然不会反对。

"接下来要说的是那把弓，它配有五支箭，支支发箭精准，有诸般好处。你很懂得使它，就连出色的神射手，爱，也决不比你射得好。好孩子，你是常常耍弓弄箭的人。可你不总能知道箭落在谁身上，因为弓手如果随意放箭，可能会射到意想不到的人。依照你的举止态度来判断，你拉弓射箭的技巧完全不需要我来教了。只要天主许可，用它，你总能让某个人受伤，并且得到许多好处。

"我也没必要花工夫教你穿衣打扮，那些东西会给你添光彩，让别人越发赞美你。对你来说，这不费什么事，你也记得那首歌，我们出去游逛时你常听我唱的——有关皮格马利翁（Pygmalion）雕像的歌①。在打扮装饰方面，就以这为榜样吧。以后你会越来越熟练的，公牛再会犁地，也比不过你会打扮呢。这些技巧完全不需要我教你。如果觉得不够，以后我再说点别的，你愿意听的话，也许会学到一些东西。现在我能告诉你的是：如果你要选一位情人，我劝你去爱那位英俊的年轻人，他那么看重你。不过也不要太一心一意。爱人要留个心眼，而且我会为你找到足够多的人，准保你发大财。最好是和有钱人交往，如果他们不刻薄小气，而你又懂得像薅羊毛一样薅他们。欢迎想诱惑多少人都行，只要他能让他们所有人相信：哪怕有一千马克的上等金粉，他也不会要别的情人；只要他发誓说，他若肯让别人去摘那人人都想要的玫瑰，他早就有无数金银珠宝了，可他是那么真诚，那么忠贞，决不会让谁来染指，只除了眼前正向它伸出手来的这一位。

"如果有一千个这样的人，他就要对每一位都说：'好

────────────

① 此处意义不清。关于希腊神话里皮格马利翁和被维纳斯赋予生命的雕像的故事将会在下文提到。——译者注

先生，这玫瑰只属于你，谁也不会来和你分。愿天主阻止我把它分给人！'他必须对他们赌咒发誓，而且不用担心这是假誓言，天主会一笑置之，也很愿意宽恕他。'朱庇特和诸神都曾嘲笑情人们的假誓言，那些喜爱典雅之爱的神也常常背誓。朱庇特为了使朱诺——他的妻子——放宽心，会指着冥河斯提克斯发重誓，但根本就不遵守。所以，为了安抚真情人，人同样要发点假誓，以所有圣人、女修道院和教堂的名义发誓，既然诸神都为他们做了这种榜样。不过天主保佑我，谁相信情人的赌咒，谁就是十足的大傻瓜，因为人心是多变的。年轻人不可靠，老年人也一样（这是常有的事）：他们许诺、发誓，又总是不遵守。

　　"这是真的，我向你保证，人人都要向众美之主付费。如果你在一个磨坊磨不出粮，那就尽快换下一个！如果老鼠只有一个洞、一条退路，那它就没法藏身，出去觅食就会很危险。女人也一样。当男人为了占有她而议价时，她就是那里的女王，而她要一个都不放过。因为经过充分考虑后，她会懂得，只拥有一位情人是很蠢的。默恩的圣利弗德（Saint Lifard of Meung）①做证：只把爱花在一个人身上，既不可能自由，也不会自在，只能做下贱的奴隶。一心一意只爱一个男人的女人，活该痛苦烦恼。如果她得不着他的安慰，就没有人能安慰她了。别无二心的人最苦。男人们腻烦厌倦后，就会始乱终弃。

　　"女人是不会如愿以偿的。迦太基的女王狄多（Dido）

---

① 默恩的圣利弗德，是卢瓦尔河上默恩的修道院长，此地也是让的故乡。——译者注

为埃涅阿斯（Aeneas）^①付出了一切，却留不住他。那时，他是一个可怜的流亡者，来自美丽的邦国特洛伊，远离自己的出生地，在精疲力竭之时承蒙她接待，有吃有穿。她深深爱上了他，也为此礼遇他的同伴。为了能帮上忙，也为了取悦他，她把他的船全都修好，还将自己的城市拱手相送，连同她本人和她的财富，以此来换取他的爱。他信誓旦旦地许诺发誓，说他会以身相许，永不背弃。可是他给她带来的欢乐是如此之少，因为他变心了，逃跑了，而且是不告而别，他驾船渡过了大洋，这使美丽的狄多丧了命。那天还没有过完，她就在寝室里自尽了，用的是他送给她的剑。她想着那位情郎，晓得自己已经失去了他的爱，便抽出精赤的剑身，剑尖朝上，掉转它对准自己的双乳之间，俯身扑到剑尖上。这一幕真是让人觉得可怜极了。眼见美丽的狄多被剑刺透，只有铁石心肠之人才会无动于衷。剑穿透了她的身体，这便是他的欺骗带给她的不幸。

"菲利斯（Phyllis）也等了得摩丰（Demophoön）很久，他离开的时间太长，没有守约归来，打破了誓言，因此她上吊了。

"帕里斯（Paris）又是怎么对俄诺涅（Oenone）的呢？俄诺涅的身心都给了他，他也报之以爱。可没多久他就收回了这份礼物，虽然他曾用刀在河边的树上刻过一行小字（而非写在纸上），但它们一钱不值。那刻在杨树上的字说，倘若他抛弃

---

① 关于狄多与埃涅阿斯的故事，见维吉尔的《埃涅阿斯纪》第四卷。——译者注

了她，连克珊托斯（Xanthus）①都会倒流。现在，让克珊托斯流回到它的源头去吧！因为他为了海伦②，抛弃了她。

"伊阿宋对美狄亚又如何？③他卑鄙地骗了她。那负心人毁约背誓，她却救过他性命。要不是她的咒语，他早就被口里喷火的公牛烧死或撕成碎片了。为了他，她还用魔法药水使龙沉睡不醒。泥土里生出了那些狂暴好战的士兵，本来伊阿宋会被杀死，可是当他把石头扔到他们中间，美狄亚就使他们自相残杀。她凭着自己的本领和药水，帮助他得到了金羊毛。为了把他拴在身边，她又使他恢复了青春。她一无所求，只要他能一直爱她，懂得她的功绩和好处，对她更加忠诚。可是他后来抛弃了她，这坏透了的负心人，虚伪不忠的贼。她发现之后，在悲痛和盛怒下将孩子们勒死，因为他们是伊阿宋的孩子。这事做得不好。她忘了慈母的怜爱之心，比后母下手还要残忍。这种例子我能举一千个，但故事就太长了。

"简单来说，他们都是些惯于骗人的负心汉，随时放纵情欲，去拈花惹草。所以我们也应该反过来骗他们，不要只倾心于一个人。一心一意的都是傻女人。她应该有好些个情人，只要能够，就该设法讨他们喜欢，然后再让他们痛不欲生。如果她缺乏风姿，那就去培养。对费尽心思伺候她、想要博得她青

①　小亚细亚的一条河流。——译者注
②　在希腊神话中，海伦是世界上最美丽的女人，是斯巴达国王默涅拉俄斯（Menelaus）的妻子。她被特洛伊王子帕里斯（Paris）诱拐的事件，导致了特洛伊战争的发生。——译者注
③　伊阿宋，埃宋（Aeson）之子，阿尔戈水手的领袖，在美狄亚（Medea）的帮助下获得了金羊毛，但随后他就因为移情克瑞乌萨（Creusa）而抛弃了美狄亚。——译者注

睐的人，总要残忍，对看不上她的人则要倒履相迎。她应该熟悉各种游戏和歌曲，但要避免口角和争吵。如果她不够美，就该在外貌上下功夫，最丑的应该打扮得最优美。

　　"而如果，她发现自己美丽的金发开始脱落（这是最悲惨的），又或者因为生过大病，不得不将头发剪短，因而过早葬送了美貌；如果某个醉鬼在狂怒之下扯伤了她浓密的秀发，使它再也长不回来——她就该去买一些死去女人的头发，或把一些浅色丝绸塞进假发片里。她应该在耳朵上面戴上两只大角（horns），超过一切牡鹿、山羊和独角兽的角，虽然它们费老大劲才长出那些了不起的角来，可都比不过她。如果需要染色，她应该用不同植物提取的染液，因为果实、木材、树叶、树皮和根之类的东西具有强大的药性。如果她肤色变得不好，心里觉得烦恼，那就该在卧室的箱子里藏一些水性油膏，用来抹脸。只是得小心，不能让任何访客闻到或看出来，否则她就有麻烦了。

　　"如果她的脖颈生得又白又美，那么，叫裁缝做衣服时就要多个心眼儿，让他们把领口裁低，足够在前后露出半英尺白肉来。那样更容易使男子上钩。如果她的肩膀太宽，在舞会上吸引不到什么人，那就要穿细布裙子，好显得她没那么粗笨。

　　"如果她的手并不完美，而是生着痘、长了疱，那可不能不理会。要用针挑破它们，或者戴手套把手藏起来，不要让人看见痘和疮疤。如果她的胸脯太丰满，那就要用方巾或围巾围好胸口，把乳房束起，再用针线固定，或者打一个蝴蝶结。然后她就能随意游戏了。

"接下来她还要做个好姑娘,让她的维纳斯密室(chamber of Venus)保持干净。如果她是个有品行、有教养的人,她就不会让那里结满蜘蛛网,而会烧了它们,把它们扯下来扫掉,这样密室就不会存污纳垢。

"如果她的脚丑,就永远不要露出来。粗腿要穿漂亮的长袜。一言以蔽之:发现任何缺点,都要遮掩,除非她是个傻瓜。

"如果她知道自己的口气不好闻,那就不要去禁食,饭前也别跟人说话,这样就不会有太大麻烦。尽可能别把嘴巴凑近人的鼻子。觉得想笑时要刻意显得端庄,让嘴唇两边各出现一个酒窝,不要鼓起腮帮子,也不要绷紧肌肉假笑。笑起来别张大嘴,而应该把牙齿藏起来。女人笑起来应该紧闭双唇,因为张口大笑的样子很难看,就像裂开了一个大洞。如果她的牙又丑又不齐,笑出牙齿会减损别人的爱慕之情。

"哭也要哭得合宜,只不过,不是每个女人都有办法在各种情况下哭得得体。就算没有人惹动她们、让她们恼羞成怒,她们也还是能随时掉眼泪。她们全都想哭就哭,而且都成了习惯。可男人不该被泪水打动,哪怕它像雨一样急。因为女人只有在玩弄男人时,才会泪流满面,显出那种痛不欲生的样子。女人的眼泪无非是陷阱,她的痛苦都是装的。只是她也得小心,免得在行动说话间透露自己的想法。

"在餐桌上也应该表现得体。就座之前,应该到房间各处露露面,让人人都看见她对自己下了一番功夫。要进进出出,走来走去,才最后一个落座:坐下前让人们等她一小会儿。可一旦入席，就该尽可能照顾其他人，为他们切肉，替周围的人分面包。要想赢得别人的好感，就该为她面前的同伴——那些和她从一个碗里用餐的人服务。把一只腿或一只翅膀放到他面前，为他切牛肉、切猪肉——这取决于当时在吃什么，是鱼还是肉。如果其他人允许她为他们效劳，她就不要腼腆怕羞。要特别小心，蘸汁的时候别没过指关节；也不要让汤、蒜或肥肉沾到嘴唇上；不要一次切太多片，切得太大，或全部放到嘴巴里。蘸汁时，她必须用指尖撮起食物——不管它是厚是薄，切得是否整齐——小心地整口放进嘴里，这样就不会把汤汁、酱料或胡椒粉掉到胸口上。喝东西也要注意，一滴也不能洒出来，否则谁偶然瞧见，也许会把她当成粗鲁的下等人。只要嘴巴里还有东西，就一定不能去碰酒杯。把嘴擦干净，嘴上不要有油，至少不能残留在上唇，因为上唇有油的话，就会弄得酒里也有油，那样既不体面，也不好看。还有，不管她酒量有多大，都应该小口地喝，绝对不能一气把酒或饮料喝光，而应该分许多次，小口啜饮。这样就不会让人说她喝酒像饮驴：要优雅地细细咽下去。也不要把杯沿塞进嘴里，和许多奶妈一样，一副贪馋的蠢相，她们往喉咙里灌酒，就跟倒到酒桶里似的，又像牛在喝水，最后烂醉如泥。千万不要喝醉，因为喝醉的男人或女人都守不住秘密。一个女人醉后会变得没有遮拦，想到什么都会脱口而出。如果发生种种不幸，她就只能任人摆布了。

"不要在桌旁睡着，那样不讨人喜欢，睡着会发生各种不愉快的事。在应该打起精神的地方瞌睡，是很没有头脑的，很多人因此被骗了。而且身子朝前倒啊，朝后仰啊，朝两头栽啊，把胳膊磕了，把头骨碰了，把肋骨撞了——她要小心，不能像这样打起盹儿来。她要牢记帕里努鲁斯（Palinurus）的故事：那人是埃涅阿斯船上的舵手，清醒时把船驾得很好，可是睡意胜过了他，他就在同伴眼前，从舵旁摔进海里淹死了。过后他们都为他深深哀悼。

"一个女人还应该及时行乐：她不能一直耽搁，到后面都没有人愿意光顾她了。她必须趁着青春尚在，去追求爱的甜头，否则一旦被年老所制服，她就会失去爱的欢乐，再也品尝不到爱情那夺人心魄的滋味。女人如果够聪明，就会在年华正当的时候摘下爱的果实，只有可怜虫才会让纵情欢乐的时光白白过去。如果她不接受我的建议（我提这些都是为了大家好），那到她发秃齿豁时，她肯定会后悔。不过我知道她们会相信我，至少那些聪明人会。她们会遵守我的规矩，到我死后（现在我还在教导和安慰她们），还会为我的灵魂念许多遍《天主经》（paternosters）。我知道将来会有许多学校教授这些话。最甜美可爱的好孩子啊，我看得出来，我的教导，你会高高兴兴地全部写到你心灵的书本上去，如果天主许可，你离开我后也会把这些继续教给别人，使他们成为和我一样的行家。就算所有的大学校长反对，我也会给你发一张许可证，让你能在卧室和地下室，在草坪、花园和树林，在帐篷里和幔子后面教课，在衣帽间、阁楼、储食室和马厩里（如果你找不到更合意的地方）指导你的门生，只要你把我的诫命学透。

"女人要注意，别过得太与世隔绝，因为她在家待得越久，别人就越见不到她，她的美也越难被人发现，激不起人们的渴望和追求。她应该经常上大教堂，参加婚礼、游行、比赛、节庆和舞会，掌管爱的男神女神会在那些地方招待上流社会的人，对自己的信众唱弥撒。

"可首先，她应该好好照镜子，检查自己打扮妥当没有。当她觉得万事俱备，来到大街上，就要举止文雅，既不能太随意，也不能太呆板；不要把腰挺得太直，也别驼背；在任何一种人群里，都要做最讨人喜欢的人。控制肩膀和身体两侧，动作要高贵，好让人觉得谁都超不过她。走路的样子要优美：她会穿一双非常合脚的漂亮小鞋，鞋面是不会起皱的。

"如果她的长裙垂地，那就提起裙摆的前面或两边，做出想要凉快点的样子，仿佛这是她的习惯，好像她把裙子提起来，是为了走路更自在。另外，务必露出脚，好让过路人都看见她的脚有多美。如果披着斗篷，就不要让它挡得太厉害，免得人们看不见她可爱婀娜的身体。为了更好地展现身姿，她需要更好的衣料，不要选纹理太粗的，也不要选料子太细的，上面要用银饰和小珍珠作点缀。一定要把手袋露出来，那样做准没错。还得双手握着外套，将两臂尽量张开，不管路况好不好、有没有泥。她应该把自己想作一只孔雀，像孔雀开屏那样把自己的斗篷敞开，这样就能露出内层，不管它是松鼠皮、白毛皮，还是别的什么皮。她的整个身体也会一起露出来，让旁边走来走去的人都能瞧见。

"如果她没有一张漂亮的脸，那她就会（如果她够聪明）把注意力放在浓密的金发和她的颈背上，只要她确信自己的头发已经打理好了。一头漂亮的头发最吸引人。女人永远要像准备偷袭羊羔的狼一样，未免失败，她会同时攻击一千只羊，因为在成功捕获猎物之前，她不知道哪一只才是她的。女人也应该到处撒网，诱捕一切男子，因为她没法知道能赢得谁的青睐。为了至少得到一个人，她应该对所有人下钩。这么做的话，在成千的傻瓜里她决不会捞不到一个人，来给自己暖身子：搞不好能得到好些个，因为掌握窍门能事半功倍。

"如果她吊到的几个人都想占有她，那她一定要保证，给他们安排的时间不至重合，因为几个人都来了的话，他们会觉得自己受了骗，而很有可能抛弃她。这会给她带来很大的损失，至少会失去每个人送她的东西。她应该拿走他们赖以为生的一切，把他们的毛都拔干净了，让他们死的时候贫病交加、债台高筑，而她自己独肥，因为她把他们都抢光了。

"她不该费心去爱一个穷汉，没钱的人半点好处都没有：不管他是奥维德还是荷马，他都不值两个酒钱。她也不该去爱一个访客，就像他本人暂时住在旅馆里，他的心也同样浮荡不定。我不建议她去爱访客，可如果他走之前碰巧给了她一些钱和珠宝，她就要把它们全都锁进钱箱里，然后任他取乐，快快完事也好，细嚼慢尝也好。

"她还得非常小心，不要喜爱和看重那些自负貌美的人。是骄傲诱惑了他。你可以相信，任何自视甚高的人都会惹动天主的愤怒，这是托勒密说的，他非常重视知识。那样的人既邪恶又满怀恶意，根本没有能力真心去爱。他会把对一个女人说的话说给所有女人听。他会为了偷去别人的一切而奉承。我见过很多受骗的年轻女子控诉他们。

"一个男人，不管他是老实人还是无赖，如果他愿意向她求爱，并且赌咒发誓，想凭誓言绑住她的心，她该同样承诺他，但是不要受他包养，除非先得到了他的钱。如果他给她送来手写的口信，她必须弄清楚他是否表里一致，是不是出于好心，是不是真心实意，是不是要骗她。然后要及时回信——但也别一点都不耽搁，因为延迟会让情人们变得更热切，只要迟得不太过分。

"情人向她求爱时，她要小心，别急着倾情相待，但也不要全盘拒绝。要让他在怕和盼之间来回摆：他不住地求，她不断说不，这样就能牢牢绑住他的心。女士必须运用她的智慧和力量来加强希望，而使害怕逐渐减弱，直至荡然无存，两人间达成和平与和谐。接下来，既然战火已经平息，她也知道自己什么骗人的把戏都使过了，她就得凭天主和圣人们的名义起誓，说她从来没有委身其他男子，不管他们怎样苦苦求她。她要对他说：'我主，罗马的圣父可以为我见证这句话：我委身于你是出于纯洁的爱，不是因为你的任何礼物。我从来没这样对过其他人，不管他们送的礼有多重。我拒绝过很多好人，因为很多人向我献过殷勤。我想你肯定是用那些了不得的歌把我给迷住了。'然后她要紧紧抱住他，吻他，让他更加神魂颠倒。

"可如果她采纳了我的建议，她就会只对自己能捞到什么感兴趣。不把情人榨干净的女人脑子都不正常。从情人那里骗得越多，她就越占上风，也越能得到他的重视，因为买她的价钱比别人的贵。不花一文的东西，在我们看来也一钱不值。我们不把他们放在眼里，就算失去也不觉得担心，至少不那么担心，不像对花了大价钱的东西那样担心得厉害。不过，宰人也要得体。那些用人、女仆、姐妹、奶妈和保姆，如果她们不傻，她们在这桩风流韵事中为情人提供了帮助后，就会要求他送她们大衣、短外套、手套或连指手套作为回报。她们像秃鹫一样，能搞到手的全不放过，也不会让男子脱身，除非他把金银珠宝留下，而他就赌徒似的押上了自己最后一个钱。没多久，那个牺牲品就被瓜分了，因为有那么多双手帮过他呢。

"有时她们可能会对他说：'先生，您看，您得知道，我们夫人需要一件裙子。您怎能不送她一件呢？凭圣吉尔斯（Saint Giles）的名义，如果她愿意委身给本镇哪个男子，她满可以穿得像个女王，气气派派地乘着车。夫人，为什么您那么久都不对他开口要？您太害羞啦，瞧他让您穷的。'而且，不管她有多满意，她都要嘱咐她们保密，因为她拿了他太多，可能已经严重损害了他。

"如果她看出来，他开始醒悟自己给得太多，认为老是送她厚礼把他弄穷了；如果她不敢再要他送礼，那就该求他借钱，并且发誓说，他要她哪天还她就哪天还。只是我一分钱也不许她还。

"如果她另一个朋友回来了（她可能有许多其他朋友，虽然对谁都不真心，但都把他们叫作朋友），她最好向那人诉苦说，为了还债，她把自己的东西抵押了，包括一件最好的衣服，而利息一直在涨，她苦恼又心痛，根本没心思讨他高兴，除非他能把她的东西赎回来。假如这位年轻人不太聪明，或者假如他手头有钱，他会立即掏钱包的。或者他会想法把东西——那完全不存在的抵押品——赎回来。而她早早就已经把它们锁了起来，藏在某个铁箱子里，那就可以不必担心他会查看她的保险箱或挂衣架。这样直到她拿到钱为止，都能让他信任她。

"对第三个朋友，也应该使类似的手段。我建议她向他要东西，或者要一根银腰带，或者是一件衣服，或是一块头巾，也要点钱来花。如果他什么都没有，但为了安抚她，举手跺脚地发誓说第二天会带来，那她不该当真，也不要信，那全是骗人的话。男人专会骗人，也是色中饿鬼。过去他们对我毁过的约、背过的誓，比在天堂里的圣人还多呢。所以，如果他不肯给，那至少要让他去酒店老板那里赊点账，或是两便士，或是三便士、四便士，要不然，就让他上别处给自己找乐子去吧。

"如果一个女人不是呆子，她准备接待她的情人时，就该假装惊慌失措，假装怕得发抖，假装因担忧而备受折磨。她该让他晓得，对她来说接待他真的很危险，为他的缘故，她不得不欺骗自己的丈夫、监护人或父母；她私底下乐意做的事一旦公之于众，她就没命了，这是毫无疑问的。她得发誓说他不能留下来，因为他会立刻害死她的。然后，一旦她迷住了他，他就随她摆布了。

"她还应该谨记，情人来找她时，要让他从窗户爬进来，就算没看到有人监视，而从门口出入本来更方便。她必须发誓，说如果有人知道他在这儿，她就没命了，要完蛋了，而他也会落得个一无所有。好武器救不了他：头盔、戟、棍或棒都不行。也没有什么箱子、内室或墙壁的凹处能保护他，使他不被人撕成碎片。

"接着，这位女士应该叹气和假装生气。她应该冲过去打他，说他完全没有理由那么迟才来，肯定是家里有别的女人迷住了他。她被彻底背叛了，既然他为别人的缘故讨厌她。她真是可怜，真是不幸啊：她爱的人不爱她。听了这些话，没脑子的人就会想当然地认为她是真的爱他（当然那是错的），她对他的醋意胜过了伏尔甘（Vulcan）对他的妻子维纳斯的。那蠢货伏尔甘将维纳斯和马尔斯（Mars）捉奸在床①，因为眼睁睁看他俩你贴着我我贴着你，在爱的游戏中手脚交缠、难分难舍，便用自己锻造的铜网将他俩齐齐网住，又用绳子将他们捆了个结实。

"伏尔甘网住了整张床，他一看那两人被抓了个现行（他敢这么做，真是蠢透了，因为只有无知的人才自认能彻底占有自己的妻子），便急急忙忙召集诸神。而他们目睹了这一幕，无不开怀大笑。维纳斯的美打动了每一位神的心，他们全都叹惋不止，为她被捉住、遭遇这样的奇耻大辱和痛苦。再说了，维纳斯会倾心于马尔斯，那是一点都不奇怪的，因为伏尔甘太丑了，手、脸和脖子都被锻造炉弄得像炭一样黑，不管维纳斯怎么称他为自己的夫君，她也不可能去爱他。不，凭天主的名

---

① 在希腊神话中，伏尔甘是火神和工匠之神，而马尔斯是战神。——译者注

义，除非他是金发的押沙龙（Absalon）^①或特洛伊的王子帕里斯，否则她才不会可怜他，因为所有女人知道该怎么做，这迷人精也清楚得很。

"不仅如此，女人生来就是自由的。法律为了约束她们，夺走了自然赋予她们的自由。我们好好想一想，<u>自然不会那么蠢</u>：创造玛洛特（Marote），只是为了罗比雄（Robichon）；创造罗比雄，只是为了玛丽埃塔（Mariete）、艾格尼丝（Agnes）或佩蕾（Perrete）。恰好相反，好孩子，你可以相信，她为全体男子造了全体女子，为所有女子造了所有男子。每一个女人都为每个男人所有，每一个男人也都共同属于每一个女人。如此一来，为了防止放荡、争吵、斗殴和凶杀，也为了让他们多养育后代（这是他们共同的责任），这些女士和少女们就按着法律订婚、结婚、被人占有。可她们无论美丑，仍然想尽办法重获自由。她们竭力维护自己的自由，许多恶事因此发生，它们还会再发生，过去也发生过许多。我可以给你说出十件，但我会略过，因为这实在不可胜数，如果一一道来，我会累倒，你也会厌倦的。从前的男子看到自己最喜欢的女人，如果没有更强壮的人来抢，他会立即把她抢走，与她发生关系，然后随心所欲地抛弃她。为此男人们互相残杀，也不去抚育后代，直到在智者的警告下才有了婚事。贺拉斯谈过这个题目，说得又好又高明，因为他是出色的教师和作家。我愿意为你引用一些他的话，聪明的女人引经据典时，是不会感到难为情的。

---

① 押沙龙，是大卫王之子，以色列最俊美的男子。在中世纪，他的美貌尤其受到推崇。——译者注

"在海伦的时代之前，对女人的色欲就引发了战争，人们伤亡惨重（只是我们不知道死者的名字，因为没有读到这方面的记载）。海伦不是头一个，也不会是最后一个引发战争的人。在迷恋女色的人之间爆发的战争，将来也还会再爆发。许多人丧掉身体和灵魂，将来也还会丧掉，只要这个世界没有终结。可是只要你仔细观察<u>自然</u>，你就会清楚她的力量有多神奇，我能告诉你许多例子，读起来都很有趣。

"当一只绿林地的鸟儿被抓住，被关进笼子里，得到最精心的照料，那他余生都会怀着高兴的心情来唱歌——或是诸如此类你能想到的，可他仍旧会渴望那绿树成荫的林子，这种爱源自他的天性。不管被喂养得多好，他都会想待在树木之间。他会终日想着这件事，千方百计重获自由。他心急火燎，不仅把食物乱踩一气，还在笼子里上蹿下跳。他焦灼地搜寻一扇窗、一个开口，能让他飞回到树林里。女人也全都一样。我向你保证，不管她们有没有结婚、出身如何，她们天生就会想各种办法来获得自由，自由永远是她们想要的。

"进了修道院的人也一样，我对你说，没多久他就后悔了，因为太痛苦，差点没把自己吊死。他抱怨哀叹，存了一肚子苦水，心里涌动着迫切的渴望，想要做点什么，重获失去的自由。不管他穿了什么样的修士服，进了哪一种修道院，都有这同一个想头。

"鱼自投罗网是愚蠢的。到想重获生天时，却只能违心做一辈子囚徒，因为根本就没有出路。外面的人看到他，以为他过得和乐快活，恨不得也赶紧进去。他们见他好像很享受，而最重要的，是他们清楚看到了许多吃的，那是他们全都想要的。所以他们想进修道院。他们绕着网游啊、撞啊、找啊，直到发现一个洞，便一头扎了进去。可是一旦落网被抓住，那就要一直待下去，他们又忍不住想出去，但这是不可能的，抓他们的网比袋网还牢。他们只好怀着深深的悲哀住在那里，直到死亡将他们释放。

"这就是年轻人不住寻寻觅觅，最后进了修道院后会过的生活。他永远也不会有那么大的鞋，也做不出足够大的帽子或兜帽，能把自然藏进心底。失掉自由比死还悲惨，除非他能怀着谦卑，甘心履行必要的责任。可是那使他尝到自由滋味的自然却不会撒谎。连贺拉斯都说（他很清楚这有多重要），如果有人用一把叉子来对抗自然，将她从自己里面赶出去，她一定会收复失地。我知道这是真的。自然总会杀个回马枪，也不会因为一袭修士服而偃旗息鼓。

"这一点为什么还要说个没完呢？所有造物都渴望回归本性，不管社会习俗施加的压迫有多厉害，都不能阻止它们。所以，维纳斯行使她的自由情有可原，那些虽有婚姻束缚，但却自寻快活的女人也一样。因为是自然吸引她们奔向自身的自由，是她，让她们这么去做。自然非常强大，甚至胜过了教养。

"好孩子，你去养一只猫，用心喂它，长期让它吃最好吃的东西，但是不让它见到任何公耗子或母耗子。如果它突然发现一只耗子跑过，而这耗子也被允许逃跑，这猫还是会立即朝耗子扑去，什么都拦不住它。不管它有多饿，它都会丢下为它预备的食物：猫鼠间的大战势不可免。

"如果饲养一匹小公马，不让他看见任何母马，直到他成为出色的军马，能适应马鞍和马镫。可当他看见一头母马跑来，你会立即听见他发出嘶鸣。如果没人搭救她，他就会想跑到她身边去。一匹黑马不会只喜欢黑母马，也会喜欢栗色马、灰马和花马，只要没人拉住他的嚼子和缰绳。他眼里一无所见，只想看见她们被脱去缰绳，让他乘骑：他会想对每一匹马都发起攻击。如果一匹黑母马不被拉住，她也会奔向一匹黑马，当然对栗色马或灰马也一样：她完全被自己的欲望所催。她找到的第一匹马将成为她丈夫，因为除看到他们被脱去缰绳外，她同样什么都看不到。

"我对黑母马、栗色的公马母马、灰马和黑马的这些看法，也适用于母牛和公牛、母羊与公羊。雄心向雌，这是不用怀疑的，同样，好孩子，你也可以相信雌心向雄，乐于与他欢好。谈到自然欲望，好孩子，我敢发誓说男人女人都一样，虽然法律会对此略加约束。略加约束？在我看来是管得太多。法律使年轻男女结合后，就不许男子再找别的女子，至少在她还活着的时候不能；也不许女方另有情郎。可他们都会禁不住想要行使自己的自由意志，我知道这有多重要。有些人被羞耻心约束，其他人是因为怕受惩罚，可他们全都会受到<u>自然</u>的驱使，就像我们谈到的那些动物一样。这是经验告诉我的，因为我总是想尽办法让所有男人都爱我。要不是那束缚了许多人的羞耻心使然，当我沿街散步时（我总喜欢戴一身的珠宝首饰：玩偶的戏装根本不能和我相比），如果发现有迷人的小伙子向我眉目传情（好天主，他们的眼波真使我心都化了！），我可能会——就像我所说的——全部接受或接受其中的大多数，只要他们乐意而我也做得到。他们我都想要，如果我能让他们全都满足，那就一个一个来吧。而且，我觉得他们也都想要我，只要他们办得到（他们是修士还是司铎，骑士、市民还是主教议员，教堂执事还是平信徒，蠢人或聪明人都没关系，正值壮年就够了）。只要他们觉得向我求爱不会失败，他们就会离开自己的修会。可如果他们能洞悉我的想法，了解一般女人的性情，他们就不会那么举棋不定。我相信很多人只要敢，都会为我毁掉自己的婚姻。只要跟我单独在一起，没有人会记得忠贞是怎么一回事。没有谁会坚持他的身份、信仰、誓言或修会，除非他是被爱情迷住的疯子，对他的心上人忠心耿耿；也许他会及时刹车，想起无论如何都不会抛弃的爱人。可我凭着天主和圣阿芒德（Saint Amand）起誓，我敢说这样的情人绝无仅有。如果一个人和我谈话谈得够久，不管他是说真话还是口是心非，我都能彻底激起他的欲火来。不管他是谁——是俗是圣，腰束红皮带，还是绑着绳子，留什么样的发式，我相信他都会与我欢好，只要他认为我也想要这事，哪怕仅仅是愿意容忍这事。自然就是这样来统治我们的：她鼓动我们、刺激我们，让我们去追求欢愉。因此维纳斯爱马尔斯，没什么好责备的。

"因此，当看到彼此相恋的马尔斯和维纳斯身处在那种境况下时，许多天神都愿意自己有同样的艳遇，像马尔斯那样受众人嬉笑。而伏尔甘大人会宁愿丢掉两千马克，也不希望他俩的事被人知道。因为，一旦这两人受到羞辱，发现事情已尽人皆知，他们就会把原本偷偷干的事公开，不再以诸神的闲言为耻：这桩风流韵事经过诸神的传播，早已散布天庭。现在情况更糟了，伏尔甘更加气恼，但束手无策。根据记载，他本来应该忍耐，而不是对着床来撒网子。如果他希望看到维纳斯对他微笑，就不该气得跳脚，而应该假装什么都不知道，因为他爱她至深。

"所以男人要当心，如果他监视自己的妻子或心上人，蠢到当场抓她的现行，他该知道，一旦她被抓住，她就会做出更坏的事来。一种残忍的疾病煎熬着他的心，让他使出看家本领去抓她，结果却永远失去了她。她再也不会有好脸色给他看，也不再伺候他。嫉妒是最愚蠢的一种病，患者会觉得百爪挠心。他的女人倒是会装出嫉妒的样子来，假意向这傻瓜抱怨，为的是愚弄他。而她越是骗他，他越是妒火中烧。

"如果他不屑辩解，反而想刺激她，说他有了别的心上人，那他会发现她一点都不生气。也许她会假装在乎，可如果他真的去追求别人，与人调情，她并不会多看他两眼。他就是这么傻。而她也要让他相信，自己在勾搭其他人，因为他对她还没有忘情，可她这么做只是为了甩掉他而已。既然她想摆脱他，那就该和他分手。她应该对他说：'你对我太不公正了。你伤害我，我也要报复你。你骗了我，我也要以眼还眼。'如果他对她还有一点点爱意，那就更糟，他会觉得走投无路，因为一个人只有遭到了背叛，才能感受到爱情的火有多烫。

"这时女仆也闯了进来，一脸惊恐地说：'啊呀，我们要完了！主人（或别的男人）已经走到庭院里了！'于是这位夫人开始着忙，不管先前在做什么，都只好住手。可她得先在家里找一个地方，把那年轻人藏起来，或是藏在马厩里，或是藏在大箱子中，直到她回头叫他出来。那小伙子久久等不到她回来，又怕又绝望，巴不得自己在别处才好。

"现在，如果真的来了另一个情人（夫人因为不够明智，和他定下了这次约会），为了不让他白跑一趟，也不至于把另一个情人丢下，她可以抓紧时间带他去某个房间，让他尽兴一番。他会不快，还会生气，而夫人可以这么对他说：'你不能留下来，这会儿我家那位和我的四个堂表兄妹都在。天主和圣日尔曼（Saint Germain）在上，改天你再来，你要我怎样我就怎样，目前你暂且忍耐一下。现在我要回去了，他们都在等我呢。'不过她得先带他出去，这样就不用顾虑他了。

"接着这位夫人应该回去，别让另一位忧心忡忡地等太久。她不该把他弄得太苦恼难堪。然后，她应该使他重新高兴起来，带他离开他的牢狱，躺到她的床上和她的怀抱里。不过，也别让他高枕无忧。必须让他知道，她此时的行为是何等愚昧轻率，还应该指着她父亲的灵魂起誓，说他的爱情使她付出了太大的代价，因为她这么做很冒险。虽然比起那些在野地和葡萄园里浪荡的人，她更安全，可是无惊无险的欢愉不够醉人，也谈不上珍贵。

"两个人在一起时，不管关系有多稳固，都不能和他睡到天亮，除非她预先就半掩着窗。这是为了让房间里足够暗，如果她身上有什么斑和疤，他也永远都看不到。她要当心，别让他发现她有任何不干净的地方，因为他会拔脚就走，夹起尾巴逃之夭夭。她会感到丢脸和痛心的。

"而当他们开始干那件事，他们应该协力并进，在完事前让双方都得到享受。他们应该彼此等候，以便一起达到高潮。一方不该不顾另一方，也不要在一起入港前中断航程。那样他们的欢愉才会完满。

"如果她不觉得满足，那就装出享受的样子来，把她知道的欢爱反应都演一遍。他会以为她乐在其中，虽然其实她完全无动于衷。

"如果他为了安全，恳求夫人上他家去，那么到了那一天，她应该消消停停地上路，那样才能在欢会前让他欲望高涨。我们越是推迟云雨，越会觉得它惬意，想要就能得到反而没意思。

"当她去到那栋房子，在欢好前必须对他赌咒发誓，说她实在是怕得直发抖，因为她那吃醋的丈夫正等着她，她很怕回家后会被他劈头盖脸打骂一顿。不管她怎样哀叹，说的话是真是假，她一定要让他害怕，担心自身的安全，让他知道两人只能偷欢。

"如果她不能随意去他家和他说话，也不敢在自己家里见他（因为她那吃醋的丈夫把她关了起来），而且没有其他更好的办法，那就尽可能把她丈夫灌醉。酒不管用的话，还可以去买一磅草药，放心给她丈夫吃喝。他会睡死过去。他睡着后就拦不住她了，那时她就能自由行动。

"如果她有仆人，那就打发他们到处去跑腿，或者用一些小礼物哄他们，让他们在她接待情人时当个共谋。如果她不希望他们参与这桩密事，也可以同样把他们全都灌醉。她还可以对吃醋的丈夫说："我主啊，我生病了，不知道是发烧、痛风还是生疮，弄得我浑身焦干，我得去浴场一趟。我们家虽然有两只浴桶，可是没有蒸汽。所以我得去洗一次蒸汽浴。'

"那可怜虫左思右想，虽然很不情愿，但也可能会答应她。而她应该带上女仆或某个知情的女邻居一起去，也许那人自己也有情人，是夫人特别了解的。接下来她可以动身去浴场了，不过她也可以不管什么池子盆子，而只是去和情人睡一觉，除非他们觉得洗个鸳鸯浴也不错。他知道她要来后，就可以在浴场里等她。

"没有人能看住一个不肯看守自己的女人。就算是阿耳戈斯（Argus），虽然他有一百只眼睛，五十只在睡觉，而五十只还醒着，可他再警觉也无济于事。（他的头被朱庇特砍了。朱庇特让爱娥脱去人形，变成一只小母牛，为了报复朱诺，又让墨丘利去割下了阿耳戈斯的头。）看守这样一种生物是愚蠢的。①

"不过，无论教士和一般人怎么对她说，她都不要犯傻，去相信任何与魔法、巫术和妖术有关的事。不要信百勒努斯

---

① 在希腊神话中，朱庇特（Jupiter）为了保护他的情人爱娥（Io）不受朱诺（Juno）伤害，而让她变成一头白色小母牛。但朱诺成功劝说朱庇特把小母牛给了她。朱诺把小母牛交给了有一百只眼睛的巨人阿耳戈斯看守。在朱庇特的指令下，墨丘（Mercury）利用他的笛子成功让巨人入睡，然后割下了他的脑袋。——译者注

（Balenus）^①那套研究，也别信有什么魔术或招魂术，能帮她迷住一个男子，让他爱上她或恨另外的人。美狄亚使尽了咒语，都留不住伊阿宋；喀耳刻（Circe）用遍了魔法，也没能阻止尤利西斯（Ulysses）逃走。^②

"女人还得留神，不管口里怎么喊心肝宝贝，都不要给任何情人送贵重的礼物。送枕头毛巾、手帕钱包当然可以，只要不太贵。还可以送他针盒、饰带、带扣很便宜的皮带，还有漂亮的小刀、一团线球——修女们常常这么做，但只有昏了头的人才会去勾搭修女。世俗的女人更值得爱：爱她们会少受很多谴责，那种女人也有更多自由随心行事，她们更擅长哄骗丈夫和亲戚。两种女人都要花不少钱，但修女贵得多。

"真正聪明的男人会怀疑女人送的一切礼物，因为说实话，女人的礼物不过是陷阱，是为了哄骗人。任何慷慨的迹象都违犯女人的天性。让男人负责慷慨吧！太过大方，对我们女人来说是灾难和严重的过失。只有魔鬼才会让我们干出那种蠢事。不过我一点也不担心，因为习惯付出的女人少之又少。

"假如你的目的是骗人，好孩子，你就要好好利用我提到的种种礼物，让那些冤大头发蒙，他们给你什么都照收。你还要将结局放在心上，也就是所有青春的终点：年老。如果人活得够长的话，它会无情地一天天向我们逼近。到那个时候，

① 百勒努斯，据说写作了关于魔法的论文。但关于其人和其作品现在已经不可考。——译者注

② 尤利西斯等人在特洛伊战争结束后返乡的路上登上了女巫喀耳刻的岛屿，她把尤利西斯的同伴都变成了猪。尤利西斯花了一年的时间陪伴她，忘记了他的妻子与故国，但最终他还是逃离了她的魔法。——译者注

不要让人把你当成傻瓜，要揽尽世间百物，以至没有人能取笑你。因为，得来的东西如果留不住，它就连一颗芥菜籽也不如。

"唉，我没有那样做。现在我这么穷，完全是自作自受。一些迷恋我的人曾经送我厚礼，我转手又送给了自己更爱的人。男人送我的东西，我把它们都分掉了，最后什么都没存下。送礼弄得我这也缺那也缺。那时我完全没想过自己会老，现在年老让我变得多么不幸啊。我没有防备贫穷，反倒听任时间像来的时候那样悄悄溜走，也没有设法控制花销。

"平心而论，如果我过去够聪明，我会是个很有钱的女人，因为在我还漂亮迷人的时候，很多了不起的男人追求过我，有些还彻底被我套牢了。天主和圣蒂博在上，我搜刮了他们，又把财物全部给了一个无赖的混蛋，他最让我没面子，我却爱他最深。我管谁都叫'爱人'，但只爱他，虽然我敢说他对我一点也不在乎。他是个坏人——我没见过比他更坏的人。他完全瞧不起我，说我是人尽可夫的娼妇。他就是这么混账，而且从来也没有爱过我。女人的判断力都很差，而我是个货真价实的女人。我决不会爱一个爱我的人，可那鬼东西如果打伤我的肩，敲破我的头，我告诉你，我倒会感激他呢。不管他怎样打我，我还是会让他扑到我身上，因为他再怎么弄伤我，也有足够的本事与我说和。不管他对我有多坏，怎样揍我，把我在地上拖来拖去，把我的脸扇得青青肿肿，他走之前总会求我宽恕他。他再怎么羞辱我，也总会向我求和，接着就带我上床，于是我俩就又好得跟蜜里调油似的。他就这样把我拴死了，这无情无义的贼，这能偷能盗的坏蛋——床上功夫简直一流。我完全不能没了他，他去哪里我都愿意跟着。就算他跑了，我也会一路追过去，直追到英国的伦敦，因为我就是这么爱他，痴恋他。虽然他让我很没面子，但我也让他丢尽了脸。因为他用我送他的好东西去花天酒地，从来不知道存钱，反倒在小酒馆里输个精光。别的手艺他从来没学会，也不需要，因为我给他的东西多到他随便花，我的钱他也能随便取。人人都付我钱，他倒用得高兴，而且都用去寻欢作乐，因为他是个恶欲熏心的人。他太不受约束了，一点费劲的事都不肯做，只愿意过游手好闲的生活。最后我眼看着他变得潦倒，成了个穷鬼，只好去讨饭吃，因为我的钱不够两个人一起来薅，我也没有嫁给哪位贵族老爷。所以，就像我对你说的，我沦落到一穷二白的地步，费了种种周章才来到这里。好孩子，把我的情况当作榜样，好好记在心里。做事要有头脑，这样你会从我的见识里得到更多好处。因为当你的玫瑰凋零，发白锥心，你一定会遗憾得到的东西不够多。"

第八章　城堡奇袭

　　这就是<u>老妇人</u>的教导。而<u>欣迎</u>一言不发，心甘情愿地听着每一个字。他不像以前那样怕老妇人了，而且还渐渐意识到，要不是有<u>戒备</u>和她那些守门人，夺取城堡本来很容易。对他们，<u>戒备</u>真是满怀信心，至少她相信还留在她身边的那三个：他们仍旧在像疯子一样跑遍整个城堡，守卫着它。他觉得，由于他们的巨大努力，夺取城堡是不可能的。他们都不哀悼死去的<u>恶舌</u>，因为谁都不爱他。他总是诋毁他们，把他们出卖给<u>戒备</u>，所以非常招人恨，留在那里的人没一个想救他，哪怕不过是举手之劳。没一个，也就是说，大概只有<u>戒备</u>本人例外，因为她很爱他那些小道消息，喜欢听他嚼舌根。只不过，每逢这无赖去跟她说嘴，她又总是难过得要死，因为他什么都不瞒她，只要能弄坏什么事，他就会把记得的每一个字都告诉她。更糟的是他会言过其实，对听来的东西加油添醋。他会夸大那些不好也不愉快的消息，对好消息轻描淡写。而且，与那些一生眼馋别人的长舌妇一样，他能搅得<u>戒备</u>心神不宁。所以他死了他们都很高兴，也没有人为他唱安魂弥撒。他们不觉得受了损失，都认为只要彼此齐心，就能保证禁地安全无虞，哪怕有五十万男子前来攻打，也拿它不下。

"如果没了那个贼我们就守不住，"他们说，"那我们就太无能了。他是个阴险无耻、口是心非的叛徒。愿他的灵魂下到最猛烈的地狱火里，被烧成灰！他在这里只会害人，什么好事都没干过。"那三个守门人如此说道。可不管他们怎么说，他的死还是大大削弱了他们的力量。

老妇人结束了她的长篇训词后，欣迎也说话了。他犹豫了一下才开口，说得也不多，却像个懂行的人："夫人，我衷心感谢您，因为您是那么客气，向我传授了您的技艺。不过您说的那种爱，那种含有那么多苦味的甜蜜的恶疾，我半点经验都没有。我只听人说起过，自己完全一无所知，也不想知道得更多。后面您谈到财产，叫我尽可能积攒大宗财富，但我觉得我现在拥有的财富就够用了。我更愿意去想，怎样才能拥有文雅谦恭的风度。至于说魔法或魔鬼的妖术，不管那是真是假，我也一点都不信它。

"至于那位年轻人，照您说，他有那么多好品性，又集所有优点魅力于一身。如果他有魅力，那就让他继续保持吧，我并不指望它们归我，留给他自己好了。我肯定不会讨厌他，但也没那么爱他。虽说我收下了他的花环，可这不足以把他称作我的朋友，除非是在一般意义上来用这个词，就像男人和女人互相讲：'欢迎你，我的朋友！''朋友，愿天主祝福你！'

"我绝不会以任何不正当或不名誉的方式去爱他和仰慕

他。可既然他送我礼物，我又收下了，如果他愿意来看我，而且能来，那我就该高高兴兴的。我不会让他瞧见我冷淡的样子，让他以为我不愿意接待他，只要戒备恰好不在城里，因为戒备恨死了他，把他骂得厉害。可我还是担心，就算她不在，她也会突然出现。即使她带上所有行李出了门，又允许我们留下，可她总会想出个什么念头，半道拐回来，彻底搅黄我们的事。如果那年轻人来的时候被她发现，就算她找不着把柄，她也会（您记得她有多残忍）活活把我撕成碎片，因为她对我非常残忍无情。"

老妇人竭力向他保证，要他宽心。"让我来操办这事吧。戒备就算在这里，也不可能发现他，因为我知道很多藏人的地方，能把他藏得好好的。凭天主和圣雷米（Saint Remi）的名义起誓，我一旦将他藏起来，她要从稻草堆里找一颗蚂蚁卵，都比找他更快呢。"

"那我很愿意他来，"欣迎说道，"不过他得守规矩，一点也不能越轨。"

"道成肉身的主啊，你说话像个聪明、谨慎、懂廉耻的年轻人，又有原则又有主见。"这么说完之后，他们便分开了。欣迎回到他的房间，老妇人也起身去忙活家事。当天时地利都具备，老妇人见欣迎独自待着，能让人从从容容地和他闲话，便下了楼梯，离开塔楼，一路小跑到我家里。她一面喘着气，一面将这桩事告诉了我。"这下我算是及时赶到，能得到一副手套了吧？"她说，"瞧我告诉你的好消息，还新鲜热腾呢！"

"手套！夫人，我真心实意对您说，您会有一件斗篷、一条裙子、一顶白毛皮兜帽，还有不管什么样式的鞋子，都随您喜欢，只要您有像样的消息告诉我。"于是老妇人让我动身去城堡，那正是我一直巴望的。她没有立刻要走，而是告诉我该怎么进去："你从后门进，我会去开门，那样能更好地掩护你。这里掩藏得很好，因为你知道的，早在两个半月之前，那扇门就关了。"

"夫人，"我对她说，"圣雷米在上，如果到时我发现门开着，那你会得到一块好布，蓝的绿的都行，哪怕每厄尔要花十镑或二十镑（我这么说，是因为我牢记朋友告诉我的——就算办不到也要满口应承）。"

于是老妇人离开我，我则从另一个方向，朝她说的后门走去，一路祈祷上主帮助我走对。到那里后，我一声也没吭：老妇人为我留了门，让它半掩着，我立刻进去，再把门关上，这一来，我们就更不用怕了。我觉得格外安全，因为知道恶舌死了：谁的死讯都不可能比这让我感到更高兴。我发现他守的门已破，而我也一点都没耽搁，一见到爱与他的全军，就立刻穿过大门走了进去，心里倍觉安慰。天主在上，爱的臣属们破坏了这道门，帮了我多大忙啊！愿天主和圣本笃（Saint Benedict）祝福他们！那里有欺骗那狡诈的儿子虚容假貌，他为他母亲——那憎恨一切美德的伪善女士充当助手，以及违心克己女士，我在一本书里读过，她由虚容假貌所生，并且很快要产下敌基督。自然是他们把门打破的，所以我无论如何都会为他们祈祷。

大人们，如果你们谁想成为叛徒，就拜<u>虚容假貌</u>为师，让<u>违心克己</u>成为你的人吧：学习怎样在两面三刀时装老实吧。

当我看见我说过的那扇门被占领，被攻倒；当我发现诸军都在，并且全副武装，随时准备在我眼前发起进攻时，要说我感到十分快乐，那是不用问的。我随即琢磨起来，怎样才能找到<u>喜见</u>。可是看哪！他就在那里，天主保守了他，因为他是<u>爱差</u>来宽慰我的。我失去他那么长一段时间，一睹其容貌带给我的喜悦如此之大，几乎令我昏倒了。至于他，他见我来了也很高兴，直接告诉我<u>欣迎</u>在哪里，而后者几乎是一跃而起，前来欢迎我，他是那样谦恭有礼的一位年轻人，真是多谢他母亲的教养。我立即鞠了一躬，对他致意，他也同样向我问好，又谢谢我送他花环。"先生，"我说，"千万不要挂心。说谢的人不该是你，你赏光收下它，是我最大的荣幸。倒是我要谢你一千次、一万次。我向你保证，只要你想要，我的一切都是你的，不管旁人高不高兴，你都尽可以随心所欲。我的愿望是完全服从你，敬重你，为你效劳。如果你想命令我做点什么，或者直接吩咐我，或者我凭别的法子晓得你的意思，我决不会瞻前顾后。没有什么能让我考虑自己的身体和财产——当然还有这颗心——是否稳妥安危。我请求你试验我，这样你就会更有把握。如果我竟然让你失望了，那就让我失掉一切享受和肉身之乐吧！"

"谢谢你，亲爱的先生，"<u>欣迎</u>说，"至于我，我想说的是，如果我有你想要的东西，我很乐意给你。来拿吧，就当你是我一样随意享用它，但要用得恰当和体面。"

"先生，谢谢你，"我说，"一千次一万次谢谢你。既然我可以这么做，我也就没心思再耽搁下去了。你能给我一样东西，让我更加欢喜，比得到亚历山大的金子更甚。"

于是我上前一步，想伸手去摘玫瑰（对它我朝思暮想了那么久，它如此深刻地占据了我的心魂），满以为不费吹灰之力，因为我俩言语温存、相谈甚欢，彼此又情投意合。可谁想形势却突然急转直下。我就像个一肚皮筹算的呆瓜，还没来得及施展本领，就遇到了最愁人的障碍：眼看就能得到玫瑰，严拒却出来挡了我的道。真希望他让恶狼给咬断喉咙，这大老粗！他躲在角落里监视我们，写下我们说的话，一字一句都不落。他也一刻都没耽搁，立刻朝我嚷嚷起来：

"你走吧，"他说，"你走吧，年轻人，从这里滚出去。你给我惹够了麻烦。准是该死的魔鬼把你带回到这里来——那些猖獗的鬼东西在给你出力呢。真希望它们离开前把什么都抓走，而且哪个男女圣人都不来管这闲事！年轻人啊，年轻人，就像我巴望自己得救一样，我也巴不得弄死你呢！"

紧接着惧怕跑出来，羞耻也冲了过来，因为她们听见那莽汉对我说："给我走！走！走！"直到那时他都不住口，满口"魔鬼"地说个不停，却连一个圣徒的名字都不曾提起。天主在上，好一支听他使唤的邪恶军伍！他们仨怒气冲天，一个个都上来扯住我，把我的手扭到身后。"到此为止了，不会再让你得寸进尺了！欣迎同意你跟他说话，可是你搞错了他的意思。他愿意尽东道主之谊，只要对方是正派人。可是你根本不在乎正不正派。他没有二心，你倒曲解他的本意。一个体面人愿意为你效劳，不用说，肯定得是能见得人的事。现在请告诉我们，骗子先生，为什么你不规规矩矩听他说话？要么是你没教养，才会有这么下流的理解，要么是你懂得机灵地装傻。他绝不会把玫瑰给你，因为对你来说，你想要它也好，不问自取也好，都是不名誉的。你说为他奉献，这话是什么意思？难道你不是要骗他，好偷走他的玫瑰吗？你就是在陷害他、哄骗他，你为他效劳，私底下却是要害他。什么书里都没写过这么糟糕有害的事。要说你会难过得要死，我们也不信，而且你必须离开这禁地。是魔鬼把你带回到了这里。你应该记得，以前你被赶出去过一次。现在滚吧！去别处找你要的东西！我告诉你，那女人为这么一个傻瓜找通道，她可不是什么聪明人。不过她不知道你在想什么，也不知道你打算背叛她。要是她知道你这么不可靠，她才不会替你做这事。而欣迎这么冒失地把你请进他的禁地，当然是受了你的骗。他认为自己是在为你效劳，你倒想害他。我敢说这就像那个把狗救上船的人，可直到船靠岸，狗还一个劲冲他叫嚷。现在到别处去找你的猎物吧，从禁地里滚出去。下楼梯时样子要大方，举止要得体，要不，你就没有机会数完那些楼梯了。因为很快会有人出来，一旦他逮住你，把你放倒，你也就数不成了。

　　"不忠不义的疯子先生，放肆先生，欣迎哪里伤了你，害了你？为着什么罪过，你那么快就恨起他来，要坑害他，而就在刚刚，你才说过什么都愿意给他？是因为他接待你、为了你自欺欺人，又骗了我们的缘故吗？瞧他立即就把自己的猫猫狗狗都给你了。他该知道这么做很蠢，因为这些事（愿天主和神圣信仰保佑我们），他早晚会被关到有史以来最结实的监狱里。他这样诈唬我们，使我们头疼，以后就再也脱不下脚铐了。在你的有生之年，你都不会再见到他自由走动了——你饱览他音容笑貌的那一天是不幸的！他把我们全骗了。"

于是他们抓住他，打了他，他还没来得及逃跑，就被投进了塔楼里。他们狠狠地折磨他，将他关起来，还用三套钥匙上了三道锁，这样就不用额外上镣铐了，也不需要把他送进地牢。他没有受到更多伤害，但也只是因为他们太仓促。不过他们放下了话，说回头还要叫他好看。

这他们倒是没办到，可是很快这三个人全都跑回来找我了。我待在外头，不住流泪，心里悲不自胜。又一次，他们一起攻击我、折磨我。他们伤得我那么厉害，有一天天主会叫他们后悔的。我的心都要因为悲恸而碎裂了。我倒是愿意向他们投降，可是他们不想活捉我，虽然我苦苦求和，并且甘愿被关进监狱，和欣迎在一起。

"和善的好严拒，"我说，"心灵那样高贵，肉躯又这般勇武，还有说不尽的仁慈，以及你们，羞耻和惧怕，可爱、高贵、明智又了不起的小姐们，与理智同种同族，言行上从不让自己越雷池半步——让我做你们的仆人吧！让我们彼此说好，允许我和欣迎一块待在牢里，永世不得赎出。如果你们把我关进去，我愿意向你们忠诚地保证，一定全心全意为你们效劳，你们想怎样就怎样。假使我当过叛徒、做过小偷、被控告杀过人，而像这样请求入狱，我敢说我是不会被拒绝的。没错，天主在上，无论在哪个国家，我都会被关进牢里，连问都不用

问，只要我被抓住；而一旦他们把我抓住，就不会让我逃脱，
哪怕不惜把我大卸八块。凭天主的名义，我求你们把我和他永
远关在一起。如果有证据表明我哪里没有服侍好你们，或是你
们目睹了，那就让我永远也回不到那座监狱里。人都会犯错，
可如果我达不到你们的要求，就让我立即收拾包裹走人，把你
们的镣铐从我身上解开。如果我惹你们生了气，我很愿意接受
如此惩罚。你们来做法官——不要别人，单要你们。我会完全
服从你们的裁决，只要是出自你们三个人的，再加上<u>欣迎</u>，我
将把他视作你们中的第四位。我们可以把一切都告诉他，如果
你们不同意容忍我，那就让他来使你们达成一致。你们必须说
话算话，而我就算是被打被杀，也不想改变主意。"

　　这下<u>严拒</u>大声嚷嚷起来："天主在上，这算个什么提法？
把你和他关在一起？让你这个胡闹的家伙陪伴他这样和蔼的
人？就像为了所谓的真爱把列那狐跟母鸡关在一起。不管你会
怎么效劳，我们都很清楚，你唯一的目的是羞辱我们，辜负我
们。我们才不想要这种效劳。至于说让他做法官，你肯定是没
头脑才会这么想。做法官！我凭至高天国之王的名义说，一个
人连自己都被逮住，遭了审判，还怎么可能做法官，怎么可能
自任仲裁人？<u>欣迎</u>已经被抓住受审，你倒断定他有资格做法官
和仲裁人！在他离开我们的塔楼之前，还会有第二次大洪水
呢。我们回来后会杀了他的，就因为他完全听你摆布，把自己
的东西给了你，真是活该没命。因为他的缘故，玫瑰都没了，
那些傻瓜看见他欣然相迎的样子，个个都想来摘。可是如果我
们把笼子关紧，那就谁都伤不着它们，没有一个活人能把它们

搞到手，能碰着它们的只有风。除非那人卑鄙到一个程度，居然硬来。真到了那种田地，他也会受罚的，或者被吊死。"

"说真的，"我说，"杀一个没有罪过的人，无缘无故囚禁他，这是很不公正的。像欣迎这样一个高尚的好人，对所有人都殷勤好客，你们却把他关起来，又单单因为他待我亲切、喜爱有我做伴，就控告他，这是对他的严重伤害。只要你们同意，他完全应该被放出来。我为此求你们，让他走吧，让这事了结了吧。你们让他受了这么多冤屈，现在做点什么吧，别再关着他了。"

"我敢说这疯子在哄我们。"他们说道，"他在扯谎，因为他想把欣迎弄出去，打算靠动嘴皮子来出卖我们。可这是白日做梦：欣迎连半个头都出不了这个门、这扇窗。"接着他们又开始打我，每一个都想把我赶走。哪怕他们想把我钉死在十字架上，也不过如此了。我开始呼救，声音不大，仅仅是低声召唤那些预备进攻的人前来相助，最后我被队伍里放哨的人发现了。听到我被这么粗暴地对待，他们都大声呼喊起来：

"起身！列位，起身！天主的爱在上，除非我们立即拿起武器，去援助这位真心人，否则他会没命的。那些门卫会杀了他，或者把他绑起来鞭打，把他钉上十字架。他正任人鱼肉呢，还用那么微弱的声音呼唤着，那么无声无息地祈求着，我们险些不曾听见。他的喊声有气无力，你听了准会觉得，要么是他喊得嗓子哑了，要么是他们掐住了他的喉咙要勒死他。肯定是他们不许他出声，所以他不能或不敢喊出来。我们不晓得他们想怎样，可他正狠命地伤害他。他会死的，除非立即被救走。欣迎给过他安慰，可他现在跑了，所以在找回欣迎之前，他需要别的帮助。来吧，动干戈的时候到了！"要不是这支大军压到，那些人准会杀了我。

爱神手下的人得知我失去了所有的欢乐、所有的安慰，又目睹了这一切，立即摩拳擦掌，动起武来。激战开始了。至于我，身陷爱用来缠人的罗网里，仍旧留在原地观战。当门卫们明白自己在面对怎样一支逼人的大军时，三人便联手了。他们赌咒发誓要拿出所有的力气来彼此扶持，只要还活着，就无论如何都不抛弃彼此。而我，因为一直看着他们的脸和表情，心里为这同盟感到万分痛苦。

军中的人见那三人结成了这样的同盟，也都结集到一处。从那时起，没有一个人想要离队，所有人都发誓竭尽全力，或者战死沙场，或者被击败被俘，或者在交战中赢得奖赏。他们意气高昂地战斗，把那些门卫的气焰打消了不少。现在我们要来讲讲这场战事，让你听一下每个人的战况。

恋人们啊，留心听我说，愿爱神喜爱你们，赏赐你们爱的欢愉！在这片树林里，你能听见猎犬追逐那只兔子的嗥吠声（就是你在追的那一只，如果你理解我的意思）①；而那只貂儿，必定会将它赶进网里。现在，记下我说的话，你将会洞悉爱的技艺。你听我讲解这个梦，有任何难处我都会为你讲清楚。听完我的解释后，无论谁有异议，你都能替爱情作答。我下面写的能让你明白我之前写的，以及我打算要写的内容。可

---

① 此处，作者使用了兔子（connin）和女性生殖器（con）的双关语。——译者注

是在你开始听之前，我想离一下题，因为有些邪恶的人攻击我，我得为自己辩护。这么做不是要浪费你的时间，而是想表明我并没有错。

我请求你们，诸位恋人先生，为着爱那甘美怡人的游戏，如果你们觉得我的话太放肆、有伤风化——譬如说，如果我们说过或打算要说的内容，会让那些说闲话的人跳脚找茬，那就请你礼貌地回击他们：如果你们斥责过他们，拦阻或反驳过他们。如果我说的话真的有该向他们告饶之处：那我求你们也宽恕我，为我做出回应，因为这么说话是出于主题需要，它的特点决定了我的文风，因此我才使用那些词。这么做完全是正确的，而且与撒路斯提乌斯（Sallust）[1]的意见一致，他的看法是："作家尝试把一件事写成书，写得恰如其分，为的是尽可能描述准确，虽然与去做这件事的人相比，他未必会得到同样的称赞，可是把事情写好不容易，相反，它非常难。写作的人如果没有让我们失去真相，那他必定是与事实相一致的，前者就像后者的回声：当'言'遇到'行'，'言'就应该与'行'近如血亲。"所以，如果我想写得精确，我就必须这么讲话。

我请求所有的好女人，无论你是小姐还是夫人，也无论你有没有情人，如果你觉得哪些词严酷无情、恶毒无礼，认为那是我在对你们女人的习性进行攻击，请不要责难我，也不要贬损我的作品，我这样写只是为了教导。我自然不会——也不

---

[1] 撒路斯提乌斯，罗马历史学家，著有《喀提林阴谋》《朱古达战记》等作品。与李维、塔西佗并列为"罗马三大史学家"。——译者注

想说什么来攻击任何在世的女人。我不会因为醉酒、愤怒、厌恶或嫉妒而发声。没有人会去嘲笑一个女人，除非他的心坏透了。我们之所以写这些，是为了让我们和你们都能够了解你们，因为对一切有所了解是有好处的。另外，令人尊敬的夫人们，如果在你们看来，我像是在无中生有，请不要叫我骗子——去怪那些作者吧，我说过的话，他们都写在书里；我将要说的话，也全都有他们做伴。我不会说谎，除非那些可敬的古人在自己的书里也说了谎。他们很了解女人的习性，因为他们全都遭遇过，而且发现，和女人打交道的经验在不同时代中都如此相像。所以我更有理由求你们原谅我：我只不过是在复述，另外再做一点点补充，这不费你们什么事。诗人们也都这么做，他们想要表达一个主题时就会去讨论它，因为，就像那本书告诉我们的，他们的意图是要启发人，愉悦人。

如果人们对我不满，认为我记载虚容假貌说的那些话是在攻击他们，为此懊恼生气；如果他们觉得被我的话伤害，想要一起谴责我、惩罚我，那我得提出抗议：对于任何尊崇神圣信仰、终身努力行善的人，无论他们穿哪一类长袍，我都无意抨击。恰好相反，虽然我是个罪人，但当我拉弓，举箭，将它射出时，我瞄准的是某一类人。某一类人？实际上，我要找的是那些受咒诅的、背信弃义的人，那些被耶稣称为"假冒伪善"的人。他们中有许多人为了自显公义，以苦修为名义戒肉、禁食（我们在大斋期才这么做），心里却怀着恶毒，用毁谤来活活吞吃人。我没有别的目标，那些人就是我的箭尖所向，因此我对准他们随意放箭。万一有人自愿进入射程，想要被射个正着；如果他因为骄傲和自欺而成了箭靶子，过后又抱怨我伤了他——那并不是我的错，也不可能是我的错，就算他被射死我也要这么说。想避免受伤的话，只要谨慎生活，我就不可能射中他。就算他受了箭伤，只要他愿意弃绝虚伪，也会自愈。至于控诉我的人，不管什么人会因此被冒犯，无论他有多么想显得自己有理，也不管他怎么反对我，就我所知，我谈到的情况全都有人写过，还有经验佐证，至少理智能加以证实。而如果，神圣的教会判定我话里有什么愚蠢之处，我愿意做出补赎，她要我怎么做我就怎么做，只要我办得到。

头一个挺身而出的，是十分谦卑的慷慨大方，她要迎战严拒。而后者一副杀气腾腾的样子，凶残又蛮横。他手握钉头锤，没命地漫天抡起来，声势慑人，只有最厉害的盾才能招架，而不至于被砸碎。谁此时上阵，就会被他的锤风笼住，一旦被锤头砸个正着，肯定会断送性命。如果武器使得不够精熟，必定会被砸得稀烂，输掉这一仗。那奇丑的莽汉，就是我所挑战的人，他那棒子以"拒绝"（refusal）为材料，他的盾用残忍打造，边缘还镶了一层傲慢。

慷慨大方也装备齐全，要伤着她很难，因为她很擅长防御。她力图打开大门，于是向严拒发起了进攻。她握着一把结实的长枪，磨得好不锋利铮亮，这是她从蜜语林（forest of Cajolery）带来的［比耶尔（Biere）①可得不着这等货色］，枪尖由温柔的祈祷制成。她是个虔诚的人，因此还有一面盾牌（从不离身）——由每一次祷告祈求所造，镶以合掌祈求、承诺、

---

① 枫丹白露森林的旧称。——译者注

协议、誓言和保证：好一面流光溢彩的盾！你当然知道，这是乐予送给她的。乐予还精心地在盾上画纹雕花，看起来就像由他亲手打造的一样。于是慷慨大方用盾严严实实护住自己，紧握枪柄，朝那蠢汉投去。可那家伙也不是吃素的，倒像是执棍的雷诺特（Renouart of the Staff）①再生。他的盾本该裂成两半，却坚固异常，什么武器都不怕；他又格挡得好，所以没有被开膛破肚。枪尖破了，他松了口气。这残暴无情的乡下人简直是武装到了牙齿。接下来他捡起长枪，用他的大棒子锤碎后，也给了她凶猛、可怕的一击。

"我干嘛不打你？"他说，"你这下流、不知羞的荡妇，你怎么有胆袭击一个尊贵人！"而他一锤击中了她的盾牌，那英勇美丽的谦谦女士痛入骨髓，起码跳起有六英尺高，接着便双膝倒地了。他打了她，羞辱了她。我想那一击准是杀了她，因为她的盾是木头做的。

"以前我信任过你，"他说，"你这下流的夫人、缩作一团的荡妇，信任你全没好事。你用花言巧语骗了我，就因为你，我才会任那个草包为了自己高兴，去接那个吻。他肯定觉得我像个白痴一样亲切。那全是魔鬼让我干的。道成肉身的天主在上，你会为攻击我们的城堡而把肠子都悔青了！现在受死吧。"

那美丽的人儿凭天主的名义求他发慈悲，不要毁灭她，这时她快要没命了。可那莽汉怒气冲天，把野兽般残忍的头摇个

---

① 法国中世纪《武功歌（Chanson de geste）》中的一个角色，多出现在《奥兰治的纪尧姆（Guillaume d'Orange）》这个史诗系列中。——译者注

不住，并且指着诸圣徒起誓，一定要毫不留情地杀了她，这可
让<u>怜悯</u>看不过眼了。她急忙冲向那乡下人，要解救她的伙伴脱
离危难。

　　对一切美善都满怀同情的<u>怜悯</u>，手里握的不是长剑，而是
一把"悍刃"（misericord）^①。她不住地哭泣，脸上泪水涟涟。
如果作者所言非虚，那武器有着极尖的吻，只要使用得当，连
硬石都能刺穿。她的盾用慰藉制成，镶以苦痛呻吟，布满唉哼
叹息。这怜悯洒下无数的泪水，劈头盖脸地刺向那恶棍，他却
像头豹子般四面抵挡。可是等她用自己的泪水把那摩拳擦掌的
丑鬼浸透后，他难免减了劲，觉得头昏眼花，就像被一条河给
淹了。从来没有什么攻击让他这么痛苦过，不管是口头上的还
是手上的。那副刚硬无情的躯体再不能支撑他，彻底垮掉了。
因为虚弱无力，他一个劲地跌撞，想要逃跑。可羞耻朝他喊
道："<u>严拒</u>，<u>严拒</u>！谁都知道你是个恶人。如果你现在放弃战
斗，让<u>欣迎</u>脱身，你会让我们被一网打尽的，因为他会立刻把
我们锁在这里的玫瑰拱手送出去。我可以打包票，如果他真的
把玫瑰给了那些坏蛋，它很快会——你知道——凋零、失色，
没了生气，最后枯萎。而且我敢这么说：很快就会有一股风吹
到这里来，如果它发现禁地门户大开，那会给我们带来多大的
损害——它要么会把种子完全搞乱，要么会撒下别的种子，让
玫瑰背上重担。求天主别让任何种子落到这里来！那样我们就
遭殃了，到那时就毫无办法了。在种子从玫瑰身上落下之前，
玫瑰很快会死掉的。就算它死里逃生，那阵风也会带来连连重

───────────────
① 一种短剑。——译者注

击，使种子和种子混杂，而玫瑰也会被这个包袱压垮。这东西
落地时，会撕裂一两片叶子（上主绝不许可！），叶缝下的小
绿芽儿就会暴露。到那时人人都会说，那些坏蛋已把它占有。
<u>戒备</u>会恨死我们的。她会找出真相，而且悲痛欲绝，然后会让
我们全都去死。肯定是魔鬼把你灌醉了！"

　　<u>严拒</u>大声喊道："救我！救我！"立时，<u>羞耻</u>跑上前来
恫吓<u>怜悯</u>——后者很怕她的威胁。"你活腻了！"她说，"我
要打破你的盾，让你今天就毙命，使你参战这天成为你倒霉的
日子！"

　　<u>羞耻</u>配着一把巨大的剑，那是制作精良的宝物，在"惧
怕暴露"的熔炉中千锤百炼过。她的盾很坚实，名叫"畏惧恶
名"，这正是那株她取材造盾的树的名字，盾边有一圈装饰，
上面画了许多舌头。<u>羞耻</u>给了<u>怜悯</u>一记重击，使她直往后退，
几乎就要宣告投降了，可这时<u>欢愉</u>上了场，直攻向<u>羞耻</u>。那是
个英俊、强壮、眉清目秀的男子，"快活人生"制成了他的
剑，"安闲无忧"造就了他的盾（这是我全然没有的东西），
盾边还镶有"娱乐欢快"。他的攻击被她举盾挡住了，时机刚
好，所以没有伤着她。紧接着<u>羞耻</u>也回敬了<u>欢愉</u>，那一击给他
带来极大的痛苦，使他的盾在头顶上裂开，而且把他打翻在
地。眼看她就要把他的头劈开，就在这时，爱神将名叫<u>审慎</u>的
年轻人派上阵来。

　　<u>审慎</u>是位勇猛的战士，一位足智多谋、有封地的贵族。
他手握一把剑，静若无舌，挥舞起来六步以外都听不见声响，
因为，舞得再厉害它都不会发出啸鸣回声。他的盾由"秘密地

点"制成（没有任何一只母鸡在那里抱过窝），以"小心出征"和"秘密归来"镶边。他举剑砍向羞耻，险些没要了她的命，而她完全被打蒙了。

"羞耻，"他说，"那个可怜可悲的鬼东西，那个戒备——一辈子都不会知道这件事的：我向你保证，握手保证，还可以发一百个誓。这么担保还不够吗？现在恶舌死了，你也被打败了。别再挑事了。"

羞耻无言以对。而惧怕，通常胆小如鼠，这时却气愤愤地跳了出来。她一直盯着自己的表亲羞耻，眼看她陷入这般窘况，便要去拔剑。她那丑恶锋利的剑名叫"虚张声势"，因为它就是用那样的东西造的；剑出鞘时比所有的绿宝石都要亮。惧怕还有一面盾，盾身以"畏惧危险"为材，边上镶着"产痛与折磨"。她使出全身力气砍向审慎的盾，要把他砍成碎片，替她的表亲报仇。他招架不住，被打得昏头昏脑、踉踉跄跄，便出声呼唤无畏。无畏立即一跃而出，因为，倘若惧怕再来那么一下，那就要坏事了：审慎肯定会死在她手下。无畏勇敢大胆，言行老练。他有一把上好的剑，光可鉴人，以怒火之钢锻就。他的盾是名盾，叫作"面死无惧"，边上镶着"临危不避"。他像暴风般冲向惧怕，想给她致命一击。他这么一击，她也这么一挡，便躲过了，因为她熟知所有的剑招。成功避开这招后，她也回身朝他的盾来了一下，那一下力气十足，他举盾没有抵挡住，被砍翻在地。无畏知道自己已经没有胜算，便合掌哀求她，请她看在天主慈悲的份儿上饶他一命，她答应了。

接下来，安全说话了："这是怎么一回事？天主在上！惧怕，你尽可以使坏，可是你会死在这里的。以前你怕得发抖，比兔子还要胆小一百倍，现在倒把你的窝囊气丢了！肯定是魔鬼让你这么胆大妄为，去攻击无畏。那人最爱打架，也很知道该怎么打，如果他肯费心好好思量，谁都比不过他。你有生以来从没打过架，这次可是绝无仅有啊。平时你完全不懂格斗的技艺，其他时候打起来，不是逃跑就是投降，现在可好，你倒防卫起来了。在看到赫拉克勒斯举着木棒朝前冲时，你跟卡库斯（Cacus）①一起逃之夭夭了。那时你惊慌失措，给卡库斯的脚安上了他没有的翅膀，因为他偷了赫拉克勒斯的牛，想要把它们赶到他自己的地头去。那地方很远，为了不叫人发现，他拖着牛尾巴倒赶它们。那时你的英勇受到了考验，而你也实实在在地表明了，你没有打架的天分。既然你一直远离战事，对这些也一无所知，你就不该反抗，而应该逃走或缴械投降，否则，你会为跟他对抗而付出代价。"

安全有一把用"无忧无虑"制成的强大的剑，一面"平安"之盾，当然也是上好的，边缘镶满了"和睦"。她挥剑砍向惧怕，想要杀了她，可是惧怕小心回防，转过盾牌来格挡，安全躲过了这一击，因此毫发无损。安全的剑擦过了惧怕的盾，而惧怕也回身给了她一记重击，砍在她的盾上，把她砍蒙了，险些使她受重伤。惧怕使的力气这么大，把安全的剑和盾都震飞了。你猜安全接下来是怎么做的？为了给其他人进行演

---

① 希腊神话中，伏尔甘之子，半人半萨堤尔，他从赫拉克勒斯那里偷了牛，随后便被赫拉克勒斯所杀。——译者注

示，她伸手使劲卡住了<u>惧怕</u>的太阳穴，<u>惧怕</u>也依样画葫芦，两人扭在了一起。众人都纷纷加入，也一对对地缠斗起来。这样的决斗，我还是头一次见。战况越来越激烈，他们打得越来越起劲，不住在拳脚上你来我往，任何搏斗都不像这个样子。对打的人一时扭向这边，一时扭去那边，每个人都在鼓动后来者加入。所有人都冲上战场，场内一片混乱。那纷乱的拳影比下雪、下雹子还要密实。人人都在<u>互相撕扯</u>，挥拳如捣蒜。从来没有哪场搏斗像这样，所有人杀作一团。

不过我不该对你说谎：围攻城堡的诸军一直处于下风。<u>爱神</u>很怕他手下全被杀掉，于是派<u>慷慨大方</u>和<u>喜见</u>去请他母亲来，说无论如何都别容她耽搁，同时提出休战十到十二整天——大概是这个数，我也说不确切。确实，只要他提出，停战协议就总能达成，哪怕过后他会反悔背誓。可如果他认为自己能够占上风，他就决不会选择休战。如果门卫们不是认为一旦协议生效，敌方就不会背誓，他们也决不可能同意——他们会满心怨愤，不论面上装得如何。如果维纳斯也参战，<u>爱神</u>也决不会休战。不过现在他只能这么做：我们和打不过的人对战时，都得稍稍撤后一<u>些</u>，要么休战要么逃走，直到更有胜算。

于是信使离开队伍，像两个最伶俐谨慎的人，一路行到了塞西拉（Cythera）^①，在那里受到了极恭敬的接待。塞西拉是一座大山，坐落在树木繁盛的平原上，它非常高，因此不管用何等强劲的弓弩，再怎么拉满弦，箭矢也还是够不着它。维纳

---

① 靠近希腊南海岸的一座岛屿，是维纳斯的故乡。但这里默恩的让可能是把它同西塞隆山（Mount Cithaeron）搞混了。——译者注

斯——女士们的灵感之源——多数时候都住在这里，在此消磨她的大部分时间。如果要详细描述这个地方，也许你会烦闷，我也会疲倦，因此我更愿意长话短说。维纳斯到林子里去了，正在谷中狩猎。陪伴她的是美少年阿多尼斯（Adonis）[①]，他文雅温柔、无忧无虑，是她的密友。他多少有点稚气未脱，除了去树林里打猎，几乎什么都不在乎。他是名少年，年轻并且前途无量，俊美而又秀气。那时正值午后，打猎的人都倦了。他们在鱼池旁的草地上歇息，享受着白杨木的荫凉。他们的狗也因为逐猎累得直喘气，在从鱼池流出的小溪里喝水。弓啊，箭啊，箭袋啊，都支在一旁。他俩尽情欢闹，一面听着鸟儿在周围的枝枝权权里唱歌。像这样嬉戏完后，维纳斯将他搂在自己的膝上，吻着他，将自己熟悉的林中逐猎法教给他。

"我的朋友，当你的狗儿们做好了准备，你开始搜寻猎物，发现有一只动物试图逃脱，那就去追它：它一转身飞奔，你就不管不顾地追上去。不过，到它垂死挣扎时，就不要再对着它吹号角了。遇到大胆的动物要退后，别逞能，因为那些东西的胸膛里有一颗异常结实的心，胆气又壮，对着它们，勇猛并不安全。一个勇敢的人和另一个勇敢的人打起来，场面是危险的。你去打雄鹿雌鹿、公羊母羊、大驯鹿小黄鹿，还有各色兔子，我觉得很高兴。打这种猎物，你会觉得快活又享受。至于熊、狼、狮子，还有那些长着大獠牙的野猪，我不许你去捕。这种野兽会起来反抗，把猎犬都杀死撕碎，常常弄得猎手

[①]　关于维纳斯和阿多尼斯的故事，见于奥维德的《变形记》（*Metamorphoses*）。——译者注

失掉目标。它们造成过许多的伤亡。如果你不照我说的做，那我会伤心死的，想起你都不会觉得欢喜了。"

维纳斯如此告诫他，苦苦求他无论去哪里打猎，都要谨记她的话。阿多尼斯却几乎没有留意心上人说了什么。凡事他都满口答应，不论是否当真，这么做只是为了相安无事，因为他不喜欢被说教。她全然白说了。任她说破嘴皮子吧——如果她离开他身边，就再也见不到他了。他不信她的话，结果死了：维纳斯没能救他，因为当时她不在场。过后她哀痛欲绝，哭得好不伤心。因为他去猎一头雄野猪，满以为自己能够把它捉住勒死。可他既没有捉住它，也没能把它切成块。因为野猪是狂暴又骄傲的野兽，它竭力抵抗，扭头冲向阿多尼斯，将自己的长牙扎进了他的腹股沟，把它的猪鼻一扭，便将他撂翻在地，结果了他。

好大人们，无论你们遭遇何事，都要将这例子铭记在心。要知道，不相信自己的心上人是很蠢的。你们总要相信她们，因为她们的话就和历史一样真实。如果她们发誓说："我们完完全全属于你们。"要信，就像你们信天主经一样，绝不丢弃。如果来的是理智，不要理她。哪怕她手里拿着十字架苦像，也一个字都别听她的，就和我一样。如果阿多尼斯信了他的心上人，他的命会长得多。

维纳斯和阿多尼斯彼此嬉戏、尽情欢爱后，便一起回到了塞西拉。信使们一点也没耽搁，在维纳斯来得及换衣裳前，就将他们带来的消息详详细细讲了一遍。"我敢说，"维纳斯闻言道，"这是戒备触霉头的日子：竟敢造一座什么城堡或乡下房子来对付吾儿！如果我不放火烧了那些门卫、烧了他们的家伙（除非他们把钥匙和塔楼交出来），那么我自己、我的弓和我的火把就一文不值。"随后她传唤家丁，要他们替她备车，因为她不想蹚着泥步行过去。那是一辆极美的四轮战车，装嵌着金子和珍珠。车辕间套的不是马，而是她鸽舍里养的六只漂亮鸽子。

万事齐备后，维纳斯登上她的战车，前去向贞洁宣战。那些鸟儿井井有序、一只不乱，全都拍打着翅膀，将车拉起。它们一路乘风斩气，来到军中，维纳斯立刻步出战车，诸军无不欢欣雀跃，一齐拥到她身前。打头的是她儿子：他急不可耐，单方面打破了休战协议——在这种情况下，他是不会守约的，不管是发了誓还是做过保证。

他们只想浴血奋战，去攻打死守的那一方。他们用投石机对付城堡，用巨石"严肃祷告"来破坏城墙。门卫则以"拒绝"来加固墙体。那是种强大的障碍物，编造它的枝条十分柔韧，是军中主力从严拒的篱笆上扯下来的。爱神军为了尽早赢得酬报，扬手射出倒钩箭，箭羽是"满口应承"（只有完全由应承制成的箭杆，才能刺透那屏障），箭尖装得很牢，材料是"赌咒发誓"。敌方急忙躲避，并未束手就擒。因为他们的盾坚不可摧，既不太重又不太轻，造它们的木材和那些障碍物一样，来自严拒的篱笆：什么武器对它们都是徒劳。

事情到达这个地步后，爱神向他母亲说明了自己的处境，求她出手相助。"虽然戒备还在顽抗，"她说，"可是，如果我还容许一个女人存留贞洁，那就让我活不久、死得惨！因为戒备的缘故，我们老是举步维艰。好儿子，我发誓要让所有人都沿着我们的道跑起来！"

"这是自然的，夫人，我很乐意这么做。从现在起，没有人会置身事外。一个人除非能去爱或被爱，否则他就没什么了不起的，至少这点是真的。人躲避爱的欢愉，却还能过得快活，那真是一种悲哀。愿他们一败涂地！我最恨这些人，如果办得到，我会把他们全部消灭。我要控诉他们，一直控诉他们，我的控诉只增不减。我要把他们彻底伤透，直到我报了仇，粉碎掉他们的骄傲，让他们全部遭到谴责。想让我苦恼的人，他们从亚当所生的那日起就倒霉了！他们想方设法葬送我的快乐，愿他们的心在胸膛里胀裂！再也没有比那些想用四把镐打翻我、把我打死的人更坏的了。我不是凡人，但这种事实在让我太生气。如果我是血肉之躯，我会痛苦而死的。因为如果我的游戏失败，除我的身体、衣服、祈祷念珠和盔甲外，我会失去所有宝贵的东西。如果他们没有能耐玩爱的游戏，至少也该为此感到不快乐。他们不得不撒手放弃时，至少也该因为心头沉重而觉得痛苦。除了在你爱人的怀抱里，哪里还有更美的人生？"

他们在全军面前起誓（那样更能坚守到底），并且取出他们的箭袋和箭、弓、标枪与火把，而非圣物。他们说："为了实现这个目标，我们不求别的圣物，也不喜欢别的。如果最后表明我们的誓言和担保虚伪不实，那我们就不再可信了。"他们也无须指着别的东西起誓，臣僚们相信他们，就像他们在天主圣三面前一样，因为他们的誓言是由衷的。

第九章　自然与天赋

　　当他们向众人起誓时，自然走进了她的锻造间。她心系天下苍生，在锻造间里全神贯注地锻造每一个生物，以此来延续它们的种族。因为单个的生物使种族获得了生命，不管死亡怎么紧追不舍，都追赶不上。自然也紧跟着死亡，当死亡用大棒杀死她认为应死的生物（有些易腐之物并不怕死，却还是会消亡，被时间用光耗尽，成了其他东西的滋养），想将它们全部灭绝时，却没法将它们同时链锁到一处。她在这里捉住一个，另一个立即从别处逃之夭夭。她杀死做父亲的，却留下了儿子、女儿或母亲：他们眼见父亲已死，就从死亡面前逃遁了。不过，无论他们多擅长逃跑，也同样会死，吃药和向神灵许愿全都无济于事。然后还有侄子侄女、外甥和外甥女，他们为了搜寻人生之乐而奔忙，只要腿脚跑得够快：一个去跳舞了，一个去了修道院，又一个去了学校，有些做起了生意，另外的去学了一技之长，还有人纵情于美食酒色。一些人为了不被死亡埋葬，努力跑得更快，骑上配了镀金马刺的战马。另一些将性命寄放在一条木船上，驾船横渡大海，靠着帆和桨，依着星辰航行。还有一些许了谦卑之愿，披上假冒伪善的斗篷，为了在流荡生涯中隐藏自己的想法，直到所作所为将他的真面目暴露。

因此芸芸众生都在逃亡，极力避开死亡。而死亡染黑自己的面孔，穷追不舍，直到赶上他们：这场追捕真是残酷。生灵们在奔逃，<u>死亡</u>在猎捕，十年、二十年、三十年、四十年——五十、六十、七十、八十、九十、一百年。她捉住的全都被消灭了。如果他们设法逃出生天，她会不眠不休地追，虽然有那么多的医生，她也还是奴役着他们。哪怕医生们自己，也没有一个逃得脱，不管是希波克拉底（Hippocrates）还是伽林（Galen），也不管他的医术有多高明。拉齐（Rhases）、君士坦丁（Constantine）和阿维森纳（Avicenna）[①]都将自己的皮囊给了<u>死亡</u>，至于那些不擅长跑的，什么都救不了他们。如此，不知餍足的<u>死亡</u>贪婪地吞吃掉一个又一个人，越过大陆，跨过洋海，直到将他们全部埋葬。然而，单个的个体很擅长逃亡，但她不可能一次性抓住他们，也就没法毁灭整个物种。哪怕只留下了一个，全体共有的属于那一种类的形态（form）也会幸存。以不死鸟为例我们就会明白，因为不会同时存在两只不死鸟。

永远只会有一只不死鸟。它能活上五百年，死前燃起一个芳香四溢的巨型火堆，最后跳进去把自己烧死：这样，它就消灭了自己的肉身。可是既然形态能够存留，那不管它烧得多彻底，还是会有另一只不死鸟从灰烬中诞生。又或者它还是同一

---

① 以上这些人都是希腊和阿拉伯的著名医生。——译者注

只，使它复生的是<u>自然</u>。这一物种带给她许多好处，如果她不能让不死鸟再生，她自己也会消亡。当<u>死亡</u>吞噬了不死鸟，它却以这种方式保存了自己的性命。就算她能吞掉上千只，也还是会有一只存活。这就是所有不死鸟共有的形态，<u>自然</u>使它在每一个个体身上再度成形。可如果下一只不死鸟活不成了，它就会彻底消亡。月亮底下的一切都以这同一种方式存在：只要有一只幸存，物种就会在它里面延续，<u>死亡</u>永远也抓不着它。

然而，当温柔慈悲的<u>自然</u>看见善妒的<u>死亡</u>和<u>腐朽</u>（Corruption）联手摧毁能找到的一切时，就躲在自己的锻造间里，不住地敲啊打啊，锤啊炼啊，通过新生的一代来使个体更新。如果没别的法子，她就给它们盖上特殊的字母戳记，像铸造不同的硬币一样赋予它们精确的形态。<u>艺术</u>（Art）把它们当成自己的模特，可是她创作的形态不够真实。她虔心向<u>自然</u>下跪，像个缺乏知识和能力的穷乞丐一样，努力师从<u>自然</u>。她苦苦哀求、乞求、恳求，求<u>自然</u>教她运用技艺，让她的手指能正确再现每种生物。她观察<u>自然</u>的工作，因为她巴望自己也能做同样的工作。她模仿<u>自然</u>，有样学样，只是她的理解力太弱，也太贫瘠，造不出活的生灵，不管它们看起来多逼真。

<u>艺术</u>或许能努力制作各式各样的东西，或许能运用绘画、染色、锻造或雕刻等等技艺，去塑造战斗中全副武装的骑士，让他们骑在神骏的战马上，而他们的马身披蓝色、黄色、绿色的铠甲（杂色的也行，如果你喜欢）。还有青翠果园中可爱的鸟儿，来自五湖四海的鱼儿，林场中一切吃草的野兽。春天来临后，小伙子和姑娘们都来到树林里采摘花草，他们发现草在

长叶，花在吐蕊，鸟儿和家畜们都很驯顺。在大大小小的舞会上，衣着优雅的漂亮女士们踩着舞步。她们被画得多好啊，借着金属、木头、蜡之类的材料，她们被表现得多么充分啊——或者在画布上，或者在墙上，身边站着英俊的小伙子——他们也被塑造得十分生动。然而，即使具备了全部形体和特征，艺术也永远没法令他们自己走起来，活过来，去动、去感受和说话。

也许她掌握的炼金术足以让她改变每种金属的颜色，可是她到死都没法令物种蜕变，除非先将它们分解成基础物质（elemental matter）①。哪怕她努力一辈子，也赶不上自然。就算她不怕吃苦，愿意去分解物质，可到了制作炼金药（elixir）的时候，她也还是不了解其中的关键，不知道怎样才能生成合适的合成物，从而产生形态。正是形态区分了物质，因为它们之间存在着特定的差异，当步骤准确时，结果会一目了然。

值得注意的是，炼金术是一门真正的艺术，只要认真钻研，谁都会发现伟大的奇迹。物种会如何且不说，至少，当有人凭借才智对个别物质进行改造时，后者的形态会变得五花八门，外观也会发生各式各样的转变。这种变化夺去了它们原有的属性，使它们成为一种不同的东西。我们没有见过造玻璃吗？行家能通过简单的提纯，用蕨草（ferns）生出玻璃和灰：虽然玻璃不是蕨草，蕨草也不是玻璃。电闪雷鸣时，我们常看

---

① 所谓基础物质，指的是一种特别纯净的水银，中世纪的人相信它与硫磺混合后能制造出金属。而炼金术师的目的就是要提取这种物质，进而通过正确的配方获得黄金。——译者注

见云端落下石块，可雷电不是石头飞上去变成的。也许内行人知道，是什么改变了物质的类别。物种因此被转化，或者不如说是个体脱离了物种，既从本质上，也在外观上。<u>艺术</u>方面的例子是玻璃，<u>自然</u>方面的例子是那些石头。

处理金属也一样，只要能设法把不纯金属里的杂质去掉，进行提纯。它们的外观相似，彼此间存在着很大的"亲和力"（affinities），因为不论自然怎样给它们改装，它们全都是同一种物质。我们从书里得知，它们以不同的方式生于地底矿藏，来自硫磺和水银。所以，如果人有本事配置"精气"（spirits），使它们产生进入"身体"（bodies）的力量，而且进去之后再也没办法再逃逸（只要"精气"发现"身体"经过了彻底净化，硫磺——无论是白色还是红色——也没有烧起来），有这样知识的人也许就能随意处理金属。炼金大师用纯银来制造纯金，使用几乎不值几个钱的东西来使它们增重和变色。有了纯金，他们就可以造出闪亮喜人的宝石。他们用渗透性很强的纯净白药水，使其他金属脱去原有的形态，转变成纯银。不过，只想坑蒙拐骗的人绝对掌握不了这些事，他们苦干一辈子，也追不上<u>自然</u>的脚步。

那技艺精湛的<u>自然</u>，本来正专心致志地从事她无比热爱的工作，却突然宣布说，她是个伤心的可怜人。她哭得那么厉害，有点爱心和怜悯的人见了，都不能不跟着一起哭起来。她为某些事感到懊悔，心里极其烦恼，恨不得丢下自己的工作，放弃一切想法，只要她的师父肯同意。于是她怀着沉重的心情去找他，急于吐露她的请求。

本来我很愿意为你描述一下她，可是我的才智并不能胜任。我的才智？——不只是我的！人的才智都不足以描画她，不管是在口头上，还是用笔写下来。柏拉图、亚里士多德、阿尔戈斯、欧几里得和托勒密都是享有盛誉的好作家，可他们的能力还是不够，就算敢揽这个活儿，也只会吃力不讨好。皮格马利翁雕不出她来，巴赫西斯（Parrhasius）①会徒劳无功，甚至阿佩利斯（Apelles）②——我认为他是非常出色的画家，也不可能描摹出她的美，他们活得再久都办不到。米罗（Miro）或波吕克雷图斯（Polycletus）③也绝不会成功。

哪怕是那位能工巧匠宙克西斯（Zeuxis）④，也画不出这么一个形体来。为了在神殿中呈现出自然的形象，他用五个少女当模特，她们都是从各地找来的最漂亮的人。她们全身赤裸地站在他面前，如果他发现谁的肢体有缺陷，就换另一位做模型。［这是西塞罗在《修辞学》（Rhetoric）里告诉我们的，来源十分可靠。］可是自然太美了，不管宙克西斯怎样描画、怎样着色，都无济于事。只有宙克西斯这样吗？不，自然孕育出来的全部大师都如此。就算他们能领会她美到何种程度，不惜抛掷光阴去描绘，可就算他们画断手，也刻画不出她的伟大魅力。只有天主才办得到。

---

① 巴赫西斯，古希腊画家，生活于公元前5世纪前后，定居于雅典。——译者注
② 阿佩利斯，古希腊画家，生活于公元前4世纪，被认为是古典时期最伟大的画家。——译者注
③ 米罗和波吕克雷图斯都是古希腊著名雕塑家。——译者注
④ 宙克西斯，古希腊画家，生活于公元前5世纪前后，定居于赫拉克勒斯城。——译者注

本来，如果能够，至少我愿意做出尝试。我真的会为你写下来，如果我有这份本事和才智。在这上面我浪费了无数时间，脑汁都绞尽了。多傻啊，你想象不出来这有多狂妄，一个人要怎样地自以为是才会想要完成这样一桩伟业。我觉得那样的美无与伦比，崇高、庄严，价值不可估量。不管再怎么努力，哪怕连心脏都迸裂，我也没法在头脑里把握它，也不敢说我已经深思熟虑，能够写下只言片语。所以我放弃了。现在我将保持沉默，因为通过反省，我懂得<u>自然</u>远比我理解的更可爱。

天主的美难以测度，是他将美给了<u>自然</u>，使之成为一道丰沛、永远流淌的水流；使她成为众美之源，无边无际、深不见底。因此，我不该细述她的身体和面庞，因为它们都极其美丽可爱，无论是五月初开的百合，枝上的玫瑰还是树丫间的冬雪，都不如它们那样红，那么白。如果我胆敢把她与别的东西相比，我一定会自食其果，因为没有人能领会她的美，懂得她的价值。

<u>自然</u>听到了军队的发誓，心中悲痛稍减。她觉得自己受了骗，于是开口说道："我到底做了什么，我这可怜的人？自从有这美丽的世界以来，我还没有为发生在我身上的任何事后悔过，只除了一件，我犯了可悲的大错，觉得自己是个傻瓜。当我寻思这桩愚行，知道自己应当忏悔。可怜的傻瓜！不幸的可怜虫！可怜啊，说不尽的可怜。如今去哪里才能找得着忠信呢？我善用了我的精力吗？我一定是失去了理智，因为我自以为在为朋友效劳，想要赢得他们的感激，实际上却白花力气养

肥了敌人！我的好脾气成了我的祸根！"于是她去找她的司铎说话，后者正在她的小礼拜堂（chapel）举行弥撒。那不是新的弥撒，因为自他成了教会的司铎以来，总是举行这种礼拜仪式。

司铎完全同意<u>自然</u>女神的话。他没有再办另一场弥撒，而是在她面前，用响亮清晰的声音诵读他的书，上面记着一切必朽之物的形体特征，正如<u>自然</u>给他时的样子。"天赋，我的好司铎，"<u>自然</u>说，"你是神明，对繁殖器官了解得很透彻，而且无所不知。你使它们凭着独特的性能运作，充分完成自己的任务。我很后悔，因为我没有控制住自己，干了一件蠢事，为此我想向你做告解。"

"女士啊，世界的女王，尘世间的一切都在你面前屈身。"天赋说，"如果有事情令你烦恼，使你懊悔，或者你只是想要谈一谈，不管那是快乐的，还是悲伤的，你都可以向我坦白。不用急，慢慢说。至于我，我完全供你差遣，只要办得到，我很乐意为你提供补救之道。如果这事不宜外谈，我会保守秘密。如果你需要赦罪，我不会剥夺你的权利。请擦干眼泪吧。"

"说真的，好<u>天赋</u>，"<u>自然</u>说，"我会哭一点也不奇怪。"

"可我还是建议你别哭了，女士，如果你想好好做告解，把你打算说的事用心讲一讲。我敢肯定那是一桩大罪，因为我知道，高贵的心灵不会被小事烦扰。谁敢使你烦恼，他一定是个十足的蠢货。不过，女人都容易动怒，这也是千真万确的。

维吉尔很懂女人，他亲自做了见证：没有女人足够坚定，没有女人不是变化无常的。女人还是最急躁的生物，所罗门说：没有头脑比蛇更残忍，没有造物比女人更歹毒易怒。简单来说，女人有那样的恶习，谁都没法用韵文和诗来讲清楚她们的堕落之处。熟悉女人习性的提图斯·李维还告诉我们，她们有多蠢，多容易受骗——她们生性容易受影响，而恭维话比任何祷告都更能左右她们。《圣经》里别的章节也说，妇女的恶根全都来自贪婪。

"如果一个男子向妻子透露了自己的秘密，他从此就受制于她了。凡妇人所生的男子，只要不是喝醉或脑筋错乱，都不该把秘密告诉女人，除非他想从其他人口里听到它。宁可从这国家逃亡，也好过跟一个女人——不论她有多忠诚、脾气有多好——谈论不该谈的事。如果看到近旁有女人，就不要有任何秘密之举，因为我可以告诉你，哪怕有生命危险，她也早晚会说出来。就算没人询问鼓动，她也会说得巨细无遗：什么都不能使她保持沉默。有危险也罢，被谴责也罢，她总觉得除非一吐为快，否则她会憋死。现在她知道了这件事，如果泄密的男人敢动手打她，不管是一次，还是三次、四次，只要他一碰她，她就会数落起他来，而且还会当众这么做。当你信任一个女人，你也就失去了她。你知道这样的人后果有多悲惨吗？他等于是绑住了自己的手，割破了自己的喉咙。如果他干了一些该死的事，却敢（有那么一次）训斥她、怪她、骂她，那他就有丧命的危险了。因为她会让他被吊死的（如果法官能抓住他的话），或者使他被朋友杀死，这就是他自招的祸害。

"而当那傻瓜晚上上了床，在他妻子身边躺下，他睡不着也不敢睡，也许因为他做过的事，也许因为他正谋算着要害人性命，或者干一些自己也害怕的坏事，被人发现就会没命。于是他辗转反侧，唉哼叹息。妻子见他那么痛苦，就拉他过去，亲他抱他，百般地安慰他，还让他枕在自己两乳之间。

"'先生，'她说，'有什么消息吗？为什么你这样叹气，身上发抖，还翻来覆去？这里十分秘密安静，只有我们两人，第一个是你，第二个就是我——也就是说，是全世界最爱对方的两个人，又忠诚，又真心，彼此没有一点仇怨。我记得很清楚，卧室的门是我亲手关的，我也很感激有这些墙，它们有三英尺厚呢。那些椽子又高，我们在这里应该很安全。我们离窗口也很远，对保守秘密来说，这再适合不过了。除了风，谁都不可能推开那些窗，除非把窗口砸碎。一句话说：隔墙无耳，只有我能听见你的声音。所以我怀着最最温柔的爱，求你信赖我，告诉我发生了什么事。'

"'夫人，'他说，'天主为我做证，我无论如何都不会透露这件事，它不该让任何人知道。'

"'啊，'她说，'我亲亲的好夫君，那你是在怀疑我，怀疑你忠诚的妻子了？我们结为夫妇时，耶稣基督一点也不吝惜他的恩典，叫我们二人成为一体。既然那习惯的法律规定我们只拥有一个身体，而一个身体只有一颗心，就在它的左边，那我们的心也成为一颗心了：你的是我的，我的也是你的。这么说来，你不该有什么不能叫我知道，我求你告诉我，这是我应得的回报。不知道这件事，我怎么也高兴不起来。如果你不告诉我，我会明白你其实一直在骗我。我会知道当你叫我温柔的小亲亲、小妹妹、好朋友时——是安的什么心。你想要骗谁呢？我看得很清楚：你这是在背叛我，除非你向我坦白一切，因为婚后我可是完完全全相信你的，心里有什么都不瞒你。为了你，我离开我的父亲、母亲、叔叔、外甥、姐妹、兄弟，还有我全部的朋友亲戚——这也同样是事实。我真是做了一桩坏交易，因为你对我有这么多保留，可我爱你胜过任何人，而不是把你当作无关紧要之人。你以为我会这么坏，把你的秘密抖搂出去吗？怎么可能！我凭耶稣基督的名义起誓，他是天国之王，总比我更能保护你吧？如果你知道忠诚是怎么一回事，那就请你至少好好想一想，事实上我已经把身体抵押给你了，这还不够保险吗？你还想要一个更可靠的人质吗？如果你不敢把秘密告诉我，那我就比其他人都不如了。我发现其他女人完全是自己家里的女主人，因为她们得到丈夫的信赖，知道他们的秘密。他们睡前都会和妻子躺在床上商量事情，悄悄坦白一切，半件也不遗漏。说实话，他们这么做的次数，可比去找司铎办告解多得多呢。这是女人们自己告诉我的。我经常听她们闲聊，她们什么都说，不只是看到的听到的，甚至包括她们想到的。她们用这种方式来为自己减轻一点负担。但我和她们不一样，她们也没法与我比，因为我不是爱嚼舌根的荡妇：不管我的灵魂在天主面前会有如何评价，在身体方面我可是个好女人。你没听过我有通奸的传闻吧？除非是一些歹毒的白痴在造谣。你不是试验过我吗？你找到过我的错处吗？那就请你想一想，好先生，你是怎么对我信守诺言的。你给我戴上戒指，向我宣誓，完全是大错特错。我不知道你怎么有那个胆子。如果你不敢信任我，那谁叫你跟我结婚的？所以，我求你至少这次对我说话算话，我也真心向你保证，而且向蒙天主祝福的圣彼得发誓，我会像坟墓一样沉默。如果我让一个字溜出嘴，害了你，丢你的脸，那我就是傻子。那我就是在羞辱自己的家——我可从来没有诽谤过它，更不曾诋毁自己。有一句话说得很对：谁蠢到割下自己的鼻子，谁就是在侮辱自己的脸。但愿天主帮助你，告诉你你为什么烦恼，否则你就是要我的命了。'接着她掀开被子，假惺惺地吻遍他的胸膛和脑袋，一面把泪水洒满他的全身。

"于是这倒霉汉子把自己的痛苦和羞耻一股脑告诉了她，这些话也就成了他的绞索。他一说出口就后悔了，可说出去的话，泼出去的水。他求她不要声张，因为比起她不知情时，现在他更苦恼了。她自然会对他说，她无论如何都会保守秘密。可这倒霉蛋到底是怎么想的？他都没法让自己的舌头沉默，还能管得住别人的舌头吗？他能有什么指望呢？

"而这女人懂得自己占了上风，知道她丈夫无论如何都不敢再责骂她，也不敢有任何抱怨。她尽可以把他变成一个安静的哑巴。她也许会守信用，直到两人发生争吵——如果她能等那么久的话！她不可能等那么久，而使他免受折磨，因为他会受到怀疑的煎熬。谁爱惜男子，就该把这番教训告诉他。应该到处传播，让每个男人都发现自己的境遇极其危险，从而悬崖勒马。长舌妇也许会觉得被冒犯，可是真理不能在角落里隐藏。

"好大人们，如果你们真的爱惜身体和灵魂，就要提防女人。至少不要犯这种错，把锁在心头的秘密向她们透露。跑吧，跑吧，跑吧，孩子们！我诚心建议你们，老实地劝诫你们，躲开这样一种生物。把维吉尔的话记下来，背熟它，别让它被磨灭：噢，摘取鲜花、采集无瑕鲜草莓的孩子，那冰冷的大蛇正藏在草中。跑吧，孩子们！谁靠近他，他就会麻醉谁，用毒液使人中毒。噢，搜寻百花、从地上寻找嫩草莓的孩子，那冰冷的恶蛇正在此处藏身，那恶毒的长虫躲藏着，藏起他的毒液，使之成为嫩草里的秘密，到时机来临，他就会将它喷出，好骗你害你。孩子们啊，要小心，小心将他躲避。如果你们想死里逃生，那就不要被抓住。因为他是一种有毒的野兽：身体有毒，尾巴有毒，头有毒。你们靠近他，全身都会中毒的。无论他碰到谁，都会狡猾地刺他咬他，使他重伤不治，什么药都治不了那像火烧一样的毒伤，任何草药的根和叶都不管用，唯一的手段就是逃跑。

"不过，我没有叫你们别亲近女人，这不是我的意思；我也没叫你们躲得远远的，睡都不能跟她们睡。相反，我喜欢你们看重她们，合理地促进她们的安康幸福，确保她们有好衣服好鞋穿，努力服务和尊重她们，这么做能让种族延续，不被死亡摧毁。只是绝对不能太信任她们，以至把不该提的事都告诉她们。让她们自由走动，如果她们懂得怎么打理家庭和家务事，那就让她们做。又或者，如果她们恰好擅长买卖，就让她们去买去卖。如果她们熟悉各类贸易，又有必要，那就让她们从事贸易。所有无须隐藏的明面上的事，都让她们知道。可是如果你们随意过了头，给了她们太多权力，等你们察觉到她们的恶毒时，后悔都晚了。《圣经》也曾向我们呼喊，当一个女人能够行使权力时，她会反对自己的丈夫，不管他想说什么或做什么。但也要小心，别毁了自己的家，因为我们哪怕再警觉，也可能会遭受损失。聪明人会保全自己拥有的一切。

"至于有心上人的人，你要做她的好伴侣。和你俩都休戚相关的事，让她知道并没有错。可你如果够明智，在和她拥抱接吻时，一定要沉默、沉默、沉默！务必管好自己的舌头。如果女人知道了你的秘密，那你就完蛋了。她们骄傲又专横，舌头会咬人、伤人、毒害人。可是，当那些傻男人饱尝了云雨之乐，在欢爱的间隙被她们搂在怀里，又是亲又是抱的，到了一个程度，他们就什么都藏不住了，一切秘密都会抖搂出来的。接下来丈夫们会坦露自己的灵魂，过后又因此伤心后悔。男人都会在这种情况下泄露自己的想法，只除了那些谨慎聪明的人。

"大利拉居心不良，用谄媚败坏了参孙：一个无畏、英勇、强壮好战的人。她温柔地抱紧他，让他躺在自己的膝头上，趁他熟睡，用剪刀剪了他的头发。头发被剪掉后，他就失去了一切力量。而且大利拉还揭发了他的全部秘密，因为那蠢汉没法对她隐瞒，把什么都告诉了她。我不会再举更多的例子，一个就已足够。连所罗门都说过：'要守住你的口；不要向你怀中的妻提说。'这是为了远避危险和责难。而我因为爱你们，所以把这话告诉你们。谁若看重男子，就应该向他们宣讲这教训。不过，我不是因为你才说这些。你一向都坚定忠诚，这是不用怀疑的。《圣经》本身也说了，天主赐给你一副好头脑，使你有无穷的智慧聪明。"

天赋这样来安慰自然，竭力使她忘却自己的痛苦，因为他说，忧愁伤心的人什么困难都克服不了。他还说忧愁有许多害处，却没有一点好处。他把想说的话讲完，也没有再做祷告，而是在祭坛边的一张椅子上坐下。自然立刻跪在司铎面前，虽然她肯定没有忘记自己的痛苦。天赋也没有再要求她，因为那完全是浪费时间。他不发一言，仅仅是倾听夫人的述说，而后者一面哭一面敬虔地告解。我这里记的字字属实，完全照着自然所言。

第十章 自然的告解

"上主的美是无穷的，也是他，创造了这花锦世界的美。在世界被造成之前，他就已经在自己的思想中永远预定了它百般美好的形态。他在他的思想中找到世界的模型，还有他需要的一切。因为，就算他想从别处去找，不管是天，是地，还是任何别的东西，都无法协助他。在他的思想之外，什么都不存在，因为他里面毫无所缺，是他从无中造了万有。也没有什么促使他这么做，只除了他自己美好的旨意，那是慷慨的、周到的，毫无嫉妒之意，是一切生命的源头。起初他仅仅创造了一大团混沌，既没有秩序，也没有特征。接着他把它分成不同的部分，但还没有将它们打散。他数点它们，知晓它们的总数。他按照合理的比例完善了它们的外形（shapes），把它们造成球体，这样它们能更好地运动，也能容纳更多，这取决于他要它们如何移动、有多大容量。然后，他为它们寻找恰当的空间，好安置它们：轻的往上升，重的朝中心凝聚，重量中等的存在于两者之间。这样就定了它们的位置，使它们有适当的大小和体积。当他根据自己的计划，将其他生物安置好后，这同一位天主，出于恩典，给了我无比的荣耀和爱，使我成为万物的管家（chamberlain）。他允许，并且仍将允许我服侍他，只要一切都符合他的旨意。在这里，我不伸张别的权利，可我要感谢他——伟大的主——因为爱我和看重我的缘故，让这可怜卑微的使女在如此宏伟美丽的宅邸里当管家。当管家？千真万确，作为总管（constable）和代理人（vicar），这些头衔是我永远不配的，他却因着仁慈，将它们赐给了我。

"天主给了我荣幸，把那连接着四元素（the four elements）的美丽金链（golden chain）交给我保管，使其全部向我臣服。他还将链条内的一切都信托于我，命令我护卫它们，使它们的形态得以持续和保存。他要万物都服从我，充分学习我的法度，铭记不忘，永远遵守。它们确实如此，它们中的每一个都如此；万物都谨守我的法度，只除了一种造物之外。

"对于天（heaven）的被造①，我没有任何怨言。它不停转动，从不懈怠，在它那完美的圆上，众星与它共进，它比任何宝石都亮，权能（power）也更大。它带着整个宇宙和它一起行进，自东开始，至西结束，也不会就此打住不转回去，而且不住扫过所有想要抵挡它、阻止它运行的转轮（wheels）。可那些转轮挡不住它，也没法使它慢到一个程度，以致它不能在三万六千年内转完完整一圈，再回到天主最早创造它的那个点

---

① 关于"天"的构造，诗歌采用的是中世纪通行的亚里士多德"地心说"宇宙观的一种简化版本。宇宙由一层层嵌套的空间（在诗歌中有八层）组成，地球在其最中心处，它是不旋转的，但其他各层都绕着这个中心旋转。最外层的空间上布满了星辰。——译者注

上。它的轨道依循黄道带（Zodiac）那个大圈的圆周线，黄道带则像个轮子般自转。天的运转极为精确，它的路线绝不会出错：因此，那些发现它毫无差错的人称它为*aplanos*，这个希腊词在法语里的意思是'无误之物'（thing without error）。而我所说的这无误的天，人是看不见的，可是对那些承认它有根据的人而言，理智能够为它提供证据。

"对七大行星，我也没有意见。在整个行进过程中，每颗行星都又清晰，又明亮。人们认为月亮不那么纯净，因为它有些地方看起来很黑，这是因为它具有双面性，有时会显得混浊阴暗：一部分放光，另一部分不会。因为它既是透明的，又是不透明的。由于它本体里透明的部分无法反射太阳照向它的光线，光消失了，从它身上直穿了过去。可不透明的部分却十分光亮，因为它阻挡了光，把光全都归为己有。为了解释这点，我们可以简单举一个例子，要比详细解释更能说清楚。

"透明的玻璃允许光透过：它里面或外面都没有密度大的东西，能够反射光线。它显不出形体，因为眼睛发射的光线没有遇到任何物体，没有任何东西能使它们停住并把图像送回给眼睛。不过，如果有人用铅或不透明的物体来做背景挡住它，不让光线透过，那图像会立即被反射过去。我知道它会被反射，原因在于它或其他物质具有不透明性。同样，月亮的透明部分就跟它的天球层（sphere）一样，无法拦住能照亮它的光，反而会让它们穿过；不透明的部分没让光线通过，而是将它们强烈地反射回去，这就使月亮有了光。这是月亮有些地方显得亮，有些地方暗的原因。

　　"而月亮的暗部显出一个形体，代表一种不可思议的动物：一条蛇，头永远垂向西方，尾巴却指向东边，背上背着一棵活树，枝叶向着东方伸展，但是倒着长。树荫下有一个男子，正倚着自己的手，腿和双脚指向西方。这就是它们的外观让人联想到的。

　　"这些行星工作非常出色，七个都各司其职，没有一个延迟。它们穿过它们的十二所房子（their twelve houses），越过它们的刻度（their degrees），在应该停留的位置上停下。为了妥善完成任务，转完一圈后，它们会往回转，每天都会重返需要回去的那片天域，然后又再开始，永无休止，一边转一边抑制天空的转速，用这种方式来为诸元素（the elements）效劳。因为，如果天空能随意转动，穹苍底下便没有东西能够活了。

　　"而那了不起的好太阳给了我们日光，因它是众光之源，像王一样位居中心，烈焰熊熊、光芒万丈。它的房子在诸行星中央，这不是没有理由的。因为天主——那位至美、至强、至智者，想把他的居所安在那里。如果他住得低一些，万物都会死于高温；如果他住得高一点，一切又会被极寒毁灭。他把他的光同时分给月亮和星辰，使它们变得无比美丽。因此，每当<u>夜晚</u>（Night）在傍晚铺开桌子，她就会用它们来当蜡烛，这样当她出现在丈夫阿刻戎（Acheron）①面前时，不至于显得太可怕。可是阿刻戎心里很不痛快，他和黑色的<u>夜晚</u>在一起时宁愿什么光都没有，就像他俩最初认识时那样。在他们狂野的云雨

――――――――――

① 阿刻戎，夜晚的丈夫。在希腊神话中，他是地底世界的一条河。——译者注

间，夜晚孕育了复仇三女神（three Furies），她们都是些残暴凶狠的造物，在冥界里司任审判官。然而，当她在食品室、贮藏室或地窖里注视着自己的映像时，她觉得这没有一点血色的样子太难看了。她的脸太黑，因为那些璀璨的天体照着天主的命定，都转去了天球的另一边，不再在夜空中闪耀、放出欢乐的光芒。可它们在彼此间创造出一片和声（harmonies），成为各种旋律和不同音调的来源，使我们能将它们用在各种类型的歌里，做成和弦：不借助它们，万物都喑哑无歌。

"它们的影响力会改变月亮之下的偶然事件和事物的本质。它们各色各异，却又互用互惠，因此，它们能令清澈的元素变得浓厚，使浓厚的元素变为清澈。它们生出冷和热，干与湿，使之进入物体和躯体（仿佛那是些容器），将不同部分组合在一起：不管这些特性怎样互斥，这些天体都能将之黏合。它们做这种融合的工作，也就调和了四大元素，使之变成一种合理的、比例恰到好处的混合物，将我制造的万物浇铸成最佳形态。如果有什么恰巧没弄好，那是因为原材料有缺陷。

"可是如果你仔细观察，你会发现，不管调和得多好，'热'也还是会把液体吸干。它会日复一日地破坏和消耗它，直到死亡降临。死亡是它们的归宿，这是我规定的，也是公正的。也就是说，除非死亡在液体被耗干前以另外的方式发生，因别的缘故提早降临。因为，尽管谁都找不到良药仙油来延长躯体的生命，可是我知道，要缩短它们倒是很容易。

"许多人在体液耗干前就缩短了自己的性命：他们被淹死、吊死，或者因为铤而走险，逃不脱被火烧、被土埋的命运，或者因为处事太蠢而突遭横祸。很多无辜者因为仇人的狡诈残忍，死于刀剑或毒药。而由于生活安排得不好，他们也许会生病——睡太多或太少，休息太多或忙过了头，太胖或太瘦（人是可以在所有这些方面犯罪的）；禁食过度、享乐过度或太渴望受苦；太开心，太难过，吃喝太多；还有身体状况变化过于剧烈，尤其是忽冷忽热——到那时后悔就来不及了。许多人也可能因为习惯的改变而死于非命，因为突然的改变会损害生理机能。我想让他们寿终正寝，他们却妨害我的努力。尽管他们跟我对着干，做出种种荒唐事来寻死，我还是很伤心，因为这些可怜虫放弃了战斗，中断了自己的旅程，不幸被死亡打败，本来他们是可以避免死亡的，只要不被一种巨大的浪费缩短性命，直到我为他们安排的寿限到了为止。

"恩培多克勒（Empedocles）[1]不关心自己的身体。他读书时间太长，对哲学太痴迷，而且或许是忧思过度，因此他不但不怕死，反而活生生跳进火里，将自己投入了埃特纳火山（Etna）。他自愿这么做，为了表明怕死的人完全是懦夫。他不愿为了一点甜、一点蜜来作交换，反而从沸腾的硫磺中选定了自己的墓室。那割掉自己睾丸的奥利金（Origen）[2]也是如此。他完全不把我放在眼里，亲手将那东西切了下来。这样他就可以专心一意地服侍教中妇女，免得被人猜疑，说他会和她们睡觉。

"人们说，命运注定了各人有不同的死法，从受孕起就

---

① 恩培多克勒，公元前5世纪的希腊哲学家。——译者注
② 奥利金，185—254年，居住于亚历山大里亚的基督教教父。——译者注

决定了人的命途：他们出生在特定的星座下，逃不脱那不可撼动的必然性，就算感到极其痛苦，也只能接受死亡。不过我知道，无论天怎样透过顺服的物质（obedient matter）（它们能影响人心），竭力赋予人种种自然特性，使人去做一些导向这一结局的事，可是，通过学习，透过纯粹健全的教育，倚仗明智有德的良伴，借助某些药剂（没有污染的良药），凭着稳健的智力，人是能使事物发生变化的，只要他们有足够的智慧，克制自身的自然倾向。

"当男人和女人顺着自己的本性，敌对'为善为正的事'，理智能使他们回头，只要他们相信她。结果会完全不一样，因为事情是能被改变的，纵然有天体的影响。如果人不违抗理智，就算天体拥有无可置疑的伟大权能，它们也无力对抗理智。所有智者都知道，天体不是理智的主人，理智也不是顺从它们而生。

"而要向非神职的普通人解释神的预定（predestination）和神的预知（divine prescience）——其预先知道万事——怎样能与自由意志（free will）并存，是很困难的。尝试过的人都会发现，就算能驳倒表达反对的论断，但要讲明白道理也非常费劲。可无论表面看来如何，这两者实际上是彼此相容的。否则，如果任何事的发生都出于必然，那么做得好也不值得嘉奖，只图犯罪的人也无须受罚。渴望行善的人根本就不能有别的念头，想作恶的人也无法克制自己：不论他想不想，他都会这么干，因为这就是他的天命（destiny）。为了便于讨论，或许我们可以这么说：在天主预先知道的事上，他绝不会受骗——事情会毫无悬念地发生，正如他所知道的；而他也知道事情会在什么时候、怎样发生，连同其结果。如果存在别的状况，而天主居然毫不知情，那他就不是全能、全善和全知的了。他就不是那位公正、适度、超乎万有之上的全权的主（sovereign lord）。他不会知道我们要做什么，而只能一厢情愿，就像人自己，人的信念里充满疑虑，缺乏确定性。可是说天主会出错，这种想法肯定来自魔鬼，渴望明白事理的人是不会听信这一套的。这样的话，如果一个人的意愿是做某事，可无论他做了什么，又全是出于被迫——他所想、所说、所欲、所求的，本身就是他注定会去做的，而绝无可能更改，这显然会得出一个结论：谁都没有自由意志。

"按照这个主张，一切事情的发生都出自命运，那么对行善的人，天主有什么喜悦可言？对作恶的人，又有什么理由去惩罚他，既然他们都没有选择？就算他们发誓要做相反的事，也办不到。这样天主赏善罚恶就是不公正的。他要怎么去赏罚？仔细推敲就会发现，善恶都荡然无存了。而如果没有善恶，那么向天主献上苦杯为祭（offerting the sacrifice of the chalice），或向他祈祷，都毫无用处。如果没有善恶之分，天主在审判时就不会公正，反而会无罪开释放高利贷的人、偷盗的人、杀人的人，在他的天平里，好人和伪君子都无分轻重。如果那些努力爱天主的人最后都得不着他的爱，那他们必然会因此蒙羞。他们也注定得不到他的爱，因为情况会变成——谁都无法透过善行来蒙神喜悦。

"可天主当然是公正的，全部美善都在他身上闪耀，否则完全者就有缺陷了。因此，他是照着各人该得的予取予夺；因此，人所有行为都有赏罚——这就废除了天命说，至少在那些认为无论事情好坏真假，其发生都是必然的，都是命运之故的平信徒看来是如此。所以自由意志是存在的，哪怕它遭到了这些人的曲解。

"不过，也有人会以相反的理由来支持天命说，试图取消自由意志（很多人都忍不住这么做）。有关可能会发生的事，他再怎么不确定，也可以说（至少在事情发生后）：'如果有人预见它，宣告"将会发生这么一件不可阻挡的事"，那他不是说出了实情吗？那这事就成了必然的，因为"真实"（truth）和"必然"（necessity）是通用的、可以互换的，从这种可互换性（interchangeability）中能够推导出，如果某事为真，那它同时也是必然的。'怎样才能摆脱这种纠缠呢？

"这个说法无疑是真的，可也还是不属于必然的情况。因为，就算他能够预见，那也不是必然性事件（necessary occurrence），而只是可能性事件（possible one）。仔细推敲就会发现，可能性事件是附带条件的，它不是纯粹的必然，也就是说——'如果事情将来真的会发生，那它就是必然的'，这一推论不成立。因为这类'可能性真实'（possible truth）和'纯粹的真实'（simple truth）不一样，它不能与'纯粹的必然'通用互换。我们不能说这种推论废除了自由意志。

"不仅如此，我们仔细一想就会发现：从此世人再也不用为任何事求教，也不用采取任何行动了。如果凡事预先都确定了（predetermined），一切都是命中注定（predestined），那还有什么可求教呢？还有什么可做呢？不论事情是否发生、完成、被谈起，劝告和行动都不会带来任何影响，不会让事情变好变坏。谁都不需要再学习了：就算不学，一个人懂的技艺也跟他学过和努力了一辈子一样。这是不能接受的。对‘人类的作为由必然性决定’这一说法，我们必须毫不客气地反对。事实恰好相反，人们有自由依照自己的意愿行善作恶。事实上，除了他们自己，什么都不能强迫他们做打算；接受或放弃某事，也全凭他们的意思，只要他们愿意运用理智。

　　"然而，想用一个答案驳倒所有争辩，是很困难的。许多人有志于此，并且提出了这么一个玄妙难懂的观点：神的预知并不把必然性强加给人的作为。他们很清楚，不是天主的先见（God's foreknowledge）迫使事情发生、使它们呈现出特定的结果；相反，他们说，其实是事情会以特定的方式出现、发生、显出结果，而天主预先知道它。可这些人并没有解决问题。如果明白这一论证的要点并进行合理推导，我们会发现，假使他们的想法正确，那么，未来之事就成了天主先见的起因（cause），它们本身就成了必然的。然而，认为天主的理解力（understanding）差到要由他者的行动来决定，这是无比荒谬的。同意这种有悖常理的观点，就是在反对天主，这么想的人是在用自己的杜撰来损害天主的预知。认为有什么能够教晓天主，这是理智不能接受的。如果天主的知识（knowledge）有这么大的缺陷，以至成了他被反对的论据，那他决不可能是全智的。这一答辩以其无知的黑暗使天主的预知被掩藏，使他神妙的预见（foresight）被遮蔽，因此是毫无价值的。我们可以确定，天主的预见不可能因人的作为增减，如果可能，那无疑是无能所致。要讲明这种思想真是令人痛苦，哪怕只是去想都是有罪的。

"还有人持一种不同的观点，他们根据自己的理解，说人出于自由意志做出选择后，天主既知道事情的后果，也知道它会怎么发生，对这点他们没有任何疑问，只是想添加一个细节，也就是说，在事情发生的方式上，他们坚持认为没有什么是必然的，事情的发生都带着可能性，而天主知道它们的结局，也知道它们会不会发生。他知道万事都有两条道路：一是消极的，一是积极的，但不会那么铁板钉钉，绝无万一。因为，既然有自由意志牵涉其中，事情当然会有可能不同。

"可是怎么有人敢说这话？怎么有人敢如此藐视天主，把这样一种不能确知的预知算到他头上，认为他没法精确地看清真相？因为按照那个说法，若他知道一件事会如何发生，实际发生时却有所不同，那他还是知道得不够。如果他发现结局和他原先知道的不一样，他的预知就落空了。这种预知是不确定的，就和会出错的看法一样。我已经把这点讲明白了。

"还有人有别的看法，很多人都说，在尘世间，事情的发生都带有可能性，可就天主而言（也仅限于对天主而言），万事都出于必然。因为不管自由意志起到什么作用，天主对万事的洞悉是终极的、永久的、无差错的（finally, eternally, and infallibly），远在它们发生之前，也不论结果如何：他对它们的认识是一种必然的知识（necessary knowledge）。这么说当然没有错，因此他们都同意，也宣称天主拥有必然性知识，在他绝无愚昧不明之处，他自永恒中知晓事情会如何展开。可他既不限制自己，也不强制他人。他对万物的了解是完整的，也洞悉每一种可能性里的种种细节，因为这都出于他的大能大力，来自他精确的认识，在他面前万物都不能隐藏。说他对事情'施加'了必然性（imposes necessity），那是不对的。我坚持认为，不是因为他预先知晓，事情才发生；也不是因为事情过后会发生，他才预先得知。因为他是全能、全善和全知的，所以他洞悉万事万物的真相，绝不会被欺瞒：没有什么能在他的知悉之外独立存在。这些并不好懂。如果有人愿意向不识字的门外汉解释，那最直接的方法是举浅显的例子。这些人喜欢听简单的话，不喜欢难懂的注解。

"情况可能如下：假设一个人做了某件事，不管那是什么事，都出于他的自由意志；又或者他忍住没有做，因为被人看见会尴尬丢脸。再假设有另一个人，不管前者是做了还是忍住没做，他事前都一无所知，那么，这位事后才知情的人就没有对此事施加任何必然性，也没有强制它发生。就算他预先知道，但只要他没有打扰前者，而仅仅是知情而已，那他就不会妨碍前一个人随心而行，或使他勉强隐忍不发。因为那人的意志是自由的，是不受拘束的，他可以做或不做那件事。

"同样，就算行动者出于个人意志，有力量做出选择，并且因为愚蠢或聪明，特别倾向于采取某种行动，天主也会知道将要发生的事，包括它们的结局，只不过他对事情的洞察更超群，而且拥有绝对的把握。他还了解发生了什么，以及它们是怎么发生的。至于那些忍住没做的人，他晓得他们没做是因为害怕羞辱，还是有其他合理或不合理的原因，那都是他们自己的意志促成的。我很肯定，很多人都有作恶的冲动，只不过忍住了；一些有原则的人克制住自己，是为了活得善良正直，并且单单因为爱天主的缘故，这种人世所罕有；而其他人呢，只要不遇到障碍，他们就会图谋犯罪，只是因为害怕受罚受辱才按捺住欲望。这些天主都看得非常清楚，我们行动的一切情况和全部动机，都在他眼前。无论人怎么拖延不报，都瞒不住他，因为不论相距多远，天主都看在眼里，仿佛事情就在他眼前发生。随便它过去十年、二十年、三十年，哪怕是五百或十万年（在城里也好，乡下也罢，行事的人老实也好，不老实也好），对天主来说都是现在，仿佛事情才刚刚发生。他从永恒中看见它，从他不朽的镜子中看见它丝毫不差地上演，而那镜子只有他才能磨亮，并且无损于自由意志。这镜子就是他自身，而我们自他获得自己的存有。这面磨得光亮的美丽镜子属于他，从不与他分离。他从镜中看见一切将要发生的事，并且使之永远处在当前。他看见所有灵魂的归宿，既有那些向他尽忠的，也包括不把忠诚和公义放在心上的。而他会根据他们的行动作为，许以救恩，或施予永罚。这就是神的预定，也就是说：神的预知涵括万事，无须借助推测，而向努力行善的人施恩，却不会因此取代自由意志。所有人都根据自己的意志行事，不论是出于高兴还是忧愁。这便是天主先在而永在的看见（present vision），因为，当我们阐明何为永恒时，我们发现，它意味着拥有绝不会终结的生命，这生命是一个完整和不可分割的整体。

"不过，这段有关给世界定立次序的叙述必须结束了。天主因着仁慈，出于他伟大的神意（providence）建立了世界，管理着世界。至于说到万有的诸推动力（the universal causes），它们必须是这个样子，也必将一直是这个样子。天体通过各自的公转不断发生演变（transmutations），而且对蕴含在元素中的个别物质施加不可抗拒的影响力：当它们被天体的光线照到时，必定会承受天体的力量。有繁殖能力的造物总会生出相似之物，或者透过彼此间的自然倾向与吸引力集合到一起。必死的终有一死，却又竭力活得长久。自然欲望会将某些人的心引向闲散与欢娱，使一些人滋生恶习，而令另一些人养成美德。

"可是事情的发生不总受控于天体，因为造物会做出反抗，虽然它们会一直服从，直到出现一些情况，使它们在有意无意间发生偏离。造物总是禁不住要随心而行，它们永远朝着一个特定的方向去，就像奔往预定好的终点似的。因此我同意说，天命就是万物的倾向性，这种倾向性服从于神的预定，而神的预定加诸无常之物，又取决于它们能够随意做这做那。

"因此，一个人也许生来就有福气——生性大胆，做买卖一帆风顺，为人聪明、慷慨、和蔼，从不缺钱缺朋友，而且品行有口皆碑；他也可能是个一无所有的倒霉鬼。可他要小心，因为美德或恶习都能让命运改道。如果他知道自己小气贪财（有些人并不富有），那就该反抗这些习性，财富够吃用就可以了。然后他应该鼓起勇气把钱、衣服和食物送人，只要别太过了，被人说是愚蠢的挥霍。这样他就不用怕自己变得贪婪：正是贪婪刺激人囤积财富，断送人的一生，使人对什么都不满足。贪财的人是那样盲目和满腹心事，他们做不了一点善事，原有的好品性也都荡然无存。同样，只要不是十足的傻瓜，人都能抵制其他一切恶习，如果他想要走歪路，也可以远离美德，因为自由意志的力量极其强大，如果人真的认识到了自己，当他感到罪念要控制他时，哪怕有天体的影响（celestial influences），他也能保护自己。

"因为，如果我们能预知天象，我们就不会束手无策。如果能提前知道天会使空气变干，把所有人热死，我们就能在河边或湿润的地方修造新房，或者挖出巨大的洞，藏在地底下，这样就不用怕热了。如果反过来说，我们最终遭遇的是大洪水，那发现安全地带的人就能在洪水来临前离开平原，逃往山上，又或者造出坚实的船保命，像丢卡利翁与皮拉（Deucalion and Pyrrha）①一样，坐船逃出洪水的魔掌。那两人安全到岸后，发现全世界的山谷都变成了沼泽，除丢卡利翁和他的妻子外，世上一个男女都没有了。于是他俩前往忒弥斯（Themis）②庙陈情，因为时运之下的一切命途都由那位女神支配。他们跪在地上，求她告诉他们怎样才能使人类这一族起死回生。忒弥斯见他们说得又好又动人，便吩咐他们即刻动身，去把他们伟大母亲的骨头从肩头抛到身后。这个答复吓坏了皮拉，她恳求不要让她这么做，因为她不该毁坏母亲的骸骨，使之尸骨不全。最后丢卡利翁讲解了这一指示：'这里没有别的意思，因为大地就是我们的伟大母亲，至于骨头，如果我敢说出口的话，那肯

---

① 丢卡利翁与皮拉的故事见于奥维德的《变形记》。——译者注

② 忒弥斯，希腊神话中法律与秩序之神。——译者注

定是她的石头。所以，为了使人类复生，我们要将石头抛到身后。'他们便照做了。丢卡利翁诚心诚意抛出石头，霎时间，从石头中生出了男子；而皮拉的石头中生出了女子，连带躯体和魂魄。他们不用再寻找别的祖先，一切都照着忒弥斯所言，而在人类身上，这种石头般的坚忍品性也一直都很突出。因此他们行事机敏，造船逃脱了大洪水：谁预先得到警告，谁也同样能脱身。

"如果将要发生饥荒，那庄稼会歉收，许多人会因为缺少粮食而饿死。他们可以花两到四年的时间存下足够的谷物，这样当饥年来临时，所有人不分高低贵贱，都有足够的食物吃。而且，就像约瑟凭着他出色的判断，在埃及建造了足够的粮仓那样，他们也可以像那样熬过饥年，不用挨饿遭困。又或者，如果他们能预见将要有一次极端的寒冬，他们可以提前预备保暖衣物，用马车运来大量木材，备着烧暖壁炉。当严寒降临，他们可以从谷仓里取些干净的白麦秆，把它们铺在房间的地板上，再把门窗关紧，使家里更安全。或许他们可以修建温暖的公共浴室，当天气变坏，冰雹和风暴杀死田间的野兽、使大河上冻时，他们能在里面赤条条地跳舞和找乐子。不管风暴和雨雪天气怎样肆虐，他们都可以一笑置之，在自己的房子里跳舞，因为他们毫无危险。确实，他们做好这些准备后，就可以嘲笑天气了。不过，如果没有一些神妙的异象和从天主而来的神谕，那些不通晓天文学、自然怪象和天体位置变化，对特定区域会受天体影响也一无所知的人，就不可能预知种种天象，不论他多么富裕，有多聪明。

"那么，既然身体有能力摆脱天体引发的骚动，扰乱它们的工作，使自己免受它们的影响；既然——就像我坚决主张的——灵魂比身体的力量更大（因为是灵魂在驱策身体，让身体行动，没有灵魂身体就会死），那么，凭借对这一切的透彻理解，人可以运用自由意志，更好地避免一切会带来痛苦的事物。我们什么困难都不用怕，只要不低头、不妥协，并且牢记这一格言：是自由意志本身使人遭困。外界的灾难不过是痛苦的诱因，如果思及自由意志的根源，了解了它的地位，就根本不用害怕天命。这番布道有什么价值呢？不论天命（destiny）怎样支配我们的际遇（fates），自由意志也还是不受它们的影响。

"我可以继续谈论天命，解决运气和机遇的限度问题，也乐意把每件事都解释清楚，提出更多反对意见或驳斥更多反对意见，并且多多地举例，可是这太花时间。这些已经被清楚证明过了，不了解的人应该找个有研究的教士来问一问。

"如果没有必要，我也肯定不会谈起命运，可是它和我的主题有关。因为，当我的敌人听到我控诉他，为了掩盖他对造物主的非难和背叛，他会说这是不公正的诽谤。他习惯了念叨说，他没有力量做选择，因为天主用预见控制了所有人的想法和行为，他只能屈从。结果是，如果他向往美德，那是因为天主强迫；如果他尝试作恶，那也是因为天主强迫。就像天主用手捏着他似的，他做什么都是出于不得已，无论对错：不管是犯罪、施舍，说好话还是坏话，称赞人还是指责人，是偷盗、杀害、修和抑或是结婚。

"'事情只能是这样，'他说，'天主让某个女人为某个男子而生，除了她，他不能再有别人，不管他的智力家财如何，她都是他命中注定的人。'这之后，如果他俩不般配，不管是因为他还是她的愚蠢，也不论谁说这桩婚事不好，咒骂当初许可和促成它的人，那没脑子的家伙都会说：'要怪就怪天主吧，是他让事情变成这样的，这一切都出于他的旨意。'他还起誓说不可能有别的原因。

"不对，不对！这么说是错的。真神天主决不说谎，他不会对人这么坏，让人自愿去作恶。是他们自己有这种荒唐想法，让人向错误屈服，去做那些应该禁止的事。如果他们对自己有所了解，这些事本来是能避免的。他们本可以为此向自己的创造主呼求。如果他们爱他，他也会爱他们，因为他的爱是明智的，只给那些对自身有透彻了解的人。

"当然，不会说话的动物没有理解能力，它们生来就没法认识自己。如果它们有理性，会说话，能够明事理和互相指教，那人就有麻烦了。那鬃毛飘飘的英挺的战马绝不会被人驯服，也不会让骑士骑它。长角的公牛也不会把头伸到犁轭下。驴、骡子和骆驼不会为人驮运东西，也不会理睬人。大象用它的鼻子来吹气和吼叫，不分昼夜地进食，就像人用手一样——它们决不会把那像塔楼一样的东西背在背上。猫和狗不会再服侍人，没有人它们也过得很好。熊、狼、狮子、豹子和野猪都很乐意把人勒死，就算是老鼠，也会趁人还在摇篮里时，把人闷死。人打呼哨叫唤鸟儿，没有鸟儿会冒着生命危险来回应，反而会趁他睡着时把他的眼珠子挖出来。如果有人说，他觉得自己能把它们全都打败，因为他能制造甲胄、头盔、锁子甲和强有力的剑、弓、弩。这么说的话，其他的动物也能。它们那边不是有猴子和狄，可以制作上好的铁甲和皮衣吗？手不是问题，因为猴子能用手工作，并没有比人低了一等；它们甚至还能写呢。动物们决不会那么傻，它们不但会一起来想办法制作对付人的武器，还会自己设计机器，使人遭受重创。就连跳蚤和螺蝤，如果它们趁着人熟睡时，迂回地爬进人的耳朵，那也能叫人好看。像虱子啦，螨虫啦，寄生虫啦，都能向人发起战争，把他们折磨得死去活来，使他们抛下工作、躲闪、逃窜、蹦跳，一个劲地挠痒痒，把衣服鞋子一股脑剥光。苍蝇也能在他们用餐时骚扰他们，在他们脸前飞来飞去，对国君和侍从都一视同仁。蚂蚁和其他小虫如果晓得自己有什么力量，也能把人烦死。真的，是它们的天性造成了这样的无知。可是有理性的造物——不管是有死之人还是神圣的天使——都应当赞美天主。如果这样一个造物居然那么蠢，对自己一点都不了解，那一定是罪恶使他的心智（senses）迟钝昏聩了，因为他完全有能力依从理智的引导，运用自由意志：在这上面他没有借口可言。

"这题目我谈得够长了。我提出所有这些观点，是为了了结它，这种邪恶的争论简直毫无道理。

"为了继续我的任务，前面的话题就不多说了。我很愿意得到解脱，因为它让我的身心都饱受折磨。现在我要回头谈论诸天（heavens），它们竭尽所能影响造物，但反过来，天体也通过不同的物质影响它们。

"诸天催生逆风，令大气着火，发出尖锐的呼声，这火被雷电撕成许多碎片。而雷电敲着隆隆的响鼓，使大气蒸腾，把层云洞穿。在这可怖的搏斗中，云团的肚腹被热气和激流撕裂，在暴风的摇撼下掷出万钧雷霆，激起地面的漫天尘土，将塔楼与尖塔摧折。这般重击令多少老树被连根拔起：它们的根虽扎得牢，却不济事，只能纷纷倒地，至少也会被吹断无数枝条。

"有人说，这是魔鬼用它们的爪子、钩子和弩炮造成的，可这种说法不值一提。怀疑到魔鬼头上是不对的，所有危害都来自暴风雨，和其他一切无关。是它们伤害了树木，铲平了作物，令葡萄藤枯萎，把花和果子从树上扯到地上。风暴吹刮得那么厉害，它们都来不及在枝头逗留到成熟。

"确确实实，有些时候，诸天让天空洒下大颗大颗的泪珠，而云朵出于同情，也把自己脱个精光。它们一点都不可惜身上披的黑斗篷：备着这丧服就是为了一股脑将它撕碎。它们帮着天空饮泣哀悼，像是快要遭到屠戮似的。它们那奔涌的热泪密密匝匝、来势汹汹，很快就使河水决了堤。狂暴的水浪与附近的田地、森林激战起来，结果常常是谷物遭殃，那些倚靠土地出产的穷苦人眼看损失越来越大，无不为自己的惨况悲叹。而当河水泛滥时，鱼儿也顺流而出（这是理所应当的，因为大河是它们的家），像官家老爷一样在田间、草地与葡萄园里徜徉，寻吃觅食。它们到处乱游，匆匆奔向橡树、松树和白蜡树，将野兽的栖所和遗留（heritage）抢劫一空。当这些有鳍的生物成群闯入了巴克斯（Bacchus）、克瑞斯（Ceres）、潘（Pan）和库伯勒（Cybele）①心爱的草场，他们无不满腔怒意。萨堤尔们和仙子们也都忧愁起来，因为洪水使他们失去了甜美的果园。宁芙们（nymphs）为失去水泉而涕泣哀叹。她们发现泉水都满溢了，被大河淹没了。小妖精（sprites）和德律阿得斯（dryads）②无不忧心忡忡，因为他们看到树木受到这样的侵害，都觉得性命难保。他们抱怨说，那些河神对他们犯下了全然无理的新罪过，而他们却从来没有害过谁。鱼儿还造访了地势低洼的邻近城镇，那里的人都觉得它们又坏又讨厌。它们到处都是，没有谷仓和地窖能够幸免，哪里都躲不过，不论是多么豪华奢侈的地方。它们游入神殿和教堂，夺走了献给神灵的祭祀和礼拜，还把家神连同它们的像从昏暗的房间里驱逐出来。

"这样过了一段时间后，好天气取代了坏天气。风暴、雨水令诸天烦闷，可它们也将天空的怒气扫荡一空，使它放声大笑，洋溢出新的欢乐。而云朵呢，它们向天空致意时发现它是如此欢欣鼓舞，也一起欢庆起来。悲伤过后，它们变得姣美悦目，纷纷穿上可爱的各色衣裙，在阳光带来的可人温暖下晾晒羊毛。此时风和日丽，云朵在空中梳理着毛料，又做起了纺织工，最后纺出好不壮丽的一把白线，就像准备要缝袖子似的。

"当它们渴望再作一次远途的朝圣之旅，它们便套上马，朝上攀爬，翻山越岭地向前疯跑。因为埃俄罗斯（Aeolus）是众

---

① 在希腊神话中，这些分别是掌管葡萄园、丰收、自然和大地的神祇。——译者注
② 德律阿得斯，一种居住在树上的宁芙。——译者注

风之神（这就是他的名字），当他给马上好挽具后（别人驾驭不了这些马），他还会给马蹄装上飞鸟都不曾有过的翅膀。

"随后，天空欣然披上了蓝披风。它在印度时喜欢这样装扮，并且预备以节日的盛装等候云朵归来。而云为了使全世界欢喜，也为了狩猎，手里常握着一把弓——握两三把也行，只要它们乐意。这些弓被称作彩虹，除了对光学精通到足以当教师的人，谁也不晓得太阳是怎么造出不同颜色，这些颜色有多少种，各自是什么，又或者——为什么颜色会那么多，某一种是怎么形成的，是什么决定了它们的形状的。这种人应该设法传续亚里士多德的衣钵，因为从该隐的时代以来，论到对自然的观察，谁都比不过亚里士多德。还有胡臣（Huchain）的侄子阿尔哈曾（Alhazen）[1]，他可不是个傻瓜，因为他写了一本《光学》（*Optics*）。想了解彩虹的人都该研读此书，研习自然科学或光学的人也要知道它，还得熟悉几何学，因为只有精通几何学才能检验《光学》是否准确。这样他就能发现反射镜（mirror）的原理和特性：它们拥有惊人的力量，能把眼睛看不清的一切小东西、细小的字母和极细的沙粒，变得又大又近，使观看的人（谁都可以使用反射镜去看）能够去读和算。用反射镜可以看得相当远，没看过也不明白基本原理的人怎么都不相信，不管用过的人怎么说。可当他了解后，他就不会再怀疑了。

"马尔斯和维纳斯被捉奸在床，如果他们上床前能用这样的镜子瞧瞧自己，如果他们能从镜子里看见那张床，他们就不

---

[1]　阿尔哈曾，11世纪阿拉伯物理学家和数学家。——译者注

可能被抓，也不会落进伏尔甘那张细薄的网子里；问题是他俩对此都一无所知。就算那张网造得比蜘蛛网还巧，他们也看得见，决不会让伏尔甘得逞，因为他们不会冒险踏入这个陷阱。在他们眼里，每道网绳都会比大梁更粗更长，而那讨厌鬼伏尔甘，虽然一肚子火气和醋意，但也没办法证实他俩有奸情。如果那对情侣有这样的反射镜，诸神也不会知道这件事了。一见那网子张口等着，他们就会飞奔而逃，去寻找更能掩藏欲望的床榻。或者他们能想出办法躲避这场羞辱和不幸。现在，凭你该给我的信任说说，我这番话难道不是事实吗？"

"是的，没错，"司铎说道，"这些镜子的确是无价之宝，因为他们一旦发现有危险，就可以到别处去相会。也许马尔斯，那位战神，会报复吃醋的丈夫，用他锋利的剑把他的网劈碎，这样他就能舒舒服服抱着他的女人，安心躺在床上，不用另寻睡处，甚或从床上滚到地上。如果残酷的厄运紧追不舍，伏尔甘大人亲自现身，而马尔斯正把维纳斯抱在怀里，即使是这样，如果那位做事最不留痕迹的夫人（因为女人都是了不起的骗子）听见伏尔甘开门时，能及时把下身掩上，她就能向他巧辩，为马尔斯的到来寻找借口和理由。她会漫天起誓，到最后，她可以不管眼前的一切证据，迫使他相信什么都没有发生。哪怕他都亲眼看见了，她也会说他是眼花了，糊涂了。为了找借口，她能变得巧舌如簧，因为论到赌咒和撒谎，谁都不如女人胆子大，马尔斯也因此能全身而退。"

"你说得没错，司铎大人，这番话说得很可靠，又谦恭又有智慧。女人心里确实充满了诡计和恶毒，谁不知道这一点，谁就是傻子。我们没理由为女人开脱。在赌咒和撒谎上面，她们确实比任何男子都胆大，特别是在因为犯罪而觉得内疚时。在那种情况下，她们更不可能被逮住。因此我坦白说，凡是懂得女人心的人，都不该信任她。肯定没有人会这么做，因为他会倒大霉的。"在我看来，<u>自然</u>和<u>天赋</u>达成了共识。可我仍旧一腔赤诚，因为所罗门说过，找到一个好女人，男人就是有福的。

"现在来谈谈反射镜吧，"<u>自然</u>说，"它们还有其他了不起的特点，让人惊奇。如果把庞大粗壮的东西放在离镜子很近的地方——哪怕是法国和撒丁（Sardinia）之间最高的山，都会显得无比遥远，看起来极为细小。就算有人有闲工夫盯着看，也弄不清是怎么一回事。

"如果你看得仔细，你会发现其他镜子能如实呈现物体的实际尺寸。有些还会把它们指向的物体烧着，只要调整好角度，让火热的阳光集中在它的表面。

"还有些镜子，放在不同的位置会产生样式不同的映像（images）——竖直的，拉长的，颠倒的。精通此道的人能让一个映像生出好几个来：设置得当的话，他们能给一个头安上四只眼睛。他们也能让看镜子的人见到幻象，甚至，这些幻象就像能脱离镜面活过来似的，不管是透过水面还是空气，它们就显现在人眼和镜面之间。这是通过变换角度达成的效果，也要看是使用单一媒介还是合成的媒介，媒介具有单一的特性，还是同时包含多种特性。灵敏的媒介会颠倒映像，使之倍增，因为眼睛能看到什么样的映像，取决于光线反射，而媒介吸收光线的方式多种多样，从而使眼睛受了骗。

"我们有亚里士多德做证。他热爱一切知识，对这类问题了如指掌。他告诉我们，有个生病的人，被疾病严重损坏了视力，对他来说空气是昏暗模糊的。由于这两个原因，亚里士多德说他能透过面前的空气看见自己的脸，去哪里都能看到。总之，如果没有东西遮挡，镜子能显出许多神奇的映像（appearances）。

"就算不用镜子，不同的距离也很有欺骗性：相隔遥远的东西看起来像是紧紧挨着；一个东西能被看成两个，三个能看成六个，四个能被看成八个，这都取决于距离有多远。如果有人想用这种办法来消遣，他可以把物体看成比实际上更少或更多。又或者，他可以调整自己的视线，把好几件东西组合起来，看成一件。一个被称作侏儒的矮个儿，人们却能透过镜子把他看得比十个巨人还高大。他走路似乎能横跨树林，既不用弯腰，也不会碰断一根枝子。目睹的人无不丧胆。相反，巨人也能被看成侏儒，因为眼睛感知的方式林林总总，会扭曲他们的形象。

"目击者因此受了骗。他们透过镜子，或从远处看见这些形象，却去跟人胡吹，说他们见到了魔鬼。然而他们看见的全都是光学错觉（optical illusions）。

"视力不好，也能使人把单个物体看成两个，认为天上有两个月亮，蜡烛也有两支。如果频频看错，那人对很多东西的判断，就难免会和它们本来的样子大相径庭。

"可现在我不想再讲解镜像了，也不想谈光线怎样被反射，或者描述它们的角度（有一本书谈过所有这些问题）。我也不想去解释，当人对着镜子看自己时，为什么投到眼睛上的映像是相反的；也不想说明那些映像的位置，以及造成错觉的原因。好司铎，我不想谈这些映像是怎么来的，是存在在镜里还是镜外。我不会去描述那些令人愉快或痛苦的奇景（它们发生时突然被人看见），或就我知道的谈一谈，它们是存在于物质世界，还是只是幻想的产物。我不会再详细解释，时机也不恰当。我将略过这一切，包括提过和没提过的现象。谈下去题目会变得太长。就算谁有能耐深入讲授，而不只是泛泛而谈，他也会发现解释起来非常困难，尤其是对外行人解释。外行人没法相信这些事，特别是有关镜子的各种操作，除非有学者对这门非凡的学科特别精通，也擅长演示，愿意用工具做给他们看。

"不论谁来讲解，他们都不会相信人所见的千奇百怪的异象（visions），也不相信这些异象在人醒着或睡着时造成的错觉（illusions），这些错觉曾让许多人感到惊诧莫名。所以我打算略过，免得我讲得疲倦，也使你听得厌烦：冗长是我们应该竭力避免的。

"女人说起话来确实烦人，可我还是请求你，不要因为我没有打住而生气，只要我没有偏离真理。至少我还想再讲一讲，许多人是怎样上了异象的当的。他们起了床，穿好衣服鞋袜，备好行装，此时他们的一般感官（common sense）还沉睡着，个别的感官（particular senses）却苏醒了。他们带了拐杖、口袋或棍子，镰刀或柴刀，走了很远，也不晓得要去哪里；甚至骑马翻山越岭，跑过干燥或泥泞的小路，远至异国他乡。这时，他们的一般感官苏醒了，人也恢复了常态，眼前的一切令他们惊诧不已。见到其他人后，他们宣称是魔鬼让他们离开家去了那里，还坚持说自己没有编造，虽然其实是他们自己去的。

"不仅如此，当有人得了会发狂的重病时，由于没有足够的人看守，或不得不一个人待在家里，他们经常会跳起来，跑到野外、草地、葡萄园或树林里去，直到体力不支为止。如果你稍后或更晚些时间赶到，你会发现他们已经冻死荒野，这都是因为他们无人照顾，或照顾的人太蠢、太不称职。而就算是身体健康，很多人也因为忧郁或非理性的恐惧，容易陷入激烈的妄想。他们从脑子里唤出各色各异的形象（images），它们完全不同于我们前面讨论过（这讨论结束得太仓促了）的镜中映像。在他们看来，这些形象都真实地存在于外部世界。

"还有些人虔心沉浸在静观（contemplation）中，以至脑海里出现了默想（meditations）的事物，他们真心相信自己清楚、客观地看到了它们。可这都是骗人的谎话，就像西庇阿（Scipio）相信梦见的灵体（spiritual substances）真实存在一样。他看见了天堂和地狱，穹顶与穹顶下的天空、洋海、陆地，以及一切能被发现的东西。他看见了星辰初升，鸟儿飞过高天，鱼群在大海中游弋，野兽在林间嬉戏，它们能做出高妙又优美的杂耍。他看见了各式各样的人，有些在屋里消遣作乐，有些在行猎，他们奔过树林、山野、大河，穿过草地、葡萄园和未开垦的荒地。他梦见诉讼和裁决，战争与比武大会，聚会和舞会。他听见维奥尔琴和西特琴的旋律，闻到香料的芳香，尝到美食的滋味，还感到怀里抱着自己的心上人，虽然她并不在场。他还见到戒备来了，脖子上挂着杆子，当场抓住了他和他的爱人。都怪恶舌喜欢瞎编，让恋人们整个白天都惴惴不安。结果，那些自命真心的人因为爱得水深火热，夜里又躺在床上情思绵绵（我很了解他们），入睡后便梦见了白天牵挂的爱人，或是给他带来许多烦恼的对头。

"如果他们心里恨得要死，他们就会梦见相似或相反的内容，像生气、发怒、争吵等，对象是那些引发这些仇恨和冲突的人。

"又或者，如果他们犯大罪坐了牢，而有获释的希望，他们就会梦见自由。如果白天老想到断头台、绞索或其他可怕的东西，它们也会出现在梦里。实际上这些都来自内心，并非身外之物。他们却真心相信自己不是在空想，并为此而大悲大喜。其实那都是头脑里的产物，因为他们放任这些幻象（phantoms）存在，五官便跟着上当受骗。

"因这缘故，许多人傻到相信自己夜里变成了巫师，跟着丰足女士（Lady Abundance）①到处去漫游。他们说世界上每三个人里就有一个天生如此；他们每周出三次门，去哪里全凭天命的指引。这些人能进到任何人家里，锁和闩根本拦不住他们，因为他们能从猫洞、裂缝和门窗缝钻进去。他们的灵魂能够脱离身体，陪女巫们游览各种怪房子和稀奇古怪的地方。为了证明这点，他们坚持说自己见过的种种景象并非发生在床

---

① 传说中女巫的首领，带着她们在夜间骑行。——译者注

上，而是灵魂在外面周游的结果。他们还向人暗示，如果出游时身体被人翻动，灵魂就再也回不到身体里了。这真是骇人听闻的疯狂，根本就不可能，因为身体没了灵魂就是一具尸体。每周作三次这种旅行，就得每周死上三次再复活三次。照这样说，这种女修院（convent）的信徒必须时常从死里复活了。可是我敢说（而且不需要进一步证明），必死的人只有一死，这是铁板钉钉的事实；直到末日审判为止，他们都不会复活，除非天上的主施行了某种特别的神迹，就像我们读过的圣拉撒路的故事，那是我们不会否认的。

"还有，他们说灵魂留下身体后，如果身体被人翻动，灵魂就回不去了——这种没影儿的事谁能证实呢？我坚决认为，和身体分离的灵魂会变得更加聪明、机灵、有智慧，因为在身体里时，它受到体质（temperament of the body）的影响和干扰。所以，不管身体有没有被翻动，灵魂寻找入口肯定比找出口更容易，也更快。

"再说了，那些愚昧的老妇人想用自己所见的异梦来证明，世界上有三分之一的人会跟丰足女士一同夜游。果真如此的话，那肯定全世界的人都这么做过。因为谁没有梦见过各种景象呢，且不论真假？不止一周三次，也许是两周十五次——次数多少取决于他的想象力强不强。

"我不想讨论梦的真假，以及对梦是该全盘接受，还是一概拒绝；还有为什么有的梦可怕，有的梦美妙又安宁。这都取决于梦境呈现出的气质（temperaments），不同年龄和个性的做梦者，彼此的欲望也不相同。我不想谈天主是否会通过异梦启示人，或邪灵是否会用这种方式让人陷入危险。我不再纠缠这些，而要回到我的主题上来。

"所以我告诉你，当云彩困乏、懒于弓射时，空中便不再见它们的箭羽。这些箭多半是湿的，因为常受雨露的冲洗（除非被炎热蒸发大半，云就有了无水之物来做箭）。当云把箭射够之后，它们就一起把弓弦松开。只是这些射手用的弓十分古怪，一旦被解开放到一边，弓上的色彩就会消失殆尽。我们已经见过的弓，云不会用第二次，如果它们还想射箭，就得重新制作。太阳会给弓涂上许多颜色，只有这种方法能把它们打磨光亮。

"实际上诸天的影响力还要更广，因为它们在海洋、陆地和空中都拥有极大的权势。它们导致彗星出现——这种星并不固定在天上，而是在空中燃烧，诞生后只能持续很短的时间，还有许多传说。那些不断预言未来的人能用彗星来预测君王之死。不过，彗星并不特别照料谁，它的影响和光芒对君主与穷人都一视同仁。其实，彗星对世界各地的影响系于当地气候、人和动物的特性（disposition），后者受恒星和行星的影响大得多。因此，它们的重要性来自天体影响力，它们能根据事物的顺从程度，扰乱它们的禀性（temperament）。

"我决不会主张说，国王必定比光脚上街的老百姓更富有，因为充足比得上财富，贪心不次于家贫。不管他是国王还是口袋里只有两个子儿的人，越贪心的人越穷。如果我们相信书里所写的，那么看国王就像看一幅画。《至大论》（Almagest）的作者就举过这方面的例子，我们看画儿时应该留心：离画儿不太近时，我们会觉得不错，走近就觉得没趣了；远距离看似乎讨人喜欢，近看却完全失去了魅力。看我们那些有权势的朋友也一样。不认识他们时，因为没打过交道，我们会觉得能为这些人效劳、与他们相识，真是美妙又迷人。可是真的试过就会发现，受这些人厚爱一点也不愉快，还很令人胆寒：他会因为脱不了身而惶惶不可终日。贺拉斯就是如此述说那来自有权势者的爱和恩宠的。

"君主并不比其他人尊贵，以至天体要预示他们的死期。与庄稼汉、教士或侍从相比，他们的身体也值不了多少钱，因为我把他们造得都一样，这从他们出生起就很明显。因着我，他们赤条条来到世上，不论强弱高低。在人性上面，我使他们完全平等，其余部分则是时运的工作。可她没有常性，随喜好施福，对谁都不在意，经常凭着一时高兴分发予夺。

"如果有人自诩高贵，敢反驳我说，贵族（人们正是如此称呼他们的）因为出身良好，就是比村夫野妇、贩夫走卒优越，那我要回答他：不修德行的人谈不上高贵，没有恶习的人也不算卑下，正是邪恶使人显得丑恶愚蠢。①

"高贵源于品德高尚，有家传门第却缺乏品德，那没什么可称道的。所以贵族必须显出先祖的才德。先辈们凭着非凡的努力才变得高贵，离世时却带走了全部的美德，只留下家财给子孙后代，使他们除了财富之外没有可以继承的。他们得到了财产，但不包括高贵，除非他们通过行为，凭借自己的见识和美德来赢取它。

---

① 对于真正的贵族性质的辩论在中世纪盛行。——译者注

"这么说来，比起没有学识的王公贵族，教士们更有机会变得高贵、高雅、睿智，我会解释这是为什么。因为通过书里的学问，教士能够论证出我们该避免什么恶事，能做什么善事。他在书里读到的世间之事，正是实际发生过的。他借古人的生平了解到卑鄙之人的一切卑鄙，高雅之人的全部善举，从而通晓道理。总之，有关什么应该防止，什么应该培养，他都能在书里读到。因此所有的教士——师父也好门徒也好——都是高贵的，或应该是高贵的。若非如此，他就该意识到是自己的心太坏，因为比起那些猎野鹿的人①，他的条件要好得多。

"有些教士不高贵，也不知礼数，他们谁都不如。因为他们知道什么是美德，却不去行，反倒赞同人作恶。比起单纯无知的老百姓，那些自甘堕落的教士要在天国之君面前受更重的刑罚，因为老百姓没有关于美德的书可以读，在教士看来，他们是鄙陋之人。但就算是能识字的君主，也没有那么多时间读书学习：让他们分心的事太多。所以我们敢说，比起领主，教士有更多更好的机会变得高贵。

"成为高贵的人，是活在世上最光荣的事，所有渴望做到的人都应该了解以下准则。

"想变得高贵，必须防止骄傲和懒惰。要拿起武器或起来学习，除掉所有卑下的习气。无论在哪里，都要对所有人谦逊、和善、殷勤有礼，只有敌人除外——如果彼此都没有妥协余地的话。要尊重夫人和小姐们，只是别太信任她们，免得吃苦头，因为凡事过度都不好。他应该广受称赞和推崇，并且无

① 指贵族，因为当时只有贵族被允许打猎。——译者注

可指摘，只有这样才配被称为高贵。

"有些骑士战斗时非常果敢，为人英勇，言谈又高雅，就像高文爵士（Sir Gawain），身上没有半点羸弱之处。还有那位了不起的伯爵，阿图瓦的罗伯特（Robert of Artois）[①]。从离开襁褓时起，他就将慷慨、荣誉和骑士精神奉为圭臬，终身践行。他不喜欢游手好闲，而是选择成为他那个时代里的能人。这么一位杰出、英勇、宽仁的骑士，在战场上从不畏缩，在哪里都该受到欢迎和赞美，被人敬爱推崇。

"我们还应当尊敬那些不怕绞尽脑汁的教士，他们一心一意，只想追求书上记载的美德。人们过去就是这么做的，这样的人我可以给你数出十个来。真的，他们多到我都没法列举，怕会让你听累。

"照书中所记，从前那些尊贵的上流人，像皇帝、公爵、伯爵和国王之类（我不会在这里谈太多），他们都很敬重哲学家。甚至连诗人都会获赠城镇、花园、封地，以及各种好东西。维吉尔得到了那不勒斯——一座比巴黎和拉瓦丹（lavardin）更可爱的城镇；恩纽斯（Ennius）得到卡拉布里亚（Calabria）的美丽花园（不止一座），是当时认识他的那些人送的[②]。我还需要举更多例子吗？这几个人的情况就足以说明了：他们出身虽低，心灵却比许多王侯之子更高贵。我不会在

---

①　阿图瓦的罗伯特，1250—1302年，即安茹伯爵罗伯特二世，是圣路易（法王路易九世）之子。——译者注

②　将维吉尔同那不勒斯联系起来的是中世纪的传奇故事，而罗马诗人恩纽斯获赠卡拉布里亚的花园之事则是出于奥维德的《爱的艺术》（*Ars Amatoria*）的一个伪抄本。——译者注

这里讲贵胄们的事，虽然他们都是公认的高贵之人。

"现在的情况是，有些厉害的人终身钻研哲学，为了获得智慧和品行跑去国外，但生活在赤贫之中，只好四处借钱或乞讨，穷得都没衣服穿，既不被人敬爱，也得不着人的喜爱。国君们藐视他们，然而（愿天主保佑我不至头脑发热），他们比那些只知道猎兔子，只会紧抓霉臭家谱的人更高贵。

"有些人见其他高贵的人拥有那些赞誉，自己也想要，却缺少人家的品行和出色才干。这种人该怎么说呢，他能算高贵吗？我认为不。应该说他卑鄙又恶劣，乞丐的儿子都比他更值得敬爱。我不会奉承这种人，哪怕他的父亲是亚历山大。亚历山大战斗时英勇无畏，在战场上顽强坚韧，因此做了万国之君。当反抗他的人都归顺了他，敌不过他的人也向他投降，他却因为自傲而烦恼，说这世界窄到不够他转身，他不想再屈就下去了。他想另找一个世界来发动新的战争，于是便启程去征伐冥界，以图声震寰宇。冥界诸神闻言无不恐惧战兢，因为我把这件事告诉他们后，他们都以为是那个拥有十字架大能的人要来了：那人为了死在罪恶里的灵魂，要攻打地狱之门，粉碎诸神的骄傲，将他的朋友们从地狱里救出去。

"我们来假设一下（虽然这完全不可能），我让一些人生为贵族，而不管其余被他们称作贱民的人，这样能促进人们变得高贵吗？想办法了解事实就能明白，除非那些贵族确实以先祖的卓越为榜样，去效法他们，否则没有人会变得高贵。任何想要像贵族一样的人，都得活在这个重担之下，除非他希望别人否认他有做贵族的权利，反对他获得赞誉。我向你们保证，出身高贵的好处就只在于这副担子，谁都不该因别人的美德被称赞，为别人的过错受责备。一个人应该在配得称赞的时候才受称赞。至于那些乏善可陈的人，别人在他们身上只能看到卑鄙、恶毒、狂暴、自负，或是爱骗人、不忠诚、傲慢无礼、马虎懒散，没有慈心，也不乐善好施（这种人实在太多）——我敢说，这样的人，不管他的父母再怎么德行出众，也不该惠及于他，让他被称赞，反而应该把他看得比要饭出身的人更低下。

"从如何依凭自身所有来达成自己所愿的角度看，谁都能明白：凭本事赢得智慧、高贵和声望，与挣得许多田产财宝完全不同。因为，如果一个人选择为财宝和田产奋斗，甚至存下了十万金马克，他能将其全部留给朋友；为另一些事努力的话，得到的东西却没法给他们，不管他有多爱他们。谁能把知识留下呢？留不了。高贵和美名也是如此。如果有人愿意以他为榜样，他就能把这些教给别人，此外就没有办法了，他的朋友也没法再从他身上榨出什么来。

"他们完全不把这放在心上。在很多人看来，只有获得资财才是要紧的，其他的都不值得一提。可他们却自认为高贵，因为人人都说他们高贵，也因为他们高贵的祖先都名副其实。他们还养狗遛鸟，看起来和那些年轻贵族一样。还去河边、树林、平原和欧石楠荒野上打猎，无所事事地消磨时间。这些人自诩为贵族（这头衔应该归给别人），其实却是些卑鄙恶劣的下人。他们撒谎，没说实话，而且窃取了贵族之名，因为他们完全不如自己的祖先好。我让人生而平等，凭着最大的公平赐给他们高贵的出身（nobility），这叫作天赋的自由（natural liberty）。我把它同等地赋予每个人，连同天主所赐的理智一起。理智既智且善，它会让人肖似天主和众天使，只是死亡使人与天主迥别，因此与他隔绝。所以，如果他们心里渴望获得别的高贵，也确实配得上，那就努力去赢取新的身份吧，因为除了他们自己，没有人能使他们变得高贵。我对国王或伯爵都一视同仁。再说了，如果国王的儿子又蠢、又坏、又野蛮，那他就比车夫、猪倌和鞋匠的儿子更可耻。

　　"哪怕英勇的高文有个成天待在炉边、身上落满炉灰的窝囊父亲，也比他有雷诺特做父亲、自己却是懦夫更受人尊敬。

　　"不过，王侯之死无疑比农夫的死更引人注目，更让人议论纷纷。所以愚昧的人看到彗星，会以为它们是专为王侯而造。可就算我们的王国和诸省内没有国王，也没有诸侯，世界上也人人平等，不管是在战乱还是和平年代，天体也还是会使彗星在适当的时候出现，只要它们的影响恰好同时起作用，大气中也有足够的原料。

　　"它们也会使龙飞过高空，使火花在空中飞舞，看起来就像从天而降，正符合愚昧人的想象。可是，说有东西会从诸天坠落，这是理智不能接受的，因为诸天是不朽的。那里的一切都坚实、稳固、牢不可破，什么外力都留不下痕迹，也打不穿，再尖细的东西都刺不透，除非是属灵的（spiritual）。光芒确实能够穿透天空，却不会伤及它们。

　　"它们用自己的各种影响造成酷暑，带来寒冬。它们引发大大小小的雪和冰雹，还有我们能见到的其他现象，这要看它们是处在冲点（oppositions）还是合点（in conjunction），是彼此远离还是在互相靠近。许多人因为看到天上发生日月食而慌张。他们以为，之前能看见的行星突然消失会让人倒霉，它们的星力（influences）也会消失。可如果他们懂得其中的原因，就完全不会惊慌了。

"当风动起干戈、举起巨浪，诸天便激得云浪相拥，然后又一次使海平息，因为海不敢发怨言，也不敢鼓浪翻腾，只有潮汐恒常涨落，被月亮牵引而始终如一，不受任何阻挡。天体和恒星在地球上演着奇迹，加以深究就会发现，它们既不可胜数又美不可言，就算想写，也不可能穷尽。诸天因此向我履行了义务，因为它们的善行（beneficence）带来了这样多的好处，我清楚它们确实尽了本分。

"对于元素，我没什么可说的。它们谨守我的命令，将彼此融为一体，然后又分解掉，因为我知道月亮底下无不朽。万物再怎么受到精心哺育，也一定会朽坏。自然构思出这一切元素，为了体现一条绝对正确可靠的法则：万物都趋向其本源。这是普遍适用的，在元素中也不例外。

"我不抱怨造了植物，它们顺从我，从来不懈怠。它们一心一意服从我的法度，终身都在生根长叶，立干垂枝，开花结果。草啊，树啊，灌木啊，年年都尽可能地结实，直到枯萎。我也不会说鸟儿和鱼儿的不是，它们是那样可爱悦目。它们遵行我的法则，教养有加，全都甘心背负我给它们的轭，以自己的方式生产后代，为自己那一族增添光彩。见到它们勉力保存自己的家族，真是令人畅快。

"对其他动物，我也没有不满。是我让它们天生背朝黄土，它们中也没有哪个曾经跟我作对，全都像祖辈一样为我效劳。雄性和雌性配对，欢欢喜喜结成良伴，什么时候觉得合适，什么时候就一起生养儿女。它们自愿在一起，从不斤斤计较，反而高高兴兴地与对方行恩爱之礼，都认为会从我这里得到馈赠。连我可爱的虫类也是如此：蚂蚁、蛾子、苍蝇，以及生于腐物的蛆虫，都不违抗我的命令，大蛇小蛇也都勤勤勉勉完成我的任务。

"只有人，我凭我的权柄把一切好处都给了他；只有人，我凭我的法令使他面朝高天；只有人，我使他出生时有他主人的真实形状；只有人，我为他辛苦劬劳，他是我造化之工的顶点——如果没有我的赐予，他的身体、躯干和肢体都会空空如也，和一个香盒差不多，灵魂也是同样境况；只有人，在物质和精神上得到了我——他女主人赐给他的三种力量（我可以照实说，是我给了他存在、生命和感觉）。这卑劣的东西，只有他才那么优越（如果他够聪明，也配得上的话），因为天主使世界充满了各样的美善，而人拥有那么多。他与属于这世上的万物同为旅伴，并且分有它们的丰富属性（bounty）。他是存在着的实体，这点像石头；他拥有生命，像丰茂的野草；他能够感受，像不会说话的野兽；他还有理解力，正如天使。我还能说什么呢？只有人应有尽有，他就像个小型的新世界。可也唯有人，比任何狼崽都更叫我烦恼头疼。

"当然，我很清楚，实际上不是我给了他理解力，那超出了我的职权，我也没有智慧和权力制造如此智能的东西。我造不出永恒之物，出于我手的都会腐朽。柏拉图可以做证，他论及我和诸神（他们不怕死）的作为时说过，唯有造物主的意志能在永恒中保护和维系它们，如果这一意志不再支撑，它们都必死无疑。他说我的工作全都会朽坏，因为在天主的伟力面前，我的能力是微小的、可怜的。在天主看来，时间的三个朝向（three aspects of time）都如在眼前，是永恒中的一刻。

"这位天主是独一的君主，他向诸神宣告自己为众神之父。柏拉图的学生都知道这点，下文正出自他的作品（至少在法文里是这个意思）：

"'众神灵啊，我是你们的创造者、父亲，我是造物主，你们是我的造物，是出自我手艺的作品。从本性看，你们是易朽的；凭借我的旨意，你们又是永恒的。因为，哪怕自然竭力护理，她也不能使任何事物最终不衰败。可天主的力量、良善和智慧都无与伦比，当他想要（他有绝佳的理由）把什么连在一起，使之结合时，他从不希望，也绝不会希望它们分解。腐朽不能染指它们。因此我的结论是：作为你们的主人，我造了你们，给了你们生命，你们因我的旨意而存在，我也以同样的旨意维系你们，不管是现在还是将来；你们不会全然免于必死和必朽的命运，以至于就算我不保全你们，你们也不会灭亡。从本性看你们会死，可靠着我的旨意，你们将永生不死。因为我的旨意支配着那联合你们生命、维系你们生存的纽带，是你们之所以不死的根源。'这就是柏拉图通过他的书所表达的，他敢于称赞天主，对天主的颂扬和尊崇胜过古代任何一个异教哲学家。可是他没法说得更充分，因为他没法完全理解，只有一位童贞女的子宫才能够领会。千真万确，她知道（这点在孕期坚定了她的想法）他就是那令人惊叹的无限天穹（sphere），其中心无处不在，其圆周并不局限于任何一个空间；她知道他是那不可思议的三角，在他里面，整体就是三个角，而三个角又一起形成了独一的一个整体。这三角之圆（the triangular circle）与圆之三角（the circular triangle），居于那位童贞女体内。柏拉图理解不到这个程度，他不明白那独一的三位一体（that single trinity）中包含着由三方组成的统一体（triple unity），也不懂至高的神披戴了人的肉身。这就是被称为造物主的天主。正是他，创造了人类的理解力，又把它给了人。说实话，人的回应很糟糕，因为后来他自以为能欺哄天主，其实却欺骗了自己。我主因此承受了死亡之苦：他取了人的肉身（无需我的助力），好救这可怜虫脱离刑罚。无需我的助力，是因为我不知道怎样才办得到，可只要出于他的吩咐，凡事都有可能。我极为震惊，他居然为了那可怜虫自童贞马利亚处取了肉身，又以这肉身被钉十字架，而我没法使一个处女生孩子。不过，过去有许多先知预言了这一道成肉身之事，既有犹太人的先知，也有异教徒的先知，所以我们最好冷静下来，努力相信这个预言的真实性。在维吉尔的《牧歌集》里，我们读到西比尔在圣灵的教导下这么说：'从高高的天上新的一代已经降临，在他生时，黑铁时代就已经终停，在整个世界又出现了黄金的新人。'就连阿尔布马扎（Albumazar）[1]都做见证说

---

[1]　阿尔布马扎，公元9世纪的阿拉伯哲学家和天文学家，这里引用他的观点出自他的《天文学导引》（*Introductorium in Astronomiam*）。——译者注

（无论他是否自知），一名尊贵的少女会降生，她以童贞为记号，既是贞女又是母亲，她会哺育她的父亲，与丈夫同寝却绝不被染指。想要一本阿尔布马扎作品抄本的人都能了解到这点，因为这在他书里很容易找到。而基督徒每年九月都会纪念圣母的诞生。

"可我们的主耶稣知道我提到的这一切，也知道我为人做了什么。这都是为了那卑鄙的东西，他是我全部努力的顶峰，唯独他藐视我的法度。给他什么报偿都行不通，这个不忠的叛徒，什么都不能让他满足。有什么用呢？我还能说什么？我把多少尊荣堆满他一身，可他回报我的却是数不尽的羞辱。

"亲爱的好司铎、好神父，他这样行事，我难道还要继续爱他和敬重他吗？钉十字架的主啊，我真后悔造了人。可是，凭上主因犹大之吻、朗基努斯（Longinus）之矛所受的死亡之苦说，我要和他算算这笔账。他照天主的形象成形，然后天主将他托付给我，他却使我无比烦恼。我是个女人，所以不能保持沉默；我想把一切都说出来，因为女人心里藏不住事。他却会获得前所未有的骂名。他在自绝于我的那天起就倒霉了！我要讲述他的全部恶行，如实说出一切。

"人是个骄傲凶残的贼，是冷酷、贪心又小气的叛徒，是无法无天、爱说坏话的无赖。他满怀怨愤、轻蔑、猜疑和嫉妒。他好骗人、爱做伪证，是个谎话精。他是夸夸其谈的蠢货、难以捉摸的疯子、忘恩负义的拜偶像者、虚伪奸猾的伪君子和游手好闲的鸡奸者。总而言之，他是一个悲惨透顶的白痴，因此成了各种罪恶的奴仆，做了它们的贼窝。他这样屈服于邪恶，不是自寻死路吗？而且，既然万物都必回到自己的源头，当人站在他的主人面前时（他本来应该一直服侍他、尊崇他，竭力远离罪恶），他怎么敢面对他？那位要做他审判者的主，又会用什么样的目光看他？人，这可怜虫，在他面前行事如此败坏，能找着的错处那么多，心灵是如此懒散迟钝，而且完全没有意愿去行善。所有人不分贵贱，都在竭力维护自己的荣誉，就像商量好了似的。不过，不是谁的名誉都能保得住的。相反，很多人遭到重罚，丢了性命，饱尝人世之辱。当他所有罪过在那位审判者面前一一显露，这可怜虫会怎么想呢？审判者衡量和定夺万事，他的判断恰当、公正、严格、永不动摇。除吊索和地狱的酷刑之外，人还能指望什么？或者戴上镣铐，被永远拴在地狱之王面前的吊环上；或者被丢进铜锅里煮；或者被搁在热炭或烤架上两面烤；或者被大销钉钉住，像伊克西翁（Ixion）[①]一样被缚在边缘锋利的轮子上，还有魔鬼用爪子不断转动它。又或者他会渴死、饿死在沼泽地里，像坦塔罗斯（Tantalus）[②]一样被一直浸在水中，就算渴得要死，而水漫到了下巴颏儿，他也没法让嘴唇沾上一滴，因为他越是奋力，水面就降得越低。他也快饿昏了，却完全无计可施；饥火烧得他发疯，可他眼睁睁看着苹果挂在眼前，却碰不到，因为他越是用嘴去够，枝子就越升得高。又或者，他得推

---

① 伊克西翁，因为背叛行为而受到宙斯的惩罚，被绑在一个永远转动不停的轮子上。——译者注

② 坦塔罗斯，起初甚得众神的宠爱，获得了别人不易得到的极大荣誉，但他因此变得骄傲自大，在宴会上侮辱众神，因此他被打入地狱，永远受着痛苦的折磨。——译者注

那从巨石顶上滚下来的石磨，永无止休，正如倒霉的西西弗斯（Sisyphus）[1]。或者让他去把无底的木桶填满，就像达那伊得斯（Danaïdes）[2]为他女儿们古时犯的罪过受罚。还有你知道的，亲爱的天赋，秃鹰怎样一个劲啄食提提奥斯（Tityus）[3]的肝脏，什么也不能阻止它们。还有许多可怕的刑罚，残忍得令人毛骨悚然。要让人饱经磨难，尝尽痛苦的滋味，这才算彻底为我报了仇。说真的，如果我们谈的这位审判者只有仁慈（他裁断我们的一切言行），那放高利贷的借出钱倒算是让人高兴的好事了。可他永远是公正的，因此也是极其可畏的。沉湎罪中是一桩恶事。

"当然，这可怜虫染上的一切罪孽，我会留给天主处理，他愿意的话自会惩罚人。可对于爱所控诉的那些人（我已经听见了他的怨言），我也要大力控诉，而且我的理由很充足。所有人都该向我进贡，可他们虽然得了我赐的工具，却拒绝这么做，将来也必然如此。雄辩的天赋啊，去吧，去到爱神的军中。他非常爱我，为服侍我而操劳。他是个高贵亲切的人，我相信，我的工作就像磁铁一样吸引着他。说我向他，也向我的朋友维纳斯女士致意，还有他手下的贵胄们，只有虚容假貌除外，这样他就好去结交那些被《圣经》称为假先知的骄傲叛徒

---

① 西西弗斯，科林斯的建立者和国王。他甚至一度绑架了死神，让世间没有了死亡。最后，西西弗斯因触犯了众神，而受到了惩罚。——译者注
② 达那伊得斯，他的五十个女儿嫁给了自己的兄弟埃古普托斯（Aegyptus）的五十个儿子，但为了避免被自己的一个女婿杀死，他命令他的女儿们在婚礼上杀死了她们的丈夫。——译者注
③ 提提奥斯，一位巨人，因侵犯阿尔忒弥斯而被投入地狱，遭受被秃鹰啄食肝脏的永恒惩罚。——译者注

和危险的伪君子了。我也怀疑<u>违心克己</u>变得骄傲了，她和<u>虚容假貌</u>越来越像，不管她看起来有多谦卑，对人多么慷慨仁慈。

"倘若<u>虚容假貌</u>又做了叛徒，他和他的朋友<u>违心克己</u>就再也听不到我的问候了。这种人是可怕的。如果<u>爱</u>不确定他们是否必不可少，他愿意的话，请务必把他们赶出队伍。可如果他们支持和拥护真情人，因而减轻了他们的痛苦，我也会原谅他们的虚伪。

"去吧，我的朋友，<u>去爱神</u>那里，把我的控诉和抗议也带去。我不是要他补偿我，而是希望这个消息能带给他安慰。对他来说这会是好消息，对我们的敌人却是灾难。他之前那样痛苦着急，让他都忘了吧。告诉他，我派你去绝罚一切敌对我们的人，赦免那些好人。他们诚心诚意遵行写在我书里的法则，积极完成任务，通过专一于情爱来为自己的家添丁进口。我称这样的人为朋友，并要使他们欢乐满溢，只要他们不做我说过的坏事，而把一切德行勾销。给他们颁发一份足量的特赦：不只够用十年（那对他们没多大价值），而是永远有效，无论他们做过什么，只要好好做告解，就一定会被赦免。

"你去到军队后，会受到热烈欢迎。替我向他们问好（你知道该怎么做），然后大声宣读这份特赦和教令。现在，我希望你把它写下来。"于是她口授，他写，她封好口后再递给他。她请求他尽快动身，但走之前先赦免她可能造成的一切疏漏。

<u>自然女神</u>的这番告解做得既符合教法，也合乎礼俗，而她的好司铎<u>天赋</u>也立即赦免了她，并且为她想好了合适的补赎，

与她所犯过错的严重程度相称。他愿意让她继续待在锻造间里，当她不再难过，能像过去那样辛勤工作时，可以再继续履行她的义务，直到那位有能力创造、毁灭和矫正万事的君王提出其他补救之道为止。

"先生，我很乐意这么做。"她说。

"而我会尽快去援助那些真情人。"天赋说，"不过，我得先脱下这绸子祭披（chasuble）、大白衣（alb）和小白衣（surplice）。"他将它们挂在吊钩上，又穿上他的教外衣服。对他来说这更轻便，就像他要去参加舞会似的。随后他便张开翅膀，迅速飞走了。

第十一章　天赋的布道

　　自然留在她的锻造间里，挥起锤子，像以往那样敲打锻造，而天赋也毫不迟疑地拍翅前行，速度比风还快，一直去到军中。不过他没有见到虚容假貌，那人在老妇人（是她为我开了禁地的门，帮助我去到能和欣迎说话的地方）被俘时就已经匆匆离去。他不愿耽搁，一句话没说就飞似的逃走了。不过天赋显然找到了违心克己。她见司铎来到，也赶紧收拾细软，跟着虚容假貌逃之夭夭，动作快到谁也拦不住她。虚容假貌不在时，她不会让任何人见到她对司铎吐露心声，哪怕给她四个拜赞特也办不到。

　　于是天赋不再耽搁，立刻照着原先说好的向全军致意，把来意告诉他们，没有任何遗漏。我也不想细说这消息带给了他们多大的欢乐。我宁愿简短些，不使你们觉得烦扰。因为讲道者常常不懂说话该简洁干脆，而会用冗言把听众赶跑。

　　接下来，爱神让天赋穿上祭披，又给了他戒指、权杖和礼冠（mitre），把他装扮得比玻璃和水晶更明亮。他们都急于听他宣读判决，因此不再找别的装饰。而维纳斯不住地说说笑笑，就像过节一样高兴。为了使天赋在宣布绝罚时显得更有权柄，她在他讲完话后，朝他手里放了一根点燃的蜡烛，烛身却不是用童贞蜡做的。

于是天赋当即登上一座老大的讲台，宣读我们讲过的那份文稿。爱的手下也不去找座椅，全都席地而坐。他向他们展开文件，挥手要他们安静。他们则一个个眉开眼笑，用胳膊肘你碰碰我，我碰碰你，互相使着眼色，接着便安静下来，听他宣读最后的裁决。

"自然赋予了我权力。她是全世界的监管者，是那位不朽之君的代理和总管，他坐在至高无上的塔内，在这显贵的城里，在世界之中，他让自然做了它的女主人，通过群星的影响来支配和料理其中的一切丰富万物（因为万物都依照自然行使的王权，听从众星的指挥）。自然赋予了我权力。从世界被造以来，她就使万物出生，也给它们规定了繁殖生长的时限。她从不徒然造物，叫它们无故诞生在天宇下。而天空围绕地球不断转动，在它之上也在它之下，日以继夜、从不间断。自然赋予了我权力。因此，所有不忠的逆徒，不论高低贵贱，但凡藐视自然夙夜之工的，都将被开除教籍，被彻底定罪。可如果一个人竭力维护自然，保守自己远离恶念，也不怕辛苦，专一于情爱，那就让他头戴花冠进入乐园吧！只要他好好办一次告解，我就会凭着我的一切权力为他彻底卸下重担，他得到的特赦绝不会附加任何条件。

"自然将铁笔和书写板赐给那些虚谎之辈，真是不幸。

她还根据她的法律与习俗给了他们锤子、砧子，还有打造合适的、磨尖了头的犁与未耕地。那可不是乱石满布的坏田，而是牧草丰美的多产地，需要喜爱它们的人去深耕细作。可那些错谬的人，他们不为服侍尊崇<u>自然</u>而耕种，倒宁愿毁掉她，躲避铁砧、书写板和耕地。本来她把土地造得那么丰饶，是为了使万物生长，免得被<u>死亡</u>扼杀。

"这些不忠的人应当羞愧。他们不屑拿起书写板来写一两个字，留下任何可见的痕迹。他们的心思坏透了，放着书写板不用，让它荒废，长出青苔。铁锤不敲，铁砧就会生锈、开裂，渐渐变坏，再也发不出声音。如果没有人把犁推进未耕地，它们就会一直荒凉。这些人敢于轻视天主亲自设计、赐给我女主人的工具，真是该被活埋了。天主愿意把这些工具给她，是为了让她造出类似的东西来，让有死之物获得永生。

"他们显然在制造危害。因为，如果所有人都弃用这些工具，那么不出六十年，人类就没有子孙后代了。如果这是天主的旨意，那他一定是想让这个世界终结。又或者地上将变得荒无人烟，只余下动物，除非他愿意重新创人，或使原来的人复活，再度栖息在大地上。而如果这些人守贞六十年，他们就会又一次灭亡，这样天主就得不断重造人，如果他愿意这么办的话。

"如果有人宣称，天主出于他的恩典，免除一个人的欲望，但没有免除另一个人的。那我会说，既然天主如此伟大，又一直在行善，他肯定希望人人都一样，也肯定会赐下同样的恩典，因此结论就还是：万物注定要灭亡。我没法回答这个问题，除非人的信念能够以信仰来解释。起初人被造时，天主同等地爱每一个人，将有理性的灵魂赐给男人，也赐给女人。因此我相信，他希望所有人（而非一个人）都能依循最好的道路，尽快归向他。如果他要某些人守贞，好跟随他，那为什么不让人人都这么做？是什么阻止了他？看起来就像他一点也不在乎人会断子绝孙似的。谁想回答这种问题，就让他回答吧，这是我知道的全部了。就让神学家来作神学分析吧：他们是得不到结果的。

　　"可那些人不肯动用自己的笔（它们能使死者永远存活），在那美丽又珍贵的书写板上写字。自然这么搭配，不是为了让它们闲置，而是为了书写，这样我们所有人——男人和女人——都能存活。他们得到了两个锤头，却不肯去锤打，不肯在适合他的铁砧上尽本分。他们被罪弄瞎了眼，被骄傲领错了路，看不上肥田沃土里的直沟。那些混账跑去耕耘不毛之地，浪费种子，犁不出直沟，反倒掉转犁头，学俄耳甫斯（Orpheus）①的样，以这有悖常理的例外来为自己的邪辟之举辩护。那个人不能耕，不能写，不能在合适的炉里锻造（他为他们发明了这样的教条，真该被吊死，这完全是给自然帮倒忙）。他们藐视这样一位女主人，倒着读她的教规，不肯按正道理解，反而曲解读到的内容——愿这些人统统被开除教籍，罚入地狱！因为他们成了那一伙的党徒。愿他们死前失掉男子汉的记号——他们的囊袋和睾丸！愿他们失去垂挂那袋子的玩

---

① 俄耳甫斯，传说中的诗人和音乐家。他被认为在欧律狄刻（Eurgdice）死后，发明了同性恋。——译者注

意儿，愿里面的锤头被扯出来！愿他们的笔被夺走，既然他们不肯用它在度身订造的宝贵书写板上写字。还有，除非他们能正确耕作，否则愿他们的犁耙和犁头被敲碎，再也不能勃起。愿所有随从他们的人蒙羞，但愿他们那可怕肮脏的罪行使他们饱尝痛苦，受尽折磨，让他们去到哪里都被打，这样，他们才能看清自己是什么样的人。

"大人们，我凭天主的名义说，你们活着的人要小心，不要随从那种人。事关<u>自然</u>的工作，你们应该比松鼠更有生气，比小鸟儿和风更轻盈好动。不要浪费了这罕见的特赦：你们所有的罪我都宽免了，只要你们献身这一志业。活跃一点，跳起来，跳起舞来，不要变得又冰又冷，四体僵硬。身上有的家伙都使起来，加把劲，你们会足够热乎的。

"贵人们，耕作吧，为天主的缘故耕作吧，重建你们的血脉。如果不花心思力气开垦，它就不会复苏。仔细卷起前面的衣服，就像你想要透透气一样。喜欢的话也可以脱光，只是别冷到或热着。亲自抬起你的犁耙，运用臂力，牢牢把住它，然后尝试把犁头推进那条合适的道，最好能刺透犁沟。至于你身前那匹马，天主在上，别让它懈劲，要无情地驱策它，骑它撞它，能多猛烈就多猛烈，如果你想犁得深的话。那带角的牛已经低头负轭，得用赶牛棒叫它精神起来，这样，你就会得着我们的恩惠。要经常使用赶牛棒，你就会犁得更好，更充分。

"来回犁得多了，你会疲倦（你需要喘口气，不眠不休是不行的），虽然没办法立刻重振旗鼓，但也别让旗倒了。卡德摩斯（Cadmus）①曾听从帕拉斯夫人（Lady Pallas）的指示，开垦了一英亩多的土地，撒下龙牙做种子，从地里生出全副武装的战士，他们彼此对打，最后活下的五个人成了卡德摩斯的伙伴。他们愿意帮助他建造底比斯城墙（他是底比斯的创建者），和他一起垒石头，造城市，那都是远古时候的事了。卡德摩斯撒下良种，造福了人民。如果你的起点也那么高，你的子孙后代也会大得益处。

"而且，你有两个非常厉害的帮手，能帮你保存血脉。如果你不愿意和她们联手，那就太傻了。只有一件事对你不利，是你要奋战的。你有一侧受到攻击，可如果三人合力都敌不过第四个，那真是不堪一击，活该挨打了。

"如果你不明白这是什么意思，那我可以告诉你：有三姐妹，其中两位会支持你，只有第三位对你有害，她是负责剪短人生命的。你应该认识操持卷线杆的克洛索（Clotho），负责纺线的拉克西斯（Lachesis），她俩都在努力维持你的生命，可她们的纺线会被阿特洛波斯（Atropos）剪得粉碎。她会想办法欺骗你。她不会把垄沟犁深，反而会将你的全部血脉埋葬，甚至想要你的命。她是造物中最坏的，是你最大的敌人。行行好吧，大人们，行行好！追想你们的父亲，他们是那样卓越；别忘了你们的母亲，她们是那样可敬！以他们为榜样吧，小心别成了叛徒，背叛了先祖。要留意他们都有些什么事迹。如果考察他们的本领，你会发现，他们使你生于世上，因此妥善地保存了自己。如果没有他们的骑士精神（chivalry），你今天就不

① 卡德摩斯，传说中底比斯（Thebes）的建城者。——译者注

会活着。他们怀着爱和友谊怜悯了你，你也该想想在你身后的人，他们将保存你的血脉。

"不要让自己被击溃。你们都有笔，想办法用起来。两只手别像被缠住了似的——去敲，去锤，去打吧！给克洛索和拉克西斯帮帮忙，这样就算那卑鄙的阿特洛波斯剪断了六股线，也还有一打甚至更多的线生出来。一心一意生养吧，那样你们就能骗过残酷乖戾的阿特洛波斯，她对谁都是个碍事鬼。

"那卑鄙的东西专好与生者作对，见到人死就高兴。她养着那魔鬼样的恶棍刻耳柏洛斯（Cerberus）①，他对死人垂涎三尺，总是饥火中烧。如果不是那老娼妇帮忙，他早就饿死了，饿疯了。没有她的话，他什么吃的都找不到。她一直喂养他。为了吃得舒服，那恶狗牢牢抓住她的乳房——她有不止两个乳房，而是三个。他把三个嘴都埋在她胸前，撞啊，拽啊，不停地吸吮。他从来不断奶，也永远都不会断奶。他不用别的乳汁来解渴，也不要其他食物，除了人的躯体和灵魂；而她将男人和女人堆积成山，投进他的三重魔口里。她独力喂养这巨口，一直在想办法填满它，却发现它总是空的，再努力也无济于事。还有那三个残忍的娼妓、各样恶行的复仇者，也虎视眈眈地等着这些残羹剩饭。我知道她们的名字，她们是阿勒克图（Alecto）和提西福涅（Tisiphone），第三位是墨盖拉（Megaera）②。如果她们办得到，她们会把你们全都吞吃光。

---

① 刻耳柏洛斯，看守地狱的三头恶犬。——译者注
② 三位复仇女神，她们因为做伪证、谋杀、不敬以及违反孝道等罪行而惩罚人。——译者注

"这三位在地狱里等着你们。生前犯罪的人会被捆绑、受鞭刑、挨棍杖，会被吊起来，被拳头打，被拖来拖去，受各种虐待，还会被水淹、火烧和蒸煮，就当着那三位典狱长（provosts）的面——他们是坐镇冥府法庭的。他们用这些酷刑迫使人供出生前的全部罪孽。在三位典狱长面前，所有人都瑟瑟发抖。不过，如果我不敢说出他们的名字，那我就太懦弱了。他们是拉达曼提斯（Rhadamanthus）、米诺斯（Minos）和他们的兄弟埃阿克斯（Aeacus），朱庇特是他们的父亲。他们活着时终身为人伸张正义，极受尊敬，这样的名声使他们成了冥界的审判官。作为回报，他们的灵魂脱离躯体后，普路托让他们担任了这一官职。

"大人们，凭天主的名义，别去那里；对抗这些罪吧，这是我们女主人自然在弥撒时说的。她把所有罪行都告诉了我，从那时候起我就一直在忙活。你一共能读到二十六条，它们的害处远超过你的想象。如果能根除它们的污秽，你就永远不会踏入那三个娼妓的地界——我提过她们，她们的名声坏透了；也不用害怕三位典狱长的审判——他们会毫不迟疑地问罪判刑。我很乐意为你们逐一细数这些罪，不过没有必要，因为精彩的《玫瑰传奇》里有简要说明：为了避免犯罪，你们也许可以去查一查。

"努力去过善良高尚的生活吧，让每个男子都以亲吻、宴乐和欢愉来环绕他的爱人，女子也是如此。如果你们忠诚相爱，那谁都不该谴责你们。如果你们玩够了，像我在这里指出的，为了行善去恶，记得好好做告解，并且呼求天上的主——

自然也拜他为主。到阿特洛波斯埋葬你的那一天，他会救助你。他是身体和灵魂的拯救者，是我女主人的好镜子，如果没有他，她不会知晓任何事。他引导她，支配着她，除他以外，我的女主人别无依循之法。他让她成为他的管家时，就教晓了她一切。

"现在，大人们，我希望你们——我的女主人也同样吩咐你们——认真学习这篇布道，一字不差地记住我的话（因为人不可能总把书带在身边，写下来又太累）。这样的话，无论你去到哪里，在森林里也好，在城堡里也好，无论冬夏，你都能向那里的人背诵它。从好学校学来的东西是值得铭记的，最好还能不断复述它。这样我们就会获得别人的尊崇，赢得很大的声望。我的话是金玉良言，比蓝宝石、红宝石和玫红尖晶石都珍贵一百倍。好先生们，我的女主人需要有人宣讲她的法度，谴责那些本该遵行，但违犯她规矩的人。

"如果你们这样去宣讲，我承诺并特许你们，只要你们言行一致，就永远不会被挡在那片美丽青翠的牧园外。圣母之子在那里，那洁白的羔羊领着别的羊，一起轻快地越过草地。他身后有一条安宁的小径，极少人踏足，上面覆满了花草，还有洁白温顺的羊群。它们数量不多，是一小群蒙拣选的野兽，既高贵又虔诚。他牧养它们，让它们沿路嚼着嫩草鲜花。我可以告诉你们，它们的草场极为奇妙，上面生着可爱的小花——全都新鲜欲滴，就像妙龄少女。在露水充足的清晨，绿油油的草地上仿佛撒满了闪亮的星辰。花儿们天生丽质，全都娇嫩得恰到好处，而且色彩分明，整整一天都是如此，决不会随着暮色降临凋谢，昼夜都能供人采摘。你们可以相信，它们不会盛开得过了头，也不会张不开花瓣。它们自草中绽放时，恰逢自己的青春年华。因为太阳不会伤害它们，也不会把浇灌它们的露水烤干，反而会令它们的根茎变得甘甜，使它们姝颜不改。我也向你们保证，不论小羊怎样去吃（它们总想要这么干），我们都会看到这些植物不断生长出来。不仅如此（这不是杜撰），无论羊怎么吃，花草都不会被消灭，羊儿也无须为吃草付出代价。它们的皮不会被卖掉，毛也不会用来做毛衫毛毯，去给陌生人使用。这些东西，它们一样都不会失去：肉不会被吃掉，不会毁于腐朽，也不会被疾病征服。不过，不管怎么说，我也一点都不怀疑那位引导和牧放它们的好牧人，会以羊毛为衣。他不会剪它们的毛，也不要它们偿还什么，可他似乎喜悦这种衣着，使自己与羊儿们相似。

　　"如果你们不厌烦的话，我还可以继续说，那里从不见黑夜。那里只有一天，既看不到暮色，也不存在破晓（不论黎明怎样迫近），因为夜晚和早晨是一回事，早晨也与夜晚相像。每个时刻也都同理：'这一天'（the day）是一段永恒的时光，不论夜晚怎样争抢，都不会使它变为夜晚。这美丽和无止境的一天在它那永在常在的光亮（ever-present brightness）里展露欢颜，在其中，时间不可测量。那里不存在将来，也没有过去——如果我理解得正确的话，三种时态都是'现在'（present），'这一天'（the day）便由'现在'划分和安排。它不是会过去和有终结的'现在'，也不是还未到来的时段，因为那里没有'过去'——我还可以说——也永远不会有'将来'：'这一天'是稳固的，恒久的。在那里，辉煌的太阳终日普照，将'这一天'固定在一个点上。没有人见过那么美、那么纯粹的永恒春光，哪怕是在萨杜恩的统治时期——他统治着黄金时代，最后却被儿子朱庇特切掉了睾丸。

"说实在话，把一个体面人阉了，必然会使他遭受巨大的伤害和侮辱。我相信，摘掉他的睾丸，至少也夺去了他心上人的爱，不管她有多爱慕他，更别说他自己的羞耻和痛苦了。如果他结了婚，情况就更糟糕了，因为他会失去一个忠贞的妻子，无论她为人多么温厚。把男人阉掉是一大罪过。这么做不仅夺走他的睾丸，使他失去深爱的情人（她再也不会给他好脸色看），也让他失去了妻子——这还算轻的。他也失掉了勇气，以及英勇的人该过的生活。我们敢说，去了势的人都是残忍变态的软蛋，因为他们有了女人气。这样的人没有一个是勇敢的，除非需要勇气去作恶，因为所有女人都敢像魔鬼一样行事。去了势的男子既然有同样的气性，也就在这点上和她们类似了。进行阉割的人，虽然他不是杀人犯，不是贼，也没有不可饶恕的大罪，可至少，在偷窃生育工具上面，他严重损害了<u>自然</u>。一个人再怎么绞尽脑汁，也很难为他开脱，至少我办不到。就算我思索这件事，研究它的真相，可我磨破嘴皮子也没法为他辩解，说他没有对<u>自然</u>犯下可怕的罪过。

"但朱庇特完全不在乎这桩罪行的严重性，只要他能把王国收为己有。在他做了王、成为公认的全地之主后，为了教导人生活，他向全天下发布了他的命令、法律和法规，而且当即宣读了他的声明。以下是这份声明的梗概：

　　"'朱庇特，世界的统治者，要求和命令所有人都专心追求幸福。如果一个人知道自己喜爱什么，又有能力得到它，他就该去做，那样会让他心里高兴。'他没有传别的道，而是准许人们各循所好，去寻欢作乐。因为欢愉，就像他说的，是世界上最好的事，也是生命里首要的善，人人都当渴慕。这样所有人都会效仿他，以他为生活的楷模。这位快活的主，朱庇特，无比看重欢愉，想尽可能满足自己的肉体欲望。

　　"就像《牧歌集》的作者在《农事诗》（*Georgics*）里告诉我们的（他从希腊人的书里得知了朱庇特的行径），在朱庇特之前，从来没有人犁地，没有人耕锄，没有人开垦。那些老实、单纯又温顺的人也从未立过田界，而是一起去搜集各种野生的美食，遇到什么就捡什么。人们还不懂索要属于自己的一份，他却命令他们以亩为单位分摊土地。也是他使邪道滋生，令恶物横行，譬如把蛇毒给了蛇，教狼捕猎。他砍倒蓄有蜂蜜的橡树，使醉人的溪水干涸。他熄灭了各处的火，让人靠打火石来找火：这是他折磨人类的阴谋诡计中的一样。他发明了各种新技艺，为星辰命名点数。他安设陷阱、罗网和粘鸟胶，用来捕捉野生动物，还第一次放出了猎犬来追逐它们，在从前，可没有人这么做过。

　　"他对人心肠狠毒、使人饱经痛苦——正是他，驯养了食肉的猛禽。他在地上挑起战争，使雀鹰、鹞鸪和鹌鹑彼此争斗；又在云端发动比武大会，令苍鹰、猎隼和鹤互相竞赛。他为了吸引它们，给它们吃饵食，这样它们就会回到他手上。他昼夜喂养它们，如此，这年轻人就用这些猛禽奴役了人类，因为它们是其他温顺鸟类的掠食者和可怕的劲敌，没了那些温顺鸟儿，人吃不上天上的美味，也就不想活了。人的胃口多刁啊，他们多爱吃猎捕回来的鸟肉啊，这就使他们做了猛禽的奴隶。

"是朱庇特把猎貂放进地洞追兔子，把它们赶得跳进网里。是他，为了口舌之欲，专程去海里河里捕鱼，将它们去鳞、剥皮、烧烤，还发明了全新的酱汁——用了各式各样的香料，添了许多香草。这便是技艺的开端。因为劳苦和磨人的贫困能征服一切，人为此殚精竭虑。奥维德说过，艰苦会激发人的才智，他自己就经历过善恶荣辱。长话短说：朱庇特开始统治世界时只有一个念头，就是改变整个帝国的状况，让它从好变坏，从坏变糟。作为管理人，他相当马虎随便。他缩短了春天，把一年分成四段，就和今天一样：有夏天，有春天，有秋天，有冬天。这四个不同的季节曾经都属于永恒的春日。而他就想这样。他坐上宝座后，便毁了黄金时代，开启了白银和青铜时代，因为那时的人都热衷于作恶，开始不断走下坡路。整个世界都大大变样，从青铜又跨入黑铁时代，这使那些神灵满心欢喜。他们坐在那永远布满污垢和黑暗的阴郁的山上，只要人类还存续，就一肚子妒火。而那些不快乐的黑羊被困在窝棚里脱不了身，它们凄凄惨惨、疲惫不堪，患着致命的疾病，不愿意遵循白色羔羊为它们显明的道路。本来，走那条路它们全都会得到自由，黑毛也会变成白的。可它们却选择了这条宽路，投身到如今这个避难处来。它们聚成这样一大群，整条路都被占得满满的。

"去了那种地方后，什么动物都产不出有用的毛来。你甚至没法用它来织布，只能做些可怕的粗布，上面全是毛刺，挨着肋骨时，比刺猬皮做的刚毛斗篷还扎人。不过，如果你想从白羊身上梳下丝一般柔软的毛，梳得也足够多，你就能把它做成布，让皇帝、国王，甚至天使（如果他们穿羊毛衫的话）在节期里穿。穿上这种衣服，你会显得非常高贵。而它们也应该被格外珍惜，因为这种动物很稀少。

"在好牧园中看守羊群和围场的牧人，他不是傻瓜。而且说实话，就算黑羊苦苦哀求，他也不会允许它进来。对他来说，将白羊分辨出来是一桩乐事，而它们也认得自己的牧人，前来投奔他。它们都是他所熟悉的，在这里受到格外热情的欢迎。

"所以我告诉你们，在一切珍兽中，这头奔跑着、跳跃着的白色羔羊是最有慈心和最令人喜爱的。他为了将羊儿领进牧园，不怕辛苦操劳。他还知道哪头羊儿走迷了，被专吃羊儿的狼盯上了。在那条路上，他亲自领着羊儿，因为羊一旦偏离路线就会被狼叼走、吃掉，毫无反抗之力，谁都不能救它脱离狼口。

"大人们，那羔羊在等候你们。不过我们现在先不谈他，除非是向天主圣父祈祷，求他满足羔羊之母的请求，让羔羊保护群羊，不被恶狼所伤。我们还向他祈求，愿罪不会拦阻你们，使你们享受不到牧园里的欢乐。那里多美，多可爱啊，生着青草香花，有紫罗兰、玫瑰等一切好东西。这位情人曾见到欢娱和他的伙伴，在那座美丽的花园里围成圈跳舞，那园子是四方形的，被一扇上了闩的小门锁住。如果有人将它与我说的这座绝美的牧园相比，却分不清孰真孰幻，那他就犯了大错。无论谁进过牧园，哪怕只是朝里看过一眼，都敢笃定地起誓说，欢娱的花园不能与这里的围场比。它并非方形，而是圆的，造得无比精巧、浑圆无匹，圆得胜过一切绿柱石和球体。我还能跟你们说什么呢？我们来谈谈情人在花园内外的见闻吧，但要简短些，免得大家疲累。

"他告诉我们，他在花园的外墙看到十张丑陋的小像。可如果你们看看牧园外面，你们会找到地狱：那里勾画出了一切鬼魔，它们的丑恶令人丧胆，它们的残暴将自己的巢穴变成了地狱。刻耳柏洛斯做了它们的看守，将它们锁在那里。园外还有整个大地，连同它古老的宝藏、一切地上的事物。你会看见大海和海里的鱼，以及其他住在淡水深处的居民。水或浑或清，却养着一切，不管是庞大还是微小之物。你会看到大气与其间的飞鸟、蚊蝇、蝴蝶，空中充满了它们的声音。你会看到火包围了那些区域，以及由其他元素组成的各种东西。此外你还会看到一切闪耀的星辰，明亮又可爱，既有正在漫游的行星，也有稳固不动的恒星，各自安守在专门的范围内。你在场的话，就会看到这些没有进到美丽牧园中的事物，它们实际的样子被刻画得多么清晰啊。

"不过我们回头来谈谈花园和它里面的东西吧。那年轻人说，他看到欢娱在青草地上领舞，伙伴们也和他一起，他们脚下的花十分芬芳。他还看到了草和树、动物和鸟，溪水与泉水从砾石上潺潺流过。泉水旁边有棵松树，他吹嘘说，自丕平的时代以来，谁都没见过那样的松树，泉水也是尽善尽美。

"凭天主的名义，大人们，要小心。那花园里的东西其实中看不中用。那里什么都不持久，他所见的都会消亡。他看到人们翩翩起舞，只是曲终人散去，园中的一切也将如此。因为刻耳柏洛斯的保姆——阿特洛波斯来者不拒，人类做什么都无法阻挡她将一切吞吃。她运用自己的权力（时刻不停，不挠不屈），从背后窥探所有人，只除了诸神（如果真有的话），因为神圣的事物绝不会向死亡臣服。

"我们再来谈谈好牧园里的可爱之物吧，我只会讲个大概，免得这布道太长。但是说实话，我没法描述得太确切，因为它们的美无与伦比，它们的价值难以估量，都是人心难以构想、人口也难以述说的。还有围场里的美妙游戏，舞者在跳舞时体会到的真实、巨大、恒久的欢乐。在园里嬉戏的人有着一切让人十分愉快、真实又耐久的东西。事情就是这样，因为这些美物得自一眼珍贵的泉水，它对健康有益，美丽清澈，纯净透亮，浇灌着整个围场。喝这泉水的动物都不再属于黑羊群，而它们渴望进入这围场，也配得进入这围场。它们一旦在这里解过渴，就不会再渴，想活多久就活多久，不会生病也不会死。它们得以进入这些门，得以瞻仰领它们行过窄路的那羔羊，这是何等幸运啊。这位好牧人看守它们，愿意做它们的庇护所。饮过此泉的人永远不死。它和那年轻人所见——出于树下大理石的泉水完全不同。他那样盛赞它，真是活该被愚弄。那毒泉又苦又险恶，俊美的那喀索斯俯身望见自己的倒影，就丧命了。年轻人自己也承认这一点（而且都不羞愧），没有试图掩盖泉水的残酷本质。他说那镜子十分致命，他看到自己的倒影时，心里无比悲痛，从此时常为它叹息。看他从那水里尝到了什么样的甜味吧！天主在上，那可真是一眼好泉啊，能让健康人生病，跑去水边照那种镜子，好处还真大！

　　"他对我们说，泉水自两条挖空的水道涌出来，水势很大。可我很清楚，无论是水道还是泉水，都不是它们的发源地：它们有别的来处。

　　"他还说，那泉水比纯银亮得多。看他编的什么话！其实它又丑又浑，临水自照的人发现他什么都看不见。人人都感到恼火，因为压根儿认不出自己来。

　　"他说泉水底部有两块水晶，光辉四射，拥有强大的力量。在万里无云的日子，阳光照在上面会使它们发出灿烂的光芒，人能从里面看到禁闭在园内的半数景物，走去对面可以看到另一半。但它们肯定是模糊不清的。否则为什么阳光照射的时候，它们不能立即显明一切呢？我敢说这是因为它们办不到，那层昏暗遮挡了它们。它们晦暗混浊，根本不足以让人照见自己，因为并不是它们使自己发光。如果它们捉不住太阳射来的光线，就会失去力量，什么都照不出来。可是我说的那眼泉水却无比可爱。现在竖起耳朵来，听我讲述奇妙的事。

　　"那泉水美极了，又清又甜，充满了勃勃生机。它的味道很可口，拥有疗愈病兽的大能，从三条构造精妙的水道内不断涌出。三条水道彼此紧挨着，以至融为一体。如果你能看到它们全体，并且乐意去数数看，你会发现它们既为一，亦为三。你不会发现第四道水流：它们永远是既为三，亦为一，这是它们共有的特征。

"这样的泉水绝无仅有，因为它是自发的。其他泉水不这样，它们的水脉在别处。这一个却是自有的，不用借助别的水道。它从自己而生，根基比天然的石头更坚稳。它不需要大理石或树木来覆蔽它，因为它那无穷的水流有一个极高的源头，树再高也高不过它。不过，当泉水一路流下，它肯定会经过一棵低矮的橄榄树：就是立在斜坡上的那一棵。当小树感受到温柔甘甜的水浸润着树根，它就会获得滋养，拔身而起，长出累垂的枝叶，在上面结满果实。至于年轻人说的那棵松树，它永远也长不了那么高，也没法像这样舒枝展叶，投下美妙的荫凉。

"橄榄树立在那儿，在泉水上张开枝叶，用影子来笼罩它，小动物都躲在这片怡人凉爽的树荫里，啜饮花草上的甘露，舒舒服服地乘凉。树上挂着一个小卷轴，在树荫下躺卧的人会读到上面的小字：'此处涌流着生命泉，就在这多枝多叶、结着救恩果实的橄榄树下。'[①]什么样的松树能与之相比？我还可以告诉你，泉水里有一颗闪耀的红宝石（许多无知者觉得难以置信，把它当成杜撰），比一切奇石都神妙。它非常圆，有三个切面，被安放在泉水中央的高处，这样，从牧园各处都能清楚地看见它。它是如此美丽和高贵，无论是风、雨还是雾气，都不能扭曲它的光线。我还知道这宝石的功效和切面间互惠的力量：每个切面都和另两个一样重要，另两个也与它同等，不论它们各自有多美。你想尽办法也没法分割它们，或合并它们，使它们失去区别。它不需要阳光来提供照明，因为它有着纯一不杂的色彩，光辉四溢，太阳虽然照亮了另一眼

————————————————
① 橄榄树象征着十字架。——译者注

泉水里的两颗水晶，与它相比却显得阴沉暗淡。我还能说什么呢？是这灿烂的红宝石而非日头，在园里放光。它就是那里的太阳，比这世界的太阳更夺目。它流放了夜晚，使白昼永存，正如我告诉过你们的；这一日无始无终，就那样保持在特定的一刻，不会穿过某一宫、某一度、某一分，或朝任何足以划分时辰的点前进。它的力量不可思议：任何人去看它，一转至它跟前，就能在水中看见自己的脸，对着哪一面都是如此，而且能正确理解所见的，不管是园中的一切，还是他们自身。一旦在宝石里见过自己，就会变成精通万事的智者，不再被现存之物欺骗。

"我还要对你们讲解另一桩奇迹：人敬观那太阳时，不会被它的光线灼伤、损害了视力，也不会被晃得眼花，反而会觉得获得了新的力量、喜悦和生机，因为它的光辉如此之美，带来了温馨的暖意。不可思议的是，整个牧园都充满了它散发出来的甜美芳香。我不会耽搁你们太久，只希望你们牢记一件事：凡是了解牧园外观与本质（form and substance）的人，都会坚持说，昔日亚当被造的那个乐园，远不如它那么美好。

"奉天主的圣名，大人们，你们怎么看这牧园与那花园？根据它们的一般属性和本质（accidents and substances）来进行合理的判断，凭你们的诚意说，哪个更美，哪道泉水更纯净，更有益和更有效？同样，从两条水道的性质来想想：哪个更强大？再鉴定一下两颗宝石，然后是松树和荫蔽着活泉的橄榄树。如果你们判得公正，并且是基于我念给你们的那些证据，我会服从的。而因为我没有骗你们，我也不完全受你们判决的约束。倘若你们说谎或掩盖了真相，我不会替你们隐瞒，而会立即向他者控诉。现在，为了让你们尽快达成协议，我请你们简要回顾一下两者的大能和好处：其中一个用死亡来毒害活人，另一个却救活死人。

"请放心，大人们，如果你们表现得好，就能喝到第二种泉水。为了方便你们记住我的吩咐（因为教训总是越简洁越好记），我会让你们简单地回想一下，什么是你们该做的。要尊崇<u>自然</u>，为她效力，不辞劳苦。如果拿着别人的东西，能还就还；办不到的话（因为花掉或赌博输掉）就该保证有钱之后还。别伤人性命，手和口都要清洁，做一个忠诚仁慈的人，这样你就能到那迷人的草场上去，跟随那羔羊的脚踪。你会一直生活在那里，喝那美妙的泉水，它清甜又健康，喝了它你永远都不会死。你将快活地在绿草和花丛间漫游，在永恒之中吟唱经文歌、合唱曲（part-songs）和小调（canzonets），在橄榄树下跳舞。我为什么还要喋喋不休呢？我该收起我的长笛了，因为唱得好常常令人厌倦。我耽搁你们太久，这番布道该就此打住。你们一直在这胸墙上无所事事、高谈阔论，现在来看看该怎么做吧！"

这便是<u>天赋</u>的布道，他们听了都十分快慰。接着，他将手中的蜡烛抛到他们中间，它那带烟的烟火一下就传遍了世界。它的效力经由维纳斯的传播和扩散，没有女士能够抵挡。风吹送它的香气，使女士们的身心、思想都受到感染。至于<u>爱</u>，他把宣读过的纲领宣言传送四方，没有一个体面人对判决表示反对。

第十二章　夺取玫瑰

当天赋宣读完毕，贵族们全都欢欣鼓舞（因为正如他们说的，他们从来没听过这么好的布道，也没有想过自己能得到这么彻底的特赦，有关绝罚的判决又如此公正）。未免失去特赦，他们一致赞同这判决，急忙说："阿门，阿门，尔旨承行！"

事情到达这一步，已经没什么好说的了。赞同布道的人都将它逐字铭记在心，因为觉得它对自己很有益处。它带来那么好的赦免，又那么仁慈，他们都很乐意听从。接着天赋不见了，他们也不晓得他去了哪里。军中至少有二十个人大声喊道："拿起武器！别拖延了！如果我们真的正确理解了这份判决书，我们的敌人就该慌乱阵脚了。"他们全都站了起来，准备战斗到最后一刻，直到占领和摧毁一切。

维纳斯打头阵，打算迫使敌人举手投降。而敌方的羞耻和惧怕应声说道："别做梦了，维纳斯！你们绝不会进到这围墙里来！"

"没错，"羞耻说，"哪怕只有我一个人，我也不怕。"

女神听见羞耻这番言语，便说："滚回去！肮脏的母狗，反抗我对你有什么好处？如果你不打开城堡向我投降，你将会看见一场风暴。你绝对守不住它。你！想对付我们！我凭天主的肉身说，你们会投降的，要么我就活活烤了你们，你们这些倒霉的可怜虫。我很乐意放火烧了这围城，把每一座塔楼都推倒。我会烧焦你们的尾巴，烧光所有的柱子、桩子和墙。你们的护城河会被填平。你们造的碉堡望楼都会被拆掉，建得再高也会被夷为平地。欣迎会让我们摘走所有的玫瑰和玫瑰花蕾：有些他会卖掉，有些他会随便人白拿。

"你们再凶猛，也挡不住那像潮水一样的人。一旦我打开这些围墙，所有人无一例外，都会排着队闯进玫瑰花丛里来。为了叫戒备的想望落空，我要让所有草地和草坪都被踏平。我要拓出大道，让教士和普通人、修士和俗人都能随心所欲，摘走玫瑰与花蕾。谁都拦不住他们，所有人都会到这里来做补赎，只是做的方式不一样。有些会偷偷摸摸，有些却公开行事。然而，背地里做的人会被视为体面，明着来的却被当成浪子和酒色之徒，就算他们的罪行比没被指控的人更小。

"不用说，有些邪辟的人（唯愿天主和我们在罗马的圣父，咒诅他们和他们的私情）为了更坏的爱好而抛弃玫瑰，那煽动他们的魔鬼会用荨麻给他们做花冠。对这种肮脏下流的事，天赋，已经代表自然对他们和我们的所有其他敌人做出了宣判。

"如果我作弄不了你，羞耻，那我的弓、我的技艺，就只是一纸空谈，因为我不会求助于别的手段。我不爱你，羞耻，也不爱你的母亲理智，这是当然的，因为你们对恋人太冷酷无情。听从你或你的母亲的，都当不成真情人。"维纳斯不想再说什么了，她说够了。

于是她卷起裙子下摆：看起来就像是女人要发怒的样子。她张开弓，把那烧着的箭搭在弓弦上，搭准后把弓举起，高度不过六英尺，差不多到她耳朵的位置。接着，这位好弓手瞄准了高塔里藏着的一个小枪眼儿，它不偏左右，就在塔楼的正前方，自然将它造得十分精妙，使它恰处在两根小柱子中间。

那两根柱子是银制的，极为美丽。它们托着的不是圣物箱（reliquary），而是一尊高矮适中、肥瘦相宜的银像：胳膊、肩膀和双手全都雕得恰如其分，下肢也非常美，里面有一处至圣所，芬芳远胜香盒，外面盖着一块珍稀的布料，从这里到君士坦丁堡，没有比它更好更尊贵的。如果要在它与其他雕像之间做一番合理的比较，那我们可以说，它与皮格马利翁①作品的区别，就如狮子与耗子一样悬殊。

皮格马利翁是个雕刻家，他用木头和石头来创作，还有金属、骨头和蜡，只要能用作雕刻的他都使用。为了试验自己的技巧高超到什么地步（因为其他人都比不上他），为了赢取声名，也为了让自己高兴，他决定刻一尊像。那尊像是象牙做的，做得非常精心，又可爱又漂亮，看起来就像活人，像世界

---

① 皮格马利翁的故事见于奥维德的《变形记》。——译者注

上最美的人。海伦和拉维尼亚（Lavinia）①虽然被造得很美，却没有那么好的肤色、那么曼妙的身材，论美根本及不上它十分之一。看着它，皮格马利翁自己都大为惊奇。正如你所见，他完全没有防备，于是被爱用罗网围困，失魂落魄起来。他一肚子苦水，不住对自己哀叹道：

"唉！我在做什么？我睡着了吗？我造了许多千金难买的雕像，从来没有对哪个翻起过爱的狂澜。这一个却祸害了我，让我失去了理智。唉，哎！这念头是怎么来的？这样一种爱是怎么滋生的呢？我爱上了一尊又聋又哑的雕像，它不能动也没有反应，而且永远都不会可怜我。我怎么会被这样一种爱所伤？真的，谁听了都会吃惊的。我是世界上头号疯子！这下我该怎么办呢？

"平心而论，如果我爱上一位女王，至少还有被怜悯的希望，因为那是可能的。这种爱却很可怕，它绝非自然之作。我是自然的坏儿子，与她意气相左，造我真是让她丢脸。可我也不该为这麻木如石的爱怪她，要怪只好怪我自己。自从我有了皮格马利翁这名字以来，从我能用双腿走路开始，我就没听说过这种爱情。不过我的爱也没那么蠢，如果书上说得可靠，那许多人爱得更蠢。像那喀索斯为了解渴，在密林里找到一处纯净的水泉喝水，却爱上自己的脸孔，那不就是一例？他没法抵挡，而且，据说（人们到现在都还记着）没过多久他就死于对自己的爱情。至少我不像他那么疯，我随时能走近我的雕像，

---

① 拉维尼亚，埃涅阿斯的妻子，其美貌因12世纪的《埃涅阿斯纪》而广受赞誉。——译者注

亲她抱她，所以好受得多。那喀索斯却不能占有水中之像。

　　"而且，在很多国家里，多少男子爱慕女子，想尽一切办法为她们效劳，辛辛苦苦却得不着一个吻。这么说，爱对我比这要好吗？不。不管那些人怎样没有确信，他们到底还有吻或者别的东西作盼头。可那种快乐，那种人心所向的爱的欢愉，我却没有希望得到。我渴望享受亲吻和拥抱，我的情人却像根直楞棍；我吻她，她却冷淡冰凉，使我的嘴唇都发抖了。

　　"啊哈！我说得太粗野了。可爱的朋友，求你宽恕我，接受我的补偿吧。只要你肯给我一个温柔的眼色，一个微笑，我想我就会满足的。因为对于恋人来说，温柔的一瞥和亲切的一笑，都会带给他们莫大的喜悦。"

　　随后皮格马利翁跪倒在地，脸早已被泪水打湿。他将用作补偿的东西献上，她却不为所动。她既没有听见他说话，也对他的礼物无动于衷。辛辛苦苦去爱这么一个东西，他怕自己真是白费力气。可他又不知道怎样能把心收回，因为爱夺去了他的理智和见识，这使他极其不幸。他也不晓得她是活的呢，还是死的。他轻轻摸她，觉得她的皮肉似乎有感于他的触碰，略微凹陷，就像软油灰的触感，可其实有感应的是他自己的手，由于按压之故。

　　就这样，皮格马利翁苦苦挣扎，既没有安宁，也得不着喘息。他的心情变幻不定：一时爱来一时恨，一时笑又一时哭，高兴悲愁轮番上，心神未定却又宛如刀割。他用各种方式给她穿衣打扮，给她穿上剪裁极巧的长袍，用的是柔软的白羊毛料、猩红布或棉毛混纺布（linsey woolsey），还有绿色、蓝色或深色的布，颜色染得又新、又亮、又好，还得镶上大量的白鼬皮、松鼠毛和昂贵的白皮毛。接着他又会脱下它们，尝试让她穿丝绸、薄绢（sendal）、波纹绸（tabby）或其他珍贵布料做的袍子，有靛蓝、朱红、黄、棕各色，还有金银丝织锦、菱花缎（diapered fabric）和驼毛呢。她看起来就像个天使，有着朴素纯洁的面容。有时他会给她戴上长头巾，再把方帕罩在头顶上，却不会挡住脸，因为他不想学撒拉逊人的习惯——那些人狂暴易妒，要他们的女人不论什么时候上街都蒙上脸，免得被旁人看见。另一些时候他又巴不得把这些全脱了，而给她系上黄色、红色、绿色或蓝色的发带，或是美丽可爱的金丝带，上面缀有许多小珍珠。她的头饰上包着昂贵的发网，顶上戴一只细巧的金冠，金冠底座以四个半圆组成，每一面都嵌着很多宝石，更别提还有许多小宝石环绕整个金冠。两只雅致的金耳坠戴在她的耳朵上，两只金扣环用来固定礼服的颈部。他把另一只扣子别在她胸口，在她腰部围上腰带——没有哪个姑娘戴过这么贵的腰带。腰带上再系一只小钱袋，也是最最珍稀豪华的，上面装饰着他从海边找到的五颗小卵石，比小姐们用来玩弹子游戏（marbles）的石子儿更美更圆。他细心照料她的脚，给它们分别穿上鞋和袜，袜长两指，长短相宜。既然她没有生在巴黎，也就无须穿长靴，因为对这样的一位年轻小姐而言，那种鞋实在是太粗野。接下来他拿出一枚纯金的缝衣针，穿上金线，将她的衣袖缝紧，这样她的衣服便更合身了。他会送她鲜花，因为在春天时，年轻小姐们常用它们来编花环；还有小球、小鸟——各种能让小姑娘高兴的玩意儿。他也为她编花环，而且编出了最美的，因为这些他做得一心一意。
他将金戒指轻轻戴到她手上，并且像一位真正忠诚的丈夫那样
说："美丽又可爱的小姐啊，在此，我与你成婚，从今往后我
属于你，你也属于我了。我呼请许门（Hymen）①和朱诺，愿
她们出席我们的婚礼。我不需要教士或司铎，也不需要主教的
权杖和礼冠。我呼请的那两位，才是真正的婚姻之神。"接下
来不是举行弥撒，而是他自己唱歌，唱爱的醉人秘密，唱得那
么响亮快活。他还会弹奏，音量大得足以淹没天主的雷声，因
为他什么乐器都有，技艺又远胜底比斯的安菲翁（Amphion of
Thebes）②。为了使自己高兴，他弹起了吉格与雷贝克琴（gigues
and rebecs），还有吉他与鲁特琴（lutes）。他的时钟会奏响
钟声，响彻他家的厅堂与卧房，驱动它的轮子巧夺天工，永远
不会停歇。他有管风琴，一只手就可以简单操作，因此他既能
鼓风又能弹奏，同时用中音或高音大声唱经文歌。接下来他
转去敲铙钹，又吹起他的短笛（fife），或吹奏他的各种管乐
器。他打起手鼓（tabor），吹着长笛，敲响他的大鼓小鼓。他
弹起西特琴，吹奏他的喇叭和风笛；他随意拨弄索尔特丽琴
（psaltery），又弹起了维奥尔琴。他拿起小风笛（musette），
吹奏康沃尔风笛（Cornish pipes）。他又是跳，又是舞，踢着
脚跟穿过整个大厅，又拉起她的手一起跳，然而他的心是沉重
的，因为她既不唱歌，也不答话，哪怕他劝了那么多，求得那

---

① 许门，婚姻之神。——译者注
② 安菲翁，朱庇特和安提奥普（Antiope）之子，他通过演奏里尔琴让石头移
动起来，从而帮助建造了底比斯的城墙。——译者注

么恳切。

　　然后他再次抱她，带她上床，让她躺在自己的臂弯里，不住地亲吻和爱抚她。可若不是两个人都乐在其中，接吻真不是一件那么快慰的事。

　　就这样，皮格马利翁因痴恋那尊聋哑之像，昏了头脑。不着边际的念头刺激着他，让他变得狂乱。他用最华丽的服饰打扮她，一门心思伺候她，可她穿上衣服似乎没有变得更好看，不穿也不见得更差。

　　那时恰逢当地一个有名的节日，节日期间会发生许多奇事，而且所有人都会聚集在维纳斯的庙里守夜。那位年轻人怀着厚望，也去参加守夜，好为他的痴情寻得一个妙方。他向众神哀诉这段折磨他的爱情："伟大的神明啊，你们若能成就万事，就请俯听我的请求。还有你，可称颂的维纳斯，你是这神庙之主，求你以厚恩待我，因为贞洁受到追捧，令你满腔怒火，而我侍奉她如此之久，实在配受重罚。如今我痛悔了，再也不迟疑了，求你饶恕我。发发慈悲，对我温柔一些、仁慈一点吧，请俯允我。因为从今往后，我若不对贞洁避之大吉，就让我被发配流放。那位偷了我的心的美人，她真的就像象牙造的，请让她成为我真正的爱人吧，让她拥有女人的身体、灵魂和生命。如果你很快为我做成这事，我却仍死守贞洁，那就让我被吊死，被斧子劈作两半，被地狱的看门狗——刻耳柏洛斯那三个大口咬碎，或随便你用绳子链子把我捆起来。"

　　听了年轻人这番祈祷，维纳斯喜不自胜，因他抛弃贞洁转投她的座下，也因他诚心忏悔，预备在心上人的怀抱中赤身做完补赎——只要她真能活过来。于是她将魂魄给了那尊像，使她成了一位世所罕见的美人儿。

皮格马利翁祈求完毕，并没有在神庙里逗留，因为他归心似箭，想要立即见到他的雕像。他一径回到家，虽然不知道发生了奇迹，却对众神满怀信心。他仔细瞧那雕像，越看心里越活络，就像着了火一样。他发现她成了血肉之躯；他摸着她赤裸的身体，看见她可爱的金发闪闪发亮，就像一匹波浪；他摸到她的骨头，感到血液在血管里奔流，脉搏在阵阵跳动。他分不清真假，不知如何是好，忍不住后退一步，不敢再靠近，因为他害怕自己着了魔。

"这是怎么一回事？"他说，"我被迷惑了吗？我还醒着吗？不，我是在做梦。可我何曾做过这么真实的梦？梦——我敢说这不是梦，我正醒着。怎么会有这样的奇事，这到底是幻象，还是魔鬼附身了我的雕像？"

接着那位少女——那位如此美丽、可爱，有着一头金发的小姐，回答他说："亲爱的朋友，这里没有恶魔，也不是幻象。我是你的心上人，已经准备好要接受你的情谊。倘若你愿意，我将会爱你。"

他听见奇事成了真，亲眼见到奇迹显现，不由得上前确认，在发现一切都货真价实后，便一心一意做了她的爱人。他们互诉衷情，感谢对方对自己的爱。他们竭力使对方品尝一切欢愉，尽享鱼水之欢。他们抱在一起，水乳交融，吻起来又像两只斑鸠，真是喜悦恩爱无限。两人一起感谢诸神对他们的好意和慷慨，尤其维纳斯，她给他们的帮助比谁都大。

　　这下皮格马利翁心满意足了。他不再为什么感到烦恼，因为只要是他想要的，她都不会拒绝。凡是他反对的，她都会让步，被他说服；而他也会答应她的要求，无论如何都不会拂了她的意。他可以和自己的爱人同床共枕，既不会遭到拒绝，也不会听到抱怨。他俩尝过各种爱的游戏，后来她便怀孕生了帕福斯（Paphos），据传闻，帕福斯岛就得名于他。从他又生了喀倪剌斯王（King Cinyras）。那是个好人，本来应该有好报的，只可惜他的女儿——金发的密耳拉（Myrrha）骗了他，因为一个无法无天的老妇人（愿天主咒诅她！）夜里将她偷偷送上了王的床。[①]

　　那时王后正参加筵席。而王匆匆与少女睡了，一点也不知道睡的是他女儿。老妇人用了奇怪的手段，使王与女儿同寝，因他们的结合，诞生了美少年阿多尼斯，就在密耳拉变成树之前。本来他想杀了她，因为在点亮蜡烛后，他发现自己受了骗。不过他没有办到，因为失去处女之身的密耳拉逃得很快，否则她就死在他手里了。可我已经离题太远，必须就此打住。在本书完成之前，我会把这件事的含义告诉你们。

　　现在，我不耽搁你们了，因为我还有一个主题要耕耘。在我看来，如果有人要比较这两尊像谁更美，就像用耗子来与狮子比一样。耗子不如狮子，不管是力量还是身型，都远不如狮子令人畏惧。我对你们说实话，那尊像和我珍重的这一尊比，

论美是望尘莫及的。塞浦瑞斯女士（Lady Cypris）[①]仔细瞄准了我说的这尊像，正对着塔楼中央的两根柱子之间。看着它比看任何地方都更令人满足。真的，我会跪下来膜拜它，连圣物箱带那孔穴。我想毫无顾忌地钻到那里去，没有哪个射手的弓和箭能使我不再惦记它，渴望它。至少我要好好试一试，不论结果如何，只要给我机会，或只要允许我这么做。

谈到这些圣物，我已向天主起誓，如果他愿意，时机地点也都对，我会求他让我用我的杖和口袋来把它们弄到手。愿天主保佑我不受拦阻，也不至徒劳无功——我要得到那玫瑰！

维纳斯也二话不说，立即射出了那燃烧的飞羽箭，好使城堡里的人发起疯来。我要说她的弓箭术实在是一流，因为没有一个人看得见它，不管他们张望了多久。

那箭一离弦，里面的人就乱作了一团。大火席卷了整个禁地，他们知晓自己已落入敌手，全都呼喊起来："叛变了，叛变了！呜呼哀哉！我们要丧命了！让我们逃出去吧！"人人都当场扔了手里的钥匙。

那吓人的魔鬼，严拒，一感受到那股热劲，立即拔脚就走，溜得比雄鹿跃过石楠地还快。谁都不等人，一个个把衣服下摆掖进腰带里，只顾逃命。

惧怕跑了，羞耻也溜之大吉，听任城堡被烈焰焚烧。理智说过的教训和告诫，她再也顾不上了。

殷勤有礼来了，她是那样德行出众、可爱迷人。她发现这里毁坏得厉害，立即和怜悯以及慷慨大方冲进禁地，要救她儿

① 这是维纳斯的另一个名字。——译者注

子脱离火海。他们没有因火势退缩，一直在搜寻，直到找到他为止。

殷勤有礼总会及时讲些中听的话，她头一个对欣迎说："好儿子，我难过极了，心里是说不出的悲伤，因为你做了那么久的囚犯。愿关押你的人被地狱的烈火烧死！现在，凭上主的恩典，你自由了，那个好造谣的恶舌倒死在了外面的壕沟里，和他躺在一起的还有那些诺曼人酒鬼——他再也看不见、听不着了。你也不用怕戒备，她不该妨碍你过好日子，私下里讨自己的爱人欢心。尤其是现在，她碰巧没法知道正在发生什么事，也没有人告诉她，她不会知道你在这里的。那些自以为是的坏东西也一样。他们没了支援，六神无主，只好一个个从禁地里逃出去。

"亲爱的儿子啊，上主慈悲，别让自己被烧死在这里。慷慨大方、怜悯和我凭着我们的友谊恳求你，允许这位真情人向你做出补偿。他为你受了那么多苦，从来没有欺哄过你。他是个高贵的人，也不会对你耍花招。接受他和他的一切吧：他要献给你的，是他的灵魂。凭天主的名义，亲爱的好儿子，不要拒绝这个建议，你该信赖我，为着爱的缘故接受它。他竭尽全力才做成这事，为这次进攻费尽了心力。

"好儿子，爱会征服一切，保藏一切。维吉尔证实过这一点，而且说得颇为温文。你去查考《牧歌集》就会读到：'爱征服一切，我们须得欣而迎之。'他当然说得对，而且说得很好。他只用这么一行字就把事情全都讲清楚了，真是精彩极了。

"好儿子，对这位情人友好一些，天主救了你们两人，并且许可他得着玫瑰作礼物。"

"夫人，"<u>欣迎</u>说，"我非常愿意将玫瑰让给他。我俩单独在一起时，他可以去摘。我很久以前就应该接待他了，因为我看得出，他爱得很真挚。"

我对他千恩万谢，便即动身，像一个志诚的朝圣者，也像任何一个真情人，怀着赤诚不渝的心奔向那孔穴，要在那里完成我的朝圣之旅。我因为带着口袋和杖，行动颇费力气，因为杖都硬挺了，上路时都不需要包铁皮了。口袋也做得精巧，皮子是上好的，没有接缝，十分柔韧，我敢保证，它里头可不是空的。口袋是<u>自然</u>的赠礼，她凭着精湛的技艺，用心为它打造了两颗锤头（在我看来，匆匆忙忙绝对做不出好东西），论锻造的功夫，她比代达罗斯要好得多。我相信她造这两件物事，是因为觉得我在途中需要为马儿们上铁掌，而我呢——感谢天主——也颇懂得一些敲敲打打的活儿。我敢说这两颗锤头和口袋对我是很要紧的，比西特琴跟竖琴更要紧。

<u>自然</u>给了我极大的荣幸，为我配备了这样的兵器，而且教导有方，使我成了一个聪明的好工匠。杖是她亲手做来送我的，在我进学校之前，她就已经将它磨光擦亮了。虽然她没有兴致替它包上铁皮，但也完全无损于它。有了杖后我总是带着它，从来没有把它弄丢过，就算能我也不会这么做，哪怕给我比十万英镑再多五百倍的钱，我也不会卖了它。她为我造了这么称心的礼物，我也会用心保管。见到它我十分高兴，满怀谢意，什么时候摸到它都觉得心满意足。从那时候起，我就带着

它到各处去，它也总是安慰我。它对我很有用，你知道为什么吗？当我旅行到偏乡僻壤，我会将它伸进看不清的沟里，用它来测量水深。我敢夸口说我不怕淹死，因为我懂得探测浅滩，也会用我的杖刺透河岸和河床。有时我遇到很深的溪流，离岸又远，我发现比起冒险过河，沿河游上两里格反而没那么累。我去过大海湾，只是没有被淹死，因为当我测过水深，想要划进去时，却发现杖和桨都触不到底，于是我就一直兜圈，尽量靠近岸边，直到最后上岸脱身。要不是<u>自然</u>赐给我一双臂膀，我早就葬身水底了。那种宽阔的大道就留给乐意走的人吧，我等寻欢之辈还是希望路好走一点，不要那么崎岖，最好能有迷人的小径，走起来心里快活。

不过，走老路比走新路收获大，能得到更多财产，它的好处不可估量。尤维纳利斯就说过，成为有产者的最快途径是傍一个富婆：如果你能讨她欢心，她一瞬间就能抬举你。奥维德也坚信，男人如果愿意追求老女人，就有望获得丰厚的回报。做这种交易，巨富顷刻之间就能到手。

可是，谁想偷老女人的心（又或者真的想要她的爱情——倘若他落入<u>爱</u>的罗网），他就得小心自己的口和手，不要显得像是在耍花招。因为这些难搞的白发老太婆很实际，早就懂得了（远在她们年轻的时候）花招、骗术和奉承话。又因为受过许多骗，她们一下就能看出谁在撒谎，不像那些乖乖的小姑娘，别人说什么好话都信，把连篇的谎话当作福音书来听，因为她们还没有被烙伤过。

时间和经验让这些又皱又硬、恶毒狡猾的老母羊通晓了骗术。也许献媚的人会跑来缠住她们，用甜言蜜语讨好她们，低三下四地对她们叹气，又是合手乞怜，又是鞠躬，又是下跪，哭得跟泪人儿一样；为了赢得她们的信任，还一个劲朝胸前划十字，假惺惺地以身体、心灵和财物相许，发誓会尽忠效力，凭着古往今来一切圣徒的名字对天赌咒：可这些大话永远是一阵风。那些人就像躲在林子里的捕鸟人，和贼一样张着网，唱着歌儿诱骗小鸟儿。那些呆头鸟儿靠近时，因为抵挡不住他们的诡辩，被灿莲之舌（figure of speech）给骗了去。猎人也同样呼唤鹌鹑：它听着猎人的声音，一点点走近，跳着跳着便进了猎人的罗网（早春时节，他会把网张在青草<u>丛</u>中）。只有老鹌鹑不买猎人的账。从前她挨过打，被烙伤过，在新草地上遇到过别的陷阱，虽然险些落网，但也逃脱了。我说的老女人和这差不多。她们受过求爱人的骗，单靠听声辨色就能远远嗅出背叛的味道，所以很难掉进这种骗局。就算她们的爱人一片真心，只想获得<u>爱</u>的报赏，而且已经身陷醉人的情绳爱索，负起了甜蜜的轭，心里怀着令人狂喜又痛苦的希望——即便如此，她们也还是百般小心，免得自己上了钩，而且总是在分辨听到的话是真是假。她们每个字都掂量，因为被骗的痛苦还历历在目，唯恐现下还会再遭背叛。在老女人看来，人人都想要欺骗她。

话说到此，如果你们为了快点致富，不怕费心，又或是从中得了什么乐趣，那就不用客气，只管走这条路吧，去追求你们想要的快乐吧。至于想要年轻女子的人，我也不会骗你，我会把我主人的诫命照实告诉你（他的一切诫命都是好的）。无论你相不相信，为了更好地享用美食，最好是什么都尝一尝。伊壁鸠鲁派的美食家每次进厨房，都会品尝各种肉，不管是用锅煮的还是烤的，是醋腌的还是裹了酥皮的，是油炸的还是作冷食用的。尝遍各种口味后，他就懂得了好坏甘苦。而且我向你保证，没有体验过坏事的人不知道什么是好事，不了解尊荣的人也不会理解耻辱，这是毫无疑问的。不先懂得不舒服，就不会懂得舒服：一个不愿意忍受不适，也受不了痛苦的人，他不配享受舒适，而且谁都给不了他安慰。对立事物的特点在于，它们可以为彼此提供说明：如果你想阐释某物，就得留意它的对立面，否则你想得再好，也没办法去定义它。除非你同时了解两者，才能说出它们的区别，也才能给出恰当的定义。

我很想用我的马具去碰那些圣物，如果我能靠近那处所，离它们再近点就好了。我为这一刻付出了那么多，挂着没包铁皮的杖游荡了那么久，此时毫不犹豫地跪倒在两根美丽的柱子前，只觉得浑身是劲，心如火烧，一心想要朝拜那座庄严可爱的神庙。周围的一切都被夷平了，什么都挺不过那阵大火，可圣物安然无恙。我将隔挡的帘子稍稍掀开，凑近圣所附近那尊像，恭恭敬敬地吻了它。接下来我想将杖刺进穴里，而让袋子挂在外头，虽然尝试一击即中，它却掉了出来，再试也还是不行，因为无论怎么挤，它总会被弹出来，里面有个屏障，感觉得到却看不见。那孔穴最初被造时，屏障就安在那里，目的是使它更加安全牢固。我一次次发起猛烈的进攻，可都无济于事。

如果你看到我手持长枪的样子（你得瞧得非常仔细），

你会想起赫拉克勒斯是怎样想要撕碎卡库斯的。他三次攻打那道门，三次冲锋，三次都没有成功，后来他累垮了，不得不在山谷里坐下来，让自己喘口气。而我呢，我使尽全身的力气，汗都湿透了，也没能一举冲破那道屏障。我相信我跟赫拉克勒斯一样累，没准还比他累得多。可我不断猛冲，直到发现了一条窄道，能让我往里挤，只要我能先清除掉障碍。那条路非常窄小，我用杖打破了屏障，想方设法钻进孔里，可是还没走到一半就动弹不了了，因为进退不得，我心里万分焦急，却已经没了力气。然而，什么也拦不住我的杖，我非把它整个儿塞进去不可。我继续埋头苦干，只是那装着两颗锤头的袋子不住乱晃，弄得我心烦意乱。通道太窄，我感觉通过几乎是不可能的。真的，如果我没搞错的话，它这样子是因为还没有人来过，由于我是头一个访客，它还不习惯收过路费呢。日后它会不会让别人尝到同样的甜头，我不知道，可我能告诉你的是，当时我爱极了它，就算有那种事我也不信。谁都不会轻易怀疑自己钟爱的对象，不管它的名声有多坏，而我直到今天都不信。至少，在当时我知道，那条密道还杳无人迹，所以我硬闯了过去，因为想要彻底摘下玫瑰花蕾，那是唯一的入口。现在我要说说我是怎么对待玫瑰花蕾的。年轻的先生们，你们要学习我的做法，到春天来临时，如果感到自己非去采花不可（它开了也好，没开也好），你们就能放胆去采，而且足够娴熟，不会失手。听听我是怎么做的，你们没有更好的办法时可以依样画葫芦。不过，如果你们能顺利穿过那条路，更从容、更有技巧，不痛也不累，那就不用管我，用自己的法子吧。至少，学我的技巧不用花钱，为着这点，你们也应该感激我才是。

当时我被挤得很紧，离玫瑰花蕾又近，只要我愿意，随时都能把它摘下来。欣迎凭天主的名义求我，不要太粗暴；他不住地合掌祷告，于是我也郑重答应他，只做他和我都情愿的事。

我抓住树枝（它比任何柳树都要高贵），两手都触到了枝子，开始非常温柔地摇动花蕾，同时小心不让自己被刺伤。对我来说，想要顺顺当当地摘下它真是不容易。我必须摇它、晃它、拽它而不碰坏一枝一叶，因为我不想让它受伤。可即便如此，树皮还是被我蹭破了：对着我渴念已久的东西，我真是不知如何是好。

最后，当我摇落花蕾，我想我在那里撒下了一些种子。这是因为我碰到了花蕾的内壁，摸遍了它的小叶子，并且渴望深入到它的最深处（那感觉太美妙）。我因此使种子混了进去，再也难以清除，而花蕾便整个儿变得鼓胀了。我没有干更过分的事，这点我很确信，因为那温柔的欣迎并没有觉得哪里不好，也没有对我生气，反而允许我尽兴，怎么高兴怎么来。当然，他提醒我不要忘了自己答应过的事，还说我这样做是非常不成体统的。可他没有不让我碰那花蕾，我摘了它，爱抚着它，连同它的枝、叶和全部的花瓣。

我见自己受到这样的抬举，这么辉煌地达成了目标，取得的成功完全无可置疑，便想向所有恩主表达我的感激和忠诚：对债务人来说，这是应分的。我受惠良多，因他们而成了巨富——说真的，财富本人都不如我富足呢。爱神和维纳斯对我帮助最大，此外还有爱神麾下的臣宰们（我祈祷上主，愿情人们都能得到他们的帮助），于是在亲吻的间隙，我谢了他们有十几二十次。只有理智我没有感谢，她在我身上白费了力气。

虽然那残忍的财富一点也不可怜我，不许我通过她把守的路（她没有发现我在急切间私自走了另一条路）；虽然我的死对头们让我经历了各种挫折；虽然戒备（尤其是她）险些用她的金盏花环压垮我，而且死守着玫瑰不让情人们得手（看她现在还能施展什么手段！）：可是在离开之前，我终于得偿所愿。我会铭记这一天。这一天我怀着喜悦，从那美丽多叶的玫瑰树上采了花。我得到了我的红玫瑰。然后天便亮了，我醒了过来。

角色名中英文对照

Art　艺术

Avarice　贪婪

Baseness　卑鄙

Beauty　美

Boldness　无畏

Chance　机遇

Chastity　贞洁

Company　陪伴

Constrained Abstinence　违心克己

Contentment　知足

Corruption　腐朽

Courtesy　殷勤有礼

Covetousness　垂涎

Cruelty　残忍

Death　死亡

Delight　欢愉

Despair　绝望

Discretion　审慎

Evil Tongue　恶舌

Envy　嫉羡

Fair Seeming　貌似有望

Fair Welcome　欣迎

False Seeming　虚荣假貌

Faint Heart　懦弱

Faith　信义

Fear　惧怕

Fiend　极恶

Fraud　欺骗

Friend　朋友

Gaiety　欢庆

Generosity of Spirit　慷慨大方

Genius　天赋

God of Love　爱神

Good Shepherd　好牧人

Jealousy　戒备

Happy　快乐

Hate　憎恨

Honour　荣誉

Hope　希望

Humility　谦卑

Hunger　饥饿

Idleness　闲散

Inconstancy　反复无常

Joy　欢乐

Justice　司法

Larceny　盗取

Largesse　乐予

Lavish Giving　挥霍大道

Lechery　纵欲

Lover　情人

Lust　色欲

Malice　恶意

Misfortune　灾祸

Narcissus　那咯索斯

Nature　自然

Night　夜晚

Nobility　高贵

Nobility of Heart　心灵高贵

Old Age　年老

Old Women　老妇人

Patience　忍耐

Pleasant Conversation　畅谈

Pleasant Looks　喜见

Pleasant Thoughts　遐想

Pleasure　欢娱

Pity　怜悯

Poverty　贫穷

Pride　骄傲

Reason　理智

Rebuff　严拒

Religious Hypocrisy　宗教伪善

Right　正当

Rose　玫瑰

Security　安全

Shame　羞耻

Simplicity　单纯

Sin　罪

Sorrow　悲伤

Spring of Love　爱之泉

Suffering　磨难

Theft　偷窃

Travail　苦工

Unrestrained Generosity　豪奢

Ugliness　丑

Venus　维纳斯

Wealth　财富

Youth　青春

图书在版编目（CIP）数据

玫瑰传奇 /（法）洛里斯的纪尧姆，默恩的让著；李可译. -- 杭州：浙江大学出版社，2020.7
ISBN 978-7-308-20113-1

Ⅰ.①玫… Ⅱ.①默… ②李… Ⅲ.①叙事诗－法国－中世纪 Ⅳ.①I565.23

中国版本图书馆CIP数据核字（2020）第051006号

北京师范大学基督教文艺研究中心，A-Ω丛书。主编：李正荣，张欣。
中世纪经典文学译丛（第二辑），主编：褚潇白。

玫瑰传奇

（法）洛里斯的纪尧姆，默恩的让　著　李可　译

责任编辑	谢　焕
责任校对	杨利军　许晓蝶
封面设计	云水文化
出版发行	浙江大学出版社
	（杭州天目山路148号　邮政编码：310007）
	（网址：http://www.zjupress.com）
排　　版	浙江时代出版服务有限公司
印　　刷	杭州钱江彩色印务有限公司
开　　本	880mm×1230mm　1/32
印　　张	12.25
字　　数	254千
版 印 次	2020年7月第1版　2020年7月第1次印刷
书　　号	ISBN 978-7-308-20113-1
定　　价	64.00元

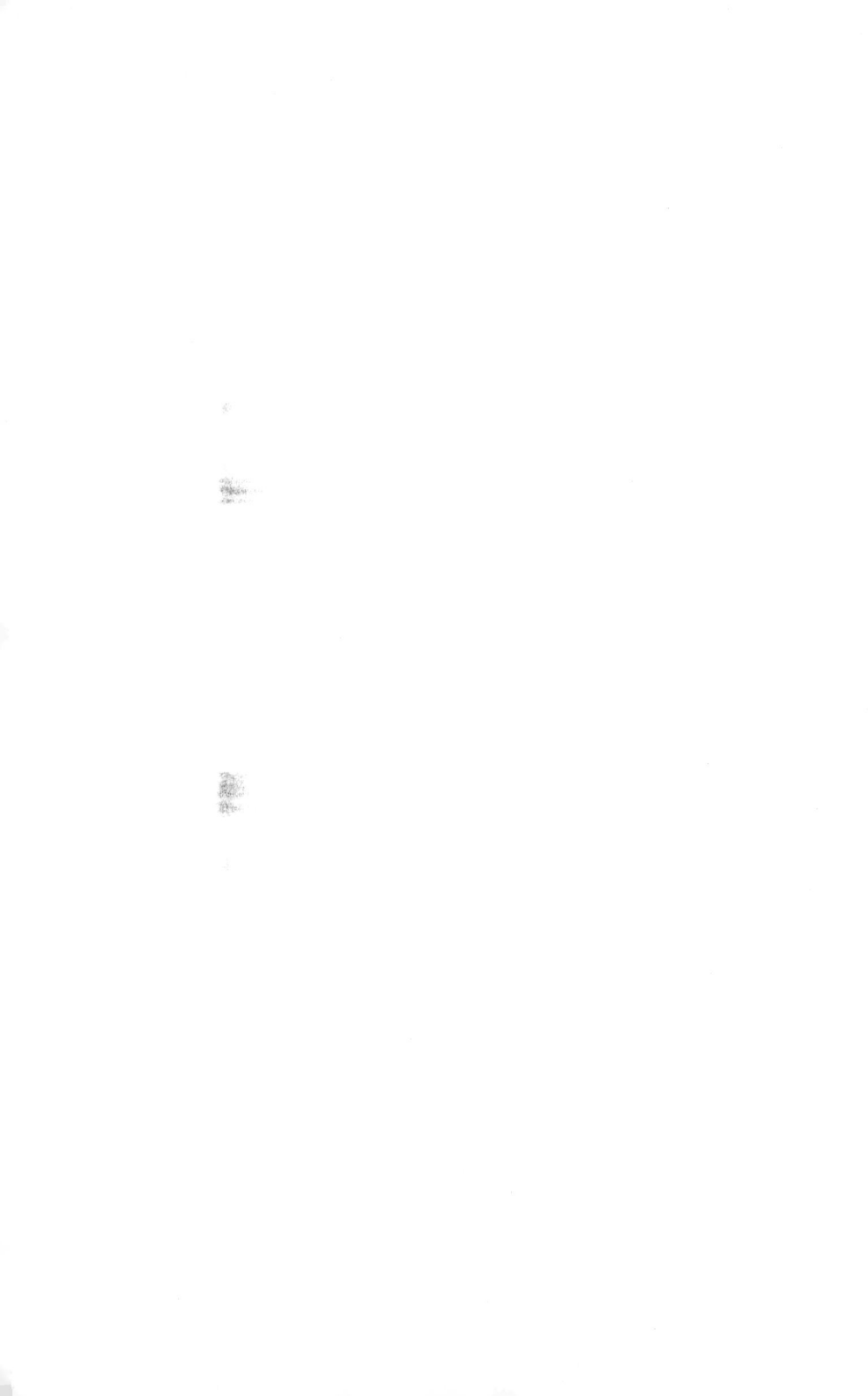